PECADO DE AMOR À MEIA-NOITE

SEDAS E SOMBRAS
BOOK TRÊS

SOFIE DARLING

Translated by
TANIA NEZIO

OLIVER HEBER BOOKS

1

LONDRES, 14 DE SETEMBRO DE 1825

Se você vai ter uma esposa, pelo menos transe com ela direito.

Essa pitada de sabedoria foi uma cortesia de um pai há muito perdido para John Nylander, mas a essência do sentimento de alguma forma permanecia depois de todos esses anos.

Um homem não precisava amar seu trabalho para fazê-lo bem.

Essa crença levou Nylander longe, de grumete a capitão do *Fortuyn*, o navio das Índias Orientais sendo desembarcado sob seu olhar atento às margens do lamacento Tâmisa. Se ele não sentia mais prazer com o trabalho, pelo menos experimentava a fria satisfação de um trabalho feito com habilidade e precisão. Isso não precisava emocioná-lo.

Uma brisa soprava do rio e refrescava as gotas de suor que cobriam seu pescoço. Agradável, aquele vento norte na parte exposta da pele, mesmo que pouco fizesse para diminuir o calor do esforço que não diminuía. Era como se ele tivesse uma fornalha dentro do peito. De repente, sua cabeça ficou leve e ele estendeu a mão para o corrimão ao seu lado. A sensação passou tão rápido quanto surgiu.

"Capitão?"

O imediato estava ao seu lado, com um maço de papéis estendido e um olhar expectante. Há quanto tempo o homem estava
ali? E como Nylander não tinha notado?

"Sim, Sr. Smythe?"

"A prestação de contas final, senhor."

Nylander aceitou os papéis com um breve aceno de cabeça.
Ele folheou a pilha, um olhar superficial confirmando que todos
os números estavam alinhados, e os devolveu ao imediato. "Está
pronto para serem entregues a Danner."

"Vou levá-lo às pressas para o depósito agora, senhor." O Sr.
Smythe girou nos calcanhares, seu passo eficiente já em
movimento.

De seu ponto de observação na base do mastro principal,
Nylander observou um grupo de marinheiros começarem a rolar
cinquenta barris de especiarias e corantes — pagamento pela
entrega de um par de vigorosos puros-sangues a um sultão
otomano — pela passarela até o armazém, a fim de serem prepa-
rados para distribuição pela Inglaterra. Escapando do convés de
popa, um bando de galinhas passou cacarejando, roçando as
calças de Nylander com suas asas assustadas. Com um rápido
pedido de desculpas nos lábios, o ajudante de cozinha correu
atrás delas e tentou conter as aves raivosas.

Nylander desviou o olhar para a parte central do navio, onde
o tanoeiro se dedicava a consertar barris de pólvora danificados
por uma noite de mar agitado ao largo do Cabo Verde. Atrás do
tanoeiro, um grupo de homens inspecionava o cordame e o pano
das velas em busca de rasgos e sinais de desgaste sob o olhar
atento do contramestre.

A tentação, sorrateira e magnética, atraía Nylander. Em
questão de uma hora, eles poderiam levantar âncora e partir de
Londres, uma cidade para a qual ele nunca teve muita utilidade.
Eles já haviam passado pela burocracia necessária, e o restante de
sua pequena carga estava desembarcando do navio. Seu trabalho
aqui estava quase concluído.

Mas não era nada relacionado ao seu ofício que o impedia de levantar âncora, mas sim um vínculo pessoal. Ele havia prometido ao seu melhor e mais antigo amigo que compareceria a um jantar naquela noite, e não se esquivaria. Mesmo que fosse uma refeição que consistisse, no mínimo, de sete pratos completos embebidos em manteiga, creme e sal. Porque que um homem precisava de uma comida tão rica que provavelmente lhe causaria gota [1]?

Ele bufou. Que tipo de homem era Jake agora que se tornara o nobre Visconde St. Alban? Os dois foram inseparáveis na juventude e no início da vida adulta, passados a bordo de pequenos saveiros, navegando pelas costas do Oriente, antes de ascenderem aos navios mercantes maiores, capazes de navegar em mar aberto. Alguns anos mais novo, Nylander observava Jake com o olhar atento de um irmãozinho devoto, e Jake o tratava como tal, embora não houvesse laços de sangue entre eles. Os Van Rijns, a família da mãe holandesa de Jake, eram um grupo unido, mas não tão isolados a ponto de não conseguirem acolher um órfão de oito anos em seu meio e criá-lo como se fosse seu.

Agora Jake existia em um mundo seleto do qual Nylander não tinha a menor noção.

Ele balançou a cabeça para afastar esses pensamentos. Podia não conhecer o novo mundo de Jake, mas conhecia o homem. Jake não pedira por essa vida, não a desejara. De sua parte, porém, Nylander não conseguia entender o porquê. Se tivesse a oportunidade de possuir terras, terras *inglesas*, ele as agarraria com as duas mãos e jamais olharia para trás. Um homem cria raízes na terra. O mar era uma amante inconstante e instável. Ele preferiria a terra à água a qualquer momento.

---

1. Gota é uma condição caracterizada por ataques recorrentes de artrite inflamatória – uma articulação inchada, vermelha, quente e sensível à dor. A dor geralmente surge em menos de doze horas. Em metade dos casos, a articulação afetada é a articulação na base do dedo grande do pé. A doença pode também causar tofos, cálculos renais e nefropatia por ácido úrico.

Claro, água era tudo o que ele sempre conhecera, tudo o que jamais conheceria. Ele aceitara esse fato anos atrás. Quantos meninos órfãos tiveram a oportunidade de ascender tão alto e acumular a mesma riqueza que ele?

"Você pode ter um problema", soou uma voz atrás dele.

Nylander se virou bruscamente. Alto e magro até os ossos, o homem à sua frente personificava a palavra problema, com uma luz de lobo brilhando em seus olhos escuros e uma cicatriz prateada percorrendo ao longo da crista acentuada de sua maçã do rosto direita. Ele pegou o homem em Gibraltar, aceitou seu dinheiro para uma passagem segura e não lhe dirigiu mais nenhuma palavra durante todo o trajeto. Ele esperava que o passageiro tivesse desembarcado do *Fortuyn* com a carga.

Ele se dirigiu ao homem e cruzou os braços sobre o peito. "Qual problema?"

"O *Free Reaver*."

Nylander não precisou pedir explicações ao homem.

"Ele nos seguiu desde o Golfo da Biscaia até avistarmos a Cornualha." O olhar do homem brilhou. "Nunca vi um barco pirata deixar um navio das Índias Orientais com carga passar sem incidentes. Curioso, não acha?"

Nylander relaxou o maxilar. "Será que você está insinuando alguma coisa?" ele perguntou com um tom baixo de ameaça.

Com um sorriso irônico na boca, o homem balançou a cabeça. "É mais uma observação. Imagino que você saiba quem é o capitão do *Free Reaver*, eu espero"

"Sim", resmungou Nylander. "Não há um marinheiro no Atlântico que não saiba."

O homem assentiu e colocou sua mochila nas costas. "Então, vou me despedir." O homem estendeu a mão para Nylander apertar. "Meus mais sinceros agradecimentos pela viagem e boa sorte, capitão."

A testa de Nylander se franziu enquanto observava o homem descer a passarela. Aos seus ouvidos, uma nota ecoou nas últimas palavras do homem, contrária à sua avaliação inicial. Agora mesmo, o homem soara aristocrático.

Nylander balançou a cabeça. Não importava. O que importava era que ele se fora. Havia uma história dentro daquele homem, uma na qual ele não queria se envolver.

Você pode ter um problema.

Não havia *poder* algum nisso. Ele tinha um problema definitivo com o *Free Reaver* e o pirata que o comandava.

E nenhuma solução.

Ao redor de Nylander, o ritmo da tripulação começou a diminuir, o fim do dia se aproximando, assim como o jantar daquela noite. Gotas de suor haviam se aglomerado em um estreito riacho que agora escorriam por sua coluna. O vento norte ficou mais forte, ameaçando se transformar no tipo de vendaval que poderia causar problemas a um navio em mar aberto. Seus olhos se voltaram para o céu azul que escurecia em um cinza-aço. Um calafrio arrepiou os pelos de seus braços, mas a fornalha se acendeu dentro dele.

Diretamente acima de sua cabeça, um *estalo* alto de cânhamo rasgou o ar, seguido pelo rápido *zunido* de uma corda passando pelo cordame em uma velocidade muito rápida. No momento em que seu cérebro registrou que um objeto estava caindo *rapidamente*, ele ouviu um grito. "Capitão!"

O olhar de Nylander se ergueu a tempo de ver um objeto... Um *homem*... Se aproximando dele o mais rápido que a gravidade permitia. Ele se abaixou para trás antes que o homem caísse de cabeça, mas no último momento, reagindo, estendeu os braços e estabilizou os pés para o golpe que se aproximava. O homem o atingiu com a força de uma bala de canhão de 16 quilos a curta distância, mas seus braços resistiram, mesmo que suas pernas não. Em um instante, ele estava de bunda no chão, o peso inerte do homem esparramado sobre suas pernas, lutando para recuperar o fôlego que havia sido arrancado de seus pulmões.

Em meio a uma névoa negra nas bordas, Nylander observou a

tripulação rolar o homem de cima dele e colocá-lo de costas. Como se estivesse a uma grande distância, ele viu que era o grumete. Bem, "garoto" talvez fosse um exagero, o homem tinha trinta e dois anos, mas era pequeno como um rapaz de doze. Nylander tinha uma política rígida de recusar qualquer membro da tripulação com menos de dezessete anos.

Um marinheiro curvou-se sobre o corpo do grumete, com o ouvido pressionado contra a boca do homem. O navio ficou tão imóvel que se podia ouvir um alfinete cair. A cabeça do marinheiro se ergueu. "Ele está vivo!"

Os homens irromperam em gritos roucos e aliviados. "Você o salvou, capitão!", gritou um dos tripulantes. Outro tripulante ergueu uma ponta esfarrapada de corda. "Deve ter apodrecido."

Vários tapas de alegria atingiram as costas de Nylander enquanto ele se levantava aos poucos, seu corpo enfurecido com o que sua mente havia ordenado sem pensar duas vezes. Em que diabos ele estava pensando? Não estava. Era sempre a sua dificuldade em uma situação que exigia uma ação rápida e decisiva. Ele via um problema e se tornava a solução antes mesmo de pensar.

Ele ia pagar o preço mais tarde, sem falta. Como agora.

Passou as mãos pelos cabelos soltos que roçavam os ombros e reatou o nó da tira de couro que os prendia na nuca, prendendo alguns fios soltos atrás da orelha.

"Tanto quanto eu estou aqui, ele estaria acabado se você não estivesse", Nylander ouviu atrás de si e tentou não se encolher com outro tapa jovial nas costas. Ele precisava de um longo banho de banheira fumegante. Suas costas, sua bunda, seu corpo inteiro gritava seu descontentamento da cabeça aos pés, não querendo entender que ele não tinha escolha. O homem teria morrido.

Não sob seu comando.

Sob seu comando. Ele tirou o relógio do bolso com dificuldade. *Maldição.*

O longo banho teria que esperar. Ele tinha tempo apenas para limpar a sujeira do trabalho do dia e vestir seu único conjunto de roupas elegantes. Ele engoliu uma onda de náusea, ignorou o calor que pulsava por ele em ondas e a dor incipiente em sua cabeça, e desejou que seu corpo se endireitasse ao máximo antes de apontar os pés na direção de sua cabine.

Ele tinha um jantar aristocrático para comparecer em um futuro muito próximo, quando tudo o que realmente queria era ficar deitado pelos próximos, digamos, três ou quatro anos.

Com as botas fazendo um *clique-claque* rápido contra os paralelepípedos que combinavam com o céu cinzento acima, Callie manteve o queixo erguido e o semblante calmo. O mundo exterior não precisava ver a tempestade que se formava dentro dela.

Seu ataque de nervos se resumia a dois fatores. Primeiro, ela estava em Londres.

Segundo, ela não tinha a menor ideia de por que havia sido convocada cinco dias antes.

Não podia ser bom. *Disso* ela tinha certeza.

Ela detestava Londres. Sua pressa, agitação e alvoroço. Sua sujeira. Seu fedor. Seus prédios, estreitos e longos, amontoados ombro a ombro, e dotados da aparência vagamente militar de soldados altos e magros prendendo a respiração. Ela só estivera ali uma vez, e isso bastava. Ela já estava impaciente para ir embora.

Ela apertou com mais força a alça de couro desgastada de sua mala de viagem para acalmá-la. Novamente, a pergunta a incomodou: Por que diabos o Visconde St. Alban a havia chamado?

O homem não a convidara desde a costa norte de Devon para um encontro pessoal e uma discussão sobre agricultura. Ela administrava Wyldcombe Grange desde a morte de seu falecido marido, Georgie, e antes que este novo Visconde St. Alban assumisse o comando do viscondado. O homem nunca expressara o desejo de conhecê-la melhor, ou de conhecê-la. O que suscitava ainda mais a pergunta: O que o homem queria?

Ela dobrou a esquina na Cleveland Row, examinando as casas à sua esquerda e à direita. O número 3 estava à sua frente. Uma possibilidade muito desagradável para a convocação do visconde a incomodava. Ou seja, ele era um homem e ela, uma mulher. Como a maioria dos homens, ele poderia se sentir desconfortável com uma mulher no comando. Ela conhecera muitos homens assim nos últimos anos.

Com cautela nos passos, mas também com uma boa dose de ansiedade, ela subiu os quatro largos degraus do número 3. Só se hospedara ali uma vez, anos atrás, no primeiro ano de seu casamento. Sua preferência pelo campo se adequava perfeitamente à preferência de Georgie pela cidade.

Sua cabeça se inclinou para trás até o pescoço doer, enquanto ela observava a mansão. Sob a luz escura da noite que se aproximava, a mansão reluzia e brilhava, anunciando ao mundo que, embora pudesse fazer parte dele, também estava acima dele. Até o ar fétido de Londres cheirava melhor ali.

Com os ombros eretos, ela bateu na aldrava [2] uma, duas, três vezes, só para garantir, e esperou. Se St. Alban a tivesse chamado ali por ser mulher, bem, ela não se renderia com um gemido. Homem ou mulher, ela era a primeira pessoa a administrar a Grange com lucro em vinte anos.

Como uma dor muscular persistente, um pensamento familiar surgiu em sua mente. Outra opção se abria para ela. *Você pode ir embora.*

Ela ainda era relativamente jovem, tendo enviuvado dois anos antes, aos vinte e três anos. Não era impossível que seu pai

---

2. Uma aldrava é uma peça móvel, geralmente uma argola feita de metal, que se prende às portas e portões e que serve tanto para trancar quanto para bater contra a porta/portão para chamar a atenção de quem se encontra do lado de dentro.

pudesse arranjar outro casamento para ela. Ela não era ingênua o suficiente para esperar por um casamento por amor; a reação de Georgie à sua aparência física era uma prova dessa impossibilidade. Mas uma mulher não precisava do amor condicional de um homem, não quando tinha o amor incondicional de seu filho.

Ela podia deixar a Grange e seguir aquela vida. Esposa, mãe, os papéis que lhe haviam sido prometidos, mas que lhe haviam sido negados. Mas...

Ela amava a Grange. E, de certa forma, não era como se fosse seu filho?

Mas ele te ama de volta?

Claro que não. Mas o trabalho era gratificante, e ela tinha um talento para isso. Não estava disposta a desistir, não sem lutar.

Com dobradiças silenciosas, a porta da frente do Visconde St. Alban se abriu, e um elegante criado de libré a encarou, com uma pergunta nos olhos por três segundos a mais. A consciência da caipira que ela devia parecer a percorreu. Sua peliça[3] e vestido de viagem de lã, marrom sem adornos e há uns bons cinco anos fora de moda. Suas botas, pretas e práticas, possivelmente ainda cobertas de lama de Devonshire. E, claro, sua mala de viagem de tecido de lã, cinza desbotada e desfiada nas bordas.

Ela nunca conseguira estar *na moda*, ou se importar com o fato de não estar. Isso estava simplesmente fora de cogitação para ela. Ela era muito alta e fora de moda; seu corpo magro demais para a moda; seus olhos castanhos demais para a moda; e seu cabelo ruivo e crespo demais para a moda para que ela pudesse ter sido uma senhorita elegante, mesmo nos primórdios de sua juventude. Então, ela deu de ombros, ossudos demais, e parou de tentar.

---

3. Uma peliça era originalmente uma jaqueta curta de pele que geralmente era usada solta sobre o ombro esquerdo dos soldados de cavalaria leve hussardos, aparentemente para evitar cortes de espada. O nome também foi aplicado a um estilo moderno de casaco feminino usado no início do século XIX, durante a moda da Regência.

Agora, parada no elegante batente da porta naquele endereço tão elegante, ela considerou que poderia ter se esforçado mais.

Por fim, o criado teve pena dela e falou: "Posso ajudar?"

Callie endireitou os ombros e se endireitou em sua altura máxima, que era quase dois metros. "Informe o Visconde St. Alban que a Viscondessa St. Alban chegou." Uma hesitação. "Por favor."

As sobrancelhas do criado se ergueram. Aristocratas não diziam, por favor. Nunca. "A Viscondessa St. Alban? Acredito que Sua Senhoria esteja plenamente ciente do paradeiro da Viscondessa St. Alban, já que ela e ele estão na sala de estar com seus convidados." Uma batida pesada passou rapidamente. *"Juntos."*

A mancha quente de rubor espalhou-se pelo peito e pescoço de Callie, e ela silenciosamente agradeceu às suas estrelas da sorte por sua gola alta e fora de moda. Sua preferência por blusas abotoadas até o queixo tornava impossível que alguém percebesse que ela corava três vezes por dia, no mínimo. Ela pigarreou e tentou endireitar a conversa que havia desviado terrivelmente. "A Viscondessa *Viúva* St. Alban."

Com uma reverência respeitosa, o criado recuou três passos e escancarou a porta. "Claro, minha senhora. Se você me seguir."

Callie entrou no amplo e iluminado vestíbulo. Quando criança, ela imaginava as casas da aristocracia cheias até a borda com todas as coisas caras do mundo, como seus pais haviam feito com suas novas riquezas. Mas, quando de fato entrou em uma dessas casas, após seu noivado com Georgie, descobriu que o oposto era verdadeiro. Aqueles com poder e privilégio permitiam que algumas peças inestimáveis — um vaso Ming, uma Vênus Romana — expressassem sua riqueza. A sobriedade gritava privilégios infinitos como nenhuma quantidade de ornamentos dourados jamais poderia.

E ela não tinha utilidade para nada disso, nunca teve.

Passos ecoou enquanto ela seguia o criado até o escritório, agradavelmente escuro, com madeiras nobres e prateleiras do chão ao teto, certamente abarrotadas de todos os livros conhecidos pela humanidade. Ela só estivera nesse cômodo uma vez, mas tinha certeza de Georgie nunca tinha lido nenhum desses livros.

"Se puder, por favor, esperar aqui, verei se Sua Senhoria está."

"Você disse que ele está na sala de estar com a esposa e os convidados. É claro que ele está em casa." Callie nunca teve um pingo de paciência para os costumes londrinos.

Um sorriso beirando a angústia vincou o rosto do criado. Ele se curvou em uma despedida educada antes de passar pela porta arrastando os pés e desaparecer de vista.

"Pelo amor de Deus", exclamou Callie para a sala vazia. Chegar a um visconde em Londres era como descascar as camadas de uma cebola para chegar ao seu centro fedorento.

Em Devonshire, não era possível para um lorde permanecer tão isolado do mundo fora da mansão. Isso não significava que um lorde do interior não pudesse tentar. Georgie tentou, um esforço que levou a Grange à falência.

Um movimento captou seu olhar. Um homem irradiando confiança a cada passo entrou na sala. Ele não podia ser outro senão o Honorável Jakob Radclyffe, Quinto Visconde de St. Alban, a personificação do lorde aristocrático ideal. E o exato oposto do Visconde de St. Alban que o precedera tanto na aparência quanto no porte.

Georgie não era tão alto. Nem tão imponente. Nem tão descaradamente bonito. Só que a beleza daquele homem não agradava nem um pouco os olhos de Callie. A aparência dele era o tipo de que poderia ser usada como arma. Com a chegada do homem à sala, o tremor retornou às suas mãos.

"Ora, é a Viscondessa Viúva de St. Alban", ele disse, as palavras ditas em tom amigável, mesmo que um tênue fio de ironia pudesse tê-las atravessado. "É bom dar um rosto ao nome." Ele gesticulou em direção a uma poltrona de couro macia em frente à grande escrivaninha de carvalho da sala. "Gostaria de se sentar?"

Com um aceno silencioso, Callie sentou-se na borda firme e acomodou sua mala de viagem aos pés, mantendo-a sempre à mão. Ela não se acomodaria. Seus punhos cerraram-se com força ao lado do corpo e suas unhas cravaram-se em crescentes profundidades nas palmas, a dor suficiente para conter o tremor. Através do carvalho brilhante, olhos do azul desconcertante de um cão pastor de olhos claros a observavam. Eram o tipo de azul que penetrava na pele e no osso, direto à essência. Seu coração batia forte e St. Alban afundou-se profundamente em sua cadeira, em absoluta tranquilidade.

"Presumo que as estradas estavam livres. Não a esperávamos até amanhã."

Callie forçou uma voz firme. Não que lhe faltasse coragem para lidar com aquele homem, mas acontecia que seu futuro estava em suas mãos. "Sim, Vossa Senhoria." As palavras saíram suaves e assustadas, ao contrário da voz confiante e autoritária que seus trabalhadores na Grange conheciam. Como ela odiava Londres, aquela sala e aquele homem convencido, ao que a reduziram. "Não choveu uma gota durante toda a viagem."

"Notável. E você veio direto para cá?"

"De Gloucester Coffee House."

"Em Piccadilly?"

"Foi a última parada. Eu caminhei de lá."

"A maioria das mulheres não anda a pé em Londres, principalmente as que não conhecem os arredores."

Callie deu de ombros. "Não é uma distância muito grande para os padrões de Devon."

St. Alban tamborilou com as pontas dos dedos contemplativas no carvalho maciço. Deu uma última batida, levantou-se de um salto e caminhou até o carrinho de uísque situado perto da janela com vista para um jardim. Callie intuiu que ele não era o tipo de homem que ficava parado por muito tempo.

"Gostaria que trouxessem chá? Deve estar exausta depois de toda essa viagem e caminhada." Ele ergueu uma garrafa de cristal com o brilho âmbar característico de um bom uísque. "Ou talvez prefira uma bebida mais revigorante?"

"Nenhum dos dois, meu senhor", ela disse com um nó na garganta. Se ela conseguia ouvir, certamente ele também conseguia.

Ele despejou alguns dedos em um copo de cristal antes de retornar ao seu assento. Novamente frente a frente, voltaram a se olhar através da mesa. Era possível que ela se assustasse se o homem não declarasse logo o que queria.

"Você está se perguntando por que a chamei para Londres."

Ela assentiu. Sua voz se mostrou pouco confiável.

"Há quanto tempo você mora em Wyldcombe Grange?"

"Esses últimos cinco anos." Ela engoliu em seco. "Depois do meu casamento com o falecido Quarto Visconde St. Alban."

"E você gosta de Grange?"

"*Se eu gosto?*" ela perguntou perplexa, apesar do nervosismo. "Gostar não tem nada a ver com isso. A Grange é a minha vida."

A cabeça de St. Alban se inclinou, avaliando. Ele estava tentando decidir que tipo de mulher ela era. "Agradeço sua franqueza, então retribuirei o favor. Resumindo, estou vendendo a Grange."

2

O estômago de Callie fez um belo truque e deu uma cambalhota antes de cair direto para os dedos dos pés. Seu coração disparou para pegá-lo, e o suor cobria cada centímetro quadrado de sua pele enquanto seu corpo ficava quente, úmido e quente novamente. Ela abriu a boca para falar, mas as palavras se recusaram a sair.

Ela tentou novamente. "Você está *vendendo* a Grange?" A pergunta nada mais era do que um sussurro proferido na esperança de que ela o tivesse ouvido mal.

Frio, contido, St. Alban continuou. "O fato é que a propriedade não gera renda." Ele ergueu as mãos vazias e indiferentes. "E eu não tenho o menor interesse nela."

"Nenhum interesse? Mas dá lucro." Sua voz se arrastou até a superfície e se tornou mais forte a cada palavra que ela dizia. "No último ano, o rebanho de ovelhas dobrou de número. A queijaria estava produzindo leite e queijo suficientes para vender no mercado de sábado em Barnstaple. E, desde que aprendemos a podar as macieiras corretamente, o pomar está superando todas as expectativas. Nossa sidra ganhou um pouco de renome em

Devonshire e nosso primeiro lote de sidra estará pronto para o mercado na primavera. Temos até o nosso próprio..."

Ela parou perdendo seu fôlego. Este homem não se importava que a Grange tivesse seu próprio alambique Charentais [1] raro, que produziria cinquenta barris de conhaque de maçã só nesta temporada. Ou que ela tivesse um encontro com um distribuidor em Londres na manhã seguinte para discutir um possível acordo para sua distribuição. Se ele se importasse com esses detalhes, não estaria vendendo.

Além disso, era provável que ele tenha visto com desagrado sua intensa demonstração de falta de feminilidade. Em questão de segundos, ela deixou de ser totalmente diferente de si mesma para se parecer demais com o que era. Talvez houvesse um meio-termo. Ela o buscou fazendo a pergunta mais óbvia e urgente. "Quem está comprando a Grange?"

"Estou oferecendo a um amigo."

"Um amigo?" A pergunta surgiu com um grito, um coaxar incrédulo. Ela não tinha certeza se deveria rir de forma histérica ou explodir de indignação.

"Um amigo, sim, ele é —"

"De Devon?" Mesmo enquanto seu coração afundava no chão, uma raiva sombria e primitiva a invadiu.

St. Alban balançou a cabeça. "Não, mas ele tem experiência em administrar coisas."

"*Experiência em administrar coisas?*" A descrença aumentava a cada palavra. "Como você sabe que ele vai querer a Grange?"

"Ele vai." A resposta veio sucinta, certeira.

Aço frio envolveu o coração de Callie. "E qual é a ocupação desse amigo?"

"Ele comanda um navio das Índias Orientais."

---

1. Os alambiques Charentais são uma variedade de alambiques de cobre usados principalmente na região de Cognac, na França. Esses alambiques são considerados os melhores para destilar bebidas alcoólicas, graças ao seu design e à tradição que os sustenta.

"Um capitão de navio?" ela zombou. "O que um homem como esse sabe sobre administrar a Grange?"

"Um homem como esse?" Os olhos de St. Alban se estreitaram cautelosos e desconfiados. "Presumo que você não tenha uma boa opinião sobre os comerciantes marítimos."

Callie quase bufou. *Quase.* Essa era a parte importante. "Vemos nossa parte na costa norte de Devon com muito cuidado. Eles são um grupo cauteloso."

"Eu capitaneei um navio antes de entrar para o viscondado."

Ela tinha se enganado. "Sem dúvida, há exceções."

As palavras soaram vazias, e ela sabia que ele sabia que ela não estava falando sério. Por baixo de seu rosto implacável, ela poderia ter detectado um brilho de humor, mas não tinha certeza.

Sutilmente, em meio à onda de emoções que a assaltava, surgiu à astuta e familiar reclamação. *Esta é sua chance.* A oportunidade de se afastar de Wyldcombe Grange e reivindicar a vida que seu coração desejava desde o momento em que concordara em se casar com Georgie.

Mas como ela poderia desistir da Grange e de todos que ela sustentava? Este tinha sido o ano de maior sucesso deles até então. E se a quantidade de maçãs povoando o pomar servisse de indicador, essa também seria a melhor temporada de sidra e conhaque até então.

Ela não podia... Ela *não deixaria* a Grange nas mãos de um forasteiro que não sabia nada sobre ela. Alguém que a destruiria. Alguém que não a amasse.

Mas ela te ama de volta? Veio o refrão indesejado.

Isso não a influenciaria. Ela tinha um dever e não se esquivaria dele.

Ela endireitou a coluna e se inclinou para frente. E ela perguntou: "Vou reformular minha pergunta. O que seu amigo, o capitão do navio, sabe sobre administrar uma propriedade agrícola de seis mil acres?"

O visconde se mexeu um pouquinho na cadeira. Mas ela percebeu. Essa mudança demonstrava desconforto. "Ele aprende rápido."

Um nervosismo tomou conta de Callie. Ela não tinha nada a perder. "Então você ainda não ofereceu a Grange para esse seu *amigo*?" A palavra *amigo* se recusava a soar como algo além de uma maldição vinda de sua boca.

O visconde juntou os dedos à sua frente e estreitou o olhar glacial. Ela conhecia aquele olhar. Era o olhar que se formava quando um homem começava a entender sua verdadeira natureza, que sob sua pele e ossos corria uma vontade férrea. "Farei a pergunta a ele esta noite. Era para ter sido combinado antes de você chegar amanhã."

Em silêncio, Callie abençoou os céus secos que lhe permitiram chegar um dia antes. Ela se recompôs, desejando que sua voz não tremesse ao pronunciar as próximas palavras. Precisavam ser de aço absoluto. Era com um homem com quem ela estava lidando, e um mundo de homens em que estava navegando. Uma voz feminina, trêmula de emoção, não era respeitada ali. "Dê-me uma chance."

"Minha senhora", começou o visconde, "já considerei isso. Talvez a senhora queira o cargo de administradora da propriedade. Talvez possamos arranjar..."

"Para comprá-la", ela disse, impedindo-se apenas de acrescentar *"seu idiota"*. Não havia nada de bom em chamar um visconde de idiota. Mesmo que ele fosse um.

St. Alban pousou as mãos na mesa à sua frente. "Quando cheguei à Inglaterra, há quase um ano, eu tive que organizar os papéis do seu falecido marido."

Ele hesitou, as pontas dos indicadores batendo uma na outra, pensativamente. Callie se preparou para o que ele diria. Se alguém puxasse a cadeira debaixo dela, seu corpo permaneceria preso na posição sentada, ela tinha certeza.

"E dívidas. Uma montanha delas, na verdade." Seu semblante

se suavizou, tornou-se conciliador. Ele estava tentando decepcioná-la gentilmente. "Você fez um excelente trabalho administrando a Grange e recuperando-a, mas não vejo como você tem os fundos necessários para comprá-la pelo valor atual."

Suas palavras deram à brasa de raiva que ardia dentro dela o oxigênio necessário para se transformar em uma fogueira completa. "Eu conquistei o direito de comprar a Grange." Ela quase bateu com o punho na mesa para dar ênfase.

O visconde deixou suas palavras passarem por ele. Um minuto inteiro se arrastou sob o silêncio, e a mente de Callie acelerou, mesmo reconhecendo que ele só falava a verdade. Ela não tinha dinheiro em caixa. Todos os anos, ela reinvestia até o último centavo dos lucros da Grange na propriedade, o que a deixava, tecnicamente, sem um tostão. Ainda assim, o que ela poderia dizer para convencê-lo a não fazer aquela coisa horrível?

Sua atenção se desviou do ombro dele e se fixou no jardim lá fora. Em uma sinfonia de cores, floresciam plumbaginas [2] azuis, ásteres [3] roxos e bugbanas [4] brancas. As flores de outono sempre foram as favoritas de sua mãe. *O último presentinho da natureza antes do inverno.*

Mamãe... Uma ideia lhe ocorreu.

---

2. Plumbagina possui cerca de 1000 espécies, distribuídas em 24 gêneros. No Brasil, ocorrem cerca de 2 gêneros e 2 espécies. Trata-se de ervas (anuais ou perenes), arbustos ou lianas, com adaptações para sobreviver à ambientes montanhosos, frios e secos, ou em ambientes salinos .Possuem grande valor ornamental com a "bela-emília" e a "lavanda-do-mar".
3. Áster é uma planta herbácea que pertence à família dos girassóis. Áster tem caule ereto e ode atingir 8 pés de altura, dependendo da espécie. O Áster produz folhas simples que podem ser longas, finas ou lanceoladas. Folhas de algumas espécies são serrilhadas nas bordas. Eles são de cor verde escuro e alternadamente disposto no caule.
4. Actaea, também conhecida como bugbane é uma herbácea perene da família das ranúnculos, com bordas serrilhadas nas folhas, flores estreitas, felpudas, brancas ou lilás, com pequenas bagas vermelhas, brancas ou preto-arroxeadas brilhantes. Plantas com bagas brancas também apresentam um ponto central preto, o que lhe dá o nome de olho-de-boneca.

As palavras começaram a sair da boca de Callie antes que o significado delas se formasse completamente em sua mente. "Minha mãe me deixou dinheiro suficiente para comprar a Grange."

A descrença se manifestou no arquear cético da testa do visconde. "Parece que eu deveria ter sabido desse dinheiro antes."

Callie tirou a língua do céu da boca que estava seco. "Bem, elas não estão exatamente em minha posse, mas posso acessá-las através do meu pai. Um tempinho é tudo o que preciso."

"Quanto tempo?", perguntou St. Alban. "Este assunto deveria ser resolvido até amanhã."

"Até..." Sua mente acelerou. *Pense.* "Até... depois do Batismo do Duque de Muck."

A testa de St. Alban se franziu em perplexidade. "*O Batismo do Duque de Muck?*"

"É o nosso festival da colheita." Sua mente fez um cálculo rápido. "Daqui a umas quatro semanas."

St. Alban sustentou o olhar dela, buscando. "Você terá cem mil libras à sua disposição?"

O número quase derrubou Callie no chão. *Cem mil libras?* Ela se esforçou para se manter firme. Tinha ido longe demais, e este homem certamente sabia disso. "Talvez possamos elaborar um plano de pagamento se eu lhe der" — novamente, sua mente calculou — "vinte por cento adiantado. São vinte mil libras."

Um "talvez" nada convencido foi tudo o que ele lhe respondeu.

Ela precisava dizer alguma coisa, qualquer coisa para defender seu caso. Não, *nada*. Só a verdade bastaria. "Eu conquistei o direito", ela repetiu, desta vez suavemente, as palavras uma força silenciosa, a legitimidade delas clara e irrefutável.

St. Alban inclinou-se para frente, claramente decidido. A respiração de Callie congelou em seu peito e sua cabeça ficou leve, como se tivesse flutuado para fora de seu corpo e estivesse observando o desenrolar desses eventos de cima.

Ele estendeu a mão. "Você tem um acordo."

Antes que ele pudesse mudar de ideia, a mão dela se estendeu para selar suas palavras. Se ele sentiu a umidade fria contra o calor seco da sua, não deixou transparecer a menor sombra. O homem era um cavalheiro. Pensamento relutante.

Callie recuperou a mão e o alívio surgiu em uma onda de apreensão. O que ela havia feito era menos do que honroso. Aquele dinheiro de sua mãe, bem, não era bem a verdade. Na verdade, era uma mentira descarada. Mas aquele dinheiro fantasma tinha cumprido sua função: tinha lhe dado tempo. Quatro semanas.

Havia seu compromisso com o distribuidor de bebidas no dia seguinte. Teria que ser cancelado. Nenhum acordo honesto lhe renderia os fundos de que precisava com a mesma rapidez.

Honesta. Sua mente se prendeu à palavra e a girou, testando seu peso. Outra solução se apresentou, uma que havia sido proposta apenas na primavera anterior, uma que não tinha nada a ver com honestidade. Era uma oferta praticamente garantida. Tudo o que ela precisava fazer era estender a mão e aceitá-la.

Na verdade, essa solução em particular era dissimulada e suja, mas... *Possível.* Essa era a parte importante. Ao contrário daquele dinheiro fantasma de sua mãe, essa possibilidade existia.

Não, não, não. Como ela poderia sequer considerar isso? A senhora de Wyldcombe Grange não fazia negócios com piratas notórios.

A urgência a invadiu a ponto de explodir, e ela se levantou de um salto. Não tinha um momento a perder. Ao contrário de suas maçãs, soluções não cresciam exatamente em árvores. "Meu senhor, se me perdoa, preciso retornar à Grange o mais rápido possível." *E garantir a obtenção de dinheiro que oficialmente não existe,* ela não acrescentou. "Como você pode ou não saber, a colheita de maçãs está em andamento."

St. Alban teve o bom senso de parecer um tanto envergonhado pelo fato tácito de tê-la tirado da Grange na época mais movimentada do ano. "A noite está caindo, minha senhora, certamente esperará até amanhã."

"Vou pegar a diligência do correio. Ela viaja à noite, e estou muito ansiosa para partir." Um eufemismo.

"*A diligência do correio?*" St. Alban franziu a testa em descrença. "Você não chegou por—"

"Diligência do correio? Claro que não. Eu viajei de diligência durante o dia."

"*Diligência?* Não em uma carruagem alugada?"

Callie por pouco não revirou os olhos para aquele aristocrata privilegiado. "Viajar com tanto luxo seria um desperdício flagrante dos recursos da Grange."

Será que o homem achava que ela era feita de dinheiro? Bem, ele achava que ela tinha milhares de libras à disposição, então talvez achasse.

Ele soltou um suspiro sofrido. "Lady St. Alban e eu receberemos alguns convidados para jantar esta noite, por favor, fique e junte-se a nós. Tenho certeza de que podemos providenciar um transporte mais adequado para sua viagem de volta."

Callie abriu a boca para recusar a generosa oferta do visconde — por que o homem tinha que ser tão honrado? — quando uma sombra comprida entrou furtivamente na sala. Ela olhou para a direita e encontrou uma figura enorme preenchendo toda a altura e largura do batente da porta.

"Não cheguei em má hora, cheguei?"

A cabeça de St. Alban se virou bruscamente e um sorriso se espalhou por seu rosto, transformando instantaneamente seu rosto em alguém de quem Callie poderia gostar em circunstâncias diferentes. Ele se levantou de um salto e atravessou a sala com passadas largas e exuberantes. "Ora, se não é o Capitão Nylander."

Capitão Nylander.

O medo tomou conta de Callie enquanto observava os dois

homens apertando as mãos e batendo bravamente nas costas um do outro. Aqueles homens eram definitivamente *amigos*.

"St. Alban", respondeu o capitão, as palavras sucintas, mas o tom caloroso.

Sua voz era grave o suficiente para abalar os alicerces daquela mansão. Certamente profundo o suficiente para abalar Callie, sua respiração superficial e sua boca seca. Ela se levantou aos poucos e ficou tão silenciosa e imóvel que imaginou que poderia ser esquecida. Então, o olhar do capitão encontrou o dela por cima do ombro de St. Alban, e toda a sua esperança se perdeu. Seus olhos se estreitaram em questionamento, e ela arqueou uma única sobrancelha imperiosa em resposta. A Grange conhecia bem aquela sobrancelha e sentia que era sua melhor defesa contra esse homem naquele momento.

Diante dela estava o homem que jamais seria seu amigo. Ele era seu rival... Seu *inimigo*. A luz suave do gás iluminava as mechas douradas de seus cabelos longos e levemente desgrenhados e o brilho do céu azul-claro em seus olhos. Apesar de toda a sua indumentária inglesa moderna, o homem poderia ser um Viking, até mesmo um deus nórdico, dos contos de outrora que ganhara vida. Tudo o que lhe faltava era um escudo em uma mão e um martelo na outra.

A respiração de Callie não teve escolha a não ser ficar presa no peito. Seu inimigo era imponente, sim, mas será que ele também precisava ser tão arrasador, devastadoramente... *Divino?*

Deixando de lado os cumprimentos, Jake deu um passo para trás. "Você está com boa aparência, meu amigo. Quanto tempo faz? Seis meses?"

"Mais ou menos", disse Nylander, distraído, o olhar fixo na mulher curiosa além do ombro de Jake. Ela permaneceu em silêncio, uma linha vertical e reta de mulher, alta e sem nenhuma curva. Seu cabelo brilhava com o vermelho vivo de um pôr do sol nas Índias Orientais.

Jake pigarreou. "Vamos brindar à sua chegada em segurança?"

Nylander apontou o queixo para a mulher. "Se ainda tiver algum assunto para tratar, posso esperar."

As sobrancelhas de Jake se escureceram como se estivesse infeliz por se lembrar dela. "Só estou terminando uns negócios com a Viscondessa Viúva St. Alban."

Uma Viscondessa Viúva. *Certo.*

Ela entrou na luz de uma arandela [5] de parede a gás. Ela tinha membros longos, desengonçada como um potro que ainda não havia crescido em suas pernas. Maçãs do rosto salientes. Nariz forte. Olhos, não convencionalmente azuis e redondos, mas escuros e amendoados. Uma boca grande e cheia demais para ser chamada de bonita, mas atraente. Seus traços individuais não eram nada elegantes, mas se sintetizavam para formar um rosto atraente e cativante. Era uma mulher difícil de desviar o olhar. Ele não conseguiria, mesmo que quisesse tão forte era a atração magnética que ela exercia.

No entanto, ela o encarava com a hostilidade de uma mulher com um problema sério para resolver. Ele nunca a encontrara na vida; teria se lembrado. Então por que ela o olhava como se fosse amarrar pesos de chumbo em seus tornozelos e jogá-lo no mar em vez de voltar a vê-lo?

Jake os olhava de um lado para o outro, com uma ruga profunda na testa. "Devo apresentá-los?"

"Não será necessário", ela disse tensa.

A vergonha, amarga, ardente e familiar, cortava Nylander, uma vergonha da qual ele nunca conseguira se livrar. Seu estigma o envolvia com tentáculos e o apertava. Embora estivesse vestido com a elegância de um nobre, aquela mulher não se deixava

---

5. Arandela - peça de madeira ou metal que, presa à parede, para suportar uma vela.

24

enganar. Pessoas de qualidade sempre viam diretamente quem ele era, quem ele *realmente* era. Jake não via, porque o amava como um irmão, mas aquela mulher via, com aqueles olhos negros como carvão que o perfuravam e queimavam. Ela o conhecia pelo que ele era: um órfão, um rejeitado, um homem para ser usado e descartado quando lhe conviesse.

Talvez não essa última parte para ela. Ao contrário de muitas damas antes dela, ela claramente não queria nada com ele, nem mesmo o prazer que seu corpo poderia oferecer ao dela.

Alguém pigarreou atrás deles. "Meu senhor, outro convidado chegou."

Um lampejo de aborrecimento cruzou o rosto de Jake. "Leve o convidado para a sala de estar. Lady St. Alban saberá o que fazer com ele. Não vamos jantar a qualquer momento?"

"Com certeza, meu senhor. Mas este convidado —"

O restante das palavras do criado foi interrompido por uma série de suspiros chocados e alguns suspiros assustados no saguão. As sobrancelhas de Jake se juntaram e ele roçou o ombro de Nylander enquanto saía correndo da sala.

RESTARAM APENAS ELE E A MULHER. Seus olhares se encontraram, e uma estranha tensão pairou no ar. Ele conhecera inúmeras pessoas que o desprezavam, mas nunca uma que o odiasse tão abertamente à primeira vista. Não como aquela mulher claramente o odiava.

Ele estendeu o braço em direção à porta vazia, gesticulando para que ela saísse da sala antes dele. Era a atitude de um cavalheiro, mesmo que ele não fosse um. Com a boca fechada em uma linha resoluta, ela passou por ele sem olhar para trás.

Ele puxou a gravata que tentava estrangulá-lo. Como aqueles dândis [6] londrinos conseguiam? Uma hora com aquele traje e ele

---

6. Costumava-se denominar dândi, aquele homem de bom gosto e fantástico

estava pronto para zarpar para os Mares do Sul, onde três peças de roupa eram duas a mais. Ele enxugou uma gota de suor que escorria pela têmpora. A fornalha que começara em seu peito se espalhara por seu corpo e não esfriara um único grau.

Logo atrás da mulher, Nylander encontrou um saguão bem diferente daquele vazio por onde passara menos de cinco minutos antes. Naquele momento, estava lotado com uma dúzia de lordes e damas de olhos arregalados, vestidos com o que havia de mais moderno.

Este saguão tinha uma semelhança com o anterior: o silêncio mortal. Mas esse silêncio não era pacífico nem estático. Pulsava com uma energia latente que implorava para ser ignorada enquanto todos se concentravam em um único ponto perto da porta da frente. Ele seguiu o olhar coletivo em direção ao objeto de sua atenção absorta e encontrou um homem solitário parado ao pé da grande escadaria.

O reconhecimento o atingiu. O homem não era outro senão o misterioso passageiro que pegara em Gibraltar. Exceto agora, que ele estava limpo, barbeado e com um brilho nobre em seus trajes de noite. O homem ainda era magro demais e lembrava um lobo solitário e esguio, mas estava claro como o dia que ele era um *deles*, um lorde.

Jake deu um passo à frente, com um sorriso perplexo nos lábios. "Meu caro senhor, receio que tenha errado o endereço para a sua saída à noite."

Uma pequena mulher loira ofegou enquanto uma mão voava para a boca e a outra para a barriga carregando um bebê. Jake olhou para ela, a preocupação irradiando de cada célula do seu ser. Dois fatos ficaram imediatamente claros. Ela era a esposa de Jake e conhecia aquele homem.

Um majestoso cavalheiro de cabelos grisalhos deu um passo à

---

senso estético, mas que não necessariamente pertencia à nobreza. O dândi é o cavalheiro perfeito, um homem que escolhe viver a vida.

frente. "Percy?" ele perguntou o nome ecoando pela sala em asas incrédulas.

A testa de Jake franziu e suas mãos se fecharam em punhos ao lado do corpo. Aquele olhar sombrio não era um bom presságio para esse Percy. A mão de Lady St. Alban envolveu o braço do marido. Ela também sabia disso.

Ao lado dele, Nylander sentiu a presença da mulher de cabelos ruivos. Ela acompanhava a ação como ele: como uma pessoa de fora, tão ignorante quanto ele em relação às correntes sombrias que se agitavam nessa sala. Ela observava curiosa, especulativa, como se estivesse acostumada a participar de reuniões como uma estranha. Isso os conectava de uma forma estranhamente tangível.

Do outro lado da sala, Percy disse: "Papai, os criados me disseram que eu o encontraria aqui." Seu olhar mudou. "E, Lady St. Alban permita-me parabenizá-la por suas núpcias e..." Ele gesticulou na direção de sua barriga.

Como uma bobina que se liberta de sua tensão, Jake atravessou o saguão com um rosnado baixo e gutural, e a sala explodiu em caos absoluto. Sem pausa, o braço direito de Jake se ergueu e disparou para frente em um golpe rápido e certeiro no nariz de Percy, certamente o quebrando por todo o sangue que jorrou e espirrou no mármore preto e branco e na balaustrada de ferro forjado.

"Oh, bela aterrissagem", soou a voz de uma dama. Era Lady Nicholas, com um sorriso satisfeito nos lábios. Nylander mal a conhecia, tendo-a transportado para Paris no ano passado, mas não seria exagero imaginar sua reação. Ela era exatamente esse tipo de mulher. Seu marido era um homem de sorte.

À frente, uma grande quantidade de sangue escorria pelo queixo de Percy, uma mancha escarlate se espalhando por sua camisa, que antes era branca. Nylander já vira sua cota de narizes quebrados e ensanguentados em sua vida, mas será que havia tanto sangue assim? Seria possível que um nariz tivesse tanto sangue sobrando?

Um calor o percorreu. Ele piscou e passou as costas da mão na testa úmida. O quarto estava ficando cinza nas bordas e, a cada batida forte de seu coração, ficava ainda mais escuro. Ele balançou a cabeça. Vozes crescentes e obscenidades gritadas ecoavam pelo ar, mas eram abafadas como se ele as ouvisse através de um túnel a uma distância muito grande.

Picos de suor brotavam de todos os poros de seu corpo e seu estômago se revirou. Ele estendeu a mão para se firmar e se viu agarrando o braço da mulher ao seu lado. Ela tentou se soltar, mas seu aperto só aumentou. De alguma forma, ela era a única barreira entre ele e o chão.

Então isso deixou de ser verdade quando o chão se ergueu para encontrá-lo, e sua cabeça bateu ruidosamente contra o mármore frio. A última coisa que viu antes que a sala ficasse completamente escura foram os olhos escuros da mulher o encarando.

A última coisa que ouviu dos confins do túnel escuro foi: "Quem imaginaria que a visão de um pouco de sangue pudesse derrubar um homem como você?"

E a última coisa que se perguntou foi o que ele tinha feito para que ela o tratasse como se o odiasse com cada fibra do seu ser?

3

DOIS DIAS DEPOIS, EM ALGUM LUGAR EM SOMERSET

M aldita malária.
O diagnóstico — bem, não a parte maldita — que colocara Callie dentro dessa carruagem, descendo por uma estrada rural encharcada com uma enfermeira repugnante e queixosa espremida ao seu lado e um capitão febril, possivelmente com concussão e delirando intermitentemente esparramado à sua frente, ambos perdidos para o mundo em sono.

Indignada, Callie olhou pela janela embaçada e observou a paisagem campestre sem incidentes que corria ao seu lado. Como chegara a esse ponto?

Em um momento, ela assistia a uma cena saída diretamente de uma farsa francesa no saguão de St. Alban, e no outro, embalava a cabeça do capitão, pingando suor e quente ao toque, com medo de que ele a batesse de novo a cabeça no piso de mármore xadrez e, desta vez, a quebrasse completamente. Ela ainda não conseguia se lembrar do baque do crânio dele contra o mármore implacável sem que seu estômago desse um nó.

A próxima coisa que ela soube foi que St. Alban estava gritando ordens para que uma carruagem fosse trazida para transportar o Viking até a estalagem mais próxima e que um médico da enfermaria de Westminster fosse instruído a encontrá-los lá. A preocupação era que o capitão estivesse com febre e que a doença fosse contagiosa. Algumas horas depois, St. Alban retornou quando o jantar estava terminando para garantir à família e aos convidados que o médico havia diagnosticado o capitão com uma crise de malária — *elas não são incomuns no Extremo Oriente* — e uma possível concussão — *você viu como a cabeça dele quicou ao bater no chão?*

Então, ele puxou Callie de lado e fez a pergunta fatídica. "Você levará Nylander de volta para Devon com você?"

"Eu... eu acho que não", ela quase exclamou.

A cabeça do visconde se inclinou para o lado e seus olhos ficaram gelados. Uma pontada de mau presságio a atravessou. "Ele não deveria ficar em Londres."

"E por quê?" Callie nunca se sentira tão surpresa em sua vida.

"Londres é uma fossa, e a proximidade de seu navio seria um tormento. O ar puro do campo é o que ele precisa para se recuperar. Então, quando estiver bem o suficiente, você poderia mostrar a ele como funciona..." O homem teve bom senso o suficiente para parar.

Callie terminou a frase silenciosamente por ele. A *Grange*. Mas não foi esse argumento que a convenceu.

Era o fato de que a pequena viscondessa loira de St. Alban estava grávida de uns bons seis meses. Ela era radiante, linda e perfeita do jeito específico que só uma mulher grávida poderia ser. Callie teve que engolir uma onda de inveja. E se o médico estivesse errado e o capitão estivesse com varíola ou escarlatina, duas doenças contagiosas? Callie não suportava a ideia de causar a perda de um filho devido ao seu egoísmo.

E isso resolveu a questão.

Callie recebeu o convite para se hospedar uma noite na casa de Cleveland Row, que ela aceitou de má vontade, e sua partida efetivamente foi adiada por um dia. No meio da noite, porém, ela teve um incidente curioso.

Inquieta, ela estava vagando pelo jardim dos fundos para reunir alguns pensamentos sensatos daquele dia louco, quando encontrou uma jovem — Srta. Radclyffe era seu nome — deitada de costas na grama, observando o céu cintilante através de um pequeno telescópio.

Devido a toda a confusão, a apresentação de Callie à garota havia passado despercebida, mas ela notara a presença discreta da Srta. Radclyffe na extremidade oposta da mesa de jantar. Ela era da mesma altura que Callie, o que era incomum por si só, e possivelmente a garota mais incrivelmente bela que Callie já vira. Estava claro que Lady St. Alban não era mãe de sangue da Srta. Radclyffe, mas sim uma mulher do Oriente. Da vida de St. Alban antes de se tornar visconde.

Callie se desculpou por interromper a observação das estrelas da Srta. Radclyffe.

"Não precisa. As estrelas são completamente indiferentes", ela respondeu. "Eu esperava capturar alguns últimos resquícios das Perseidas [1] Epsilon."

"As Perseidas Epsilon —?" continuou Callie.

"É uma chuva de meteoros. Mas, infelizmente, parece que acabou por um ano."

"Por um ano?" De alguma forma, Callie se viu sendo atraída e encantada contra a vontade. Por mais que quisesse odiar St. Alban e todos ligados a ele, não conseguia. A família dele, irritantemente, a tratava com respeito, gentileza e generosidade.

"Ah, sim, chuvas de meteoros voltam todos os anos. Elas são bastante previsíveis, ao contrário de nós, humanos."

"Bastante previsíveis", foi a resposta seca de Callie. O último dia certamente reforçou a verdade da imprevisibilidade humana.

---

1. As Perseidas são uma prolífica chuva de meteoros associada ao cometa Swift-Tuttle. São assim denominadas devido ao ponto do céu de onde parecem vir, o radiante, localizado na constelação de Perseus. As chuvas de meteoros ocorrem quando a Terra atravessa um rastro de meteoros. Neste caso o rastro é denominado de *nuvem Perseida* e estende-se ao longo da órbita do cometa *Swift-Tuttle*.

Pela centésima vez dentro daquela carruagem apertada, seu olhar pousou no imprevisível Capitão Nylander, atraído como se por um ímã. Era difícil ignorá-lo, esparramado como estava, ocupando três quartos do interior da carruagem. Um cinto de segurança havia sido criado para mantê-lo no lugar e evitar que ele deslizasse para o chão. O couro se mantinha firme e forte, mesmo quando era testado até o limite pela combinação de carruagem sacudindo e do homem enorme.

Ela encostou a testa na janela. O manto cinza translúcido da noite que se aproximava começava a se pôr, afugentando a vibrante luz do dia e escurecendo o verde das colinas ondulantes em um cinza-ardósia. Eles teriam que parar em uma estalagem para mais uma noite na estrada. Só tolos atravessavam o Exmoor [2] depois de escurecer.

A irritação fervilhava dentro dela. Nos últimos anos de viuvez, ela havia se acostumado a fazer com que as circunstâncias se adaptassem à sua vontade, e não o contrário. E esse era um conjunto de circunstâncias que se recusava a se curvar. Pelo menos a carruagem de St. Alban percorria a estrada com mais suavidade do que uma diligência comum, e seu assento de couro macio era, para ser sincera, o mais confortável em que já havia viajado. Ainda assim, ela preferiria ter voltado para casa de carruagem de aluguel do que ter que lidar ser sobrecarregada com sua situação atual.

Por algum estranho truque do destino, ela se viu obrigada a cuidar do homem que compraria sua casa sem que ela tivesse a mínima chance de comprá-la. Desafiava qualquer crença. Bem, isso não era exatamente correto. A Sra. Bickle, roncando suavemente ao seu lado, era a mulher enviada pela enfermaria de

---

2. Exmoor é vagamente definida como uma área de charneca aberta e montanhosa no oeste de Somerset e no norte de Devon, no sudoeste da Inglaterra. Seu nome é uma homenagem ao rio Exe, cuja nascente está situada no centro da área, a duas milhas a noroeste de Simonsbath. Exmoor é mais precisamente definida como a área da antiga floresta de caça real, também chamada de Exmoor.

Westminster para cuidar do capitão. Callie se afastou do cotovelo ossudo da mulher, que machucava suas costelas. Na verdade, a mulher não era a melhor das enfermeiras.

No dia seguinte, quando Callie e St. Alban chegaram à estalagem para começar a viagem para o oeste, a Sra. Bickle ergueu o queixo pontudo para Callie e disse suas palavras a St. Alban: "Você está dizendo que essa mulher vai ser minha chefe?" A pergunta crescia de incredulidade a cada palavra que ela dizia. "Ora, ela não está vestida melhor do que uma mulher da rua."

"É uma situação estranha, eu lhe digo", continuou a mulher, "quando o ajudante está mais bem vestido do que a patroa."

Era verdade que Callie não acreditava em elegância, abdicando da seda em favor da lã Devonshire, mais prática. Mas ela mantinha a aparência impecável e a higiene pessoal, o que era mais do que a Sra. Bickle podia dizer de si mesma.

Com o queixo erguido, Callie deu um passo à frente. "Se você planeja trabalhar para mim, isso será suficiente." Suas palavras surgiram com a voz altiva que lhe era fornecida pela melhor Finishing School [3] de Exeter. "Você se reportará a *mim*, não ao visconde." Ela olhou para St. Alban e detectou um brilho apreciativo nos olhos do homem. "Se você se importa com essa situação, sugiro que volte para o lugar de onde veio."

Ela meio que esperava que a mulher o fizesse. Em vez disso, a Sra. Bickle murmurou algo próximo a um pedido de desculpas e seguiu os rapazes que carregavam o capitão até a carruagem.

Antes de partir, St. Alban disse algumas palavras finais para

---

3. Finishing School - uma escola de aperfeiçoamento concentra-se em ensinar as jovens as boas maneiras sociais e os ritos culturais das classes altas como preparação para a entrada na sociedade. O nome reflete o fato de que ela segue a escola regular e visa complementar a educação de uma jovem, oferecendo aulas principalmente sobre comportamento, etiqueta e outras disciplinas não acadêmicas. A escola pode oferecer um curso intensivo ou um programa de um ano. Nos Estados Unidos, uma escola de aperfeiçoamento é às vezes chamada de Charm School.

Callie. "Mandei um recado ao navio de Nylander e mandei pegar todos os seus pertences pessoais."

Callie assentiu quando, na verdade, queria dar de ombros. Esses detalhes não faziam diferença para ela.

"E", continuou St. Alban, e os ouvidos de Callie se aguçaram ao ouvir uma nota específica na sílaba. "Você tem alguma experiência com malária?"

"Nem um pouco."

"É uma doença instável. Você precisará ficar de olho nele."

Callie zombou. "Não é trabalho da Sra. Bickle?"

O visconde ergueu as sobrancelhas. "Você precisa saber que isso pode ser complicado. É melhor ficar atenta."

Com essas estranhas palavras de despedida, o homem a deixou responsável por um homem imprevisível e sua enfermeira grosseira. Agora, aqui estavam eles, um pequeno e aconchegante trio que se deslocava pela região selvagem de Somerset.

Mais uma vez, seus olhos pousaram no Capitão Nylander. De alguma forma, no interior sombrio dessa carruagem fechada, a luz buscou suas feições e as iluminou da melhor forma possível. As luas gêmeas crescentes de cílios dourados encostadas em suas bochechas. O cume arrojado de uma maçã do rosto. A firmeza dos lábios entreabertos em um sono profundo. Mesmo a barba de três dias não obscurecia a covinha profunda em seu queixo ou a linha forte de seu maxilar. Sua barba era ruiva. Como a de *Thor* [4], foi seu próximo pensamento.

Sua mãe adorava os contos nórdicos e os contava a Callie centenas de vezes. Lindo, ousado e dono de uma gloriosa barba ruiva, Thor era seu favorito. Não poderia ter sido por acaso que a barba de seu pai fosse ruiva, embora agora com mechas grisalhas.

E o homem caído em um esquecimento inquieto à sua frente?

---

4. Thor é um deus proeminente no paganismo germânico. Na mitologia nórdica, ele é um deus empunhando um martelo associado a relâmpago, trovão, tempestades, bosques e árvores sagradas, força, a proteção da humanidade e a fertilidade.

Ele teria feito os joelhos de sua mãe se dobrarem. Mesmo com sua semelhança com Thor, ele era *incrivelmente* bonito.

Ele era impossível de se contemplar.

Ele era impossível de *não* se contemplar.

Callie aninhou o ombro ainda mais no canto da carruagem e fechou os olhos. Ela estava encarando aquele homem há muito tempo. Eles deviam estar se aproximando da estalagem.

Amanhã, completariam a última etapa da jornada de três dias e, finalmente, chegariam à Grange. O pensamento deveria tê-la confortado. Em vez disso, enviou um clamor de ansiedade direto para suas entranhas. Ela tinha apenas cerca de quatro semanas para garantir a Grange de seu rival divino. O dinheiro fictício da mãe que a salvara até aquele momento não a salvaria no final.

Também não receberia dinheiro do pai. Ele visitara a Grange no primeiro aniversário da morte de Georgie, olhou-a de cima a baixo, comentou que ela *havia se deteriorado* e não retornara desde então. Se ela perdesse a Grange, o último vestígio de seu casamento com a aristocracia, pouco restaria, além do título de Viscondessa Viúva, para mostrar os avanços de seu pai na *alta sociedade* de Exeter ou, aliás, para toda a sua vida adulta.

Suas mãos se fecharam em punhos cerrados. Ninguém tiraria isso dela. Nem o Visconde de St. Alban. Nem o Viking esparramado à sua frente. Mesmo que ela tivesse que fazer um acordo com o diabo.

"Você poderia ganhar um bom dinheiro, e o fiscal não ficaria sabendo."

Essas foram as palavras exatas do notório pirata Jack Le Grand durante seu primeiro e único encontro em Hawkset Cove, alguns meses antes. Elea a provocavam agora, sua sabedoria ilícita difícil de negar diante de seu desespero. Ela nunca obteria tanto lucro rápido com seu conhaque usando um distribuidor londrino cumpridor da lei.

Será que ela conseguiria? Será que conseguiria se humilhar diante do fora-da-lei cuja oferta ela rejeitara com tanta arrogância em nome de tudo o que era certo e honesto? A humilhação que ela suportaria, e a perda dos princípios e da superioridade, de estar no mesmo nível de um homem assim...

Seria um resultado difícil de tolerar.

Se ela levasse adiante essa ideia e *se* St. Alban algum dia descobrisse, ele não lhe venderia a Grange. Era simples assim. Ele poderia até mandá-la prender.

Bem, ele não descobriria.

Vozes do lado de fora da carruagem começaram a gritar de um lado para o outro, e o veículo diminuiu a velocidade. Callie inclinou a cabeça para frente, o nariz pressionado contra a janela, embaçando o vidro, e avistou o portão aberto e o pátio circular de uma estalagem.

Quando a equipe de quatro homens do visconde parou ruidosamente sobre o calçamento áspero, a Sra. Bickle acordou assustada. Com os olhos arregalados de terror, ela agarrou o braço de Callie. "Que diabos está acontecendo?"

"Talvez você ainda estivesse muito bêbada esta manhã para ter notado nossa partida do Red Lion em Salisbury?" perguntou Callie, incapaz de conter seu desgosto. Os hábitos de bebida da mulher eram realmente uma fonte de preocupação. "Chegamos à estalagem para passar a noite."

A Sra. Bickle soltou o braço de Callie com um estalo irritante de lábios, puxou os ombros para trás e soltou um suspiro irritado. Se a mulher fosse um gato, seus pelos estariam arrepiados. Callie abotoou sua peliça e agarrou sua bolsa, pronta para desocupar a carruagem. Ela não se daria ao trabalho de acalmar o orgulho ferido da mulher. Ela não dissera uma palavra que não fosse verdade.

Uma tosse rouca soou do banco oposto. Em uníssono, ela e a Sra. Bickle se viraram e encontraram o capitão torcendo o corpo de um lado para o outro em um alongamento que parecia desafiador e intencional, a tira de couro certamente esticada ao limite. Cílios longos e dourados esvoaçavam sobre as maçãs do rosto salientes, e um olhar azul, nublado e desconcertante, fitava o exterior. Callie congelou, com a respiração presa na garganta, e esperou. Ele fazia isso periodicamente, tentando superar a febre e acordar. Então, seus olhos se fecharam e ele afundou de volta no assento. A respiração que Callie estivera prendendo foi liberada.

"Bem, não foi por pouco?" exclamou a Sra. Bickle com uma risada curta e aliviada.

Callie não pôde deixar de compartilhar o sentimento. O que ela faria com aquele viking corpulento se ele acordasse dentro da carruagem sem ter a mínima ideia de como chegara ali? Esse era o tipo do perfeito terror noturno.

Bem, ele não era *dela* para fazer nada. Ele era problema da Sra. Bickle. Amanhã à noite, a esta hora, chegariam à Grange, e ela lavaria completamente suas mãos. Em uma casa e propriedade tão extensas quanto Wyldcombe Grange, ela seria capaz de evitá-lo completamente, mesmo após sua recuperação. Por vontade própria, as palavras de St. Alban retornaram à sua mente: e ela lavaria completamente as mãos dele.

Então, quando ele estiver bem o suficiente, você poderá mostrar a ele como funciona—

Que bom que ele parou, pois ela teria que contar mais uma mentira, garantindo ao visconde que, é claro, mostraria ao Capitão Nylander como funciona a Grange. O que ela não tinha a menor intenção de fazer. Será que o homem a achava uma tola?

Callie passou os braços por trás da Sra. Bickle, ainda ofendida, e girou a maçaneta de latão. Ela cortou a curta distância e empurrou a porta antes de saltar da carruagem. O cocheiro, perplexo, Thomas, a encarou, com a mão vazia estendida para ajudá-la a descer. Ela soltou um bufo curto e pouco feminino. Os criados da cidade eram uma raça diferente dos de Devonshire. Mesmo assim, ela deveria deixar o homem cumprir seu dever e ajudá-la de vez em quando, como uma boa dama.

Mais uma vez, ela bufou. Ela não era boa em ser uma dama, não desde que Georgie morreu.

Ela apontou o rosto para o céu e respirou fundo o ar fresco do campo. Ao seu redor, o pátio fervilhava de agitação: o tilintar do sino de chegada, o bater agudo dos cascos dos cavalos contra o calçamento desgastado, o grito aflito do cavalariço para um rapaz do estábulo. "Kip, vamos trabalhar!"

O rapaz, que não devia ter mais de doze anos, fez um gesto grosseiro para as costas do cavalariço, e seu passo, ficou mais lento. Embora Callie não tivesse dúvidas de que o impertinente Kip sabia como se virar no mundo, ela não gostava do fato de ele estar fazendo isso tão jovem. Era a mesma coisa em todos os estábulos do país.

"E você deve ser a muitíssimo estimada Viscondessa Viúva St. Alban?" Callie ouviu atrás de si. Ela se virou, no momento em que a Sra. Bickle passou por ela e seguiu em direção à taverna. O homem à sua frente fez uma reverência digna da Rainha da Inglaterra. Ela pigarreou, e o homem se levantou, não em toda a sua altura, mas em uma reverência aos seus superiores, que por acaso era ela no momento.

"Devo presumir que você é o proprietário deste estabelecimento?"

"Sou, minha senhora."

Mais uma vez, ele se curvou. *Pelo amor de Deus.* Ela não se importava com a ideia de ser melhor do que qualquer outra pessoa, sem outra razão além de ter um título. Na Grange, quando estava colhendo maçãs ou ordenhando uma vaca, nada disso importava.

"Você tem quartos suficientes para acomodar nosso grupo esta noite?" ela perguntou, indo direto ao assunto.

"O melhor que o Dog and Duck tem a oferecer, minha senhora."

"Meu cocheiro precisará da ajuda de dois, provavelmente três, rapazes robustos para levar um de nossos acompanhantes até seu quarto. Thomas?" ela chamou.

Ao ouvir seu nome, o cocheiro interrompeu a conversa com

uma criada local, com o olhar possuído pelo brilho atrevido característico que fez Callie desviar o olhar. Thomas conduziu o obsequioso estalajadeiro até a carruagem para informá-lo do mesmo problema que seu grupo havia encontrado na estalagem na noite anterior: o transporte de um homem febril, possivelmente com concussão, da carruagem para o quarto, o que provavelmente envolvia escadas, a julgar pelas janelas do segundo andar polidas até brilharem como espelhos.

O lugar parecia limpo, pelo menos. Provavelmente, o conforto seria uma questão completamente diferente. Não importava. Tudo o que ela precisava era de um banho quente, jantar em seu quarto e um lugar para se deitar horizontalmente, de preferência em uma cama com menos de dez caroços e mais de cinquenta penas. Com base em experiências recentes, era o máximo que ela poderia desejar.

Enquanto os homens começavam a retirar o capitão da carruagem, Callie permaneceu como sentinela silenciosa ao lado da porta da frente, observando o processo, agora familiar. A tira de couro que o prendia foi solta. Com a ajuda da gravidade, ele deslizou para o chão da carruagem enquanto seu corpo era empurrado para fora por um homem atrás e puxado na frente por outro, com sua figura maciça emergindo com os pés primeiro. Em meio a uma série de gemidos, rosnados e grunhidos guturais, tanto do paciente quanto dos ajudantes, o Viking foi içado pelos braços até os ombros de um rapaz robusto, de cada lado dele.

No canto inferior de sua visão, ela captou um movimento na área geral das botas do capitão. Ontem e naquela manhã, ele havia sido praticamente arrastado pelo pátio do Red Lion. Mas agora mesmo...

Pronto!

O movimento se repetiu. Seus pés tentavam acompanhar o passo dos homens que o auxiliavam, o que só podia significar...

Seus olhos se ergueram rapidamente para encontrar as

39

estreitas fendas azuis dos dele, já fixos nela. Ela ficou imóvel como uma criatura da floresta presa na mira do arco de um caçador, e seu coração disparou com uma série de batidas fortes e ritmadas. Seu olhar não estava nublado, nem um pouco. Em vez disso, ele a encarava diretamente — *diretamente* nela. Perfurantes e lúcidos eram aqueles olhos, do azul do céu de Devon em um dia claro de inverno. Um instante elétrico se passou antes que seus cílios se abaixassem uma, duas vezes, e se fechassem sobre as maçãs do rosto.

Seus lábios entreabertos emitiram um "Oh" suave e inconsciente, e ela se sobressaltou. O capitão se aproximou dela na porta, e ela olhou para os pés dele. Seus olhos podiam estar fechados, mas suas botas continuavam se movendo no mesmo ritmo dos rapazes do estábulo. Um pé na frente do outro, o trio atravessou a soleira da porta arrastando os pés e passou por ela, mas o olhar dele não encontrou o dela novamente. Seria possível que ele estivesse se recuperando?

Uma vez dentro da sala principal da taberna, ela seguiu atrás de seu grupo e inalou os aromas de carne assada, tabaco, cerveja e corpo sujo misturados à fumaça úmida particular, que ela reconheceu como o aroma inconfundível de uma estalagem inglesa. Moradores e viajantes se reuniram para uma noite de comida, bebida e música, a julgar pelo violinista afinando seu instrumento no canto mais próximo da lareira, que brilhava laranja com as brasas recém-atiçadas. Subindo as escadas, ela seguiu os rapazes ofegantes enquanto eles subiam o Viking, um degrau de cada vez, parando para descansar no patamar a meio caminho antes de chegar ao topo.

"Minha senhora", começou o estalajadeiro, espremendo-se desajeitadamente por ela no estreito corredor do segundo andar. "A senhora está no Número Um. Nosso melhor quarto." Ele girou a chave na fechadura para a esquerda e abriu a porta com um floreio.

Callie fez uma pausa e permitiu que o estalajadeiro a precedesse no quarto. Arriscou um último olhar na direção do Viking, meio que esperando encontrar seus olhos azuis lúcidos novamente, cada músculo tenso com a possibilidade. Mas a silhueta de seu perfil foi tudo o que lhe foi apresentado enquanto os rapazes tateavam a porta, uma depois da dela.

Um arrepio de calor a percorreu, estranho e desconcertante. Arrepios percorreram seus braços e sua coluna.

Então ele foi conduzido ao quarto ao lado do dela, deixando-a no corredor, sozinha. Ela ficou imóvel no lugar, acompanhada pelos acordes iniciais abafados de uma canção de violino que se infiltravam através das finas tábuas do assoalho. Nunca em sua vida ela reagira a outro ser vivo da maneira que reagira àquele homem naquele momento. Abalada, ela entrou em seu quarto.

Ela olhou rapidamente para a parede à sua direita, forrada com um verde berrante que nunca estivera na moda na história. Ela e aquele homem dividiriam aquela parede. Ela só podia esperar que ele guardasse seus delírios febris para si esta noite. Mas... Ele ainda estava com febre?

Não era da conta dela. Agora que estavam livres da carruagem e em seus quartos separados, ele era problema da Sra. Bickle.

"Mande vir água para o banho e um jantar leve", ela disse ao estalajadeiro. "Ficarei no meu quarto durante toda a minha estadia."

O homem inclinou a cabeça, e a luz brilhou em uma área central da cabeça calva. "Seu desejo é uma ordem, minha senhora."

Ele saiu correndo para cumprir suas obrigações, e Callie chutou a porta para fechá-la. Ela caminhou até a única janela do quarto e olhou sem ver para o pátio, um fervilhar de atividade zumbindo lá embaixo.

E se... *E se* o Viking estivava saindo de sua doença? Além disso, havia algo em seus penetrantes olhos azuis? Além de lúcidos, ela teria jurado que eles *sabiam*. O que eles poderiam *saber*?

Uma batida soou na porta, e Callie quase pulou da pele. "Sim?"

"Seu jantar, milady", disse uma voz feminina abafada através do carvalho oco.

"Um momento, por favor."

Callie reprimiu a fantasia inusitada e atravessou o quarto. O contato entre os olhos dele e os dela durou apenas um instante, nada mais. Não havia nada nele. *Nada.*

Esta noite, ela deitaria a cabeça em seu travesseiro macio.

Amanhã, ela chegaria em casa.

E esses assuntos seriam relegados ao cansaço da viagem que certamente eram.

4

Os olhos de Callie se abriram de repente.

Um momento depois, ela se recompôs e se lembrou de onde estava. Na estalagem Dog and Duck, em seu quarto, seus ouvidos estavam atentos a qualquer som estranho que tivesse atravessado a algazarra geral da estalagem e a despertado de um sono agitado. Pois havia uma profusão de ruídos: carruagens de correio entrando e saindo do pátio abaixo; o sino de chegada anunciando essas carruagens de correio e as que chegavam atrasadas; o zumbido constante da taverna no andar térreo, periodicamente pontuado por proclamações estridentes e gargalhadas.

Mas, não, nenhum desses sons a acordara assustada. Um som diferente, claro e intencional, fizera isso. Imóvel como pedra, ela jazia, com os olhos arregalados, os ouvidos à espera. Suas pálpebras estavam pesadas e suas piscadas cada vez mais longas, à medida que a exaustão a levava a um sono sedutor. Talvez tivesse sido um sonho.

Um súbito *thump-thump-thump* tamborilou em sua cabeceira, e através da parede ouviu-se um grito abafado. Ela se levantou de um salto. *Pronto!*

O que diabos estava acontecendo? Havia um lunático ou uma

pessoa ferida do outro lado daquela parede? No instante seguinte, seu cérebro se interessou pela pergunta. Esta era a parede que ela dividia com o Viking. Segundo a Sra. Bickle, seus devaneios febris pioravam à noite.

Callie pegou um travesseiro e o colocou sobre o rosto. Isso deveria resolver. Por um momento, pareceu resolver. Então, em meio a pouca penugem de ganso do travesseiro, outro grito soou. Quanto tempo isso poderia continuar? Onde estava a Sra. Bickle?

Um minuto se passou, e depois outro e outro, enquanto ela tentava dormir. Mas não conseguia encontrar o sono, não com o estrondo aleatório de um punho contra a parede em sua cabeça, acompanhado por uma exclamação estranha. Finalmente, ela desistiu.

Ela tirou os cobertores do corpo e sacudiu sua camisola. Cautelosamente, ela enfiou a cabeça pela fresta da porta. Quando viu que não tinha ninguém no corredor, percorreu a curta distância até a porta vizinha, pisando silenciosamente na ponta dos pés contra o assoalho. Não que precisasse se incomodar. Os passos de uma mulher solitária não conseguiam competir com o tumulto lá embaixo.

Optando por não bater, girou a maçaneta e empurrou timidamente, esperando encontrá-la trancada. Em vez disso, abriu-se em dobradiças surpreendentemente silenciosas. Com uma repreensão pronta em seus lábios, ela entrou, examinando o quarto em busca da Sra. Bickle, que certamente estava desmaiada por causa da bebida. A cama da enfermeira, no entanto, estava vazia, e o canto do banheiro também.

De repente, ela sentiu... uma presença. Seu corpo e sua respiração se aquietaram; sua mente e seu coração dispararam. À sua esquerda, estava a cama...

E o Viking.

Lentamente, centímetro a centímetro, seu olhar percorreu os pés da grande cama central, passando por pés e pernas cobertos por cobertores, seu corpo esquentando um grau a cada centímetro percorrido. O cobertor terminava nos quadris dele, e ela se preparou. Soltou um suspiro de alívio ao ver que a parte superior do corpo dele estava vestida com uma camisa de linho branca, sua cintura fina se alargava até os ombros que ocupavam quase metade da cama. Ele era um homem muito grande, sem um centímetro a mais, apenas com uma constituição robusta.

Ela respirou profundamente e, finalmente, alcançou a cabeça dele, com os cabelos espalhados em mechas douradas. A palavra para o cabelo dele, aquela que estava na ponta da língua há dias, lhe ocorreu: brilhante. O homem tinha cabelos *brilhantes*.

Finalmente, ela conseguiu encontrar o olhar dele, que estava surpreendentemente lúcido e decididamente indiferente. "Terminou?" sua voz ecoou profunda e mal-humorada ao longo da cama.

Callie abriu a boca para responder, mas as palavras se recusaram a se formar. Ela a fechou com força, a garganta seca como o deserto, e apertou a camisola com força contra o pescoço. Não seria bom que ele a visse corar.

"É possível que eu tenha sido sequestrado?"

"Dificilmente", ela respondeu antes que pudesse se controlar. Que ideia! Então, ele não se lembrava dela da mansão de St. Alban? Bem, ela seria o tipo de mulher esquecível para um homem que parecia um deus Viking. "Você está aqui a mando de Lorde St. Alban."

"E *aqui é*?"

"No meio de Somerset."

Suas sobrancelhas se juntaram e relaxaram em um instante. "Esta conversa promete ser longa. Antes de continuarmos, você pode me trazer outro travesseiro? Este é chato como um linguado. Eu mesmo pegaria, mas" — ele se mexeu, e por um segundo sem fôlego, Callie achou que ele poderia se levantar, mas rapidamente ele caiu para trás — "parece que não consigo encontrar forças. E um copo d'água", acrescentou. "Minha garganta parece que bebeu meio litro de areia."

Callie olhou ao redor do quarto, cuja mobília consistia inteiramente de uma cama, mesa de cabeceira, guarda-roupa, biombo e catre, e localizou o lavatório perto da janela aberta. Como o quarto não era mais longo nem mais largo do que três passos em qualquer direção, ela tinha uma jarra de água na mão em questão de segundos. Com a mão trêmula, ela despejou água numa caneca de lata, o olho semicerrado do Viking sobre ela o tempo todo. Seu coração batia tão rápido quanto as asas de um beija-flor na primavera. Pelo jeito que ele lhe dava ordens, devia pensar que ela era uma criada, possivelmente uma enfermeira.

Se ele fosse uma ovelha e ela pudesse lhe fazer um escalda-pés, ela o faria e ele se recuperaria em questão de minutos. Mas aquele homem não era uma ovelha, e certamente não tinha escalda-pés. E ela certamente não era enfermeira. Mesmo assim, podia lhe dar um travesseiro e um copo d'água sem causar muito dano.

Com o copo na mão, ela pegou o travesseiro no catre da Sra. Bickle. Onde estava a maldita mulher? Hesitante, cautelosa, Callie se aproximou sorrateiramente, parando a meio metro dele. Com o corpo coberto por uma pilha de cobertores, ele não parecia tanto um inimigo dela, mas sim um homem necessitado.

"Qual você prefere primeiro?" ela perguntou, com o tom ao mesmo tempo rápido e trêmulo. Ela alternadamente ergueu o copo e o travesseiro.

Ele rolou para o lado, de frente para ela. "O travesseiro."

Ela se levantou o travesseiro estendido, os pés fincados no assoalho, a perplexidade aumentando a cada segundo que passava.

Ele lançou um olhar impaciente por cima do ombro. "E então?"

Ah. Ele queria que ela colocasse o travesseiro atrás dele.

Ela deu alguns passos à frente e colocou a caneca na mesa de cabeceira. A distância que os separava — menos de 30 centímetros agora — foi o mais próximo que ela chegou de um homem que não era seu marido e, mesmo assim, ela não se aproximou muito dele.

Com os olhos cerrados, ela se curvou, tomando cuidado para não tocar em nenhuma parte dele, e encaixou o travesseiro entre suas costas e a cama, dando-lhe alguns empurrões para garantir a segurança. No total, a tarefa não levou mais do que três segundos, mas nesse tempo seu cérebro foi capaz de identificar uma sensação predominante: o calor dele. Não o calor úmido esperado da febre, mas o calor de um corpo grande pulsando com energia acumulada. Ele poderia estar fraco como um gatinho agora, mas em breve, muito em breve, seria um gato selvagem, de pé e se movendo, vibrante e curioso, e totalmente demais para ela lidar.

Mesmo enquanto um arrepio de alerta a percorria, ela experimentou outra sensação, mais tangível e imediata naquele intervalo de três segundos. Úmido e abrasador, o hálito dele filtrava-se pela camisola e pela camisa, atingindo a pele nua de suas coxas em rajadas curtas e superficiais. Um calor quente e líquido serpenteou através dela, acumulando-se no fundo do seu estômago e ainda mais abaixo —

Ela se endireitou, todos os músculos do corpo alinhados na linha reta de um choque absoluto, completo e profundo. "Isso deve bastar."

Ele rolou de costas com um grunhido de aceitação e bateu a cabeça com força na cabeceira de carvalho. "Água", ele rosnou, com os olhos fechados em um estremecimento.

Ela quase sentiu compaixão, mas tinha uma preocupação mais urgente. Como ela faria a água entrar naquele homem? Sem... Sem chegar perto dele?

Ela pigarreou e pegou a caneca. Inclinando o corpo para que apenas as partes que realmente precisavam se aproximar, ela pressionou a caneca contra os lábios firmes dele. Quando se separaram para receber a bebida, ela inclinou a caneca e ele engoliu. Seus olhos acompanharam a ondulação da garganta dele, os músculos que se conectavam a clavícula e aos ombros por baixo da camisa, a batida do pulso visível no pescoço. Tão forte, tão vulnerável. Ele era todo calor, vitalidade e homem.

Os olhos dele se arregalaram e ela ficou alarmada. Imediatamente, ele começou a tossir e a ofegar, e o momento estranhamente íntimo se transformou instantaneamente em um caos.

"O que posso fazer?" Ela nunca se sentira tão incapaz.

Ele se virou de lado até que a tosse passou. "Água", grasnou novamente.

"Tem certeza? Não foi tão bem da última vez. Talvez tudo o que você precise talvez seja um pouco de..."

"*Água*", ele repetiu.

Às cegas, ele estendeu a mão para pegar a caneca da mão dela, no mesmo instante em que ela estendeu a mão para colocá-la ali. O tempo se estendeu e desacelerou quando a água se espalhou pelo ar em um arco alto antes de cair com um respingo no Viking, encharcando seu cabelo e sua camisa até a pele, deixando o linho branco desconcertantemente translúcido. Que bagunça um pouco de água pode fazer.

"Será que nunca vou saciar essa sede?" ele rosnou, seu olhar cruzando com o dela e se fixando. "Enfermagem pode não ser sua vocação."

"Definitivamente *não* sou sua enfermeira", ela retrucou.

Foi quase risível o jeito como suas sobrancelhas se encontraram em confusão, mas ele não estava errado. Ela era uma péssima enfermeira e odiava ser péssima em qualquer coisa. Trabalho e diligência sempre a tornavam a melhor em qualquer empreitada que se propusesse a fazer, exceto naquela. Ela talvez tivesse que admitir a possibilidade de que até mesmo a desleixada e bêbada Sra. Bickle fosse uma enfermeira melhor do que ela.

Sra. Bickle... Claro.

No entanto, o que Callie fazia bem era saber exatamente o que fazer quando o momento exigisse. Ela ergueu o indicador em sinal de contenção quando o capitão abriu a boca para fazer a inevitável série de perguntas. "Se você me der licença."

Ela percebeu que ele franziu a testa, perplexo, antes de fugir do quarto e descer correndo as escadas em direção à taverna principal o mais rápido que seus pés permitiam. Ela apostaria até o último hectare da Grange que a Sra. Bickle estava lá.

Foi só quando chegou ao último degrau que se deu conta: estava vestida com uma camisola, uma combinação e nada mais. Murmúrios e sussurros crepitavam no ar, e olhos se lançavam para a esquerda e para a direita para encará-la. Ela ergueu o queixo um pouco e apertou a faixa na cintura. Seus pés descalços se contorciam no chão pegajoso. Não havia como voltar atrás.

Ela foi recebida em um cômodo muito diferente do que ela conhecia. Naquela época, era quente e aconchegante, com um ritmo lento e convidativo. Agora, era esfumaçado, barulhento, com violinos estridentes e conversas gritadas de uma dúzia de mesas.

Uma risada alta e estridente se elevou acima do barulho. Instintivamente, Callie apontou os pés na direção do som, percorrendo a sala densamente lotada em uma série de sobressaltos e paradas, enquanto tentava não esbarrar em ninguém, mas falhava miseravelmente.

Mais uma vez, a risada soou, mais próxima agora. Ela contornou mais duas mesas, e lá estava sua presa, sentada no colo de um homem enquanto flertava com outro. Que tipo de enfermeira era a Sra. Bickle, afinal?

Callie parou bem em frente ao trio aconchegante. Às vezes, ela conseguia usar sua altura com grande efeito para ganhar atenção e um respeito relutante quando precisava. Esta foi uma dessas ocasiões. "Sra. Bickle."

A mulher inclinou a cabeça para trás e encontrou o olhar de Callie. Ela esperava encontrar aflição ali, ou pelo menos um pouco de timidez por ter sido pega em flagrante no abandono de seu dever, mas não encontrou nenhum traço de culpa no olhar ousado da mulher.

"Meu Deus", começou a Sra. Bickle, claramente tendo tomado mais do que algumas canecas de bebida. "Se não é a dona da mansão." A Sra. Bickle fez um grande espetáculo, olhando Callie de cima a baixo, provocando algumas risadas. "Você é grande, com certeza."

Callie ignorou a avaliação rude da mulher. Já tinha sido chamada de algo pior. Mesmo assim, apertou o fecho da camisola com mais força no pescoço. "Seu paciente precisa de você."

Outra risada estridente irrompeu da enfermeira, e ela se aninhou mais no colo do homem, que arqueou lascivamente as sobrancelhas espessas. "Não há como ajudar esse homem. Apenas deixe a febre seguir seu curso e veja o que há do outro lado. Nunca se sabe, o sujeito pode ainda estar vivo." Ela soltou uma gargalhada estrondosa antes de esvaziar os últimos goles de sua caneca de cerveja, arrotando o mais alto que já havia atravessado um par de lábios femininos e pedindo outra caneca.

Callie sabia quando tinha sido dispensada. Sem dizer mais nada, ela se virou e refez seus passos em direção à escada, com vaias, assobios e gritos deixando um rastro. Que audácia daquela mulher.

Ela poderia seguir o conselho da Sra. Bickle e deixar o Viking se esforçar. Talvez o estalajadeiro pudesse encontrar outro quarto para ela, um que não compartilhasse uma parede comum. Mas não daria certo. Ela tinha uma responsabilidade com o maldito homem.

Com o medo se abrindo em suas entranhas, ela subiu as escadas pisando duro. Chegou à porta dele e girou a maçaneta lentamente, incapaz de se comprometer totalmente com a decisão que tomara segundos antes. Talvez a providência tivesse tido misericórdia dela e realizado um milagre naquele quarto, fazendo-o voltar à febre e à inconsciência.

Ela enfiou a cabeça para dentro e não percebeu que tal misericórdia havia ocorrido. O Viking agora estava completamente ereto na cama, com o olhar lúcido fixo nela.

"E ela voltou", ele disse, com o tom seco e a voz rouca. "Para uma mulher que definitivamente não é minha enfermeira, você está *extremamente preocupada* com o meu estado de saúde."

"Não é *preocupação*", retrucou Callie. "Sou responsável por você, seu idiota."

O insulto estava adormecido em seu ventre há dias, e sua liberação foi boa. Então seus olhos se estreitaram e sua cabeça se inclinou para o lado, especulativa. O suor lhe pinicava a pele, e sua sensação de triunfo ousado se esvaiu rapidamente.

Ela ainda poderia se arrepender de sua língua ácida.

———

A MEMÓRIA ATORMENTAVA a consciência de Nylander. Ele deveria reconhecer aquela mulher, tinha certeza disso, mas a memória se recusava a se fazer presente.

"Nós nos conhecemos", ele disse lentamente, uma declaração do óbvio que lhe renderia outra *pancada* na cabeça se não tomasse cuidado.

Ela soltou um suspiro longo e sofrido. "Em Londres. Na mansão de St. Alban."

Era isso. Como ele poderia esquecer a forma como aqueles olhos dela o olharam? Embora tivessem perdido um pouco da intensidade anterior, não eram menos hostis. "Minha memória daquele dia está um pouco nebulosa."

"Não é surpresa, considerando a força com que você bateu o crânio no chão de mármore de St. Alban."

Isso explicaria sua forte dor de cabeça. Uma lembrança do mundo escurecendo e ele caindo para frente. Seu colapso deve ter se seguido rapidamente, a causa se tornando cada vez mais clara, dado seu estado atual de confusão e exaustão profunda. Ele apontou para a mesa ao lado dela. "Traga isso aqui."

Ela olhou para baixo e pareceu surpresa ao encontrar o copo d'água descartado perto da mão. Ela o encarou como se aquilo a enchesse de pavor.

"Você o deixou lá quando saiu correndo como se as três Furies [1] estivessem atrás de você."

Com um revirar de olhos irritados, a mulher agarrou a caneca em um movimento sem cerimônia e a levou cuidadosamente até lá. Em seguida, ela se arrastou para trás até que suas costas batessem em uma parede. Ele suspeitava que ela desaparecesse através de pedra e gesso se pudesse. Que mulher confusa e difícil.

Com a caneca vazia, seus olhos não conseguiram evitar se fechar em êxtase satisfeito. Eles se abriram para encontrar o olhar dela firmemente fixo nele, seus olhos aqueles familiares orbes de ônix de hostilidade. "Então, Somerset", ele disse como para conversar uma conversa.

Ela assentiu uma vez, com firmeza, como se a afirmação lhe custasse caro. "A caminho de Devon. St. Alban achou que seria melhor você se recuperar no campo da sua—"

"Malária", Nylander resmungou baixinho, mais para si mesmo do que para ela. "E ele a enviou comigo."

Ela se mexeu. "Algo assim."

Interessante. "Então, se você não é minha enfermeira, quem diabos é você?"

"Apenas a parente caipira de um grande aristocrata londrino", ela respondeu com um encolher de ombros indiferentes. O movi-

---

1. Furies, na mitologia greco-romana, são as deusas da vingança. Provavelmente eram maldições personificadas, mas possivelmente foram originalmente concebidas como fantasmas dos assassinados. Segundo o poeta grego Hesíodo eram filhas de Gaia (Terra) e surgiam do sangue de seu esposo mutilado, Urano. Nas peças de Ésquilo, eram filhas de Nix; nas de Sófocles, eram filhas das Trevas e de Gaia. Eurípides foi o primeiro a falar delas como sendo três em número. Escritores posteriores às chamaram de Alecto ("Ira Incessante"), Tisífone ("Vingadora do Assassinato") e Megera ("Ciumenta"). Viviam no submundo e ascendiam a terra para perseguir os perversos. Sendo divindades do submundo, eram frequentemente identificadas com espíritos da fertilidade da terra.

mento, sua intenção, atingiu um ponto errado. Embora mal conhecesse essa mulher, ele compreendia, em um nível fundamental, que ela não era indiferente a nada.

Outra lembrança estava à beira do reconhecimento. Eles haviam sido apresentados na mansão de St. Alban, mas ele não captar os detalhes, exceto que seus olhos inflexíveis tinham sido a última coisa que ele viu antes de mergulhar completamente na escuridão. Isso, ele também sabia: ela estava lhe contando algo importante. Mas ele não tinha forças nem paciência naquela noite para arrancar a verdade dela. Uma questão muito mais imediata estava se destacando. Ou seja, os vapores nocivos que emanavam de sua pessoa.

Ele olhou a mulher de cima a baixo e, novamente, ela se mexeu sob seu escrutínio. Ela não se importou com sua avaliação. "Eu me sinto fraco como um filhote e preciso da sua ajuda, mas você pode não ser forte o suficiente."

"Sou bem forte", ela retrucou.

Ele não se conteve e sorriu. A petulância daquela mulher em particular era surpreendentemente cativante. "Nesse caso, preciso da sua ajuda para tirar a minha camisa."

Seu rosto azedou como se tivesse engolido um limão inteiro. "Por quê?" ela perguntou. "Já estabelecemos que não sou sua enfermeira."

"Bem, você está *aqui* e é melhor do que nada—"

"Eu não teria tanta certeza disso."

"—E caso você não tenha notado", ele persistiu, "eu cheiro como se tivesse sido arrastado pelos esgotos de Londres e pendurado para secar na cabeça de um indiano oriental que não toma banho há seis meses." Suas sobrancelhas se encontraram em confusão, e seu rosto assumiu um tom pálido. "Para deixar claro, preciso de um banho, e a única maneira de fazer isso com eficácia é tirando minhas roupas."

"Você não precisa—" A frase morreu em sua boca. "Você fede muito."

"Então, se você me ajudar —"

"Mas", ela interrompeu, "você deve estar fraco demais para um banho."

"Um banho de esponja serve."

Ela mergulhou o mindinho na pia e o alívio tomou conta de suas feições. "Esta água está fria. Não podemos deixar você pegar pneumonia além de malária."

Era quase cômico o quão pouco ela desejava dar um banho nele. Quase. O desejo dele de lavar o suor e o fedor do corpo era o maior dos dois desejos. "Sou marinheiro, aguento um pouco de água fria. Agora" — ele se curvou, inclinando a parte superior do corpo para frente — "vamos tirar esta camisa."

Ele se acalmou e esperou. Ela poderia fugir. Era perfeitamente possível. Só que ela não parecia ser o tipo. Uma teimosia a dominava, uma que insistia em que ela levasse um assunto até o fim. Por que mais ela teria voltado para o quarto dele? Certamente não era por gostar dele. Mesmo assim, ele não conseguiu evitar acrescentar: "Eu não mordo, a menos que—"

Os olhos dela se arregalaram e ele parou. Suas orelhas ficaram vermelhas até a ponta. Ela sabia como aquela frase terminava.

Maldição. Agora ele lhe dera todos os motivos para fugir. "Foi uma tentativa de brincadeira de marinheiro, me perdoe." Um momento de incerteza se passou, então o corpo dela relaxou por uma fração tão pequena que ele sentiu, em vez de ver. "Eu subi a camisa até os quadris. Tudo o que você precisa fazer é içá-la pela minha cabeça e tirá-la." Ele fez parecer tão simples, prático, como se não fosse estranho ajudar um homem que ela mal conhecia a se despir. "Entendeu?"

Ela assentiu.

"Pronta?" ele perguntou inseguro.

Ela endireitou os ombros. "Claro."

Que mulher. Ele puxou a camisa até a metade do tronco. "É só até aí que consigo chegar."

Os olhos dela se voltaram para baixo, além da barra da

camisa, em direção à barriga exposta. Ela ficou imóvel. "Você nunca viu a barriga nua de um homem?", perguntou ele.

"Sou do interior e tenho quatro irmãos, claro que sim." Ela hesitou. "Muitas vezes." Outra hesitação. "Talvez não como a sua."

Ele bufou. E achou que já tinha ouvido tudo. Nos lábios de outra mulher, aquelas palavras poderiam ter sido um elogio, um convite, mas não nos desta. "Podemos continuar?"

Ela respirou fundo, tossiu um pouco — ele realmente fedia — e deu um passo à frente como uma mártir preparada para as chamas. Através dos resquícios do odor dele, surgiram outros aromas: cítricos frescos, maçã floral. Para uma mulher tão azeda, ela certamente cheirava a um doce, do tipo que um homem poderia devorar em três mordidas e ficar querendo mais.

Seu pênis saltou e ele se sacudiu mentalmente. De onde tinha vindo aquilo? Se ele não tomasse cuidado, daria a ela muito mais para ver do que seu peito nu.

Por sua vez, ela não poderia ter notado o estado de excitação parcial dele, pois ela fechou os olhos para agarrar a barra da camisa dele. As costas da mão roçaram a pele dele, frias e vibrantes, enquanto ela a erguia em um único movimento, para cima, para cima, para cima, sobre o peito, os ombros, a cabeça, sendo o cabelo dele o último a se soltar. Seus olhos se abriram e um "*Yip!*" assustado escapou dela no instante antes de se fecharem novamente.

"Achei que você já tivesse visto um homem sem camisa antes." Ele não resistiu a acrescentar: "*Muitos.*"

Um de cada vez, ela abriu os olhos. "Você tem, hum", gaguejou, claramente procurando a palavra correta.

Ah. Não foi o corpo dele que a deixou sem palavras. Foi a pele dele. Ou melhor, as tatuagens em sua pele. Alguns segundos tensos se passaram antes que ele sentisse pena dela e dissesse: "Tatuagens".

"*Tatuagens*", ela suspirou.

"Você nunca ouviu falar delas?"

"Não, quero dizer, sim, já. Mas nunca tinha visto uma." Ela mordeu o lábio inferior. "Ou quatro."

"Mmm", ele resmungou, uma forte sensação de exaustão substituindo seu interesse naquele tópico de conversa. Ele deixou os olhos se fecharem e apoiou a cabeça na cabeceira da cama, delicadamente. "Sobre o banho de esponja?"

"Sim?"

"Se você pudesse reunir os materiais necessários?"

"Ah, claro."

De olhos fechados, ele a ouviu entrar em ação, deslizando o lavatório para perto da cama antes de abrir, fechar e abrir as gavetas do guarda-roupa, os sons abafados dela remexendo, presumivelmente para encontrar um pano limpo para lavar. "Ah-há", ela falou. Seus olhos se abriram e a encontraram segurando dois panos em triunfo. Em três segundos, ela os colocou no lavatório ao lado de um sabonete bastante sujo.

Ela recuou um passo, depois outro, até chegar à porta, a mão na maçaneta, todo o seu ser à beira da fuga. "Se for só isso...", ela disse lentamente.

"Você não vai terminar o serviço?"

"Eu, hum", ela gaguejou.

Uma gargalhada escapou dele, e seus olhos ficaram implacáveis. Sério, ela tornava a irritação fácil demais. "Outra piada sem graça, me desculpe", ele se desculpou. Até ele percebeu que ele só falava meio sério. "Tenho tudo o que preciso."

Seu olhar sinistro o encarou por mais um instante do que o estritamente necessário antes que ela se virasse e fugisse do quarto.

A mulher não precisou ser informada duas vezes.

5

S ilêncio.

Um silêncio sombrio, persistente e absoluto, que poderia durar até o fim da eternidade, rugia nos ouvidos de Callie. Por quanto tempo àquela maldita noite estava fadada a se arrastar?

Ela se virou para o outro lado, irritada por ter apenas dois travesseiros, e os dobrou sob a cabeça. Tudo havia ficado em silêncio dentro e fora da estalagem, proporcionando a combinação perfeita para uma noite de sono tranquila, mas o turbilhão de atividades que zumbia em seu cérebro continuava a afugentá-lo. Aquele momento continuava voltando à sua mente.

"Você nunca viu o peito nu de um homem antes?"

Ela reuniu toda a sua coragem para abrir os olhos. Definitivamente, nunca tinha visto um como o dele. Ombros largos, tórax musculoso, barriga definida exposta até ao nível dos ossos do quadril, e o cobertor que havia abençoadamente coberto a metade inferior dele.

Se um corpo podia ser um pecado, o dele era.

Mas não foi o corpo dele que a chocou e a deixou sem palavras. Foi a pele dele. Ou melhor, os desenhos tatuados em sua pele. Um cobria todo o seu peitoral direito, outro menor jazia à esquerda, acima do coração, outro envolto em seu ombro esquerdo e mais um tatuado em seu antebraço direito.

Que tipo de homem tinha levado agulhada de tinta em sua pele? Que tipo de homem era o Viking... Seu *inimigo*?

Em sua agitação com torsos nus e banhos de esponja, ela se esquecera daquele detalhe nada insignificante. O homem era seu inimigo. Ele lhe tomaria a Grange, se tivesse a chance.

Será que ele tinha mais daquelas tattoos em outras partes do corpo?

Provavelmente.

Seriam dolorosas?

Sem dúvida.

Será que ainda eram dolorosas?

Por que sua mente não se acalmava e dormia? O homem era mais interessante do que tinha o direito de ser.

Será que a Sra. Bickle havia retornado para cuidar de seu paciente? Sra. Bickle. A mulher era um desafio a cada momento.

Callie se jogou para o lado que havia abandonado há apenas um minuto. Mas, falando sério, a Sra. Bickle havia retornado? Ela não tinha ouvido mais nenhum pio através da parede, o que provavelmente era uma coisa muito boa.

Também podia ser algo muito ruim.

Ela bufou de frustração, tirou as cobertas do corpo e voltou para o quarto dele. Dessa vez, ela realmente precisava ter cuidado para não fazer barulho, pois o silêncio permeava o ar a um nível que implorava para ser perturbado pelo rangido errante de uma tábua do assoalho.

A porta se fechou atrás dela com um clique abafado, e ela ficou imóvel, seus olhos se adaptando à escuridão cuja única fonte de luz era a lua pálida que entrava pela janela aberta. Com passos rápidos de gato, ela caminhou até a cabeceira da cama, notando no caminho que o catre da Sra. Bickle estava vazio e encontrou o Viking perdido no sono, com os cobertores puxados para abaixo das axilas.

Ele não corria perigo mortal. Ela podia ir embora agora. Mas seus pés se recusaram a obedecer ao seu bom senso. A posição da lua tinha seus raios banhando a figura imóvel, como se o exibisse. Ele estava deitado, glorioso e dourado. Sua barba ruiva permanecia. Ele não a havia raspado e, estranhamente, ela estava feliz.

Sua timidez desapareceu e sua curiosidade a atraiu. Ela já vira muitos homens nus da cintura para cima durante a temporada de colheita, mas nenhum deles era como ele. Faltava-lhes sua presença e beleza, e nenhum deles tinha *tatuagens*.

Cada uma parecia ter sido feita por uma mão diferente. A que estava em seu peitoral direito era simples em seu conceito, com linhas espessas, arrojadas e de um preto suave que se desvanecia em sua pele como se estivesse ali há muito tempo. O mesmo acontecia com a menor em seu antebraço direito, uma simples âncora preta. A que estava em seu ombro, no entanto, possuía uma característica diferente. Suas linhas se distorciam em padrões intrincados e trançados que lhe eram familiares. Poderia ter sido originada nas antigas tribos da Irlanda ou da Escócia.

Mas a pequena, à esquerda do centro do peito, a intrigava. Delicada e perfeitamente simétrica, consistia em três colunas verticais com o que pareciam ser letras de um idioma oriental, do tipo que ela vira no Museu Britânico em sua única visita.

O que dizia? E por que ele a colocara diretamente acima do coração?

Nada nas tatuagens teria sido remotamente civilizado aos olhos da sociedade inglesa. Como elas eram? Não a experiência de tê-las no corpo, mas de tocá-las com as pontas dos dedos. Como se uma pessoa externa a ela guiasse suas ações, ela se inclinou e sua respiração ficou presa, captando em seus pulmões o aroma recém-limpo dele. Dedos trêmulos se estenderam para pairar um fio de cabelo acima do ombro dele por um, dois, três segundos antes de encostar as pontas dos dedos na carne.

A tatuagem parecia... *Pele*, quente ao toque, como se o sol tivesse acabado de beijá-la. Uma rápida olhada confirmou que o resto de seu braço estava bronzeado. Este homem passava seus dias sob um céu aberto. Eles eram semelhantes nesse aspecto.

Ela balançou a cabeça. Não seria bom pensar em nenhuma semelhança entre eles.

De repente, a mão dele percorreu o corpo e dedos fortes se fecharam em seu pulso. Um grito de choque escapou dela e ela recuou assustada, mas não foi muito longe, pois o aperto dele apenas aumentou. Seus olhos encontraram o olhar azul dele, fixo nela, sem um pingo de surpresa em suas profundezas.

Ela sentiu medo e ansiedade, e a mortificação a invadiu. Ele a observava, olhando para ele... *Tocando-o*. Novamente, ela tentou recuar, mas ele segurou firme seu pulso e seu olhar. Há quanto tempo ele a observava?

Seu coração ameaçou saltar do peito. Ela não conhecia aquele homem. Eles estavam próximos havia dias, mas ela não o conhecia de jeito nenhum. Não sabia que tipo de vida ele levava, o que aquelas tatuagens diziam sobre ele. O homem era um marinheiro, o que não era um indicador sólido de bom caráter.

Mais importante ainda, ele era seu rival na Grange. Como ela poderia ter perdido isso de vista? Bem, a visão diante dela explicava como.

Tão repentinamente quanto a agarrou, ele a soltou. Por reflexo, ela estendeu a mão para agarrar a camisola contra o pescoço e não encontrou nada lá, apenas pedaços de linho fino. O alarme a percorreu. Ela estava vestida simplesmente com sua combinação sem mangas.

Ele rolou completamente de lado, com os olhos avaliando, apoiado em um cotovelo, o torso nu esticado diante dela. Ela enrolou o lábio inferior entre os dentes e ficou muito, muito quieta.

Mais uma vez, ele estendeu a mão e segurou seu pulso, desta vez delicadamente. Seu polegar começou a acariciar seu ponto de pulsação interno, e seu olhar azul a incendiou. "É um rubor que está tingindo sua bochecha pálida?"

Oh, o tumulto que suas palavras, o som áspero delas contra o fundo de sua garganta, desencadeavam nela. Aquela sensação entorpecida de agir fora de si retornou. Eram apenas ele, ela e a lua.

Ela cambaleou para frente, e ele soltou seu pulso, seus dedos agarrando a curva de sua cintura, seus olhos nunca deixando os dela por um instante. "Que curva adorável."

Seu olhar, seu toque, suas palavras a penetraram. Nenhum homem jamais havia falado dela daquele jeito.

Reta. Lisa. Alta. Masculinizada. Estranha. Essas foram as palavras que Georgie usou.

No entanto, nesta hora profunda de uma noite interminável que existia num limbo entre a realidade e a fantasia, uma narrativa diferente a chamava, uma que sussurrava sobre suas *belas* curvas.

A mão dele subiu mais alto, e a respiração dela congelou no peito. A ponta de um dedo circulou a pequena marca de nascença rosa perto do topo do braço dela, uma, duas vezes, antes de se mover alguns centímetros e roçar a curva externa do seio. Um sorriso, sombrio e sábio, curvou-se em sua boca. "Tão doce."

Ela deveria estar indignada, lívida. Deveria sair desse quarto. No entanto, não parecia certo nesse momento tão errado. Uma realidade diferente de tudo que ela já havia experimentado a prendeu em suas garras. As palavras dele, o toque dele, o sorriso dele provocaram uma chama repentina em um desejo oculto e feroz.

A mão dele envolveu suas costelas e a puxou, os músculos vigorosos que percorriam todo o comprimento do antebraço se flexionando, puxando-a para mais perto da cama, para *ele.* Uma dúvida repentina a invadiu, e ela ficou rígida, seu corpo se transformando em uma tábua inabalável. As sobrancelhas dele se franziram e seu sorriso desapareceu. O alarme pulsava em ondas, então ele se levantou de um salto e jogou as pernas para fora da cama, com uma tira de cobertor agora cobrindo apenas... Um pouco dele. O rubor dela dobrou de intensidade.

"Será que eu", ele começou, com o desconforto estampado em suas palavras, "interpretei mal a situação?"

"Que situaç—" Ela parou.

Oh. *A situação.*

Sim, ela deveria dizer *sim*, que ele havia interpretado tudo errado. Mas era mentira. Seu corpo, quente, líquido e vibrante com uma sensação nova, sabia o tempo todo o que sua mente não sabia: ela o queria, e cada célula de seu corpo se combinou em um desejo coletivo por essa *situação.*

Ele não havia interpretado nada errado.

"Fique."

Um derretimento ainda maior ocorreu dentro dela. Um homem nunca a tocara, olhara para ela, não desse jeito, não como se o mundo dele fosse desabar se ela não ficasse. Algo se encaixou. *Desejo.* Ela nunca fora desejada, um fato bem estabelecido por três anos de casamento com Georgie, e ela nunca havia experimentado o desejo por si mesma.

Ter o objeto de seu desejo implorando para que ela ficasse? Ela era incapaz de resistir.

Com uma confiança que jamais sonhara possuir, ela se colocou no "V" aberto das pernas dele. A escuridão conferiu um estranho anonimato ao momento, até mesmo lhe concedendo permissão para agir de uma forma que jamais faria na claridade. Ela não tinha certeza de quanto mais poderia agir fora de seu caráter esta noite, mas estava prestes a descobrir.

Ela segurou o rosto entre as mãos e levou os lábios aos dele, despreparada para o calor da pele dele sobre a sua. Mãos grandes e fortes envolveram sua cintura, e ela nunca se sentiu tão feminina como quando ele a puxou para si com um gemido baixo e rouco. A língua dele tocou a dela, e ela se assustou com um "Oh!" chocado.

"O que eu fiz?"

"Eu não sei." Ela se inclinou para frente, a boca a um fio de cabelo da dele. "Faça de novo."

Quem era ela agora? Isso não importava. Era a sensação certa, ser essa mulher.

Bem, não parecia *certo*, mas parecia *bom*, tão bom, quando a boca dele se esticou para fechar a distância entre os lábios e encostar a língua na dela novamente. Pele quente e escorregadia na dela. Macia. Firme. Convidativa. Exigente. A lava se acumulou em seu ventre, infiltrou-se em suas veias, pulsou em seu corpo, acendeu sua pele.

Oh, isso era *bom*. Tinha que estar certo.

As mãos dele se moveram para o traseiro dela e a puxaram para si. Ele se separou de sua boca, e ela gritou um protesto pela perda. Os lábios dele encontraram a curva do pescoço dela, sua língua fazendo cócegas, provocando, tentando-a a se aventurar naquele caminho de pecado com ele. Ela nunca se sentira tão física, tão carnal, seu corpo entendendo o que sua mente não havia compreendido até agora: ela fora feita para isso. Ela nunca se sentira tão mulher.

Com um conhecimento próprio, as pernas dela deslizaram pelas coxas musculosas dele até ficarem de cada lado dele. Aqui, ela hesitou, com sua vulva pairando sobre a masculinidade dele. Ela poderia voltar atrás, esquecer que essa noite imprudente e devassa havia acontecido.

A língua dele deslizou por sua clavícula, e ela soube: nunca esqueceria esta noite. Por que não fazer com que valesse a pena lembrar?

Ela pegou a camisola na mão, levantando-a dobra por dobra, ofegante, para senti-lo contra sua pele nua.

"Espere", ele disse em seu pescoço, seu hálito deliciosamente quente e úmido contra ela, sua barba um pouco áspera, um pouco macia. Ah, como ela gostava da barba dele. "Você está pronta?"

"Pronta? Nunca me senti mais pronta para nada na minha vida."

Sua risada quente percorreu sua pele, e um tipo diferente de calor percorreu seu desejo. Ela o divertia, e era bom. Seus dedos deslizaram por suas pernas, e o pensamento desapareceu. Uma mão agarrou sua coxa, mantendo-a no lugar, enquanto a outra acariciava a carne sensível interna. Sua respiração ficou presa na garganta, e sua vagina latejava, doía. Ela esperou e desejou.

Então ele *a* tocou, seu dedo deslizando úmido pela fenda de seu sexo. Um arrepio a percorreu, e um gemido animalesco profundo soou de uma parte dela que ela desconhecia. Arrepios efêmeros de desejo, prazer e necessidade a percorreram, transformando-a em um ser celestial, não mais preso a esta terra.

O dedo dele deslizou para dentro de sua dobra e tocou, oh! Uma parte dela sensível demais para ser tocada, mas que implorava, implorava, por mais daquela doce pressão.

"Sua vulva está tão molhada para mim."

Que palavras absolutamente imundas. Ela queria mais delas. "Quão molhada?", ela se ouviu perguntar.

"Mmm, vamos ver."

Mais uma vez, o dedo longo dele percorreu sua fenda, antes de pressionar seu centro. Ela respirou fundo. Que sensação nova, tê-lo *dentro* dela.

"Oh", ela suspirou quando ele começou a se mover, seu dedo deslizando lentamente e suavemente. O prazer a percorreu em pequenas ondas. Seus lábios encontraram o pescoço dele, salgado, adocicado, e ela lambeu até o lóbulo da orelha, prendendo-o entre os dentes e dando uma mordidinha experimental. Ele gemeu e aumentou o ritmo. Com vontade própria, os quadris dela começaram a se mover em uníssono, e um súbito desejo de tocá-lo, todo ele, se intensificou.

Ela estendeu a mão entre seus corpos, as pontas dos dedos roçando os músculos endurecidos do peito e da barriga até que o veludo sólido de sua masculinidade pulsasse contra seus dedos. Instintivamente, seus dedos o envolveram. Como aquela parte dele era grande.

"Mais firme", ele gemeu.

Ela apertou os dedos. Os olhos dele se fecharam, perdidos no prazer que ela proporcionava. Então, eles se abriram, e um sorriso se curvou em seus lábios, um sorriso tão seguro, tão confiante, que a teria feito correr para o outro lado em outra noite. Mas não naquela noite. Naquela noite, seu sorriso arrogante a encorajava, aumentava seu desejo.

"Acho que você está pronto."

Ele segurou seu pênis e, instintivamente, ela colocou as duas mãos em seus ombros e as abaixou para tocar seu sexo na ponta de sua masculinidade. Com a outra mão, ele segurou a nuca dela e puxou seu rosto em direção ao dele, seus cabelos caindo para formar uma cortina ao redor deles. Eram apenas ele e ela no centro daquela noite em que o tempo os havia deixado à própria sorte.

"Você está tremendo." Suas palavras formaram um sussurro íntimo, uma carícia.

"Estou?"

Seus lábios tocaram os dela, e a pura carnalidade do momento se transformou em algo mais suave, algo mais íntimo. As mãos dele agarraram a cintura dela, e ele começou a penetrá-la com uma segurança lenta, enquanto sua vagina se esticava para acomodá-lo.

Ah. Ele era grande, muito grande. A sensação não era exatamente prazerosa, mas também não era desagradável. Ela não deveria gostar disso, desse prazer misturado com dor, mas seu corpo queria mais. Em um impulso irracional, ela se abaixou enquanto ele continuava a penetrá-la. Quanto dele havia ali, afinal? Poderia haver *mais*?

Ele ficou tenso sob ela, e seus olhos se ergueram para encontrar os dela, uma pergunta se formando em sua boca.

Ela pressionou um dedo em seus lábios, fazendo-o silenciar.

Ela entendeu.

Ele havia alcançado sua virgindade.

Ele tirou o dedo dela da boca. "Eu não defloro..."

"Eu quero isso."

Uma hesitação. Um aperto no maxilar, até que finalmente: "Tem certeza?"

Num impulso perverso, ela torceu a mão e agarrou a dele, levando-a aos lábios, a língua percorrendo o indicador dele e deslizando-o para dentro da boca. Ela chupou, e ele gemeu. Seus quadris se contraíram quando ele empurrou para cima, penetrando-a totalmente, e sua virgindade não existia mais.

Respirando fundo, misturando-se, ele e ela ficaram imóveis enquanto o corpo dela se ajustava ao dele. Queimava. Ela sabia que isso aconteceria. Doía também. Mas, oh, como era doce a dor. E, oh, como ela queria mais daquela dor, uma dor nascida de dor, prazer e desejo.

Ela se moveu para cima, depois para baixo, lentamente, desenvolvendo um ritmo nele, as mãos dele em sua cintura, firmando-a, mesmo enquanto ele segurava a alça da camisola entre os dentes e puxava. A peça se abriu, revelando seus seios. Uma sensação de vergonha a percorreu. "Desculpe. Eles são tão —"

"Lindos e" — ele beijou um mamilo — "rosados e" — ele beijou o outro — "perfeitos." Ele colocou o botão duro em sua boca e o chupou.

A dor, a insegurança, todo o mundo desapareceu, e ela não era mais ela mesma. Seus quadris se contraíram e ela o montou.

"Você sente isso crescendo?" ele gemeu contra o seio dela, os dedos cravados em seus quadris.

Ela agarrou os cabelos dele na altura do couro cabeludo e se agarrou com unhas e dentes enquanto a sensação a percorria. "O que foi?"

Ele diminuiu o ritmo e encontrou o olhar dela. *"Maldição."*

O pânico a percorreu. "Não pare", ela implorou. Ele não podia, não agora. "O que eu disse?"

"Você também terá o seu prazer."

Sem dizer mais nada, ele colocou a mão entre eles e tocou a ponta de um dedo no ponto mais sensível do corpo dela, esfregando, deslizando ao longo dele enquanto seus quadris começavam a se mover em movimentos suaves.

"Você sente agora?"

"Sim", ela exalou tomada por uma sensação que não conseguia nomear.

Ela se contraiu na ponta do dedo dele, mesmo quando ele continuou a penetrá-la. Seus olhos se fecharam, ela alcançou, lutou por um lugar que estava fora de seu alcance. Ele pegou um mamilo entre os dentes e mordeu, com a língua percorrendo o broto duro. De repente, o lugar indescritível se abriu para ela, e ela ficou suspensa à beira de um precipício.

Impulsionado por um instinto animal selvagem, ele a penetrou, e ela caiu de cabeça em um abismo de êxtase, sua vulva se contraindo e pulsando de prazer em torno de seu pênis duro. Ele investiu com mais força, golpe delicioso depois de golpe delicioso, e gritou sua liberação contra a clavícula dela, seu ritmo diminuindo até finalmente parar, o entrar e sair irregular de suas respirações combinadas, o único som no quarto, sua testa pesada no ombro dela.

Uma onda de consternação a percorreu. O que ela faria em seguida?

A mão dele começou a percorrer sua coluna, subindo e descendo, e ela ansiava por se deixar levar pela leve pressão. Era muito parecido com... Carinho?

Ela precisava ir embora... *Agora*. Pressionou um pé, depois o outro, no chão e deslizou para longe dele. Mesmo sob o luar, ela podia ver o sorriso satisfeito se curvando em sua boca. "Você precisa?"

Sim. Ela absolutamente precisava.

Ela pigarreou. "Por que você não se deita enquanto eu" — ela olhou para as coxas, manchas escuras de sangue contra a pele pálida — "me lavo?" Ele também precisava se lavar um pouco.

Ela pegou o pano não usado do lavatório e se limpou rapidamente. Virou-se para lhe entregar o pano e viu que ele havia adormecido. Ela fez menção de acordá-lo e parou. Por que diabos ela faria isso? Amanhã, a humilhação daquela noite seria difícil o suficiente para suportar. Por que começar hoje à noite?

Ela colocou o pano sobre a virilidade dele, que mesmo saciada não era pouca coisa, e o limpou. Depois de tudo o que tinham feito, aquele ato parecia íntimo. Ela jogou o pensamento na lata de lixo junto com o pano manchado. Se a Sra. Bickle notasse, bem, ela era exatamente o tipo de pessoa que poderia intuir o que acontecera naquela noite com um único olhar, pois era ali que os pensamentos da mulher residiam.

A mente racional de Callie estava começando a se reafirmar e não gostava nem um pouco do que teria que enfrentar nas horas e dias seguintes. Droga, o que ela tinha feito?

A vergonha guerreava pela primazia sobre outro sentimento: uma glória brilhante, transbordante. Será que todas as relações sexuais eram assim?

Outra coisa a atormentava: a possibilidade de um bebê. Afinal, uma nova vida era a consequência natural do que eles tinham acabado de fazer. Era possível que ela pudesse ter a propriedade e um bebê, tudo o que sempre quis...

Pensamento ridículo. Depois de uma relação sexual? Ela já observara animais suficientes no curral para saber que geralmente levava mais de uma vez. Ainda assim, um fio de esperança que não seria rompido pela mera razão a percorreu.

Ela se sacudiu mentalmente. Já era hora de se lembrar de quem era e de seu lugar. Ela não era um animal de curral. Ela era Lady Calpurnia Radclyffe, Viscondessa Viúva de St. Alban, habilidosa em tudo o que fazia e tão fria, Georgie lhe garantira, quanto o vento do Mar do Norte em janeiro. Era isso que ela era, e não podia esquecer novamente.

Ela correu para a porta, lançando um último olhar para o

homem deitado de costas e completamente adormecido. Oh, como ela o encararia sob a luz clara do dia?

Sua beleza não era meramente superficial. De alguma forma, irradiava do âmago dele, tão brilhante que queimava. Era realmente quase impossível olhá-lo diretamente, o que lhe convinha perfeitamente. Ela nunca mais seria capaz de olhar para aquele homem diretamente.

***

Na manhã seguinte

Uma viscondessa viúva, séria e indiferente, para todo o mundo ver, Callie encolheu os ombros e ergueu o queixo. Ela era o único ponto imóvel no pátio que se transformara num centro de agitação com o amanhecer. Nem um resquício da safada lasciva que fora na escuridão da noite pairava sobre ela.

Oh, o que ela tinha feito? E teria que se sentar dentro de uma carruagem fechada em frente ao homem com quem transara? Uma onda de náusea ameaçou derrubá-la.

"Kip!" gritou alguém da porta principal da estalagem.

O rapaz contornou a esquina e gritou de volta: "O quê?"

O estalajadeiro irrompeu e rosnou. "Você vai demonstrar um pouco mais de respeito e andar mais rápido se espera ganhar seu sustento!"

"Com licença", interrompeu Callie sem pensar.

O estalajadeiro parou de repente e forçou um sorriso falso e subserviente. "Ora, Lady St. Alban, não a vi aí parada. Espero que tenha tido uma noite tranquila?"

Callie pigarreou. Não discutiria a noite passada com este homem, nem com qualquer outra pessoa. Assentiu com a cabeça em direção a Kip. "O que você tem a ver com este rapaz?"

"Ele é meu empregado, minha senhora."

"Ele não é seu parente?"

O estalajadeiro balançou a cabeça, com desprezo no escárnio. "O rapaz não tem nenhum parente."

Com a decisão tomada num piscar de olhos, Callie se dirigiu diretamente ao rapaz. "Gostaria de vir para Wyldcombe Grange comigo? Pode se matricular na escola local e se preparar para ser cavalariço, se quiser."

A boca de Kip se contorceu para um lado enquanto seus olhos se estreitavam. Ele estava testando suas palavras para saber a verdade. "Eu não vou pôr os pés em escola nenhuma, milady", afirmou.

"Veja bem", começou o estalajadeiro, sua subserviência perdendo para sua verdadeira natureza. "Você não pode entrar aqui e roubar meu trabalhador sem consequências. Ou recompensa", ele acrescentou, com um tom malicioso.

Não era difícil entender o que o homem pretendia. "Este rapaz não é um bem móvel. Ele não pode ser comprado e vendido. Ele vem comigo por livre e espontânea vontade. Se você quiser ficar com seu trabalhador, meu conselho é tratá-lo como um ser humano." Ela se virou para o rapaz. "Agora, gostaria de se sentar lá dentro conosco?" Ela não sabia bem como encaixá-lo, mas daria um jeito.

"Trabalhar com a senhora é melhor para mim." Com isso, ele passou trotando por ela e pulou na parte de trás da carruagem de St. Alban.

"Não precisa juntar seus pertences?" Ela perguntou um pouco perplexa.

"Não tenho nada que valha a pena levar." Ele levantou os pés e retorceu o traseiro ossudo no assento. Claramente, ele não era novato nisso.

Assim, Callie havia pegado outro vira-lata. Entre o garoto, o Viking e a Sra. Bickle, ela havia acumulado vários nessa jornada. Falando em vira-latas...

Um movimento além do ombro do estalajadeiro desviou sua atenção de sua carranca lívida para um assunto mais urgente: a

cabeça loira do Capitão Nylander atravessando a taverna principal. O pânico a percorreu no mesmo ritmo de seu coração acelerado. Seu momento de acerto de contas estava a caminho.

Quando ele apareceu na porta, a confusão substituiu o pânico.
O Viking estava, mais uma vez, sendo ajudado por dois rapazes
robustos. Seus pés se moviam, mas seu olhar fitava, nublado e
desfocado, um ponto distante que não era — ah, seria? — ela.

"O que é isso?" ela gritou. "O Capitão Nylander não se
recuperou?"

Os rapazes resmungaram em desacordo. "Encontrei-o assim",
disse um. "A enfermeira dele nos mandou trazê-lo", disse o outro.
O trio passou arrastando os pés. Os rapazes se esforçaram para
acomodar o Viking na carruagem, chegando a levantar um Kip
duvidoso de seu poleiro para ajudar.

Enquanto isso, Callie se mantinha afastada, com cuidado para
conter a alegria pura e irrestrita que ameaçava ressurgir. Ela
deveria ter vergonha de desejar azar a alguém, mas não tinha.
Nunca ficara tão feliz em ver alguém tão indefeso.

Talvez... Talvez... Será que nem tudo estava perdido? Seria
possível que ele não se lembrasse da noite passada? Teriam os
céus lhe oferecido um alívio do pecado da meia-noite?

Por fim, os rapazes saíram da carruagem, com gotas de suor
escorrendo pelo rosto. Thomas, o cocheiro, deu-lhes uma moeda
e Kip saltou de volta para o porta-malas.

"Vossa Senhoria", disse Thomas, "estamos prontos para partir."

Callie permitiu que o homem fizesse seu trabalho e a ajudasse
a subir na carruagem. Uma vez lá dentro, ela deu uma rápida
olhada no capitão para garantir que ele estivesse bem preso antes
de fixar o olhar na vista pela janela. Ela estava prestes a dar uma
rápida batida dupla no teto para avisar Thomas que estava pronta
para partir, quando uma voz gritou: "Ei!".

No instante seguinte, a Sra. Bickle estava batendo na porta da
carruagem. Com tudo o mais acontecendo, Callie havia se esquecido completamente da mulher. Ela girou a maçaneta e empurrou

a porta. A Sra. Bickle abriu caminho para dentro da carruagem, junto com seu cheiro peculiar de cerveja velha e corpo sujo... Ou seriam corpos? Callie estremeceu de desgosto.

"Achou que se livraria de mim tão fácil?" perguntou a Sra. Bickle, com seu jeito rabugento de sempre.

"Eu jamais imaginaria que me livrar de você seria uma tarefa tão simples."

A mulher bufou e apontou o queixo para o viking. "Este sobreviveu à noite. O que eu te disse?"

"Não graças a você."

A mulher deu de ombros, indiferente.

"Sabe, Sra. Bickle, estou começando a ter algumas dúvidas sobre você."

"Ah, é?"

"A senhora já recebeu instruções sobre como ser enfermeira?"

"Depende de como você define *instrução*."

"E considerando as companhias com as quais a vi se divertindo nas últimas noites, duvido da existência de um Sr. Bickle."

"Já imaginou isso, né?" A Sra. Bickle soltou uma risada curta e imediatamente gemeu, esfregando os dedos nas têmporas. A mulher estava claramente sofrendo os efeitos de uma noite de farra, e quem sabe o que mais. Na verdade...

Callie sentia. O calor a inflamou. Ah, como ela sabia. *Intimamente.*

Ela não ousou olhar para o homem à sua frente com medo do que seu olhar pudesse revelar. Mas ela não precisava olhar. Ela só precisava contar suas estrelas da sorte. Era possível que os deuses tivessem lhe concedido um adiamento desta vez.

Ela poderia não ter tanta sorte uma segunda vez.

6

TRÊS DIAS DEPOIS

Nylander inspirou. *Fresco, feminino.* Ele provou. *Salgado, doce.* Ele tocou. *Creme sedoso, veludo ardente.* Ele contemplou. *Cereja, tentação.* Ele lambeu...

Seus olhos se abriram de repente. Um teto imponente de seis metros se erguia acima de sua cabeça. Este não era o teto baixo de madeira dos aposentos do capitão no *Fortuyn*.

Ele fechou os olhos e ignorou qualquer realidade estranha que o aguardava além de suas pálpebras. Ele se esforçou para recuperar o sonho que flertava, provocava, estimulava, seduzia no limite da consciência, mas nunca se comprometia. Se ele pudesse ao menos distinguir o rosto dela...

A porta do quarto se abriu e fechou com um clique, e o sonho desapareceu. A realidade precisava ser enfrentada. Seus olhos se abriram. Uma criada atravessou os tapetes densos e silenciosos, pousou uma jarra de água e abriu as cortinas, uma explosão de luz brilhante capturando partículas de poeira no ar, transformando o quarto de escuro em claro em um instante. Com um leve zumbido nos lábios, ela terminou suas tarefas, felizmente alheia à presença de seu observador silencioso, e desocupou o quarto, sua canção cadenciada desaparecendo em seu rastro.

Nylander não conseguia mais evitar a realidade. Com o corpo rígido e dolorido, ele se levantou e se recostou na cabeceira da cama. Uma pele de ganso exuberante abaixo dele, o deslizar do linho fino sobre sua pele, era possível que aquela fosse a cama mais confortável em que ele já se deitara.

O quarto era espaçoso, tanto em largura quanto em profundidade. Assim como era impecável, elegante, de classe alta e sem dúvida, inglesa. Junto com essa certeza, vinha outra: ele nunca havia posto os olhos naquelas quatro paredes em sua vida. Paredes douradas com a cálida luz da tarde, se ele estivesse observando o dia corretamente.

Um lampejo de lucidez o atingiu. *Londres. O saguão de Jake. Sangue por toda parte. Calor implacável. Um par de olhos negros como carvão, hostis, observando-o desmaiar em um esquecimento negro...*

Malária. Ele não tinha experimentado uma crise havia anos, mas quando ela voltava, era sempre rápida em lembrá-lo de seu poder e potencial de devastação.

Ele ainda estava em Londres? *Não*. A luz do sol da tarde era brilhante demais, o ar fresco demais.

Ele não sabia exatamente *onde*, mas uma lembrança do *como* o fez avançar. *Empurrões, solavancos, chocalhos intermináveis. Espaço confinado e claustrofóbico*. Ele havia viajado até aqui de carruagem durante dias, passando as noites em estalagens.

Ele afastou os cobertores e tocou a exuberante lã persa, decidido a ir até a janela. Ele se levantou e cambaleou. Já fazia algum tempo que ele não se levantara por conta própria. Ele transferiu o peso de um pé para o outro e, finalmente, recuperou o equilíbrio.

Ele se arrastou até a janela. Uma grande faixa de campo se estendia, trechos verdejantes de terra segmentados em cercados para animais e plantações por muros baixos de pedra. À sua esquerda, fileiras definidas de um pomar ocupavam uma encosta inteira, e à sua direita, um céu azul pontilhado de nuvens brancas encontrava o horizonte em uma colina verde distante.

Devon. Ele estava em Devon para se recuperar. Quem lhe dera aquela informação?

A parenta caipira de um grande aristocrata londrino.

Outra certeza lhe ocorreu: não era um sonho.

Sombras escuras. Citrus, maçã, sal, calor. Linho branco. Carne cremosa.

Sua amante não era uma prostituta como ele começara a temer. Ele não usava prostitutas. A doença era o motivo que ele dava aos seus homens, mas não era o mais verdadeiro, e ele não seria o tipo de homem que contribuiria para essa tristeza em particular.

Não, uma familiaridade distante pairava sobre as lembranças de sua amante. Ele a conhecera de alguma forma. As impressões dela permaneceram: o toque, o cheiro, a cortina de seus cabelos, uma marca de nascença, vermelho-cereja e em forma de coração, na parte interna do braço. Tão perfeita que ele poderia ter acreditado que fosse uma tatuagem.

O que deu nele? Onde diabos ela estava? E, mais importante, quem diabo *era* ela?

Ele se arrastou até o armário, cada passo uma negociação cuidadosa. Não havia um pedacinho dele que não doesse da cabeça aos pés. Lá dentro estavam seus pertences pessoais — camisas, calças, botas, artigos de higiene — dispostos como se ele fosse um hóspede respeitado.

Depois de convencer seu corpo a se lavar, se barbear e se vestir, ele se aventurou em sua estranha e nova realidade e saiu para um corredor escuro. Sozinho, ele se orientou em seu silêncio sinistro, tapetes se estendendo por dezenas de metros de cada lado. Este lugar deixava seus nervos em frangalhos.

Uma criada, com não mais de dezesseis anos, dobrou uma esquina, com um balde em uma mão e panos de limpeza na outra. Seus olhos se arregalaram ao vê-lo, e ela fez uma reverência elegante. "Milorde", ela disse e passou por ele.

Nylander franziu a testa. Em que mundo ele era um milorde?

Seus ouvidos captaram o zumbido de vozes, abafadas, distantes, e ele seguiu o som pelo corredor, descendo a escadaria de nogueira, atravessando um grande saguão vazio, descendo por outro lance de escadas menos grandioso, até chegar à entrada de uma cozinha animada e movimentada, em pleno andamento dos preparativos do jantar. Os criados corriam de um lado para o outro, atentos às suas tarefas. Polindo prata, amassando massa, lavando pratos, dando ordens, anotando ordens, cada um ciente de seu papel individual que contribuía para a operação coletiva. Era possível encontrar um parente caipira ali.

"Onde está aquele Kip com meus ovos?" gritou uma mulher rechonchuda, de bochechas vermelhas, usando um avental e um ar de autoridade. Estava claro quem estava no comando.

O aroma inebriante de pãezinhos de groselha recém-saídos do forno despertou o estômago de Nylander com um rugido, e ele deu um passo à frente. A cozinha parou de repente, dez pares de olhos arregalados sobre ele, curiosos e sem piscar. A cozinheira levou a mão à boca, incapaz de conter o "Oh, meu Deus!" que escapou de seus lábios.

Nylander nunca se sentiu tão grande e óbvio em sua vida. "Posso lhe pedir um bule de café? E um daqueles pãezinhos?"

A cozinheira acenou com a cabeça para uma copeira, que entrou em ação. "Com quantas colheres de açúcar e creme você quer?"

"Eu aceito puro."

Alguns segundos se passaram antes que ela assentisse, por sua preferência. Ela bateu palmas em duas breves explosões. "Tudo bem, pessoal, o jantar não vai se resolver sozinho. Agora que vocês o viram" — seu queixo se projetou em direção a Nylander — "é hora de voltarem a trabalhar."

Suas palavras puseram a sala em movimento, e Nylander conseguiu relaxar um pouco. A cozinheira gesticulou em direção a um banquinho e ele se sentou nele, observando o funcionamento da animada cozinha. Por fim, lhe ofereceram um bule de café.

"Preto, como você gosta. Sou a Sra. Bailey."

"Meus agradecimentos."

O aroma forte e pungente da bebida chegou às suas narinas antes mesmo de chegar às papilas gustativas, e ele não conseguiu conter um pequeno gemido de apreciação. Era isso mesmo. Ele poderia encarar aquele dia e o mundo estranho em que havia caído. Hora de obter algumas respostas. "Sou Nylander. Talvez você pudesse ter a gentileza de me dizer onde exatamente estou?"

Um criado que passava lhe lançou um olhar cético como se tivesse crescido outra cabeça e respondeu: "Você está na cozinha."

Nylander tomou outro gole de café e engoliu uma resposta áspera ao comentário espertinho do homem. Paciência. "E onde ficam essas cozinhas?"

"Wyldcombe Grange", disse outro criado que passava.

Finalmente, ele estava chegando a algum lugar. "Devon?"

A Sra. Bailey bufou, exasperada. "Costa Norte."

Era claro que ela queria terminar com um *seu idiota*. Mas não terminou, e por isso ele estava grato. Por mais estranha que a situação fosse para ele, parecia igualmente estranha para os empregados.

"E onde posso encontrar o senhor da casa?"

"Senhor?" Os criados se entreolharam como se ele tivesse perguntado o caminho para o Sião.

Nylander respirou fundo, frustrado. Aquilo estava ficando tedioso. "Estou certo em presumir que esta casa tem um dono?"

Mais um momento de hesitação. Então a Sra. Bailey gritou: "Kip!" O garoto não se apresentou. "Alguém o procure. Por mim, esse rapaz não tem mais substância do que uma aparição. Num momento, ele está lá, e no outro — *puf!* — ele sumiu."

Uma onda de atividade seguiu as palavras da Sra. Bailey. Claramente, a mulher governava o local com o poder e a certeza de uma monarca. Em um minuto, um criado trouxe um rapaz, com o punho segurando a camisa do garoto como se ele pudesse, de fato, desaparecer no ar.

"Agora, Kip", disse a Sra. Bailey, "leve este homem ao *senhor da casa*." Algumas risadinhas abafadas ecoaram pela cozinha. "Você sabe para onde deve ir?"

"Sim." O criado havia soltado Kip, e o rapaz já estava na metade da porta. Nylander interpretou isso como um sinal para segui-lo.

"E não voltem sem alguns ovos!" gritou a Sra. Bailey às suas costas.

Mas Nylander não deu importância. Uma brisa de terra, esterco, sal e sol perfumava o ar. Sim, eles estavam perto da costa. Um pouco de sua apreensão se dissipou. Nada era muito errado em um mundo que o deixava perto do mar.

"Esteve aqui à vida toda?" ele perguntou para Kip enquanto caminhavam por uma fileira de raízes de vegetais da horta. Algumas galinhas cacarejavam por ali, o galinheiro à direita. Cansado de tentar acompanhar, ele esperava que a pergunta desacelerasse os passos rápidos do garoto.

"Não", respondeu o garoto por cima do ombro. "Estou aqui há tanto tempo quanto você."

"E quanto tempo faz isso?"

"Já faz uns três dias." O garoto parecia completamente indiferente ao assunto.

Kip os conduziu pela estreita passagem entre duas dependências, um celeiro e uma leiteria, a julgar pelos sons e cheiros. Eles emergiram do espaço estreito e escuro para um campo aberto. Kip parou e apontou para um grupo de cavaleiros em uma encosta distante. "Ali."

Nylander semicerrou os olhos ao longe e distinguiu três homens, dois de frente para o primeiro. O mestre e seus homens de confiança, presumivelmente. "Seu senhor está lá?"

O garoto lhe lançou um sorriso atrevido. "Sim, lá está ela. Meu senhor."

Ela? Estranho lapso de linguagem.

Em movimento novamente, eles caminharam por capins altos, contornaram ovelhas pastando, um pasto, depois outro, e depois outro. Detalhes distantes e confusos começaram a se tornar mais nítidos. O cavaleiro destacado, embora da mesma altura dos outros, possuía diferenças sutis. Era magro como um galgo e se portava com rigidez. Guiou o cavalo ao redor, apontando para um lugar ainda mais distante, agora de costas para Nylander. Sob um chapéu preto de abas largas, uma trança grossa, vermelha como uma brasa apagada descia até a parte inferior das costas.

Nylander piscou. *Seria possível?* Piscou novamente. Seria possível.

O dono de Wyldcombe Grange era, de fato, *a dona.*

"Ela está usando—"

"Sim", respondeu Kip antes que Nylander pudesse terminar a frase.

"Estranho", saiu da boca de Nylander sem pensar.

A mulher usava calças, como um homem. Claro, de que outra forma ela conseguiria montar um cavalo?

O garoto falou: "você se acostuma."

A meio pasto de distância, trechos de conversas e palavras individuais ditas entre os cavaleiros eram levados por um vento leste. *Distribuidor de Londres. Negócio. Celeiro do penhasco.* Naquele último momento, os dois homens se entreolharam. Nylander conhecia aquele olhar. Eles não concordavam com a dona.

Mais perto, ele e Kip se aproximaram, e uma frase inteira passou flutuando. *"Meus desejos serão atendidos."* Isso vindo da dona. Estava claro que seus desejos eram ordens e deveriam ser obedecidos.

Mais palavras. *Barris. Meus.* Os homens trocaram mais uma rodada de olhares duvidosos.

Nylander e Kip estavam agora próximos o suficiente para que

a conversa ficasse mais clara. Os participantes estavam tão concentrados uns nos outros que ainda não os haviam notado.

"Aquele campo faz fronteira com o Exmoor", disse um deles, "e Tom não tem mantido o muro como deveria nos últimos anos."

O outro homem falou: "Ovelhas não têm nada a ver com aquele pasto."

"Elas estão se saindo muito bem onde estão, se me permite dizer, milady."

As costas da mulher se contraíram em uma linha longa e rígida, fazendo-a sentar-se mais ereta na sela, confirmando a impressão inicial que ele tinha dela. Ela não gostava de ser questionada. "Você vai falar com o Tom sobre isso? Ou eu falo?"

"Se ele não estiver bêbado", resmungou um dos homens.

"Faça com que ele fique sóbrio e volte ao trabalho, por favor. Espero que as ovelhas sejam transferidas para o pasto a leste dentro de uma semana."

Nylander só notou o cachorro aos pés do cavalo quando ele latiu uma vez e deu alguns passos de advertência.

Os olhares dos dois trabalhadores se moveram e o avaliaram em silêncio, seus olhos dizendo o que suas bocas não diziam. Ele não era um deles, então deveria dizer o que queria. Kip saiu correndo num piscar de olhos, assim que Nylander firmou os pés. Com dois estalos de língua, a mulher puxou as rédeas do cavalo para encará-lo.

Uma emoção indetectável passou por seu rosto, e a respiração de Nylander deixou seu corpo em um grande suspiro, como se ele tivesse levado um soco no estômago. Ele a encontrara: a dona de Wyldcombe Grange, a parente caipira e sua amante da estalagem, combinadas na forma de uma mulher frágil.

O olhar dela se estreitou sobre ele e se tornou mais intenso, se é que tal coisa era possível. De sua posição elevada, sua cabeça pendia para o lado, como se estivesse avaliando um inseto que gostaria muito de esmagar.

Então, era assim. Ela não reconheceria o homem com que ela havia se... *relacionado?* Ela não era diferente de todas as outras damas de sua classe que o viam como um ser inferior. Exceto, é claro, que quando queriam algo dele, usavam uma linguagem diferente, mais como um *arrulho*. Mas isso acabava rápido o suficiente, e o mundo voltava ao normal.

Tudo bem. Ele jogaria do jeito dela. Tanto fazia para ele.

O cachorro latiu mais uma vez. "Já chega, Chance", ela disse. O cão pastor preto e branco circulou de volta para sua dona, seus olhos azuis e castanhos descombinados nunca se desviando de Nylander.

"Lazarus acordou." Sua voz se tornara dura como o ônix de seu olho. "Você raspou a barba."

A testa de Nylander se franziu com a observação. Inesperada. "Sim."

"E se cortou."

Ele passou a mão pelo queixo liso. "Mais de uma vez."

Ela se mexeu na sela. "Você sabe onde está?"

"Dizem que é Wyldcombe Grange."

Uma rajada de vento soprou, e ela mal conseguiu pegar o chapéu antes que ele voasse para longe. Ela o ajeitou antes de se dirigir aos seus homens. "Will, Cam, acredito que nossos negócios do dia estão concluídos. Suas instruções foram claras?"

"Sim, milady", disse um trabalhador. O outro assentiu. Eles deram ordens aos cavalos e galoparam para longe. Um ressentimento latente pairava sobre os homens, mas Nylander ignorou a observação. As relações tensas daquela mulher com seus homens não lhe diziam respeito. *Fria. Altiva. Difícil.* Ela era o tipo de mulher que não se importava se gostavam dela.

"Agora, Capitão Nylander, quanto ao *por que* do seu paradeiro —"

"É Nylander."

"Acredito que foi assim que o chamei."

"Capitão não é necessário. Apenas Nylander."

Sobrancelhas cor de cobre se uniram em perplexidade, e ela se mexeu no cavalo. "Isso é ousado."

Um instante se passou, e cresceu a certeza de que ele não gostava daquela mulher.

"Como uma mulher usando calças masculinas?" ele perguntou. *Ou como uma mulher invadindo o quarto de um homem para um encontro à meia-noite?* Ele saiu sem perguntar.

Essa mulher tinha muito a lhe ensinar sobre ousadia. No entanto, mesmo com a prova diante dos olhos, não parecia possível que aquela mulher fosse *ela*.

O RUBOR INICIAL, intenso e irregular, percorreu lentamente o corpo de Callie. Silenciosamente, ela abençoou a gola alta da blusa.

Ela não daria ouvidos à opinião dele sobre sua escolha de usar calças masculinas. Era uma decisão que incomodava mais de um homem. E ela não se importava nem um pouco. Calças eram uma peça de roupa prática e funcional para o trabalho que ela fazia.

"Existem diferentes níveis de ousadia, eu acho", ela respondeu. "Talvez você esteja se perguntando como veio parar aqui." Uma pausa, um suspiro. "Talvez, por causa da sua febre, você não se lembre. Você estava delirando. Quem sabe que tipo de devaneios passaram pela sua cabeça."

Com a respiração suspensa, ela esperou por um levantar de uma sobrancelha, um sorriso irônico, algo, qualquer coisa que revelasse conhecimento. Mas não houve o menor sinal, nem um vislumbre de *reconhecimento*. Seria possível que ele não se lembrasse? Ela não sabia se devia se sentir aliviada ou insultada.

"Por que você não refresca minha memória?" ele perguntou em seu tom baixo e aveludado de barítono.

Ela pigarreou. "A pedido de Lorde St. Alban, eu o trouxe para a Grange para se recuperar da malária e para você dar uma olhada no terreno, caso queira..."

Ela parou antes de terminar a frase. *Comprá-la antes de mim.*

Ele não sabia disso. Como poderia? St. Alban não teve a oportunidade de lhe contar antes que ele desmaiasse e batesse o crânio no chão. Este homem não fazia ideia de que esta terra seria dele em poucas semanas se ela não conseguisse reunir os fundos necessários. Ela tinha uma escolha: contar ou não contar.

Ela tomou uma decisão na hora. Afinal, o Viking era amigo de Lorde St. Alban, não dela. Ele era seu rival, seu inimigo. Que tipo de idiota ajudaria seu inimigo?

Ele olhou ao redor. "A que distância estamos do mar?"

"Nem um quilômetro."

"Eu sabia que sentia o cheiro de sal na brisa."

"Você é o capitão de um navio, certo?"

"O *Fortuyn*. Minha tripulação deve estar se perguntando onde estou."

"Acredito que Lorde St. Alban cuidou dessa parte."

"O homem sempre foi eficiente."

"Ele certamente é." Um tom tão cortante percorria suas palavras que praticamente cortavam os raios de sol.

Nylander inclinou a cabeça, os olhos semicerrados. Ele estava se perguntando sobre aquela aspereza, sua origem. O homem não tinha a menor ideia, e ela planejava manter assim.

Ele empinou o queixo. "Que tipo de propriedade é essa?"

"Uma típica de Devon. Ovelhas para lã. Vacas para leite e queijo. Horta para o inverno. Pomar de maçãs. Estamos no meio da temporada de colheita."

"Ouvi você discutindo sobre barris com seus homens."

"Para sidra."

"Deve ser um empreendimento lucrativo se você precisa de mais espaço de armazenamento."

Seu coração disparou. "A temporada passada foi lucrativa", ela disparou. Ela não discutiria a lucratividade da Grange com aquele homem.

"Você precisa consertar um celeiro? Eu tenho alguma experiência —"

"Isso não será necessário", ela interrompeu. "Somos perfeitamente capazes de cuidar dos nossos próprios negócios."

Ele bufou e desviou o olhar. "Um lugar como esse tem muitas peças em movimento. E você o administra?"

Ele ficou impressionado. A satisfação a invadiu. Ela não conseguia evitar. Não tinha certeza se um homem já havia se impressionado com ela.

"E, se me permite perguntar mais, qual seria o seu nome? Não consigo me lembrar."

Callie piscou, perplexa. Apesar de toda a conversa e, aham, da história, não lhe ocorrera que ele pudesse não se lembrar do nome dela. "Sou a Viscondessa Viúva St. Alban."

Suas sobrancelhas se franziram. "Não sou versado nas complexidades da nobreza inglesa. Isso faria de você...?"

"A viúva do Quarto Visconde St. Alban, antecessor do atual Lorde St. Alban. Pode me chamar de Lady St. Alban."

Ele assentiu lentamente e guardou seus pensamentos para si mesmo. Fazia isso bastante.

Seu aperto nas rédeas de Arrow se intensificou. O cavalo castrado sentiu o movimento e se retesou sob ela, pronto para cavalgar ao seu comando. "Desejo-lhe uma rápida recuperação da febre, mas não prevejo nenhum motivo para que nossos caminhos se cruzem novamente. Wyldcombe Grange é uma casa grande e uma propriedade ainda maior, e você tem liberdade para conhecer a pedido de Lorde St. Alban. Você cavalga?"

Ele balançou a cabeça.

"Que pena." Ela não falava sério, e, a julgar pelo brilho cético em seus olhos, ele sabia. "Sem a habilidade de cavalgar, você não poderá conhecer os muitos trabalhos da Grange."

Um sorriso cínico surgiu no canto de sua boca, mas ele permaneceu em silêncio. Aqueles olhos azuis a perfuraram. Como aquele Viking era terrivelmente atraente. Seu cabelo brilhava dourado ao sol. A tatuagem de âncora aparecendo na parte inferior de uma manga de camisa enrolada.

"Um bom dia para o senhor." Suas coxas deram um leve aperto, e Arrow respondeu com um trote suave para frente. "Chance", ela chamou. O cachorro se pôs em movimento e correu à frente.

Enquanto galopava para longe, sentiu os olhos dele em suas costas. Seu coração não teve escolha a não ser disparar. Oh, corpo traidor. Era uma boa notícia que ele não se lembrasse dela ou daquela noite. Então por que ela não se sentia bem?

Ela não pressionaria a palma da mão contra a barriga. Ou pensaria no que poderia estar crescendo ali. Ou torceria por isso. Sua mente sabia que seria um desastre, mesmo que a parte mais profunda de sua alma não soubesse.

Melhor torcer para que ele nunca se lembrasse. O que uma relação amorosa com ela significaria para um homem como ele, afinal? Era absolutamente melhor que ela não tivesse laços com aquele homem, que se parecia muito com um Viking de outrora, levado para essas praias para despojá-la de suas terras.

A culpa a retorcia. Ela deveria ter contado a ele sobre a venda da Grange. Que ele era a primeira opção de St. Alban se ela não conseguisse juntar o dinheiro.

Mas por quê? O homem era um capitão de navio que nem sabia montar. Que direito tinha um homem que não sabia montar a cavalo de administrar Wyldcombe Grange? O mestre da Grange — ou a *senhora*, como era o caso — precisava ter essa habilidade. Era um requisito mínimo para o trabalho.

Sua determinação se fortaleceu. Seu plano para salvar a Grange já havia sido posto em prática, e o encontro com Jack Le Grand estava marcado para dali a duas noites. Se tudo corresse bem, ela teria seu dinheiro e todas as suas dúvidas seriam em vão.

Ela não sentiria um pingo de culpa em relação ao homem problemático que acabara de deixar para trás.

Importava que seus ganhos fossem obtidos de forma ilícita? Seriam para o bem maior. Ela não veria a Grange destruída por um homem que não sabia nada sobre a terra.

O homem nem sabia montar.

7

DOIS DIAS DEPOIS

Dentro do labirinto mal iluminado da taverna Devil's Books, Nylander sentou-se sob o teto baixo e apoiou os cotovelos na mesa de carvalho. Deu um longo e profundo gole em sua primeira caneca da noite. Sabia, no fundo, que haveria uma segunda e, possivelmente, uma terceira. A cerveja, vermelha e forte, percorreu seu corpo, fluindo da base do crânio e se espalhando em intervalos quentes.

Quase recuperado da febre, ele acordara esta manhã inquieto e nervoso, precisando se ocupar com algo, qualquer coisa, que tivesse um propósito. Mas não encontrara nada. Os criados evitavam contato visual, incertos sobre seu status na casa. Ele se sentia como um fantasma do qual todos preferiam se livrar, a começar pela dona da casa.

Fiel à sua palavra, a *Viúva* não cruzava seu caminho desde que a vira galopar colina acima, dois dias antes. Nenhuma surpresa nisso. Ela era uma mulher arrogante que não sentia necessidade de demonstrar a pessoas como ele nada além da mais tênue fachada de cortesia. A espécie dela não era obrigada a respeitar a dele. Ela havia conseguido o que precisava dele.

Ele tomou outro gole de sua cerveja amarga.

Amanhã de manhã, deixaria um bilhete informando-a de sua partida e agradecendo a hospitalidade. Estaria a meio caminho de Londres quando ela o abrisse.

Mesmo com esse plano em andamento, ele não conseguiu suportar outra noite solitária sob o teto silencioso e extenso de Wyldcombe Grange. Então, rondou a casa até encontrar um criado e pedir informações sobre a cidade mais próxima.

"Deve ser Upper Wyldcombe Lacey. Não é mais do que meia hora a pé." O homem inclinou a cabeça. "Você quer uma taverna, imagino?"

"Sim."

"A Devil's Books na High Street é o que você procura. Diga ao Jeb que o Ollie te mandou, e ele vai te tratar bem."

O homem não estava errado. A Devil's Books combinava os elementos necessários de uma taverna inglesa perfeita: cerveja, calor, companhia no bar, se a pessoa estivesse disposta, e solidão, se isso fosse mais adequado ao seu humor. Nylander tomou outro gole de cerveja e chamou a atenção de Jeb.

"Nome curioso, Devil's Books." Ele se viu mais inclinado a conversar do que estivera nos últimos dias.

Jeb serviu uma cerveja pela metade e falou enquanto deixava a cabeça descansar. "Bem, um tipo curioso de sujeito a construiu há mais de cem anos. Temos quatro andares representando os quatro naipes de um baralho. Você está no andar de ouros. Cada andar tem treze portas e lareiras para as cartas numéricas de cada naipe. E, para completar, temos um total de cinquenta e dois degraus no local." Jeb terminou sua bebida. "Cerveja!" Ele começou a beber outra cerveja. "Há rumores que o homem fez fortuna com cartas, mas ninguém sabe. Ele morreu solteiro e sem filhos, e o lugar foi comprado e convertido neste bar. Quem sabe por que o proprietário original escolheu um nome tão *quixotesco*" — o homem pronunciou a palavra como se a tivesse acabado de aprendê-la — "para sua taverna."

Nylander assentiu com um aceno de cabeça, em concordância, e bateu no copo vazio pedindo outra cerveja. Jeb mal havia servido uma cerveja cheia para Nylander quando uma voz alta e estridente soou: "Ora, se não é *o* Capitão Nylander, ou meu nome não é Liza Bickle!"

Nylander sentiu até o último fio de cabelo se arrepiar. Ele conhecia aquela voz, e claramente ela o conhecia. Girou no banco e encarou a mulher, cujas palavras atraíram todos os olhares. Ela era baixa, atraente e possuía um charme promíscuo específico, bem-vindo em todos os bares do mundo.

"Sim", gritou a mulher por cima do ombro enquanto empilhava meia dúzia de copos de cerveja vazios e os levava para o bar. "Você está bem."

"Já nos conhecemos?" ele perguntou cauteloso.

"Se já nos conhecemos?" Uma risada rouca escapou de sua garganta. "Acho que não posso esperar que você se lembrasse de mim, já que estava fora de si o tempo todo."

O medo se insinuou nas bordas de sua confusão. Havia uma pergunta que ele precisava fazer, uma resposta que temia. "Você foi minha enfermeira na viagem de Londres?" Ele parecia se lembrar de algum tratamento rude. Não era exagero dizer que isso teria vindo das mãos dela.

"Sim." Ela chupou os dentes. "Mas Lady Radclyffe pôs fim a isso no minuto em que chegamos à casa grande e chique dela. Me deu uns trocados e depois me mandou embora sem nenhuma referência." A voz da mulher tremeu de raiva. "Eu poderia ter sido a melhor enfermeira que o mundo já viu!"

"Liza, eu tenho algo que você sabe cuidar!" gritou um dos clientes, seguido por uma animada rodada de vaias e assobios.

A mulher fez um gesto de desdém com a cabeça, mesmo enquanto ajustava o busto caído para melhor aproveitamento. Sua história de infortúnio continuou. "Ainda bem que Jeb precisava de uma garçonete, senão Liza Bickle estaria na rua. Mas minha mãe dizia que Liza *sempre cai de pé*. Então, aqui estou eu."

Jeb revirou os olhos e se ocupou em servir mais uma dose.

Os olhos da mulher brilharam. "'Lady Radclyffe disse para você também ir embora?"

"Não com tantas palavras", respondeu Nylander, rude e indiferente. Ele não estava inclinado a continuar conversando com a agitada Liza Bickle. Ela era do tipo que esperaria que a conversa levasse a um lugar que ele não tinha intenção de ir com ela.

Sua testa franziu quando uma pergunta lhe ocorreu. Onde Liza Bickle estivera naquela noite? Era Liza Bickle que a Viscondessa Viúva havia procurado quando saiu do quarto dele pela primeira vez?

Como um raio, uma lembrança muito específica surgiu. As rugas em sua testa se aprofundaram em sulcos tensos. A mulher que ele tivera na estalagem era virgem, o que significava...

A viúva era viúva *e* virgem. Como isso era possível? Ela fora esposa de um homem. E era virgem?

Ou, mais precisamente, *tinha sido* virgem.

Ele inalou o gemido que ansiava por alívio.

Eu não defloro —

Ela não o deixou terminar a frase.

"Ei", chamou um homem do outro lado da sala. "Não te vi no campo alguns dias atrás?"

Nylander o reconheceu como um dos homens que estavam discutindo com Sua Alteza, para usar a frase de Liza Bickle. Sua Alteza combinava mais com a mulher do que a Viúva.

"Sim."

Outro homem interrompeu. "Will, como você sabe que ele não é o espião dela?"

"Já chega, Walt", interrompeu Will. "Qualquer pessoa com olhos pode ver este homem trabalhando com as mãos. Além disso, Sua Senhoria não tem espiões. Ela pode ser muitas coisas, mas não é nenhuma espiã. Sua Senhoria faz tudo de forma honesta."

Alguns homens grunhiram em afirmação relutante, e isso resolveu a questão. Sobre Sua Alteza, pelo menos. Nylander podia ver que ainda tinham dúvidas sobre ele. Ele era um estranho em sua aldeia. Cabia a ele fazê-los se sentirem confortáveis com sua presença. Marinheiro desde a infância, isso não era novidade.

"Naveguei com o atual Visconde St. Alban por mais de vinte anos", ele disse, a título de comprovação.

"Isso foi antes de ele ser um nobre?" A pergunta provocou um punhado de risos divertidos.

"Sim", Nylander assentiu, sem se ofender. "Fiquei doente em Londres e vim para cá para me recuperar. Parece que o ar de Devon me cai bem." Um pouco de lisonja regional nunca fazia mal nessas situações.

"Sim, sim", os homens responderam em coro, e o clima se acalmou. Ele podia ser um estranho por aquelas bandas, mas, no fundo, era um deles.

No entanto, Will não havia terminado com o grosseiro Walt. "O que você quer dizer com falar tão desrespeitosamente sobre Sua Senhoria desse jeito? Os últimos anos em que ela comandou a Grange foram os mais prósperos que o lugar já viu."

Nylander recostou os cotovelos no balcão e deixou os homens conversarem. O silêncio geralmente produzia mais respostas do que perguntas.

"*Modernizou*, você quer dizer?"

"Não, ela não está modernizando, não do jeito que você está dizendo. Ela não está substituindo nenhum homem por nenhuma máquina. Ela chama isso de *diversidade de interesses*. Há o suficiente para todos os homens trabalharem honestamente na Grange. Esse é o resumo da história."

Um homem, enrugado, decrépito e claramente o mais velho do grupo, se manifestou. "Aqueles outros viscondes" — ele pronunciou "visconde", com escárnio na palavra — "nunca se importaram com a administração da Grange ou com o que isso significava para a vila. Eles só queriam seus direitos sem pagar." O homem cuspiu no chão. "Mas não a Sua Senhoria. Quinze dias depois da morte do último visconde, ela consertou os telhados da propriedade e da vila. Aqueles telhados estavam com vazamentos há anos. Nem sei quantos baldes tenho na minha coleção."

"E depois foi a escola", Jeb interrompeu. "E a professora que ela trouxe. O tipo de pessoa de verdade, com credenciais londrinas, ensina uma palavra diferente para as crianças todos os dias. Sally vem aqui e me ensina. Quixotesco era a palavra hoje. *Quixotesco*." Ele falava como se cada sílaba tivesse sido inventada. "Consegue imaginar uma palavra dessas?"

"Então ela começou a cuidar dos animais e da terra. Podou todo o pomar de maçãs e o moinho de água foi instalado."

"Sim, a sidra é que vai fazer a maior diferença. Anotem o que eu digo."

"Ela fez maravilhas, verdade seja dita."

Walt assentiu com relutância. "Mas isso não quer dizer que ela não seja uma pessoa muito boa."

Ninguém ouviria Nylander contestando essa avaliação.

Will assentiu. "Ela tem seus ares de nobre, mas na maior parte do tempo é reservada."

"Ela também não é de se deixar abater. Não tem vergonha de bater de frente com um homem, se não concordar com ele."

Mais uma vez, o funcionário da fazenda assentiu. "Demorou um pouco para a gente se acostumar, verdade seja dita."

"Quem está se acostumando com isso? Não é normal que uma mulher esteja comandando um homem".

Alguns homens grunhiram em concordância, outros acenaram com a mão em sinal de desdém e resmungaram.

O homem mais velho da sala falou novamente. "A mulher obtém resultados melhores do que qualquer homem que eu já vi na minha vida."

Isso silenciou a todos por um minuto. Nylander fez sinal para Jeb pedir outra cerveja.

Outro homem, que estivera quieto, se aproximou, com um

quê de conspirador. "Se ela ao menos ouvisse a razão, poderíamos ser muito mais prósperos."

"Chega dessa conversa", disse Will, sério.

"Por que?" defendeu-se o homem. "Não há nada demais em um pequeno negócio de maçãs. Todo mundo sabe que a Grange tem aquele alambique de conhaque, e que o Velho Pete o está usando. Ouvi dizer que há um estoque de centenas de barris dessa bebida."

Barris. Nylander só conseguia imaginar que se relacionavam com a conversa que ouvira dois dias antes. Deu de ombros mentalmente. Isso não dizia respeito a ele.

"Saqueadores entrariam em ação mais rápido do que você consegue dizer Jack Robinson. Dinheiro fácil é o que importa, eu digo."

"Até o fiscal descobrir e confiscar tudo", Will falou. O homem podia não concordar com tudo sobre Sua Alteza, mas era leal a ela. "The Wild Hair é esperto demais para isso."

"The Wild Hair?" Nylander se viu perguntando, incapaz de se conter.

Uma onda de olhares tímidos passou entre os homens. Com um brilho diabólico nos olhos, foi Liza Bickle quem falou enquanto acomodava seu amplo traseiro no colo de um homem que parecia ter ganhado na loteria. "Só um apelido para Lady Radclyffe. Se você ficar por aqui tempo suficiente, verá o porquê." Ela lhe deu uma piscadela atrevida.

Sua Alteza tinha realmente uma bela juba de cabelos ruivos selvagens.

O quarto iluminado pela lua, o deslizar sedoso dos cabelos sobre sua pele, breves jatos de hálito úmido e quente em seu pescoço...

"Alguém mais ouviu falar de um navio pirata avistado perto dos penhascos em Hawkset Cove?"

Nylander congelou. Com os ouvidos atentos, ele escutou.

"Você ouviu sobre qual deles?"

"Ouvi dizer que era o *Free Reaver*."

Um dos homens deu um assobio baixo e longo.

"Se isso não é *quixotesco*, então não sei o que é."

"Aquele não é um mero navio pirata. Aqueles homens são piratas de carteirinha."

Nylander considerou a possibilidade de coincidência. Talvez o navio que o seguira do Golfo da Biscaia até a Cornualha tivesse chegado à costa norte de Devon mais ou menos na mesma época que ele. Seria possível?

Não era nem um pouco provável.

Ele esvaziou o último gole de sua cerveja, agradeceu aos homens pela hospitalidade e colocou alguns xelins no balcão. Ele chamou a atenção do barman.

"Qual é o caminho para Hawkset Cove?"

D*E ALGUMA FORMA*, Nylander estava perdido.

Na última hora, ele tivera que percorrer um trecho interminável de arbustos, samambaias e capim-do-brejo na altura dos joelhos. Ele estava fadado a ficar sem terra eventualmente e se ver à beira de um penhasco.

Embora suas habilidades de navegação fossem bastante refinadas na água, eram extremamente deficientes em terra firme. No mar, tudo o que se precisava para navegar era um céu noturno claro e uma bússola. Ele olhou para as estrelas que cintilavam para ele em tom de zombaria, pois suas constelações não eram um guia útil para ele aqui.

Ele parou e avaliou os arredores. Um som chamou sua atenção. Um animal correndo pelo pântano costeiro, a vegetação rasteira estalando sob pés rápidos e seguros. Instintivamente, ele se agachou, na esperança de se misturar à paisagem e não assustar a criatura.

A lua crescente saiu de trás de uma nuvem, sua luz delicada iluminando suavemente a paisagem ao redor. Não era um animal, mas um homem...

Correndo.

Com os nervos a flor da pele, Nylander ergueu a cabeça e examinou o pântano em busca do perseguidor do homem, mas não viu mais ninguém. Seu olhar se voltou para o corredor. A familiaridade estava em sua forma alta e magra...

O reconhecimento o percorreu. Não era um homem. Atravessando o pântano, corria *Sua Alteza*, a Viscondessa Viúva St. Alban.

Ele olhou em volta procurando o cachorro dela, mas não viu nenhum sinal do animal. Depois que ela passou, ele se levantou, na esperança de mantê-la em sua mira, mas a mulher era rápida. Em circunstâncias normais, quando não estivesse se recuperando de uma luta de dez rounds contra a malária, ele poderia ser capaz de acompanhá-la, mas, honestamente, ele não tinha certeza.

Para onde ela estava indo? Qual era o seu propósito? E, mais importante, por que ela estava *correndo*?

Não uma caminhada. Não uma corrida rápida. Mas uma corrida pensada, cada passo sincronizado com o anterior, os braços se movimentando em perfeito ritmo com os pés. Seu corpo se movia fluidamente, sem pressa, seguro, como se tivesse nascido para esse tipo de atividade. Já fizera isso antes. Estava correndo para, o que... *Prazer*?

Uma nota de familiaridade entrelaçada ao extraordinário, na própria noção de prazer em relação a essa mulher, na maneira como ela se movia. Ele conhecia o movimento dela, intimamente. Uma rápida explosão de luxúria o percorreu, direto para seu pênis.

Ele a seguiu à distância, seus passos firmes indicando que ela conhecia aquela terra tão bem quanto qualquer animal selvagem. Ele tropeçou em um tufo de grama. Poderia ter dado um tapa na testa com a súbita compreensão.

Ela não era a *Wild Hair* [1]. Ela era a *Wyld Hare* [2].

*Wyld*combe Grange. Corria como uma *lebre*.

À frente, ela diminuiu o passo para uma caminhada antes de parar e apoiar as palmas das mãos nos joelhos, provavelmente para recuperar o fôlego. Além dela, ficava a beira do penhasco, o Bristol Channel brilhando ao longe, uma barcaça pousada sobre sua superfície plácida. Nylander sabia o nome daquele barco.

A mulher confusa se endireitou e fixou o olhar na enseada. Não conseguiu deixar de notar o barco do pirata.

O sangue gelou nas veias de Nylander. Os rumores eram verdadeiros. Era o *Free Reaver* em *Hawkset Cove*.

E a dona de Wyldcombe Grange não parecia nem um pouco alarmada com sua presença.

---

1. Wild Hair = Cabelo Selvagem
2. *Wyld Hare.* = Lebre Selvagem

8

Os pés de Callie contornavam uma rocha irregular que seria invisível sob o pântano, mesmo à luz do dia. Ela podia correr por ali com os olhos vendados. Seus ombros relaxaram e, finalmente, ela sentiu no corpo o alívio que só uma corrida sob o céu noturno poderia lhe proporcionar.

Um pensamento como um gato de celeiro caçando roedores, lhe ocorreu: ela não estava grávida. Apressou o passo, mas não conseguia fugir. Sua menstruação chegara naquela manhã, informando-a de que não haveria vestígios de seu encontro com o Viking.

Eram boas notícias. Claro. As melhores notícias. Sério.

A pontada da perda a percorreu. Mas ela deu mais um passo à frente, depois outro, e outro, e outro. Com passos confiantes e rápidos, ela deixou o sentimento para trás. Quatorze anos antes, ela se tornara especialista nisso, deixando sentimentos para trás na poeira de uma corrida. E quando o sentimento voltava, como inevitavelmente acontecia, bem, sempre havia outra corrida, ainda mais longa, do outro lado da porta.

Outro pensamento de gato de celeiro surgiu furtivamente.

O Viking.

Ele logo se recuperaria e partiria, sem laços entre eles. Era apenas uma questão de dias até que ele encontrasse o caminho de volta para Londres e seu navio. É claro que, quando chegasse a Londres, Lorde St. Alban o informaria de sua intenção de lhe vender a propriedade. Ele saberia que ela havia ocultado a informação. Ela deixou de lado o incômodo sentimento de culpa que tentava se infiltrar. Não importaria nem um pouco se tudo saísse como planejado para a reunião de hoje à noite.

Ela contornou uma grande rocha e desviou para o caminho das ovelhas, dando passos mais delicados ao longo da borda em ruínas do penhasco. Por fim, seus pés diminuíram a velocidade da corrida para caminhada, ela parou, e, ofegante, olhou para Hawkset Cove lá embaixo.

Além do local onde o luar ondulava na água rasa, ela viu o navio, com seus três mastros balançando quase imperceptivelmente no suave rolar das ondas sonolentas abaixo. Mais perto da beira da água, ela percebeu outro movimento. Um pequeno bote, três homens dentro, remando para a praia. Quem diria que contrabandistas eram pontuais?

Fragmentos gêmeos de ansiedade e pavor a percorreram. Ela não podia deixar de se sentir errada por ter convidado aqueles homens para a praia. Ela pode ter dado uma mordida maior do que podia mastigar. Encontrar-se com eles essa noite era um risco enorme.

Mas que escolha ela tinha? Seria um risco grande demais se isso significasse proteger a Grange da ruína? Proteger o único trabalho que já dera sentido à sua vida? E qual era a alternativa? Não fazer nada e perder a Grange para um homem que não sabia nada sobre ela? Um homem que, com toda a probabilidade, transformaria seus esforços dos últimos dois anos em pó?

Isso não era uma opção. Não para ela. Não para os inquilinos e para a aldeia. Eles não permitiriam que seus meios de subsistência e domicílios fossem destruídos por mais um senhor ignorante.

Não enquanto ela tivesse fôlego em seus pulmões.

Ela entrou em um caminho de centímetros de largura, escavado na encosta do penhasco por anos de erosão e pés, tanto humanos quanto de animais, e desceu até o ponto de encontro na praia abaixo. Ela chegou ao fundo e localizou o ponto mais alto. Lá, ela esperou, o bote e seus ocupantes se aproximando cada vez mais, seus remos batendo e chapinhando levemente na noite silenciosa que, de outra forma, seria tranquila.

Por fim, eles encalharam a pequena embarcação e pousaram em terra firme. Callie fortaleceu sua determinação e ergueu o queixo. Ela aproveitou os últimos momentos para avaliar os homens antes que ficassem frente a frente com ela. Dois deles eram baixos, magros e tinham a postura de homens acostumados a servir o terceiro homem, o infame Capitão Jack Le Grand.

Ele era meia cabeça mais alto que ela. Só que ele não era apenas alto, mas também largo. O corpo dele era de alguém muito mais jovem, mas seu rosto dissipou instantaneamente a ideia. Enrugado e desgastado pelo tempo, uma longa cicatriz cortava o lado esquerdo do rosto, da linha do cabelo ao maxilar. Era fácil entender como aquele homem havia conquistado aquela reputação assustadora.

Seu olhar cruzou com o dela e tornou insignificantes os outros traços do seu rosto. Cintilantes, brilhantes e alertas eram aqueles olhos. Paradoxalmente, eles fizeram Callie sentir a gravidade da situação com mais intensidade.

Ela estava sozinha e em menor número em uma praia isolada com um bando de piratas. Certo. Talvez devesse ter informado um criado sobre a incursão dessa noite. E sua rota.

O pirata parou e a olhou de cima a baixo, com os braços na cintura e os pés bem abertos. "Pensei que fosse um homem." Ele soltou uma risada larga, seus companheiros ecoaram a risada atrás dele.

Callie havia se acostumado tanto a usar calças que às vezes se esquecia de que nem todos consideravam a prática normal. Ainda assim, a tensão se dissipou de seu corpo. O homem havia tocado em um território familiar de conversação. "Você não seria o primeiro homem a dizer essas palavras para mim."

O pirata sacudiu o pulso com desdém. Em qualquer outro homem, seria efeminado. "Ah, eu estava me divertindo um pouco. A verdade é que você deveria estar se associando a um homem de melhor qualidade."

Sua boca se fechou de repente, atordoada pelas palavras do pirata. O fato é que fora seu falecido marido quem lhe dissera aquelas palavras. Que melhor qualidade para um homem do que um nobre do reino?

O pirata pigarreou, e o som áspero ecoou nos penhascos que os cercavam por três lados. "Bem, querida, você me trouxe até aqui, o que me diz que você está reconsiderando minha oferta. Agora, que tipo de acordo você está disposta a fazer?"

Callie engoliu e respirou fundo, o coração bombeando sangue pelas veias tão rapidamente que ela podia ouvir o som em seus ouvidos. Esse era o momento. Ela tirou um frasco de prata do bolso, abriu a tampa e o estendeu.

A cabeça de Jack Le Grand se inclinou para o lado. "O que é isso?"

Callie conteve a língua enquanto ele aceitava o frasco e tomava um gole moderado de conhaque de maçã. Com os olhos semicerrados para o céu e os lábios franzidos, ele bochechou o líquido pela boca, inteiramente concentrado na tarefa de saborear, como um conhecedor.

O olhar dele encontrou o dela. "Essa aqui é o *eau de vie* [1] que o Segundo Visconde St. Alban produzia quando você ainda não existia. O Pete ainda está produzindo? O homem deve ter noventa anos, pelo menos."

Ela precisava abrir a boca e dizer às palavras que veio aqui para dizer. Ou não dizê-las. Essa opção ainda estava disponível

---

1. Eau de cie = aguardente.

para ela, pois, uma vez que as dissesse, não haveria como *voltar atrás*. Jack Le Grand não aceitaria bem um acordo quebrado.

"Eu...", ela disse lentamente. Ela recomeçou. "Isso é do primeiro lote que engarrafamos há dois anos."

O pirata inclinou o frasco filosoficamente. "É muito interessante que você esteja aqui, ao bater da meia-noite, me oferecendo uma amostra. Principalmente considerando que você me disse onde eu poderia enfiar meu mastro de mezena [2] há apenas alguns meses. Faz um homem pensar."

Ele ia fazê-la dizer isso. "Eu permitirei que você venda meu conhaque em Portugal, Espanha e nas Colônias."

Ela havia dito as palavras, e o mundo não havia caído sobre sua cabeça. *Ainda.*

As sobrancelhas dele se ergueram e ele olhou para sua tripulação, com um sorriso rápido no rosto. *"Você me permite?"* Ele voltou seu olhar azul astuto para ela e inclinou a cabeça. "Isso sim é que é uma proposta."

Um arrepio agourento percorreu sua coluna. Ela precisava falar antes que perdesse a coragem. "Com duas condições."

Uma risada baixa escapou do pirata, e seus companheiros a compartilharam. "Ela tem condições, ouviram? Não posso dizer que estou muito surpreso. Quais são as condições, querida?"

Callie não achou graça nenhuma. Muito pelo contrário, na verdade. "Primeiro", ela começou com um pouco de força demais, "você precisa tirar seu navio destas águas até que a prensagem da sidra e o engarrafamento estejam concluídos. Seu navio foi avistado, e as pessoas estão comentando."

Um brilho sério surgiu nos olhos do pirata. "Agora, não tente controlar o *Free Reaver*, querida, você não vai chegar a lugar nenhum com isso. Nós conhecemos o nosso jogo. Além disso" —

---

2. Mezena é o mastro mais próximo da ré de um navio, nas embarcações de três mastros de velas latinas. À vela latina que se encontra nesse mastro, por sinal a vela de maior dimensão do mastro da ré ou da popa, também se chama mezena.

ele apontou o queixo para os penhascos atrás dela — "ali há cavernas com bastante espaço para armazenamento."

Seu coração batia forte contra o peito. "Armazenamento?"

Ela não tinha interesse em expandir os termos do acordo. O que ela estava pensando ao vir aqui e fechar um acordo com um pirata como se ele fosse um parceiro de negócios honrado?

Mas não era esse o objetivo? Ele não era honrado e os lucros dela permaneceriam intocados pelas mãos do imposto fiscal?

"É, eles estão bem no alto. Mas quanto menos você souber sobre isso, melhor."

Callie sentiu raiva. Ela precisava manter esse pedaço de chão. "Espere um minuto, estes penhascos pertencem ao Visconde St. Alban, você não pode fazer o que bem entender—"

"Ah, é exatamente isso que fazemos, querida, não se engane." Seus olhos brilharam ao luar, duros como diamantes. "Agora que chegamos a um acordo sobre a sua primeira condição, qual será a sua segunda?"

Callie reuniu toda a coragem que lhe restava e se revestiu dela. "Quero vinte mil libras adiantadas."

A incredulidade se espalhou pelo rosto do pirata, como se ela tivesse ganhado chifres diante dos olhos dele. "Você vai ter que explicar isso. Não entendo muito sobre economia complexa"

"Não posso permitir que você fuja com o meu conhaque sem garantia."

"Há muitas palavras sofisticadas aí, querida. *Fugir. Garantia.* Mais uma vez para os sem instrução, por favor."

Ele estava se divertindo um pouco com ela? Pois seu ouvido captou um tom singular em sua voz. Como se houvesse um refinamento natural que ele tentasse disfarçar. Ele sabia o significado daquelas palavras, ela apostaria nisso.

"Você não pode tomar meu conhaque sem me pagar primeiro."

Uma compreensão teatral floresceu em seu rosto. O homem certamente tinha um talento para o drama. Ele bateu um dedo na têmpora. "Você é inteligente, com certeza. Mas eu? Posso ser lento para assimilar. Aqui está um exemplo. Estou me perguntando qual seria esse pagamento?"

"Metade do que você espera receber em Portugal, Espanha e nas Colônias por—"

Ela hesitou, com o coração na garganta. Era isso. Esta era a única maneira de salvar a Grange.

"—Pelos próximos cinco anos."

Ele assobiou entre dentes. "Cinco anos? Você quer ser parceira de gente como eu pelos próximos *cinco anos*?" Seu olhar a perscrutou. "Para que precisa de todo esse dinheiro?"

"Isso é problema meu", ela afirmou, seca e concisa. "Valerá muito a pena."

"Ah, não tenho dúvidas disso. Negócios sempre valem a pena, Vossa Senhoria, não tenha dúvidas." Ele chupou os dentes. "Dez."

"Dez... o quê?"

"Se você for minha parceira por cinco anos, quem garante que não será por dez? Vinte mil libras é mais do que uma dúzia de homens vê na vida."

Callie engoliu em seco. Ela não vomitaria na frente daquele homem. Mas...

Dez anos? Ela mal conseguia enxergar o fim de outubro, muito menos cinco ou dez anos. O tempo havia se tornado um conceito abstrato.

"Dez anos", ouviu-se dizer. Estava atolada na areia movediça daquele acordo, sem saída. Lutar só pioraria as coisas. "É uma pechincha."

Ao contrário do tempo, dinheiro não era um conceito abstrato, nem um pouco.

"Você é ousada. Alguém já te disse isso?"

Há apenas dois dias, ela não disse. Não seria bom pensar no Viking agora. Isso não tinha nada a ver com ele. Bem, tinha, mas não diretamente.

"Você acha que isso vai valer a pena para mim?"

"Nossas colheitas são maiores a cada ano."

"Não, não estou falando desse ano. Já temos tudo planejado. E os próximos cinco ou dez anos? Você acha que eu sou um homem de negócios honesto ou algo assim?"

"Eu não diria *honesto*."

Ele deu uma risada alegre.

"Mas você é um homem de negócios."

Ele assentiu, pensativo. "Tenho uma pergunta para você agora. Acha que consegue manter segredo sobre o que estamos discutindo?"

"Não vou anunciar nos jornais."

"Sei que não, mas o problema é o seguinte: você não está vendendo."

Ela engoliu em seco. "A propriedade está no azul com a sidra e nossos outros interesses. Ninguém dá atenção ao conhaque."

"Os fiscais não descobriram sua pequena empreitada?"

"Mais uma vez, não é de conhecimento público."

"E seus homens não vão perceber um pouco de roubo feito por fora?"

"Eu cuido dos meus homens."

Ele olhou para sua tripulação. "Ah, eu gosto do espírito dela, isso eu gosto. Tudo bem, querida" — ele cuspiu na mão e a estendeu — "você fez um bom negócio."

"Em ouro", ela acrescentou. "Aceito seu pagamento em ouro."

"Existe alguma outra forma de pagamento?"

"Tudo estará pronto depois do Batismo do Duque de Muck."

"Hã?"

"Nosso festival da colheita em algumas semanas. Você não pode aceitá-lo antes disso. Há muitos trabalhadores na propriedade agora. Depois do festival, os trabalhadores sazonais irão embora e a Grange estará tranquila. Então, você pode pegar o conhaque."

Ela olhou para a mão estendida de Jack Le Grand. Ele esperava que ela respondesse da mesma forma. Não havia como evitar. Ela respirou fundo e salgado e cuspiu na mão. Os três homens riram quando ela e o pirata selaram o acordo. Depois que terminou, ela se esforçou para não limpar a mão na lã da calça.

Os homens começaram a caminhar até o barco, e Callie perguntou: "Como entro em contato com vocês quando estiver pronto?"

O pirata a encarou por cima do ombro. "Não precisa se preocupar com isso. Saberemos quando chegar a hora."

Sem dizer mais nada, os homens entraram no bote e começaram a remar. Exceto pelo suave bater dos remos, a noite estava silenciosa. Callie permaneceu grudada no chão enquanto os observava diminuírem de tamanho a cada remada.

Ela acabara de cometer o maior erro de sua vida, a consciência afundou-se em suas entranhas.

E era tarde demais para voltar atrás.

Suor repentino escorreu por sua pele. Ela agarrou os botões em seu pescoço. Uma vez abertos, fechou os olhos e deixou o ar fresco da noite acariciá-la e refrescá-la.

Seu coração se acalmou e ela viu que sua reação era: medo. Só isso. Os piratas não receberiam o conhaque se não pagassem. E nenhum deles venceria nesse caso.

Ela havia feito um bom acordo. O melhor acordo possível para seus inquilinos e para a vila. Daria certo.

Tinha que dar.

Não havia outra opção, na verdade.

Então por que ela não sentia isso?

Sua Alteza, a Viscondessa Viúva de St. Alban, a Wyld Hare, começou a subir a trilha do penhasco, e Nylander deslizou para trás, afastando-se da beirada, com o estômago raspando contra a vegetação rasteira, tendo o cuidado de evitar barulho e se revelar.

Sua mente correu para encaixar peças que não tinham por que ser unidas. O que, precisamente, ele acabara de testemunhar?

Um acordo fechado, era isso.

Ele não conseguira entender uma única palavra dita, mas palavras não eram necessárias. Aquele aperto de mão dizia tudo o que ele precisava ouvir. Um acordo havia sido selado entre Sua Alteza e Jack Le Grand, o pirata mais notório deste lado do Equador, aquele que sobrevivera a todos os outros, já que o auge da pirataria havia passado anos atrás.

Ele enfiou o rosto na terra, sentindo a grama do pântano lhe fazer cócegas no nariz, e decidiu não confrontá-la. O cheiro pungente de urze e terra atingiu seu nariz, o chilrear de um ronco de um noitibó [3] soou ao longe e o som de seus passos subindo se tornou mais próximo. Ele precisava decifrar isso antes de repassar a informação a Jake.

Nada de bom poderia advir de Sua Alteza fechar um acordo com Le Grand, disso ele tinha absoluta certeza. Ela não sabia nada sobre a reputação do homem?

Se ainda não sabia, em breve saberia. Ninguém saía ileso de um acordo com o pirata. Ela era uma mulher inteligente, mas inexperiente.

Sua cabeça surgiu acima da sebe baixa de urze que ladeava a beira do penhasco, e seu corpo a seguiu alguns passos atrás enquanto ela seguia para o leste, seguindo a trilha costeira. Foi um golpe de sorte que uma névoa densa se aproximasse do Bristol Channel, cobrindo a enseada com um manto úmido de uma noite cinzenta.

Ele manteve a cabeça baixa e contou dez passos lentos. Olhou para cima no momento em que os pés dela começaram a trotar.

---

3. Noitibó-da-europa é uma ave da família Caprimulgidae, ligeiramente menor que o noitibó-de-nuca-vermelha, apresentando a plumagem mais acinzentada. É uma ave de hábitos noturnos e crepusculares, alimentando-se de insetos. O noitibó-da-europa constrói o seu ninho no chão. Passa o dia no solo ou num tronco de árvore, passando despercebido graças às cores da sua plumagem.

Ela estava correndo novamente. Ele esperou uns bons trinta segundos antes de se levantar, limpando os restos secos de arbustos de suas roupas e seguindo seu rastro a uma distância generosa.

No espaço de dez minutos, seus planos mudaram e parecia que ele precisaria de mais tempo para se recuperar da febre. Enquanto estivesse ali, por que não aprender cada detalhe sobre Wyldcombe Grange? Quem melhor para lhe ensinar do que sua dona?

E se ele servisse como um lembrete embaraçoso da vergonha de uma noite, bem, ele não perderia o sono por causa disso.

9

NO DIA SEGUINTE

Callie colocou um pé no estribo e passou o outro sobre a sela num movimento rápido e experiente. Arrow permaneceu firme como um poste. "Kip!" ela gritou. "Pode pegar uma garrafa d'água na cozinha? Vou ficar fora a manhã toda."

Ela se acomodou e esperou, mesmo com Arrow estando inquieto. Ele estava ansioso por sua cavalgada, assim como ela. Uma manhã produtiva cuidando dos pomares de maçãs era exatamente o que ela precisava.

Além da linha do telhado, o céu começava a desbotar de preto para azul, a transformação da noite em dia. O que estava atrasando o garoto? Ela gostava de sair e se mexer antes do amanhecer, para não atrapalhar os colhedores de maçãs. Ela tendia a deixá-los nervosos. Eles gostavam de suas ideias e resultados, mas não necessariamente gostavam *dela*.

Não importava. Ela não precisava que gostassem dela. Ela só precisava ser útil.

À luz brilhante do amanhecer, ela viu que seu acordo com Jack Le Grand não era motivo para se sentir culpada. Ela tinha se saído bem na Grange.

Se uma onda de nervosismo lhe agitava seu estômago toda

vez que se lembrava do olhar astuto do pirata... Bem, ela poderia ignorá-lo.

Ele não era nada útil de jeito.

"Vossa Senhoria", disse a Sra. Bailey, com a respiração ofegante e os pés fazendo um rápido clique-claque. Kip seguia de perto a mulher. "Você vai precisar de mais do que uma garrafa d'água esta manhã."

Ela entregou uma mochila cheia de provisões, provavelmente incluindo, entre outras, um bolinho amanteigado e um scone [1] de Buttermilk [2], uma fatia de queijo duro e um pãozinho da Cornualha recém-assado. Ah, e um grande pedaço de biscoito amanteigado.

"Obrigada, Sra. Bailey", Callie gritou, guardando a comida na bolsa às costas. Nunca em sua vida ela conhecera alguém tão determinado a engordá-la um pouco. "O que eu faria sem você?"

"É provável que murche murchará e seja levada pelo vento."

Callie deixou a observação passar, achando qualquer discussão sobre sua pessoa física repulsiva. Ela nunca ouvira uma palavra boa. Não que guardasse rancor das palavras da Sra. Bailey. Elas vinham de um sentimento de afeto.

Finalmente equipada para o dia, Callie guiou Arrow e estava prestes a partir quando um assobio curto e agudo perfurou o ar e a fez parar de repente. Ela avistou uma figura logo além da borda da luz. Ele entrou no brilho bruxuleante das lanternas do pátio do estábulo, e ela ficou muda.

O Viking.

A luz não teve escolha a não ser brincar com as mechas plati-

---

1. Um scone é um item de pastelaria, geralmente feito de trigo ou aveia, com fermento em pó como agente de fermentação e cozido no forno em assadeiras. Um scone geralmente é levemente adoçado e, ocasionalmente, vitrificado com ovo batido.

2. Buttermilk – é o líquido que sobra da produção de manteigas e que possui uma porcentagem de gordura menor que a do leite. Ele tem um intenso sabor azedo. Apesar de ser muito útil na confeitaria e ser um importante ingrediente de várias receitas, ele ainda não é comercializado no Brasil.

nadas beijadas pelo sol que corriam por seus cabelos, presos em uma trança baixa. Seu pescoço era uma coluna de músculos que transmitia força e masculinidade, abaixo da qual uma fina camada de cabelo se arrastava para o V solto e aberto de sua camisa.

Suas sobrancelhas se franziram. Ele estava vestido como um trabalhador braçal, ou capitão de navio, conforme o caso. O que ele não estava vestido era como um cavalheiro. Mas, afinal, ele não era um, ela supôs.

"Posso ajudá-lo, Capitão Nylander?" Ela insistia em chamá-lo de *capitão*. A formalidade da palavra colocava a distância necessária entre ela e o homem, cuja mera presença a fazia se contorcer de desconforto.

Mera presença? A presença do homem era muito mais do que *mera. Enorme. Incrivelmente bonito. Implacável.* Essas eram as verdades de sua presença.

"Acordei essa manhã com vontade de ver o funcionamento da Grange."

Nervosismo e suspeita a fizeram respirar fundo. Teria ele descoberto que St. Alban queria lhe vender a Grange? Ou, talvez, ele se lembrasse da noite de —

Ela procurou esse conhecimento específico nos olhos dele e não viu nenhum sinal. "E por quê?"

Ele deu de ombros. "Curiosidade?"

Ela apontou o queixo para Kip. "Tenho certeza de que o rapaz estaria disposto a saciar sua curiosidade com um passeio." A capacidade de exploração de Kip não tinha limites. Ela esperava que ele já tivesse explorado cada centímetro da Grange a essa altura. "Se me der licença." Ela puxou as rédeas de Arrow, deixando a ação falar por si.

"Eu gostaria de acompanhá-*la*", disse o maldito homem, fazendo com que ela se calasse. "Aposto que ninguém entende melhor o funcionamento da Grange do que você."

"Com certeza", interrompeu a Sra. Bailey, radiante de orgulho.

Callie havia se esquecido de sua presença. O Viking tinha uma maneira de suprimir sua consciência de qualquer outro ser vivo.

"Só há um problema." Um sorriso, sem dúvida maldoso e mesquinho, se curvou em seus lábios. "Tenho uma manhã agitada pela frente e bastante terra para cobrir. E você, Capitão Nylander, não sabe cavalgar." Ela se acomodou em sua sela com uma satisfação presunçosa. Ela o tinha colocado em seu lugar.

Mais uma vez, ele deu de ombros. "Não consigo imaginar que haja algo de difícil nisso."

Ela se levantou assustada, os músculos tensos. "Como é?" Ela não devia ter ouvido direito.

"Eu sempre quis experimentar."

"Andar a cavalo é uma habilidade que leva tempo para aprender", ela disse comedida, controlada, e o oposto do pânico que queria demonstrar.

"Talvez."

O olhar penetrante dele encontrou o dela, e ela soube que tinha perdido. Aquele homem queria montar um cavalo, e ele o faria. "Kip", ela chamou. "Sele Buttercup para o Capitão Nylander."

Os olhos de Kip se arregalaram. "*Buttercup?*"

Callie assentiu. Buttercup só escapou de ser chamada de Maldição de Satã graças ao senso de ironia sarcástico do chefe dos cavalariços. Quando Kip abriu a boca novamente, para protestar mais fortemente, ela interrompeu. "Buttercup é o único cavalo em nosso estábulo com tamanho suficiente para sustentar o Capitão Nylander."

Seu corpo quis corar com essa última parte. Ela sabia exatamente o tamanho da *pessoa* do Capitão Nylander. Melhor parar por aí.

Recusando-se a encará-lo, ela desceu da montaria e começou a mexer em vários arreios — sela, cobertor, estribos, correias — até que Kip retornou com Buttercup.

No momento em que viu o cavalo, inquieto e irritado por ter

sido acordado ao amanhecer, ela sorriu. O Viking estaria voltando para casa em cinco minutos de cavalgada. Ela ficaria chocada se ele conseguisse chegar longe o suficiente para avistar uma única macieira.

Kip conduziu Buttercup em um amplo círculo antes de instruir o Capitão Nylander sobre a maneira correta de lidar com o animal. O capitão passou a mão pelo focinho aveludado do cavalo e pela crina. Buttercup bufou, mas permaneceu passiva. Então Kip começou um tutorial sobre como montar. O Viking colocou o pé no estribo e tentou imitar o movimento suave e ágil do garoto. Mas o estribo se soltou debaixo dele, e ele caiu de costas, uma nuvem de poeira esvoaçante nublando o ar ao seu redor.

Uma gargalhada escapou de Callie, mas o Viking não lhe deu atenção. Em vez disso, ele se levantou e se limpou. Novamente, Kip demonstrou a sequência de movimentos, desta vez lentamente. Mais uma vez, o capitão tentou a sorte. Dessa vez, o estribo balançou um pouco, mas ele não caiu.

Lá estava o maldito homem, montado em Buttercup, com um sorriso de realização no rosto.

Ela nunca tinha visto o homem sorrir. Nem uma vez. Seu sorriso não era simétrico. Na verdade, era torto. Mas, ah, o que isso fazia com o rosto dele? De alguma forma, ele o tornava mais bonito, e algo mais também. O tornava charmoso.

Um toque estranho e familiar pairava naquele sorriso torto, como se ela o tivesse visto em alguém. Antes que ela pudesse dizer quem, quando ou onde, o sorriso havia desaparecido, e ele estava um pouco menos devastadoramente bonito. Um pouco menos divino. Um pouco mais humano.

"Temos uma manhã de cavalgada pela frente. Tente acompanhar", ela disse toda enérgica. "Mas sinta-se à vontade para voltar se necessário."

"Sem chance, minha senhora."

Ela soltou um assobio curto, e Chance saltou das sombras,

pronto para um dia de trabalho. Ela deu um leve aperto nos joelhos de sua montaria e seguiu seu caminho, com os cascos de Arrow fazendo um *clop-clop* oco que ecoava entre a mansão e os estábulos. Com o Viking atrás dela, eles chegaram ao fim da entrada pavimentada e contornaram um longo celeiro sobre cascalho compactado.

"Fiquei surpreso ao ver que Wyldcombe Grange não tem jardins formais", trovejou seu barítono masculino atrás dela. "Eles parecem se estender por quilômetros atrás de outras grandes casas."

"A Grange tinha jardins formais." Ela apontou para a estrutura quadrada simples à direita deles. "Ano passado, mandei construir este celeiro e um novo estábulo para as vacas para substituí-los. Jardins formais não servem para ninguém."

Atrás dela, silêncio. Talvez ele estivesse chocado. Ou não. Ele não parecia o tipo de homem que ficaria surpreso com tal atitude. Georgie, sempre ciente de seu lugar de visconde no mundo, certamente se revirou em seu túmulo.

Na quietude de um claro amanhecer, eles cavalgaram para o leste, deixando para trás a mansão, os celeiros, a leiteria, o galpão de carroças e a ash house [3], um céu aberto e colinas suavemente onduladas diante deles, enquanto passavam por pastos segmentados em ambos os lados.

"Posso perguntar para onde estamos indo?"

A solicitude dele a fez sorrir. Era completamente diferente da maneira como ela o via. Afinal, ele era o Viking.

"Para o pomar", ela gritou por cima do ombro.

"Você se importa se cavalgarmos lado a lado?"

Seu sorriso desapareceu. Ela se importava muito. "De jeito nenhum."

---

3. Ash House – É ma pequena construção circular com telhado cônico, normalmente localizada perto de uma fazenda. Era usada para armazenar cinzas de lareiras e defumadores, que eram então embebidas em água para criar soda cáustica para fazer sabão.

Ela diminuiu a velocidade da montaria e permitiu que o Viking se aproximasse dela. Pela primeira vez a cavalo, ele estava se saindo notavelmente bem. Parecia que Buttercup havia se afeiçoado a ele.

"Então, qual é o propósito do pomar?"

"Produzimos sidra com as maçãs." Ela não mencionou o conhaque. Quanto menos ele soubesse, melhor.

"As maçãs para sidra são diferentes das maçãs que você compra de um vendedor de frutas?"

Ela lançou-lhe um olhar exasperado. "São." Como ele sabia que devia fazer essa pergunta? "Quem as plantou décadas atrás sabia o que estava fazendo. O pomar da Grange tem treze variedades, que vão do amargo ao doce. Meu palpite é que um ex-Visconde de St. Alban visitou a Normandia e se tornou um conhecedor de sidra."

"É necessário ter tantas variedades diferentes de maçã para fazer sidra?"

"É uma questão de sabor. Dependendo da mistura do amargo ao doce, isso afeta a complexidade e o sabor." Ela se viu se animando com a linha de questionamento dele.

"Você realmente fez disso um negócio."

Ela não conseguiu deixar de perceber a apreciação em sua voz, e uma onda de gratificação a invadiu, apesar de tudo. Como era gratificante ter um forasteiro admirando a Grange.

"A fama da nossa sidra está crescendo." Ela parecia não conseguir parar de falar. "No mês passado, um estalajadeiro de Exeter pediu dez barris da bebida deste ano para sua taverna. Recebemos pedidos até de lugares mais distantes do que a Inglaterra. Aliás—"

Ela se interrompeu ali mesmo. O que revelaria em seguida? Sua intenção de vender seu conhaque de maçã ilegalmente por meio de piratas, em vez de usar uma distribuição perfeitamente legal que estaria sujeita a impostos e, portanto, reduziria sua necessidade de dinheiro imediato?

Ela estava correndo o risco de se sentir confortável demais com o Viking. O que não seria bom, de jeito nenhum.

Ela limpou a garganta. "Hoje é certamente uma manhã fria. O inverno estará sobre nós antes que percebamos."

10

M aldição, Nylander praguejou para si mesmo.
　　　　Assim que ele conseguiu fazer a mulher falar, ela se calou como um molusco. Tudo bem, então, ele encontraria outro jeito. "Qual é o seu nome?"

Ela soltou uma gargalhada que lhe rendeu um olhar confuso. "Você sabe meu nome. Sou a Viscondessa Viúva St. Alban. Lady St. Alban para você."

Ele mal pôde conter uma risada sarcástica. Ela tinha sido algo além de uma dama para ele menos de duas semanas atrás. Mas eles não estavam reconhecendo isso. *Certo.* "Você não pode ter mais de vinte e cinco anos. Um nome tão antigo para uma jovem senhora."

A longa coluna vertebral dela se estendia como uma vareta sobre o trote do cavalo. Isso não podia ser confortável. "Não consigo ver como minha idade tem algo a ver com meu nome."

"Qual é o seu *nome de batismo*?" ele perguntou, tentando a pergunta de uma maneira diferente.

O que começara como uma manobra para mantê-la falando se transformara em curiosidade genuína. Qual era o nome da mulher, afinal?

Sua cabeça pendeu para o lado, e ele não pôde deixar de notar que, acima da gola alta, seu pescoço era tão gracioso quanto o de um cisne.

"Por que você quer saber meu nome?"

"Estou me perguntando se ele combina com o nome que eu tenho na cabeça."

Ela o encarou com um olhar que teria sido descrito como assassino em um beco escuro. "E que nome seria esse?" A pergunta veio baixa e cautelosa.

Ele a avaliou lentamente da cabeça aos pés. "Gertrude."

"*Gertrude?*" ela quase gritou.

"Não é Gertrude?" ele perguntou, com os olhos arregalados de inocência.

"Com certeza não", ela falou irritada.

Outro nome lhe ocorreu. "Obediência?"

Ela o encarou como se duas cabeças tivessem brotado nele. "Eu pareço uma *Obediência* para você?"

"Talvez não." Isso era divertido. "Não consigo imaginar nenhuma Obediência andando por aí com calças masculinas."

"Quero que saiba que estas calças são especialmente feitas para mim, o que as torna, na verdade, calças *femininas.*"

"Sem dúvida, milady", ele disse com a voz rouca.

Seu olhar percorreu as calças, da bota brilhante até a coxa longa e esguia. A mulher estava certa. As calças dela eram, de fato, bem ajustadas.

Ele pigarreou, na esperança de clarear a mente. Não estava ali para pensar nas calças particularmente bem ajustadas dela e no que elas estavam fazendo com a virilha dele. Ele se remexeu na sela, na esperança de se ajeitar. Buttercup bufou em advertência.

Uma mancha vermelha surgiu acima de sua gola alta. Sua Alteza corou da maneira específica das ruivas, como se um incêndio subterrâneo tivesse vindo à tona, repentino e intenso. Isso a tornou menos nobre. Menos dama, mais *mulher*.

"Mais um palpite?" ele perguntou.

Com os lábios franzidos e o olhar fixo à frente, ela assentiu.

"Mildred."

"Mildred?" Olhos incrédulos se voltaram para encontrar os dele. "Você acha mesmo que meu nome é Mildred? Estou começando a me perguntar se devo me sentir insultada."

"Quero que saiba que conheci muitas Mildreds adoráveis na minha vida."

"Não me importo em ser —" Ela hesitou. "Adorável." Suas sobrancelhas se uniram. "Já que você provavelmente não vai parar com esses nomes ridículos, vou lhe contar. Meu nome de batismo é Calpúrnia."

"Calpúrnia?"

"Isso é uma grande surpresa para você?"

"Na verdade, pensei que você pudesse ser uma Rosalind."

"Uma Rosalind? Em homenagem à personagem de Shakespeare?"

"Sim."

"Porque eu uso calças masculinas?"

Ele assentiu.

"Você lê Shakespeare?" A pergunta soou como uma acusação.

"Não regularmente."

Calpúrnia era um nome forte, um nome elegante. Um nome inesperado. Com toda a honestidade, ele meio que esperava que um dos outros estivesse correto. Mas agora ele podia ver que Calpúrnia era o nome que combinava com aquela mulher.

"Callie", ele murmurou, meio baixinho. Ele gostou do som.

A cabeça dela se virou bruscamente. "Por que você me chamaria assim?"

"Parece mais natural do que Calpúrnia. Esse nome carrega um peso considerável." A honestidade saiu de seus lábios por conta própria.

"Essa era a intenção." Ela fixou o olhar à frente. "Meu pai não permitia que ninguém me chamasse de Callie, nem mesmo meus irmãos em uma provocação. Só minha mãe tinha essa liberdade. Callie é o nome da moça que serve cerveja no bar local ou joga carvão na lareira. Uma Callie não ascende além das classes baixa e média. Calpúrnia, por outro lado, bem, com as conexões certas e uma grande fortuna, uma Calpúrnia pode ascender até o nível mais alto da sociedade e elevar toda a sua família consigo." Um tom ácido soou em sua voz. "Por meio de um casamento estratégico, é claro."

"Isso aconteceu quando você se tornou a Viscondessa de St. Alban?" Nylander queria que isso fosse claro como água glacial. Era mais uma camada que se desprendia dessa mulher.

Sua boca se abriu em um sorriso sem graça. "Status social alcançado."

O clima tomou um rumo estranho, de uma troca brincalhona para uma admissão extremamente séria. Não foi difícil intuir que o casamento não tinha sido feliz. E com certeza, ele queria saber mais.

Com que objetivo? Ele estava aqui para descobrir por que essa mulher havia feito um acordo com Jack Le Grand na noite anterior. Ele não estava aqui para resolver problemas da *Lady* com "L" maiúsculo.

Toda *Lady* que ele conheceu tinha uma variação desse problema: todo o dinheiro do mundo, mas um sapo como marido. E elas não queriam nada mais do que usar o Capitão Nylander para acalmar o problema e submetê-lo pelo tempo necessário para atingir o clímax.

Exatamente como esta fizera. *Certo.*

"E você?" ela perguntou.

"E *eu*?"

"Qual é o seu nome de batismo?"

"John", afirmou ele, sem rodeios.

A sobrancelha dela se ergueu. "John? Só isso?"

"O que você esperava?"

Um sorriso que continha uma boa dose de maldade se formou em sua boca. Esse sorriso quase o derrubou do cavalo. "Sinceramente?"

Ele assentiu. Honestidade era tudo o que ele queria dela.

"Ragnar."

Sua testa franziu. *"Ragnar?"*

"Ou algum nome Viking dos contos que se ouve quando criança." Seu olhar ficou suave e ela puxou as rédeas, fazendo sua montaria parar. "Oh, olhe para isso. É glorioso todas às vezes."

Ele desviou o olhar dela e fez Buttercup parar. A menos de cem metros de distância, fileiras e mais fileiras de macieiras, carregadas de frutas maduras, com o sol nascente aparecendo por entre os ramos verdes exuberantes em um brilho dourado e quente. Isso inspirava admiração, quietude e reflexão. Era mágico. Essa vista não envelheceria em uma eternidade de anos.

Uma breve série de três latidos agudos quebrou o encanto, e o cão de Sua Alteza, Chance, disparou por um caminho estreito e desapareceu no pomar.

Ela soltou um suspiro e um pequeno grito. "Olhe", ela gritou, apontando. "Vacas!" Então, ela também partiu em disparada, acelerando seu cavalo.

Nylander olhou ao longe e, finalmente, viu o que ela e o cachorro tinham visto: por entre as fileiras de árvores, várias vacas estavam deitadas de lado, com o peito subindo e descendo em movimentos rápidos e superficiais. Ele apertou os joelhos para incitar Buttercup, exatamente como Kip havia instruído, mas o maldito animal simplesmente esticou o pescoço e o imobilizou com um olhar teimoso. A única coisa que impedia Nylander de pular no chão e persuadir o animal a ir em frente era a dúvida de que ele conseguiria montar novamente na fera.

"Ah, vamos lá, Buttercup", ele berrou. Para seu espanto, o bruto mal-humorado se pôs em movimento. Ele apenas apertou as rédeas e deixou o cavalo levá-lo.

Quando alcançou Sua Alteza, ela já havia desmontado e estava ajoelhada ao lado de uma vaca que gemia sua mão esfregando a barriga grande e redonda do animal. "Elas comeram muitas maçãs. Viu como a barriga dela está inchada de gás?"

Como se para ilustrar seu ponto de vista, a vaca peidou a maior rajada de vento que Nylander já teve o duvidoso prazer de observar. Ele havia sido criado em navios, cercado por homens versados em todas as cruezas conhecidas no mundo. Isso dizia muita coisa.

Sua Alteza nem pestanejou. "Deve haver uma dúzia delas." Suas sobrancelhas se uniram. "Como chegaram aqui?"

"Brisas fortes destrancam portões o tempo todo por aqui, eu apostaria." Era um palpite tão bom quanto qualquer outro.

"Isso pode ser verdade, mas é mais do que um simples portão entre essas vacas e este pomar. Você viu a configuração do terreno. A forma como os pastos são dispostos...", ela disse perdida em seus pensamentos. "E a localização do celeiro onde essas meninas estariam... Não faz sentido. Elas não poderiam ter simplesmente passado por aqui."

"Você está dizendo que alguém as trouxe deliberadamente para cá?"

Os olhos dela se ergueram para encontrar os dele, e ele viu a verdade ali: era exatamente o que ela não estava dizendo. Seu olhar se desviou. "Não, claro que não."

Ela estava mentindo. Ele não tinha dúvidas disso.

Ela deu outro grito de angústia e correu em direção à outra vaca aflita. Todos os pelos do corpo dele se arrepiaram da raiz às pontas. Tal grito poderia ser facilmente confundido com um tipo diferente de grito... Um grito de angústia extrema no momento anterior à liberação de uma mulher.

Ele balançou a cabeça vigorosamente e reprimiu a reação de seu corpo antes de desmontar de Buttercup e segui-la a pé.

"Ela está engasgando." Sua Alteza caiu de joelhos ao lado da vaca aflita, cujos olhos reviravam em sua cabeça, engolindo freneticamente e sem chegar a lugar nenhum.

Sua mão envolveu o queixo da vaca e inclinou a cabeça do animal para trás, os olhos fechados enquanto apalpava sua garganta. "Aqui." Ela franziu a testa e pareceu chegar a uma decisão. "Acho que não há outro jeito."

"Outro jeito?" Um medo lento se instalou na pergunta.

"Ela tem uma maçã presa na garganta."

"Devo chamar o veterinário?"

Ela balançou a cabeça. "Não há tempo para isso. Além disso, ouvi dizer que *já foi feito com sucesso.*"

O medo crescente se solidificou em suas entranhas. "O que já foi feito com sucesso?"

Seus olhos escuros se fixaram nos dele. Ele viu decisão ali. Determinação também. "Precisamos tirar a maçã."

Exatamente o que ele esperava que ela dissesse.

Ela tirou o casaco e desabotoou a manga direita antes de enrolá-la em uma série de movimentos bruscos. "Você vai segurar a cabeça dela enquanto eu..." Ela hesitou. "Enquanto eu enfio a mão em sua garganta e tiro a maçã."

"Ela não vai te morder?"

Seus olhos se estreitaram para o animal. "Acho que não. Vacas são criaturas dóceis. Mas, hum" — sua certeza vacilou — "talvez você não se importe em segurar a mandíbula inferior dela no lugar?"

Nylander assentiu brevemente em resposta e começou a arregaçar as mangas. Assim que ela se voltou para sua tarefa, seu olhar se fixou no antebraço dele e ela ficou imóvel por um instante silencioso, tempo suficiente para que ele percebesse o olhar. Sua tatuagem de âncora. Qual era a pior ofensa à sua sensibilidade feminina? A tatuagem? Ou a pele nua dele?

Ela se inclinou sobre a cabeça da vaca e, com um movimento lento e suave, passou a ponta dos dedos entre os olhos do animal até o canto da boca, onde começou a tatear. "Acho que seria melhor você montar na cabeça dela. Use os joelhos para mantê-la imóvel e o maxilar aberto."

Nylander assentiu. Era um bom plano.

Ele manobrou ao redor da vaca aflita, cuidadoso e devagar, mas não foi apenas com o animal que ele exerceu cautela. Foi também para Sua Alteza, que se posicionou bem em frente a ele. Com o corpo consciente do dela em alerta máximo, ele colocou os pés de cada lado da cabeça da fera e encontrou o olhar de Callie, a menos de trinta centímetros do seu. "Pronta?"

Com os olhos arregalados e tensos, ela assentiu, a língua deslizando nervosamente pelo lábio inferior, deixando para trás uma fina camada de umidade que o deixou petrificado por um longo instante. Ele piscou para apressá-la e enfiou os dedos dentro da boca da vaca, uma mão segurando sua mandíbula superior, a outra a inferior, preparando-se para separá-las. "Da próxima vez que ela arrotar, vou prender a boca dela aberta. Entendeu?"

Callie assentiu.

Ele se recompôs e esperou pelo inevitável. Por fim, a vaca soltou mais um arroto. Ele desviou o rosto do fedor, mesmo enquanto abria a boca dela completamente e a segurava. "Agora", ele falou, a sílaba um comando áspero, todos os músculos, dos dedos aos antebraços, dos bíceps às costas, se esforçando para manter a boca da vaca aberta.

Callie começou a inserir a mão e hesitou. Ele sabia o que aquela hesitação significava. Ela teria que confiar nele. Seus olhos encontraram os dele.

"Eu não vou soltar, não até que você esteja segura."

Ela assentiu quase imperceptivelmente, respirou fundo e enfiou a mão na boca da vaca.

Ele esperava que o rosto dela se contorcesse de desgosto, que ela tivesse uma reação feminina, mas ela não teve. Em vez disso, ela se dedicou totalmente à tarefa. Ela inclinou o corpo em direção ao dele, para que seu braço pudesse deslizar mais profundamente dentro da vaca. Ele sentiu seu leve aroma cítrico e de flor de macieira em meio ao fedor da vaca.

"É tão estranho", ela começou, como se estivesse falando

consigo mesma. "Não consigo sentir... Aí... Aí está", ela disse com o rosto inundado de alívio. Olhos espantados se voltaram para ele. "Eu encontrei."

"Você consegue tirar?"

Seu rosto se contraiu em concentração. "Eu só preciso..." Ela se deslocou ainda mais, de modo que todo o lado esquerdo do corpo dela ficasse pressionado contra o direito dele, seus ombros e quadris se cravando nele, para se alavancar enquanto o braço dela mergulhava mais fundo.

O corpo dele voltou à consciência, mesmo enquanto ele se dedicava à sua única tarefa, que era garantir que a vaca não removesse o braço de Sua Senhoria pelo ombro, pois era até onde ela havia afundado naquela grande fera. Era perfeitamente possível que aquela mulher subisse até o interior do animal, se fosse necessário para salvá-la.

A essa altura, ela ofegava com dificuldade, a respiração entrecortada, e ele percebeu que a sua também estava em ritmo com a dela, enquanto se esforçavam em direção ao objetivo mútuo: remover a maçã.

"Se eu conseguir colocar meus dedos..." Seus movimentos se tornaram mais sutis quando ela se virou, com a parte da frente do corpo pressionada com força contra ele. "Aqui está... eu a peguei."

Ela estava tão perto agora que, quando disse a última parte, seus lábios roçaram o pescoço dele. Suas palavras quentes e úmidas lhe causaram um arrepio na coluna. Naquele momento ele reconheceu seus medos e inseguranças, uma intimidade crua, diferente de qualquer outra que ele já tivesse experimentado com qualquer outro ser vivo.

"Vou remover meu braço agora", ela falou Ela não havia notado a reação dele.

Seu braço começou a emergir da fera angustiada e peidando, lentamente, aos poucos, para não machucá-la. Seu corpo também se afastou do dele, e a dor da perda o percorreu.

Quanto tempo fazia desde que ele a teve? Desde a noite na

estalagem, que foi há quanto tempo Quinze dias? Embora ele regularmente se abstivesse por mais tempo quando estava no mar, àquela noite havia deixado seu corpo pronto para mais, reduzindo-o a um homem que desejava uma mulher, que o confundia e o atormentava, em meio a uma névoa pútrida de peidos de vaca.

A mão dela apareceu, segurando uma maçã amassada e babada, brilhando ao sol. Ela lançou um sorriso triunfante para ele. Com os músculos esticados ao limite, ele segurou as mandíbulas da vaca até passar por cima e por trás da fera de olhos arregalados. Então, ele a soltou e pulou para trás.

A vaca descarregou toda a sua frustração e aborrecimento com um longo "*muuu!*". Ela chutou as pernas algumas vezes para ganhar impulso antes de rolar para se levantar. Imediatamente, sua confusão pareceu desaparecer, como se nada de importante tivesse acabado de acontecer, e ela se afastou, provavelmente para engolir outra maçã inteira.

Em acordo tácito, Nylander e Callie desabaram no chão, ambos ofegantes e enervados. Um sorriso exausto surgiu nos lábios dela. "Imagino que seus braços pareçam gelatina."

Ele fingiu tentar levantá-los antes de deixá-los cair no chão. Ela soltou uma risada rouca e se jogou contra a árvore às suas costas. Ele nunca a tinha visto tão relaxada, tão pouco consciente de si mesma. Ele gostava bastante daquela Viscondessa Viúva St. Alban.

Seus olhos se fecharam, com a sinfonia do amanhecer os envolvendo. O trinado musical dos pássaros que se levantavam com o novo dia. O sopro de uma brisa suave de leste que agitava as folhas das árvores. A respiração curta e ofegante dela, suave, sutil e, oh, tão familiar. Novamente, uma dor, sexual e distinta, pulsou através dele, e ele a reprimiu instantaneamente.

Seus olhos se abriram e deslizaram para encontrar os dela, já fixos nele. Algo que ele não conseguia identificar ressoou em suas profundezas. O tempo desacelerou.

De repente, como se o chão tivesse se transformado em lava derretida, ela rompeu o contato e se levantou de um salto, limpando a poeira das calças com afinco. O tempo acelerou.

Ela lhe lançou um olhar impaciente. "Preciso chamar alguns homens para levar o gado de volta ao estábulo. Você consegue cavalgar?"

O traseiro de Nylander protestou sob ele, dizendo que não voltaria a montar naquele dia, talvez nunca mais. Além disso, parecia que Buttercup tinha encontrado outros assuntos para tratar em outro lugar. "Prefiro ir a pé."

Isso arrancou um sorriso de compaixão dela. "Melhor ir a pé agora, enquanto pode. Amanhã, não será tão fácil."

De sua posição privilegiada, ele a observou agarrar as rédeas do cavalo com uma das mãos e colocar um pé firme no estribo. Num pulo rápido, ela passou a outra perna por cima do dorso do animal e montou num movimento rápido e seguro.

Seu pênis saltou. A *calça feminina* dela fez um belo trabalho ao delinear perfeitamente os contornos de sua bunda. Ele passou a mão frustrada pelos cabelos. Pensamentos como esse não o levariam a lugar nenhum. Não com essa mulher.

Pouco antes de esporear o cavalo, ela gritou por cima do ombro: "E você consegue encontrar o caminho de volta sozinho?"

"Eu dou um jeito."

Sem dizer mais nada, ela saiu em disparada, deixando-o sozinho com nada além de seus pensamentos e um pomar cheio de vacas gemendo, arrotando e peidando, todas com suas próprias preocupações. Ele se levantou, um passo lento de cada vez, os músculos já enrijecidos. Ela se afastou, e ele balançou a cabeça.

Ele não conseguia evitar, admirava a mulher. Ela era capaz. Ela era corajosa. A mulher tinha *coração*. Ela não se esquivava de fazer o que era certo quando o momento exigia.

E foi isso que o deixou perplexo. Por que ela fizera uma coisa tão errada ao fechar um acordo com um homem como Jack Le Grand?

O círculo da Viscondessa Viúva de St. Alban, *Callie,* não era quadrado. Eraa um desafio da geometria.

11

DOIS DIAS DEPOIS

"Deve parecer que você está correndo em uma nuvem."
Callie pegou a bota e a virou, testando seu peso. Ela olhou para dentro e tocou a lã macia e elástica com as pontas dos dedos. "Que maravilha, Jane. Como você conseguiu?"

Callie se abaixou para desamarrar os cadarços das botas e as chutou para fora. As meias, logo em seguida. Ela queria sentir a nuvem contra a pele. Ela enfiou um pé, depois o outro, dentro da bota, e seus olhos se fecharam involuntariamente em êxtase.

"Bem, querida, não foi tão complicado depois que tive a ideia." Jane adorava explicar seu processo criativo em detalhes. "Separei a parte superior da bota da sola e cortei a lã no formato exato. Depois, costurei tudo. Você verá um pouco de lã aparecendo na borda, mas não deve fazer diferença no molhado. A lã é imune aos elementos. Você gosta delas?" Ela perguntou, sem certeza da resposta.

"Se eu gostei?" Os dedos dos pés de Callie se mexiam com luxo. "Jane, você é um gênio."

Um sorriso tímido iluminou o rosto redondo de Jane, um leve rubor tingindo suas bochechas. "Quer que eu traga um chá para nós?"

"Eu adoraria", respondeu Callie enquanto a outra mulher se retirava para a cozinha. Jane não queria que ela a seguisse, então permaneceu na aconchegante sala de estar, com os pés deleitando-se com a gloriosa invenção da amiga.

Sua amizade com a eficiente e confiável Sra. Jane Smith ainda a pegava de surpresa. Callie nunca fora uma pessoa que se dedicasse aos laços profundos que tantas outras moças e mulheres cultivavam umas com as outras. Mas quando chegou à Grange após seu casamento com Georgie e se viu precisando de um item necessário e particular, uma criada a indicou ao Empório Smith, na vila. A loja era bem menos grandiosa do que o nome sugeria, mas era possível encontrar uma quantidade surpreendente de produtos dentro de suas paredes estreitas. Foi lá que Callie conheceu Jane.

Por fora, Jane se encaixava perfeitamente no mundo convencional em que vivia. Uma mulher pequena e sorridente, do tipo que atraía a atenção, não pela beleza física, mas pela beleza que emanava de seus olhos calorosos e seu sorriso. Ela ocupava um papel pequeno nos negócios da família, era mãe de dois meninos e duas meninas e tinha uma criada, como a próspera empresária que era. No entanto, Jane não era totalmente convencional, e foi aí que sua amizade com Callie começou.

Naquele primeiro dia, Callie entrou na loja, nada à vontade em pedir seu item necessário e particular. Depois de circular pelas mercadorias do empório por um tempo que começava a se tornar evidente, Jane se aproximou dela e perguntou em voz baixa: "Há algo especial que você precise?"

"Bem, eu", Callie começou e fez uma pausa. "Preciso de uma calça." Ela fez outra pausa. "Com o tecido mais fino possível."

A cabeça de Jane se inclinou para o lado. "Para o visconde?"

Como Callie queria dizer sim, mas não dava. Georgie era oito centímetros mais baixa do que ela e uns cento e vinte quilos mais pesado. "Não."

"Então é verdade?" perguntou Jane, com um brilho nos olhos, o tom conspiratório.

"O quê é verdade?", perguntou Callie, temendo a resposta.

Jane olhou ao redor para se certificar de que estavam sozinhas antes de se aproximar. "Que você corre pelo pântano como um coelho fugindo de um lobo sob a lua cheia?"

Callie abriu e fechou a boca, um calor mortificado percorrendo seu corpo. "Acho que vou—"

Jane envolveu o antebraço de Callie com a mão, para contê-la. "Não, querida, fique. Perdoe a franqueza. É um dos meus principais defeitos." Ela soltou Callie. "Agora me fale sobre essas calças que você está precisando."

Callie explicou que a calça que ela usava há anos, sobras de um irmão mais velho, estava tão puída que começou a se desfazer.

As sobrancelhas de Jane se uniram em concentração enquanto ela andava em círculos lentos ao redor de Callie, avaliando-a por um minuto inteiro. Finalmente, ela parou. "Volte amanhã as três em ponto para uma prova."

"Ah, eu não preciso que elas sejam ajustadas para mim", disse Callie apressadamente. "Um tamanho padrão serve."

"Ah, não, não serve", protestou Jane. "Você está lidando com a melhor costureira daqui até Londres. Não vou lhe vender uma calça que não servem. Além disso, estou curiosa."

"Curiosa?"

"Já que você corre com elas, talvez possamos fazer uma ou duas modificações que as deixem mais confortáveis. Você já teve escoriações quando correu por aí?"

"Ah, hum", gaguejou Callie, essa mudança de assunto a pegando de surpresa. "Na verdade, sim."

Jane assentiu e proferiu um "Mm-hmm" afirmativo.

O Sr. Smith entrou na loja, e o rosto de Jane voltou à afabilidade distante de uma proprietária simpática. "Lembre-se, Vossa Senhoria, às três horas em ponto amanhã para a sua prova."

E, assim, a amizade delas se consolidou.

Toda vez que Callie procurava Jane com um problema com as calças por assaduras ou com as botas por causa de bolhas, um brilho cintilante entrava nos olhos da mulher e um sorriso secreto se curvava em sua boca. Jane gostava de ajudar Callie a desafiar as convenções. Além disso, ela se deleitava em ser cúmplice nesse desafio.

Era o único ato de rebelião na vida perfeitamente convencional de Jane, e Callie era imensamente grata por ter sido ela quem o inspirou. A mulher era um raio fulminante com uma agulha, dona de uma rara combinação de imaginação e habilidade. Callie ainda não havia lhe apresentado um problema que ela não pudesse resolver. Ela gostava de ser a pequena rebelião de Jane Smith.

Jane entrou apressada na sala, trazendo consigo o chá, sua aura específica de energia bem-humorada, e a bebê Pris, com os olhos azuis brilhantes fixos em Callie, o polegar satisfeito enfiado na boca e preso ao peito de Jane com uma série de tiras cruzadas. "A pequena gatinha acordou da soneca", disse Jane com uma voz cantada, destinada ao bebê.

"Tem certeza de que não é doloroso para a Pris ficar grudada em você desse jeito?" perguntou Callie. Ela ainda não havia se acostumado com aquele estranho dispositivo que Jane havia construído.

"Nem um pouco", Jane respondeu despreocupadamente, colocando o serviço de chá em um aparador de nogueira brilhante. Como se para ilustrar o ponto de vista da mãe, o polegar de Pris saiu da boca e ela começou a soprar bolhas de alegria enquanto suas pernas gordinhas se esticavam. "Desde que ela começou a engatinhar, é a única maneira de eu conseguir trabalhar."

"Ah, isso me lembra", disse Callie, enfiando a mão na bolsa. Ela tirou um pequeno pote. "A Sra. Bailey fez uma porção fresca de purê de maçã esta manhã."

"Pris, você viu isso? Sua tia Calpúrnia trouxe o seu purê favorito."

Pris expressou sua alegria com outra rodada de bolhas babadas, e Callie sentiu-se leve com sentimentos contraditórios de alegria e desejo.

Jane colocou o pote de lado. "Agora, Calpúrnia, dizem que você tem uma visita na Grange."

Callie se permitiu um gemido interior. A claridade do cômodo diminuiu um pouco. "É verdade", ela não teve escolha a não ser admitir.

Com um zumbido abafado nos lábios, Jane preparou o chá antes de se acomodar em frente à Callie com Pris ainda presa ao peito, dois pares de olhos arregalados a encarando com curiosidade. "Ele é o assunto da vila, sabia?" afirmou Jane.

"Só posso imaginar."

Jane levou a xícara de chá aos lábios e soprou, o hálito refrescante ondulando a superfície do chá. "Ainda não vi o homem, veja bem, mas ouvi-o descrito como um Viking pela Sra. Mayhew e como um Anjo Guerreiro pela Srta. Patchett." Em um tom conspiratório, ela se inclinou para frente. "A Sra. Finch disse que ele era bonito demais para ser olhado diretamente."

Callie engoliu um gole grande e escaldante de chá, evitando um acesso de tosse por pura força de vontade. "Eu diria que todas essas descrições acertaram em cheio."

Jane afundou na cadeira e soltou um ofegante "Oh, meu Deus".

Seguiu-se um silêncio intolerável e sonhador. Callie decidiu inserir um pouco de realidade na conversa. "O homem é completamente insuportável."

"Como assim?" Jane não era imune à atração de uma boa fofoca. Callie gostava disso na amiga, mais do que queria admitir.

Callie manteve Jane em seu domínio enquanto contava resumidamente como o Capitão Nylander acabara sendo seu "hóspede" na Grange. "Ou Nylander, como ele insiste em ser chamado", concluiu.

"Simplesmente *Nylander?*" perguntou Jane.

Callie assentiu. Um sorriso secreto se formou nos lábios de Jane. Um arrepio possivelmente percorrera a coluna da amiga. *Pelo amor de Deus!*

O fato de ela ter omitido a parte sobre Lorde St. Alban querer vender a Grange para o Capitão Nylander, ou mesmo que St. Alban quisesse vender a propriedade, não tinha importância. Não havia necessidade de preocupar Jane com um evento que não iria acontecer.

"Mas o que o torna insuportável? Ele não é um sujeito útil, sendo capitão de navio e tudo mais?"

Callie engoliu outro gole de chá. "Suponho que ele tenha suas utilidades."

Uma imagem surgiu em sua mente: os músculos do antebraço dele, o aço endurecido ondulando sob a pele, lutando, se esforçando, para manter a mandíbula da vaca aberta. Ele tinha sido bastante útil em manter o braço dela intacto.

"Só que agora que ele se recuperou, ele aparece em todos os lugares." A reclamação saiu amarga e maldosa. "Você não o esconde na sua despensa, esconde?"

Jane riu como uma menina no pátio da escola contando uma piada maliciosa. "Conte-me mais."

Callie continuou contando a Jane sobre como ele se tornara indispensável para a Sra. Bailey nas cozinhas. Aparentemente, o homem tinha habilidades incríveis com coleta de ovos, conserto de galinheiros e manutenção de hortas. Ela até ouvira a palavra *"mágico"*, aplicada às suas habilidades de bater manteiga. "Parece que não consigo escapar dele, exceto quando corro, é claro."

Jane juntou as mãos diante do corpo, a imagem de deleite extasiado. "Eu me surpreendi com você chegando duas horas antes do seu horário habitual hoje. E na minha porta dos fundos. Você deu um belo susto na Dorrie, eu te garanto."

Callie fez uma careta. "Por favor, peça desculpas a ela. Eu não sabia como escapar do homem. De alguma forma, ele aparece em todos os lugares que eu vou."

"Tem certeza?" Jane começou e parou. Era um rubor em suas bochechas? "Tem certeza de que ele não está interessado em você?"

"Interessado? Como..." Callie parou. Suas sobrancelhas se juntaram. Jane queria dizer... *Ah.* "Interessado em *mim?"* A incredulidade cresceu, e ela soltou uma gargalhada. A ideia era tão ridícula que desafiava a crença. "Está claro que você ainda não viu o homem."

"Por quê?"

"Homens como *Nylander* não notam mulheres como eu", ela afirmou com uma vida inteira de certeza acumulada.

A cabeça de Jane se inclinou para o lado. "Você é uma beleza irresistível, querida", ela disse com aquele jeito direto que sempre tivera.

A angústia franziu a testa de Callie. *"Eu? Uma beleza?"*

"Você nunca se olhou no espelho?"

"Ah, Jane, por favor, não vamos falar sobre isso." O desconforto de Callie se intensificou.

"Tenho certeza de que Shakespeare poderia dizer melhor, mas seu cabelo é do vermelho intenso que o sol adquire pouco antes de se pôr no céu do oeste."

"Oh, não sei, Jane, você pode dar trabalho para Shakespeare. Meu cabelo é laranja."

"Ah, que bobagem", Jane descartou. "E eu sempre invejei sua altura com essas suas pernas longas."

"Dois palitos finos. É isso que minhas pernas são."

"E os ossos do seu rosto são lindos. Até suas sardas são delicadas e charmosas."

Callie bufou em descaso. Mas seu coração disparou e o calor subiu.

"Se nada disso for verdade", continuou Jane, "então você precisa se perguntar uma coisa."

"O que?"

"Por que esse homem está te seguindo?"

Callie ficou imóvel. Ela estava tão irritada com o maldito homem que a pergunta nunca lhe ocorreu.

"Bem, querida, está claro como o dia para mim que o homem está apaixonado por você." Jane recostou-se, certa de satisfação. De alguma forma, Pris conseguiu imitar a expressão da mãe.

Callie pousou a xícara de chá com um estrondo alto demais. "Jane, acabei de me lembrar de um compromisso urgente lá na Grange."

Ela se levantou de um salto e disparou em direção à porta da frente e à abençoada liberdade do ar livre. Qualquer coisa para escapar da conclusão absurda, errônea e impossível de Jane. Era demais. O homem nem se lembrava da noite que passaram juntos.

Ela estava na metade da entrada quando parou de repente, percebendo instantaneamente seu erro. Deveria ter saído pelos fundos. A menos de seis metros de distância, *ele* estava do outro lado da movimentada High Street. Seus olhares se cruzaram e se fixaram. Certamente, a batida do coração dela contra as costelas deixaria hematomas.

"Calpurnia", ela ouviu atrás de si, "você esqueceu suas botas."

Callie girou e arrancou as botas das mãos de Jane, na esperança de agarrá-las com firmeza para que Jane não notasse o maldito homem, que agora caminhava lentamente em sua direção.

"Ora, se não é Lady St. Alban", ela ouviu atrás dela.

Seu estômago se revirou. Ele já havia reduzido a distância entre eles pela metade, a julgar pela proximidade de sua voz.

Lady St. Alban. Dois dias antes, ele a chamara de *Callie*. Sua voz era um estrondo baixo e atraente em seu peito, como se o nome dela tivesse passado por um veludo amassado para alcançá-la. Aquele estrondo fez seus joelhos fraquejarem. Era como se ele tivesse reivindicado o nome dela, e uma parte profunda e intratável dela respondeu à reivindicação.

Jane ficou na ponta dos pés e espiou por cima do ombro de Callie. Seus olhos se arregalaram e Callie conteve um gemido. "Oh, meu Deus."

Era tarde demais.

Incapaz de evitar a situação por mais tempo, Callie respirou fundo e se virou para encarar a realidade na forma do Viking que se aproximava. Ele parou diante delas e fez uma breve reverência, como um cavalheiro à vontade com qualquer coisa que a vida lhe oferecesse. Ela não conseguia manter a mesma tranquilidade, não com Jane ao seu lado, olhando para o homem como se nunca tivesse visto um.

Com toda a honestidade, era provável que ela nunca tivesse visto um homem como aquele.

Callie pigarreou. "Sra. Smith, posso apresentar-lhe o Capitão Nylander?"

"O prazer é meu, bom senhor." Suas palavras foram tão animadas quanto sua reverência. Pris bateu palmas. Bebê traidor.

Ele acenou com a cabeça, sua forma maciça diminuindo a inclinação da entrada da porta de Jane. "O prazer é meu."

Jane parecia como se sua calcinha tivesse derretido no corpo. No momento em que Callie pensou em passar despercebida e deixar os dois com suas saudações desajeitadas, o Sr. Smith se aproximou para se juntar ao pequeno e desajeitado grupo, com um brilho questionador nos olhos. Ofegante e perturbada, Jane apresentou o marido ao Capitão Nylander.

"Minha querida" começou o Sr. Smith, "precisa se deitar um pouco? Parece corada."

"Tem razão, Sr. Smith", acrescentou Callie. "Acho que todos nós precisamos. Agora, se me dão licença...", ela disse lentamente. Passou pelo trio e desceu os degraus da frente, seus saltos fazendo um rápido clique-claque nos paralelepípedos desgastados da High Street.

Menos de uma dúzia de passos depois, ela os ouviu, os passos dele rápidos em seus calcanhares. Aparentemente, ela não escaparia tão facilmente. Realmente, era estranho o jeito como o homem continuava aparecendo ao seu lado. Havia algo nas palavras de Jane?

Não. Não era isso.

Então por que o maldito homem a estava seguindo?

Ele se aproximou dela e diminuiu o passo. Aparentemente, eles deveriam caminhar juntos. Ela poderia muito bem fazer a pergunta que a deixou curiosa. "Isso acontece com você com frequência?"

"O que é *isso*?"

Ela quase bufou. "Sério, você está brincando."

"Temo que não."

"Quero que saiba que Jane Smith é uma das mulheres mais lógicas, curiosas e francas que já conheci. No entanto, ao conhecê-la, ela se reduziu a uma poça de geleia sem palavras."

"Você ouviu o marido dela. A mulher estava febril." O tom do Viking tornou-se duro e estranhamente monótono.

"Febril?" Callie não conseguiu conter um bufo nada feminino. "Essa é certamente uma maneira de explicar o seu efeito sobre a mulher."

Embora não estivesse tocando nem olhando para o homem ao seu lado, ela sentiu uma tensão crescente nele, como se todos os músculos de seu corpo estivessem cerrados em um punho apertado. Ela não conseguia evitar a sensação de que havia sido indelicada de alguma forma. *Estranho.* A maioria dos homens reagiria à sua observação como um galo no galinheiro. No entanto, para este homem, o assunto parecia uma ferida aberta que ela arranhara com sua unha.

Um silêncio tenso preencheu o espaço entre eles, e Callie não sabia como superar a distância. Felizmente, o Viking tinha mais modos do que ela. "É a primeira vez que vejo Upper Wyldcombe Lacey [1] à luz do dia. É sempre tão movimentada?"

"Todos estão se preparando para o Duque de Muck."

"Existe um Duque de Muck?"

"O Batismo do Duque de Muck", esclareceu Callie. "É o festival da colheita da nossa cidade."

"Nome interessante para o festival."

"Está misturado com um pouco da história da cidade. Mas não consigo imaginar que você estará aqui para ver, pois sua recuperação parece estar bem encaminhada."

Ela não estava sendo sutil sobre seu desejo de vê-lo partir. Mas o tempo para sutilezas já havia passado. Já era hora de o homem ir embora.

Ele apontou para uma carroça carregada de maçãs subindo a rua, vinda da direção oposta. "São maçãs da Grange?"

Ela balançou a cabeça. "São de proprietários de terras vizinhas. Na verdade, acredito que essas maçãs estão indo para a Grange. Estamos comprando maçãs de todos que nos venderem."

"Para sua sidra?"

Ela assentiu.

A cada dez passos, mais ou menos, um aldeão a cumprimentava como "Vossa Senhoria", com um aceno de chapéu ou um sorriso tímido. Callie respondeu com um aceno gracioso, que era tudo o que se esperava dela. O Viking ao seu lado provocou mais do que algumas sobrancelhas levantadas durante as saudações.

Depois de passarem por um grupo improvisado de vendedores de frutas e verduras, anunciando seus produtos, ele pigar-

---

1. Widecombe in the Moor é uma vila e uma grande paróquia civil no Parque Nacional de Dartmoor, em Devon, Inglaterra. Sua igreja é conhecida como a Cathedral of the Moors devido à sua torre alta e ao seu tamanho, em relação à pequena população que atende. É um centro turístico famoso, em parte por seu caráter cênico e em parte por sua conexão com a canção popular "Widecombe Fair".

reou. "Acho que esta é a primeira vez que a vejo se vestir como uma —"

"Mulher?" Uma humilhação repentina, quente e brilhante como o sol de agosto, a percorreu. *Lisa. Achatada. Alta. Masculinizada. Anormal.* As palavras lhe vieram à mente em um refrão familiar.

Claramente, o homem não se lembrava de que houve uma ocasião em que ele a viu não apenas como mulher, mas também como uma mulher desejável.

12

M ulher.
   Ela disse a palavra como se gelo corresse em suas veias, mas Nylander sentiu uma frágil rachadura ao longo da palavra. O mais leve toque certamente a romperia, para revelar um centro cru e palpitante.

"Mas não é a primeira vez", ela continuou determinada e recuperada.

Esta mulher — sim, *mulher* — era durona. Ele faria bem em se lembrar disso.

"Eu estava usando um vestido na mansão de Lorde St. Alban, em Londres."

Ele continuava se esquecendo do breve encontro que precedeu a explosão de pandemônio no saguão e sua febre. Ele buscou novamente na memória e localizou a primeira vez que a viu... E sua carranca acolhedora. De fato, ela estava usando um vestido. Aliás...

Ele a olhou rapidamente de cima a baixo. Ela estava usando *esse* vestido, simples, marrom, de lã modesta. Seria o *único* vestido dela? Que tipo de mulher era essa Callie?

"Eu só uso calças para o trabalho na propriedade e..." Ela hesitou. "Outros propósitos."

Como seus sapatos iluminados pela lua na charneca[1]. Mas ele não revelaria esse conhecimento específico, nem que desejava que ela a vestisse novamente. Ela se ajustava a ela em todos os lugares certos.

Ele não pôde deixar de notar mais do que alguns olhares de soslaio dos passantes. "Estamos fazendo algo errado?"

"Como assim?"

"Os moradores da cidade. Eles continuam lançando olhares confusos em nossa direção."

Ela soltou uma gargalhada. "*Eu* sou a esquisitice da cidade, e *você* é um estranho. *Juntos? Talvez* sejamos demais."

Nylander estendeu o braço em um ângulo de noventa graus. "Talvez gerássemos menos fofocas na vila se você colocasse a mão no meu braço enquanto caminhamos juntos." Esse parecia ser o caminho mais convencional.

Sua testa franziu. Ela estava pesando a sabedoria das palavras dele contra seu desejo de se livrar dele. Com os olhos bem fixos à frente, ela levantou a mão e a pousou sobre o braço dele, a fim de exibir uma conexão espiritual entre eles.

Alguns graus do calor dela penetraram na lã do sobretudo dele, no linho da camisa e chegaram à pele dele. Por mais que ela quisesse convencê-lo e ao mundo de que era uma rainha do gelo, isso a denunciou.

A familiaridade o estimulou. Ele se lembrou do calor dela, de sua vitalidade, pulsando com vida e paixão, tão diferente da

---

1. Charneca é o nome comum português de um habitat caracterizado por vegetação xerófila, tipicamente urze de Portugal, análoga ao maquis do Mediterrâneo francês, ao heath das ilhas britânicas, o fynbos da África do Sul e ao chaparral norte-americano. Extensivamente, dá-se o nome de charneca a terrenos áridos e pedregosos cobertos de urze. No Brasil, curiosamente, o termo ganhou significado oposto, representando área de características pantanosas, como brejos cobertos de vegetação baixa, ou capinzais.

mulher que ela escolhera para lhe apresentar desde então. Qual era a verdadeira Callie? Ele tinha a sensação de que sabia, e ela não queria que ele soubesse.

"Estou surpresa que você consiga andar." Ela se referia ao passeio dele ao amanhecer com Buttercup.

"Eu devo ter tido um pouco de dificuldade para chegar ao penico nas últimas manhãs."

Ele esperava que os lábios dela se franzissem na linha firme de uma repreensão silenciosa. Em vez disso, um sorriso relutante surgiu em sua boca. Encorajado, ele disse: "A maioria das damas me repreenderia pela indelicadeza das minhas palavras"

Ela deu de ombros. "Não me importo com palavras simples. Tenho quatro irmãos, todos mais velhos. Não havia espaço naquela casa para sentimentalismos."

"O mesmo em um navio." Ponto de conexão interessante. "Você gostou de crescer com irmãos?"

"'Muito."

Ele sentiu uma oportunidade de espiar o passado dela. "No entanto, você não voltou para lá depois da morte do seu marido."

"Nem sonharia com isso." Ela lhe lançou um olhar inescrutável. "Parece mais duro do que é. Eu poderia ter voltado para Kingsbridge, para a casa do meu pai, e talvez eu pretendesse, mas não foi assim que aconteceu. Depois da morte de Georgie..."

"Seu falecido marido?"

Ela assentiu.

Um pensamento ocorreu a Nylander. Seria possível que seu marido tivesse morrido entre o "sim" e a noite de núpcias? Antes que pudessem consumar o casamento? A virgindade dela começava a incomodá-lo, e isso explicava tudo. "Quanto tempo durou o seu casamento?"

"Três anos."

"Três anos?"

Sua sobrancelha se ergueu em uma pergunta silenciosa diante da explosão dele.

Três anos de casamento não explicavam absolutamente nada. Apenas traziam à tona mais perguntas. A mulher carregava mais segredos do que um padre.

"Depois da morte de Georgie", ela continuou, "decidi ficar na Grange. Eu havia me tornado independente demais para voltar para a casa de qualquer pessoa." Suas palavras saíram mais lentas agora, como confissões costumavam ser. "Eu gosto de seguir minhas próprias regras."

"Sua mãe não teria acolhido a filha única em casa?"

"Minha mãe faleceu antes de eu completar treze anos." Dura e impenetrável foi a declaração, como se ela tivesse construído uma fortaleza ao redor dela. "Além disso, meu pai não tinha mais utilidade para mim. Eu havia cumprido meu dever."

O mesmo fio denso de amargura se entrelaçou em suas palavras, como há dois dias, quando o assunto fora abordado pela primeira vez.

"Na Grange", ela continuou, "sou capaz de assumir o controle, colocar ideias em prática e vê-las dar frutos, literalmente." Ela gesticulou em direção a uma carroça de maçãs que passava ruidosamente. "Eu jamais poderia voltar atrás ou não valorizar isso, não como vocês, homens."

"Não dou valor a nada na minha vida", Nylander praticamente rosnou, surpreendendo-se com uma súbita ferocidade de emoção.

Olhos arregalados, menos seguros do que segundos antes, se voltaram para ele. "Não?"

"Eu lutei com unhas e dentes por cada oportunidade, cada moeda, cada bem que possuo."

Em silêncio, ela assentiu. Ele detectou empatia em seus olhos. O momento se prolongou, e uma intimidade específica permeou o ar. Era a intimidade da compreensão. E ele se sentiu relaxado.

Ela desviou o olhar e fixou a atenção à frente, seus pés se movendo para frente deixando o momento para trás. O que ele estava muito feliz em fazer. Ele havia revelado mais de si do que gostaria. Hora de consertar essa situação. "Qual você considera sua maior conquista na Grange?"

"Recuperar o pomar de maçãs quando cheguei, cinco anos atrás."

"Antes de o seu marido falecer?"

"Sim. Ele não se importava com o que eu fazia para passar o tempo enquanto ele estava em Londres."

Uma clareira apareceu à direita deles, sua única construção era uma estrutura simples de tábuas. Uma clapboard [2] brilhava intensamente ao sol do meio-dia.

"Isso parece mais uma melhoria", observou Nylander.

"Não considero a manutenção da escola da vila uma melhoria. Em vez disso, era uma necessidade básica que não estava sendo atendida adequadamente."

Seus passos diminuíram até parar quando um grupo de cerca de uma dúzia de crianças irrompeu pela porta lateral do prédio. Em meio à cacofonia de gritos e risadas selvagens, as crianças brincavam como se suas próprias vidas dependessem de se divertirem o máximo possível no tempo limitado que lhes era concedido. Nylander tinha certeza de que nunca se sentira tão livre na vida, especialmente quando criança.

A mulher ao lado dele ficou imóvel e silenciosa, seus olhos escuros luminosos e vigilantes. O que ele viu ali era impossível de não notar. Um desejo tão real, que ele sabia que deveria respeitar a privacidade dela e desviar o olhar. Mas não conseguiu.

O instinto o levou a perguntar: "Por que você concordou com o seu casamento?" A pergunta, e seu desejo de saber a resposta, não tinham nada a ver com a Grange ou com as barganhas com piratas. Mas, por alguma razão profana, ele precisava saber se o

---

2. Clapboard também chamado de revestimento chanfrado, revestimento sobreposto e tábua de madeira, é o revestimento de madeira de uma construção na forma de tábuas horizontais, frequentemente sobrepostas.

que via nos olhos dela era verdade. "Você não parece se importar com posição social."

"Eu não dou a mínima para o que o mundo pensa." Ela deu de ombros. "Por que não se casar? A maioria das mulheres não se casa uma vez na vida?" Algo soou em seu tom. *Desgosto.*

"Então você nunca mais se casaria?"

"Eu nunca disse isso."

Um pequeno impulso de confirmação o percorreu, e ele permaneceu em silêncio.

"O casamento tem suas armadilhas, mas tem seus benefícios", ela continuou.

"Mas você não parece estar interessada em nenhum deles."

"Eu não iria tão longe."

"Diga um."

"Os filhos vêm do casamento."

Pronto. O que ele vira nos olhos dela era verdade. Ela queria filhos. Ele não conseguia evitar a pontada de compaixão por aquela mulher difícil que o tratava de uma forma cruel. E, no entanto...

Ela era virgem. A mulher que se casara para ter filhos fora virgem durante os três anos de casamento. Seu círculo se tornava cada vez mais insolúvel.

"Você deve ter notado que não há filhos", afirmou ela com uma risada sem humor. "O casamento não saiu como planejado."

"Muitos planos dão um jeito de escapar do nosso controle."

Ela virou a cabeça para trás e lançou-lhe um olhar penetrante. O silêncio que se seguiu falou por si só. Ele havia irritado a mulher. Será que ela estava se perguntando se havia uma corrente oculta sob a superfície de suas palavras? Se ele poderia saber de um algum plano que pudesse escapar dela?

Talvez fosse mais gentil pôr fim a essa farsa, dizer a ela que sabia que ela havia feito um acordo com um pirata e que, embora não soubesse dos detalhes, tinha certeza de que não sairia como planejado.

Mas ele não faria isso.

Essa mulher não havia feito um acordo com qualquer pirata, mas com Jack Le Grand. Nylander precisava de mais informações antes de confrontá-la com essa verdade específica.

Ela tirou a mão do antebraço dele. Ele mal havia percebido a perda quando ela já estava se afastando, os pés batendo com determinação contra a pedra. Ele correu alguns passos para alcançá-la. Ela teria que fazer melhor do que isso se quisesse se livrar dele.

"Essa rua principal é muito comprida", ele observou.

As narinas dela se dilataram de irritação. "Tem pouco mais de 1,6 km de comprimento. A mais longa da Inglaterra, segundo os moradores locais."

À frente, o fim da rua foi vista, as ondas sonolentas da baía batendo na costa escura e arenosa a menos de cem metros de distância. "Ela corre para o mar."

A observação foi recebida com silêncio. Ele olhou ao redor e viu que ela não caminhava mais ao seu lado. Ela havia parado onde a estrada encontrava a areia.

"Acredito que isso conclui nosso passeio por hoje." Ela havia terminado com ele.

O que deixava um problema. Ele não havia terminado com ela.

"A maré está baixa."

Sua sobrancelha se ergueu como se dissesse: *Você se considera o mestre do mar? Qualquer um pode ver isso.*

Insultos implícitos à parte, ele não queria que ela fosse embora. "Aquelas cavernas" — ele apontou para os penhascos de calcário a leste não tão distante — "só são visíveis na maré baixa?"

"Elas ficam completamente submersas com a maré. Toda primavera, os jovens devem ser alertados sobre elas. Antes de eu chegar, houve uma tragédia envolvendo um casal de jovens..." Ela cortou a última palavra da frase.

"Amantes?"

Ela assentiu. "O que significa que o boato sobre as cavernas não deve ser verdade. Caso contrário, eles poderiam ter chegado a terrenos mais altos."

Nylander inclinou a cabeça. "Boato?" A experiência lhe ensinara que sempre havia uma ponta de verdade nos boatos locais.

"Que eles se conectam à mina de prata."

"Mina de prata?" Um arrepio de pressentimento percorreu sua espinha. "Aqueles penhascos têm uma mina de prata?" A conversa se tornava mais interessante a cada palavra.

Callie deu de ombros. "Não naquele penhasco exatamente. Um pouco mais a leste. Mas elas não estão em operação há mais de uma década. Ninguém nunca descobriu como administrá-las com lucro."

Nylander precisava desacelerar a conversa. As informações estavam chegando rápido demais. "Você está dizendo que a mina não parou de operar porque o veio de prata acabou?"

"De jeito nenhum. Não é o tipo de empreendimento com o qual eu quero me envolver."

"O que isso tem a ver com..." Ele entendeu. "Onde fica o veio principal?"

"Sob as terras da Grange, é claro."

Um pensamento se sobrepôs ao outro: Que jogo ela estava jogando? Jack Le Grand sabia sobre essa mina de prata? Pergunta ridícula. Claro que sabia. Será que Sua Senhoria aqui saberia que Jack sabia? Seria esse o cerne do acordo?

"Quem sabe sobre essas minas?"

Suas sobrancelhas se franziram em perplexidade, e uma risada curta e confusa escapou dela. "Todos em Upper Wyldcombe Lacey, com certeza. Todos na Inglaterra, possivelmente. A prata da mina foi usada nas joias da coroa. A Rainha Carlota usou uma peça trabalhada em prata de Devon — um broche, eu acho — para um retrato oficial. É uma grande fonte de orgulho para a região."

Nylander não se importava nem um pouco com nada disso. "Por que as operações cessaram?"

"Os túneis ficaram instáveis e houve algumas mortes." Sua cabeça se inclinou para o lado, avaliando, desconfiada. "Você está bastante interessado neste assunto."

"Como um homem do mar", ele disse pensando rapidamente. *Pense*. "Sou fascinado pela forma como os bens são adquiridos em terra."

Com um simples levantar de sobrancelha imperioso, ela o lembrou de que era Sua Alteza e que não acreditava em uma palavra do que ele acabara de dizer. Ela limpou a garganta. "Tenho trabalho a fazer. Bom dia, Capitão."

Com isso, ela girou sobre o calcanhar e se afastou, com as botas penduradas pelos cadarços ao lado do corpo. Seria lã o que ele vislumbrara dentro delas?

Com as costas recuando ao longe, Nylander se viu desejando que ela estivesse usando suas calças femininas. Ela as preenchia muito bem.

Desviando o olhar, ele voltou a atenção para as cavernas. Elas eram a chave para o acordo de Callie com Jack Le Grand. O estômago de Nylander se revirou com a certeza. Mas...

Será que ela sabia? A mina de prata tinha sido uma parte explícita do acordo? De alguma forma, Nylander achava que não. O amor de Callie pela Grange era profundo e amplo. Ela não convidaria um pirata renomado para destruí-la.

Mas isso não significava que a mina de prata não tivesse sido parte do acordo do pirata com ela. Era tudo uma questão de perspectiva. Toda transação com Jack Le Grand continha vários níveis ocultos. Nylander não conseguia se livrar da sensação de que Callie não sabia sobre esses níveis.

Sim, ela tinha feito um acordo com o homem, mas que acordo, ele não fazia ideia. Precisava descobrir a verdade antes que fosse tarde demais e explodisse na cara de todos.

Se Callie achava que ele havia se tornado mais próximo do que sua sombra nos últimos dias, ela ainda não tinha visto nada.

13

NO DIA SEGUINTE

"Não é raro bezerros nascerem no outono?"

Callie olhou para a vaca e para o bezerro no estábulo. Ela tivera um palpite sobre a vaca engasgada, e estava certa. Ela estava prenhe.

"É incomum, mas não inédito. A natureza faz o que quer e não o que nós, humanos, queremos." O Sr. Hawkins enfiou os instrumentos de seu ofício em uma mochila verde desgastada pelo tempo. Ele era o único veterinário em quilômetros ao redor. "Agora, se me dão licença, preciso cuidar das ovelhas do Fazendeiro Kenning."

Com isso, o Sr. Hawkins deixou Callie sozinha no estábulo, incapaz de tirar os olhos do bezerro mamando na teta da mãe. Em momentos como esses, uma profunda sensação de realização e esperança no futuro da Grange a invadia.

Hoje, porém, o pensamento não parecia tão maravilhoso quanto no passado. Nada mais acontecia. Não desde que ela fizera o acordo com o pirata, que agora pairava sobre ela como o machado do carrasco, prestes a cair e separar sua cabeça do corpo a qualquer momento.

Muitos planos encontram um jeito de escapar do nosso controle. Ah, como as palavras do Viking a assombravam. Como ele sabia que devia dizê-las?

Com os olhos fixos na vaca e no bezerro exaustos pelo trabalho, seu instinto lhe dizia que aquelas vacas não haviam entrado no pomar de maçãs por acidente. Mas...

Que motivo os piratas poderiam ter para soltar os animais no pomar de maçãs? Os lucros deles dependiam de as maçãs serem convertidas em conhaque, tanto quanto os dela.

Ela exalou sua paranoia com um suspiro. Se a vida em uma propriedade agrícola não lhe ensinara mais nada, era que coincidências e acidentes aconteciam. Era possível que uma série de mal-entendidos, tarefas esquecidas, embriaguez e pura preguiça tivessem levado as vacas leiteiras a encontrarem o caminho para o pomar de maçãs. Honestamente, era a única explicação.

Hora de continuar.

Ela arregaçou as mangas, pegou o balde e saiu da baia. Com passos firmes, percorreu o longo corredor central do estábulo até o outro lado, onde ficavam as vacas leiteiras. Era hora da ordenha matinal.

Ela apreciava os detalhes cotidianos da administração da Grange. Eles davam um propósito à vida. Nunca entendera por que tantas pessoas do seu sexo e classe se contentavam em levar vidas tão ociosas e entediantes. Nem mesmo seus filhos ocupavam as mulheres da sua classe, pois elas deixavam grande parte da criação dos filhos para babás e governantas.

Aquela não era a vida para ela. Talvez Georgie estivesse certa, e ela fosse *masculina* e *estranha*. Mas essas descrições, além da crueldade desnecessária, nunca lhe caíram bem. Ela não se sentia um homem. Apenas se sentia como um tipo muito diferente de mulher.

Jane Smith lhe veio à mente. Ela também era um tipo diferente de mulher. Ela era uma esposa e mãe dedicada, uma costureira e lojista excepcional, e conspiradora para manter Callie vestida para suas corridas noturnas pelo pântano. Sua vida tinha propósito e dedicação além de sua feminilidade. No entanto, Jane era a mulher menos masculina que Callie já conhecera.

Mas aqui estava o talento particular de Jane: ela se parecia com todas as outras mulheres convencionais. Era um talento que Callie não possuía. Ela nunca aprendera o truque de parecer de um jeito e ser de outro.

À medida que se aproximava das baias de ordenha, os murmúrios risonhos das leiteiras ocupadas com o trabalho matinal aumentavam de volume. Felizmente, a primeira baia em que chegou estava vazia, exceto por uma vaca ruminando placidamente. Callie puxou um banquinho baixo de três pernas e tateou o úbere intumescido da vaca até encontrar uma teta.

Alheias à presença da dona, as meninas continuavam tagarelando, o que combinava perfeitamente com Callie. Sua presença as deixava nervosas.

Mas o problema era o seguinte: aquele bando de leiteiras risonhas também a deixava nervosa. Eram tão animadas e vibrantes. Embora não fossem muito mais novas que ela, elas eram o seu oposto.

Mas, ah, como ela adorava quando, como hoje, conseguia entrar em uma baia sem ser notada e ser cercada pelas risadas e fofocas delas, que ao mesmo tempo informavam Callie sobre as últimas fofocas da Grange e proporcionavam entretenimento. Não que ela estivesse se esgueirando, mas sabia que estragaria a diversão delas se soubessem que ela estava entre elas.

Hoje, elas estavam falando sobre um assunto frequente: um rapaz.

"Eu diria que ele sabe lidar com uma enxada."

"É, ele deixaria meu solo bem solto e liso depois de um dia inteiro arando."

Risadas ecoaram por toda a baia. Como empregadora e guardiã da boa virtude dessas jovens, ela deveria estar chocada. Mas Callie não conseguiu expressar a indignação naquele dia. Em vez disso, se viu sufocando o riso.

"Acontece que o vi carregando barris de sidra em uma carroça ontem", disse uma das moças.

"E?" perguntou uma segunda moça.

"Não nos deixe em suspense, Becky", disse uma terceira.

"Bem, o trabalho deve ter deixado ele todo agitado, porque a camisa dele estava aberta na frente..."

"Ah", suspirou uma criada.

"Ele é todo musculoso?" sussurrou outra.

"Sim, isso mesmo, mas não é tudo."

"O que mais poderia haver?" perguntou à leiteira, suspirando.

"Becky, você sabe o que mais *pode* acontecer, não há dúvida!"

"Você viu isso...?"

"Claro que não", disse à leiteira que detinha todas as informações, "mas ouça só isso. Ele arregaçou as mangas e sabe o que eu vi?"

A respiração de Callie parou no peito e seu pulso acelerou.

"Ele tinha aquelas marcas que os marinheiros fazem na pele."

"Tatuagens?"

"Mm-hmm, tinha sim."

Callie ficou imóvel como pedra. Hoje, as leiteiras não estavam fofocando sobre qualquer rapaz. Hoje, elas estavam fofocando sobre o Viking.

"Não me importaria de ver onde ele poderia estar escondendo as outras."

Callie podia contar para a garota. Não que ela quisesse, mas podia. Em detalhes.

Seu corpo se aqueceu um pouco. Callie *sabia* das dúvidas e especulações dessas garotas. Biblicamente.

"Você sabe como ele se parece?"

Algumas risadinhas sussurradas flutuaram no ar.

"Com um Viking."

Esse parecia ser o consenso geral.

"E você sabe o que os Vikings fazem, não sabe?"

"O quê?"

"Saqueiam."

Eis o problema com toda essa conversa sobre vikings e saque. Havia um passado horrível, quando os vikings literalmente devastavam vilas inglesas inteiras e tomavam o que queriam à força bruta. Mas quando palavras como *Viking e saque* eram aplicadas ao Capitão Nylander, bem, elas assumiam um significado diferente. Qualquer saque que ocorresse entre aquele homem e a mulher sortuda o suficiente para cruzar seu caminho seria inteiramente consensual.

A explosão de risos estridentes que a palavra provocou não deu sinais de que iria parar até que, de repente, definitivamente, parou. Curiosa, Callie colocou a cabeça para fora da baia e imediatamente se abaixou, respirando fundo, com o coração martelando no peito. Era *ele* tornando realidade a fantasia dessas garotas.

Com os olhos fixos no úbere rosado da vaca, ela retomou a ordenha, um *jato constante* de leite ressoando contra o balde de madeira maciça. Talvez ele declarasse o que queria e fosse embora sem notá-la.

Era possível.

Então, o possível se tornou impossível quando ele apareceu atrás da vaca dela. Ela manteve a atenção firmemente fixada em sua tarefa. Talvez ele recebesse sua mensagem e se esgueirasse para longe. Sobre sua baia, ouvia-se o arrastar de pés em fuga enquanto as leiteiras se retiravam.

Ela estava sozinha com o Viking. *Novamente.*

Uma irritação repentina surgiu quando, finalmente, ela o encarou. Lá, ele ficou parado, observando-a, com um brilho inquisitivo nos olhos.

"É você", ela exclamou sua frustração com a situação, com aquele homem, finalmente encontrando vazão. "Claro, é você. É sempre você."

Em vez de baixar a cabeça em pedido de desculpas, o maldito homem fez o oposto. Sorriu.

E para adicionar o insuportável ao insulto, o corpo dela se aqueceu com o sorriso dele, como se o calor do sol de verão o iluminasse. Era um sorriso que uma mulher poderia desfrutar.

"Sentiu minha falta?"

Cara de pau!

Ainda assim, uma pergunta clara e objetiva surgiu em sua cabeça irritante: Ela sentiu?

Logo após a ordem da Sra. Bailey de buscar um balde de leite diário, Nylander pisou na terra batida, com passos firmes e uma brisa fresca e salgada do mar contra a pele.

"Você é um homem acostumado a trabalhar, então posso muito bem colocá-lo para trabalhar", ela dissera. "Não há manteiga onde não há creme, então. Diga à Becky que é para mim."

Ele inclinou o rosto em direção ao amplo céu azul e deixou o sol inglês derramar o pouco calor que lhe restava. Sentia falta do sol de um clima quente. Um sol que não dava trégua, saturando cada poro com seu fogo e tornando a pele de um homem morena e vibrante.

O sol da costa norte de Devon era um tipo mesquinho, como se tivesse uma cota escassa de luz e calor que deveria distribuir como um avarento. Nas poucas semanas em que estivera aqui, os dias haviam ficado mais curtos e o ar, mais forte. O sol estava começando a se acomodar para o inverno.

Mas os tons laranja e amarelo do outono tinham algo a dizer antes que o inverno se aproximasse e envolvesse aquela metade do mundo em suas garras geladas. A energia do outono possuía um crepitar específico que impulsionava as pessoas a se movimentarem. O quente sol equatorial não tinha a capacidade de seu equivalente setentrional de inspirar tamanha atividade. Ele se viu se aquecendo com o sol revigorante de Devon, com sua energia particular penetrando nele.

Do outro lado do galinheiro, avistou um jovem caminhando em sua direção. Este rapaz não era da Grange. Não era apenas sua maneira cautelosa de observar o ambiente que o diferenciava. Seus cabelos castanhos cacheados, com pontas douradas e quase da mesma cor de sua pele, também o diferenciavam. Ele era de ascendência africana mista, e ninguém na Grange, em Upper Wyldcombe Lacey, talvez em toda Devon, se parecia com ele.

Jack Le Grand havia enviado este rapaz em sua direção. Nylander não tinha dúvidas disso. Jack enviaria três convites, três dias seguidos. Era sempre a mesma coisa quando eles compartilhavam o mesmo espaço.

Sem dizer uma palavra, o rapaz parou diante dele, bloqueando seu caminho, e estendeu um pedaço de papel. Nylander aceitou o bilhete e deu uma olhada rápida em seu conteúdo. Ele fechou o punho, esmagando-o na palma da mão. "Essa é toda a resposta que ele receberá." Suas palavras, seu tom, não toleravam refutação. Era a mesma resposta que Jack sempre recebia.

"Ele não gostou dessa resposta, nem um pouco." Um sorriso arrogante surgiu no canto da boca do rapaz. Ele possuía os braços e pernas desengonçados de um garoto prestes a se tornar um homem muito alto. Nylander era assim naquela idade. Cheio de arrogância também.

"Vá embora agora", disse Nylander.

Ele viu o rapaz desaparecer morro abaixo e proferiu uma ladainha silenciosa de xingamentos. Jack Le Grand sabia que ele estava ali. *Maldição.*

Ele deveria ter previsto isso. Jack fazia questão de ter conexões terrestres em todos os portos. Era a única maneira de um pirata de sua idade avançada — todos os sessenta e cinco, se sua memória não lhe falhava — manter o pescoço longe da forca. O homem provavelmente era mais bem informado sobre assuntos terrestres do que aqueles que viviam nela.

E havia também a questão nada insignificante de como ele seguira Nylander desde Gibraltar. Jack tinha algo que queria lhe dizer. Que pena. Ele não estava interessado. Aquele navio zarpou há vinte e cinco anos.

Ele soltou uma risada sem vontade quando, na realidade, não era nada engraçada. Não tinha sido naquela época, e não seria agora.

Ele chegou ao estábulo e entrou por suas portas duplas escancaradas. Sua extensão cavernosa cheirava a esterco, animais e terra rica e densa. O cheiro não era desagradável. Era a essência da vida, dos primórdios da vida.

Ele captou um zumbido baixo de vozes e seguiu o som, que era pontuado por uma risada vertiginosa todos os poucos segundos. Ele começou a conseguir distinguir palavras distintas e bem formadas. Palavras como "saque" e "Viking".

Viking?

Ele dobrou uma esquina e encontrou uma fileira organizada de quatro vacas indiferentes mastigando feno preguiçosamente, cada uma sendo ordenhada por uma leiteira diferente.

"Uma de vocês seria Becky?" ele perguntou desencadeando outra rodada de risos, mas nenhuma resposta direta à sua pergunta.

O bando de meninas se uniu, rodeou-o como um grupo, uma indistinguível da outra, e fugiu do celeiro. Por um momento, ele pensou que estava sozinho. Então ouviu: o esguicho de leite batendo na lateral de um balde na baia ao lado. Espiou por trás do traseiro de uma vaca tranquila, esperando encontrar Becky. Em vez disso, encontrou Sua Alteza, ativa e persistentemente evitando seu olhar.

Ele esperou. Ela teria que reconhecer sua presença, mais cedo ou mais tarde. Isso lhe deu tempo para observar seu perfil. Como era bonito.

Aquela noite passou diante dele. *Sua silhueta delineada pelo brilho suave do luar distante... Boca aberta, breves respirações especí-*

ficas ao ritmo da cópula... Uma gota de suor captando um raio da lua...

Seu olhar nada surpreso se voltou para o dele, e um rubor surgiu acima da gola de sua blusa. Ruivas não podiam fingir indiferença quando não eram indiferentes. Era a maldição delas, mas ele se sentia feliz por isso. Gostava da aparência dela. Ela era a própria imagem de uma leiteira, saudável e revigorada, a energia do trabalho gratificante preenchendo o espaço ao seu redor.

E, agora mesmo, quando ela lhe lançava palavras irritadas, ele não conseguiu conter um sorriso. Gostava que ela reagisse a ele, que ele pudesse se enterrar sob sua pele. Era infantil, talvez, essa necessidade de um garoto cutucar a garota que se achava boa demais para ele. Ela quebrou o contato visual e apertou a teta da vaca, outro jato forte de leite atingindo a lateral do balde.

"Eu estava me perguntando por que não conseguia te encontrar de manhã cedo."

"Bem, você me encontrou." Ela afrouxou o aperto na teta. "Devo presumir que você vai declarar seu propósito mais cedo ou mais tarde?"

Ele ergueu o balde. "A Sra. Bailey não me deixa entrar em casa até que esteja cheio."

"Você pode pegar o meu balde em alguns minutos." Ela voltou à sua tarefa.

Nylander observou o ritmo de suas mãos apertando e soltando, o som do leite batendo na lateral do balde. Embora fosse dura e arrogante, era intrigante. "Você ordenha as vacas todos os dias?"

Ela soltou um suspiro exasperado. "Você acha que sou boa demais para esse tipo de trabalho?"

"Eu não, mas —"

"*Eu* deveria achar?"

"A maioria dos lordes e damas acha."

"Depois que Georgie morreu, foi o que todos por aqui também pensaram. Que eu me considerava superior." Ela girou no banco e o encarou. "Bem, eu não sou superior. Ninguém é bom demais para esse tipo de trabalho. Eu a—" Ela parou.

"Você ama."

Com os olhos sérios e negros como carvão fixos nele, ela assentiu. Ninguém podia duvidar do seu amor por aquele lugar. Uma pergunta lhe ocorreu, a óbvia, uma que deveria ser óbvia para ela também. Se aquele lugar era a sua vida, o seu verdadeiro amor, então por que ela estava apostando tudo com um homem como Jack Le Grand?

Ela se virou e lhe deu um olhar severo. "Mais algumas borrifadas e o balde estará cheio."

"Não tenho muita experiência com gado."

Ela deu de ombros, as mãos concentradas no trabalho, a vaca completamente indiferente.

"Sempre me perguntei como seria ordenhar uma vaca", ele disse surpreendendo a si mesmo.

Ela não hesitou. "Não consigo imaginar que seja congruente com a vida a bordo de um navio."

"Você se importaria em me mostrar?"

"Se eu me importaria em mostrar o quê?"

"Como ordenhar uma vaca."

As mãos dela pararam no meio do aperto, e a baia ficou em silêncio, exceto pelo som persistente da vaca ruminando. Olhos arregalados se voltaram para ele. Ele a deixara sem palavras.

Ele gostava muito disso

14

"Mas eu... *você*" gaguejou Callie.

"Você atenderia a um convidado da propriedade?" perguntou Nylander, sabendo muito bem que a tinha conquistado. As boas maneiras ditavam que um anfitrião atencioso atendesse ao pedido de um convidado, por mais estranho ou inconveniente que fosse.

Com um bufo que poderia ter sido petulante, ela se levantou e gesticulou em direção ao seu banco vago. "Claro."

Ele deu um passo à frente e parou. O conhecimento brilhou em seus olhos. A baia não era larga o suficiente para que trocassem de posição sem uma proximidade próxima. Era possível que seus corpos se roçassem, provável até. A tensão, profunda e sinuosa, se acumulava dentro de Nylander, antecipatória, pronta.

Ele avançou lentamente. Ela avançou lentamente.

Ele deu um passo para a esquerda. Ela deu um passo para a direita.

Ela soltou uma risada nervosa e correu na direção oposta no mesmo momento que ele correu.

Outra risada nervosa soou esta menos divertida com o inesperado *pas de deux*. O olhar assustado dela encontrou o dele por um instante, e ele ficou imóvel. Ela pressionou as costas contra as ripas de madeira da baia, sua mensagem clara. Havia apenas uma estreita fresta entre a vaca e a parede, e ele deveria atravessá-la sem tocá-la.

Ele se moveu para dentro da abertura, e ela se arrastou para o lado, com a frente do corpo dele e a frente do dela agora separados por centímetros. Com o rosto desviado, o peito arfando, ela parecia que iria se fundir com as tábuas às suas costas, se isso significasse não ter que tocá-lo.

Dessa forma estranha, eles manobraram um ao redor do outro, ele dando um passo à frente, ela se esgueirando, seus movimentos hesitantes contra as tábuas irregulares. Ele não se surpreenderia se uma lasca cravasse sua ponta fina em suas costas.

Ele sentiu o cheiro dela — *cítrico, maçã, fresco, limpo* — e o tempo desacelerou. Os pequenos centímetros que os separavam, o enviou para aquela noite. A respiração dela se soltou em uma expiração trêmula, e arrepios percorreram a pele dele, eriçando os pelos finos à medida que avançava. Aquela exalação, seu tom particular, seu tremor particular, o levou a empurrá-la. A negação contínua dela sobre aquela noite, sobre *esse* momento, fez com que algo feio ganhasse vida dentro dele.

Ele seria conhecido. Ele seria reconhecido.

"Havia uma mulher", ele disse asperamente.

Olhos arregalados encontraram os dele. Ela tinha a aparência de um animal encurralado. "Nós somos abundantes."

"No meu quarto." Sua voz não era mais alta do que um estrondo abafado. Mas não precisava de volume, tão perto estavam. Um aroma almiscarado se misturava ao ar. Vinha dela. Era o almíscar do medo.

"Sua ex-enfermeira, Liza Bickle, é uma mulher."

"Ela não", ele disse, empurrando-a em direção à borda. Ele

queria que ela se levantasse e dissesse a verdade em voz alta. "Uma mulher diferente."

"Eu—" Ela hesitou, a pulsação forte visível acima da gola alta. "Eu fui ao seu quarto." Ela engoliu em seco. "Nós conversamos. Eu te ajudei. Depois voltei para o meu quarto."

Era verdade que tudo isso eram fatos, mas havia mais um fato que ela estava excluindo: seu retorno mais tarde.

"Sim", ele respondeu. A razão interveio e ordenou que ele não dissesse mais nada. O que ele esperava conseguir trazendo a vergonha dela à tona? Além disso, o que ele esperava ganhar? "Acho que não passou de um sonho", concluiu. A carga no ar foi dissipada e se esvaziou. Ele se sentiu estranhamente desanimado.

As sobrancelhas se juntaram e ela piscou. Então, ela passou por ele, libertando-se da dança deles, dele. "Melhor você arregaçar as mangas." O controle substituiu a hesitação em sua voz a cada palavra que ela dizia. "Senão, você vai encharcá-las com spray do leite."

Ele assentiu e desabotoou os punhos da camisa, libertando o momento imprudente para o passado. Enquanto arregaçava as mangas até os cotovelos, captou o olhar de Callie fixo em sua tatuagem de âncora. "Acho que você conhece minhas tatuagens?" A mulher realmente tinha uma sensibilidade tão delicada? "Não são muitos os cavalheiros que têm tatuagens, suponho." Ele não gostou da forma como a palavra "*cavalheiros*" soou como um sorriso de escárnio vindo de sua boca.

Ela deu de ombros levemente. "Eu não saberia dizer, mas..." Ela hesitou. "Posso lhe fazer uma pergunta?"

Ele assentiu.

"Onde você fez suas tatuagens?"

Ele passou os dedos pela âncora preta desbotada. "Essa foi a minha primeira. Fiz quando tinha dezesseis anos, em Le Havre. Ficou infectada por seis semanas."

"Você fez as outras em Le Havre?"

Ele balançou a cabeça. "São de lugares que visitei. Sião, Nova Zelândia e alguns outros."

A cabeça dela se inclinou para o lado, com uma curiosidade genuína estampada em suas feições. "Por que você faria uma coisa dessas repetidamente?"

Ele não conseguiu conter o riso. Ela parecia tão perplexa. "Não é tão sério assim. Penso nelas como lembranças transportáveis de lugares por onde viajei. Evidências do meu tempo no mar."

"Mas", ela começou hesitante, "deve ter sido doloroso."

"Como o diabo", ele disse. "Algumas mais do que outras. Depende do método de aplicação da tinta na pele."

"Ainda doem?"

Ele balançou a cabeça. "Só parecem com a pele. Gostaria de ver as outras?"

A boca dela se abriu e fechou instantaneamente. Ele tinha ido longe demais. Ela gesticulou em direção ao banquinho. "Você deve segurar uma teta entre o polegar e o indicador na base do úbere dela."

Ele fez como instruído.

"Essa não."

Ele abaixou a mão e lançou um olhar inquisitivo por cima do ombro.

"Já foi ordenhada. Cada teta precisa ser ordenhada para prevenir mastite [1]."

Ele apontou para outra. "Essa?"

Ela assentiu. "Agora aperte."

O leite não fluiu. Nem uma gota, pois permanecia teimosamente seco. Imperturbável, a vaca continuou ruminando.

Callie se aproximou até que ele a sentiu pairando sobre suas

---

1. Mastite bovina é uma inflamação na glândula mamária das vacas que causa redução ma produção e qualidade do leite.

costas. Ele deve ter sentido a respiração dela em sua nuca, e um arrepio deve ter percorrido sua coluna.

"Solte a teta e repita os passos, lentamente."

Novamente, ele seguiu as instruções dela, e, novamente, nada de leite.

"Ah", ela sussurrou em seu ouvido. Sua virilha se contraiu. "Eu vejo o que você está fazendo errado. Aqui" — ela estendeu a mão e cobriu a dele com a dela — "assim." Seu polegar e indicador envolveram o polegar e o indicador dele, e ela apertou. "Não todos os seus dedos de uma vez, mas em um movimento ondulatório." Os dedos médio, anelar e mindinho apertaram, um após o outro em sequência. *Médio, anelar, mindinho... Médio, anelar, mindinho.* "Viu?"

Com a boca seca, ele assentiu.

"É importante continuar apertando e soltando o polegar e o indicador para permitir a entrada de mais leite." A mão dela se soltou da dele, e uma pontada de dor o percorreu. "Experimente."

Ele estava tentado a falhar novamente, apenas para que ela o tocasse novamente. Em vez disso, seguiu as instruções dela e conseguiu extrair um fino fio de leite. Um pequeno chilrear de triunfo soou em seu ouvido e, antes que pudesse registrar a ação, sua mão se ergueu e agarrou o pulso dela.

O momento instrutivo se transformou em algo que ele entendia bem, impulsionado por um impulso elementar. Ela ficou imóvel e atenta, e o que ele viu em seus olhos o pegou de surpresa.

Se ele a estivesse interpretando corretamente, ela não se opunha à possibilidade de onde aquele momento os levaria. Na verdade, ela poderia *não se opor* de maneira nenhuma.

Ele puxou, e ela cambaleou para frente. Seu polegar fez círculos leves em seu pulso, e ela expirou. "Capitão Ny—"

"*Nylander*", ele rosnou.

"Eu acredito", ela sussurrou, "que você pegou o jeito."

Ainda assim, ele a segurou em seus braços.

165

Ainda assim, ela não se afastou.

"Eu tenho jeito para muitas coisas."

MESMO COM A RESPIRAÇÃO congelada nos pulmões de Callie, seu coração batia acelerado, fazendo o sangue correr por suas veias. Melhor ainda para transmitir a sensação a cada célula do seu corpo.

Desejo. Seus joelhos fraquejavam. Sua pele se sentia *viva*. Ela estava indefesa contra isso.

Um grito não muito distante cortou o ar. Depois outro, e outro, até se tornar uma gritaria. Ela se levantou de um salto e se livrou do abraço dele. Mais tarde, ela não toleraria a pontada que a percorrera pela perda do toque dele.

"Você ouviu isso?" ela perguntou, já com os pés em movimento.

"Acredito que os mortos podem ter ouvido", ela ouviu de perto de seus calcanhares.

"Está vindo da casa de sidra."

Só um acontecimento verdadeiramente terrível justificaria o nível de gritos que se ouvia através das paredes de pedra, vindos de homens durões que nunca falavam uma palavra além do necessário.

Tomada pelo pânico, Callie atravessou o pátio do estábulo, entre a leiteria e o galpão das carroças, o caminho mais reto até a casa de sidra. Ela entrou pela porta mais próxima, que dava para o pomar de frutas do primeiro andar. O aroma fresco e floral de maçã amassada chegou ao seu nariz.

Seus pés subiram o curto lance de escadas até o térreo, dois de cada vez. Ninguém estava na prensa de sidra. Ela continuou correndo. Chegou ao fim do pomar, e o celeiro se abriu acima e ao seu redor. À frente, o cavalo que puxava a mó [2] estava sendo levado, permitindo que ela visse o acidente.

A roda de pedra havia saído de sua pista circular, e um trabalhador estava preso embaixo, com Will e Cam tentando impedir que a grande pedra deslizasse mais e esmagasse o homem. Jess era seu nome, e ele tinha uma jovem família em casa dependendo dele.

O estômago de Callie se contraiu, a voz presa na garganta. Se aqueles homens não tirassem aquela pedra de Jess no minuto seguinte, ele seria esmagado. A força de Will e Cam não duraria para sempre. Assim que ela correu para prestar qualquer ajuda insignificante que pudesse, o Viking correu ao seu redor. Ela havia se esquecido dele.

"Assim não", ele gritou enquanto se movia para frente. "Vocês vão machucar suas costas tentando levantar a pedra desse jeito." Ele colocou seu corpo enorme entre os dois homens. "Assim."

Ele se encolheu como uma bola e enfiou o ombro sob a pedra.

"Você", gritou para Will, "agarre-o." Jess estava estranhamente silencioso. "E quando eu fizer a contagem regressiva e disser *agora*, você o puxa para fora. E você", disse ele para Cam, "posicione-se do outro lado, como eu. E use as pernas para levantar. Todos entenderam?"

Os homens assentiram e correram para seus lugares, cada um entendendo que tinham uma única chance. Que se levantassem a pedra e permitissem que ela caísse sobre Jess, isso significaria sua vida.

Nylander era bom em comandar pessoas. Mais do que bom.

---

2. Mó são pedras de moinho usadas em moinhos, para moer trigo ou outros grãos. As pedras de moinho vêm em pares: uma base estacionária convexa conhecida como pedra de base e uma pedra côncava que gira. O movimento do corredor em cima da pedra cria uma ação de "tesoura" que tritura os grãos presos entre as pedras. As mós são construídas de modo que sua forma e configuração ajudem a canalizar a farinha moída para as bordas externas do mecanismo de coleta.

Ele era um comandante nato. Ao contrário dela, que não conseguira pronunciar uma palavra de comando desde que chegara ao local.

Ela nunca se sentiu confortável com esse lado de sua função. Ela gostava do trabalho de planejar e programar, mas não gostava de liderar. Sempre havia uma corrente oculta abaixo da aceitação de suas ordens por partes dos homens, como se não fosse natural receber ordens de uma mulher. Eles nunca a olharam da maneira como olhavam para Nylander, com apreço e com admiração enquanto ele enfiava o ombro mais fundo na pedra. Uma leve ponta de inveja a percorreu, acompanhada por uma gratidão relutante. Seus sentimentos estavam totalmente em desacordo quando se tratava daquele homem.

"Três", ele falou, a palma da mão esquerda apoiada no chão, à direita agarrando a pedra em seu ombro. *"Dois"* — os músculos das costas dele se contraíram em prontidão sob a camisa — *"Um"* — a respiração de Callie ficou presa no peito. Ela queria desviar o olhar, mas não podia, não se esperasse encontrar o olhar de qualquer homem que trabalhasse em suas terras novamente — *"Agora!"*

Em um rugido alto, os músculos das costas de Nylander, suas coxas e braços enormes se retesaram, todo o seu corpo se esforçou na tarefa concentrada de aliviar o peso da pedra o suficiente para que Jess pudesse escapar. A pedra se deslocou um centímetro, talvez dois, mas foi o suficiente para Will dar um tremendo impulso e puxar Jess para fora.

"Ele saiu!"

Imagens espelhadas um do outro, o Viking e Cam saíram correndo de debaixo da pedra pesada e deixaram que ela caísse no chão com um baque revoltante. Callie soltou a respiração. Com o corpo estendido no chão, Jess gemeu de dor e agarrou o ombro direito com a mão esquerda.

"Eu diria que é a sua clavícula que está quebrada", disse Will. Cam assentiu, concordando.

Jess fechou os olhos e gemeu novamente.

"Você sabe o que isso significa", continuou Will.

"É", resmungou Jess.

"Vamos tomar um uísque antes de começar."

"Antes de começar." As palavras, ameaçadoras e graves, fizeram Callie estremecer.

Jess rolou para o lado ileso e, com a ajuda de Will e Cam, levantou-se com passos lentos e árduos. Callie começou a segui-lo quando notou Nylander parado, com um olhar avaliador no moinho. Suas sobrancelhas estavam franzidas em concentração, pode-se até dizer preocupação.

"O que foi?", ela não conseguiu se conter e perguntou.

"É só que —" Ele hesitou.

"É *só que* o quê?"

Ele balançou a cabeça. "Nada, provavelmente."

Um sinal de alarme soou em Callie. O que esse líder nato e capaz não estava lhe contando?

"Quantos anos tem este moinho?" ele perguntou.

"Foi trazido antes da colheita do ano passado. Esta é a segunda temporada em uso."

Ele se agachou ao lado da tábua quebrada e passou os dedos por sua extensão lisa até a fratura. "Esta madeira foi comprometida. Talvez tenha sido podridão ou um inseto." Ele não parecia convencido pelas próprias palavras.

"Apodrecimento não é possível. É praticamente novo. Inspecionei cada tábua e junta. Estavam sólidas como a pedra que sustentavam."

Ele assentiu, distraído, imerso em seus pensamentos. "A menos que —"

"A menos que?"

O medo a invadiu. O que ele não estava dizendo era exatamente o que ela não queria admitir para si mesma, muito menos ouvir em voz alta.

"A menos que" — ele balançou a cabeça — "tenha sido o ar do mar."

Os punhos de Callie se cerraram ao lado do corpo. Embora não quisesse ouvir seu pior medo confirmado em voz alta, certamente não desejava que isso lhe fosse negado.

"Os homens vão precisar de toda a ajuda possível para consertar essa clavícula." Nylander havia desenrolado todo o seu corpo e já estava em movimento.

"Você sabe como consertar uma clavícula quebrada?" O que o homem não sabia?

"Já consertei algumas vezes", ele disse por cima do ombro, e foi embora.

Ela ficou parada, perplexa, atônita e, ah, impressionada. É claro que ele já havia consertado algumas clavículas. O homem não era apenas um líder nato, ele era um talento natural em tudo que fazia. Ele havia montado em Buttercup na primeira tentativa. Ele havia ordenhado uma vaca na primeira tentativa.

Bem, consertar uma clavícula quebrada era onde ela traçava o limite, contentando-se em deixar isso para ele e os outros homens. Era um negócio terrível para o qual ela não tinha estômago. Seu olhar voltou para a viga quebrada, e o ácido coagulou em sua barriga. Primeiro as vacas no pomar, agora isso. Um homem quase morrera. Algo não estava certo. Talvez...

Ela não conseguiu concluir o pensamento. Não podiam ser os piratas. Por que eles sabotariam seus próprios interesses?

Talvez fosse um inquilino descontente que queria que ela fosse embora. Ela pensara ter chegado a um acordo com os moradores locais nos últimos anos, mas talvez houvesse um relutante agora fazendo sua voz ser ouvida. Mas será que alguém na propriedade arriscaria a vida de um de seus colegas de trabalho? Soltar vacas no pomar para comer maçãs poderia ser uma brincadeira inofensiva. Mas não o que tinha acontecido agora.

Ou seria a mais recente adição à Grange... o Capitão John Nylander? Teria ele descoberto que Lorde St. Alban lhe venderia a Grange se ela falhasse? Não seria ele o mais beneficiado sabotando sua principal fonte de renda? Até mesmo a assustando no processo?

Exceto que ele não parecia o tipo de pessoa que usa táticas dissimuladas para atingir seu objetivo. Mas ela não o conhecia, não de verdade. E ele a vinha seguindo tão de perto...

E se o Viking estivesse sabotando seus esforços, seu *sustento?*

Uma dúvida repentina brotou e criou raízes rápidas dentro dela: ela não tinha certeza se conseguiria vencê-lo.

Mas ela precisava tentar. Precisava lutar. Precisava extrair o que o homem sabia. Hoje à noite. Não em algum momento num futuro incerto, mas hoje à noite. Precisava encarar isso de frente e com força.

Ela ignoraria o tremor de ansiedade que a percorria.

E esqueceria o que se passara entre eles naquela baia. Que, talvez, ela não se sentira nem *masculina nem estranha.* Que, talvez, tivesse sido desejada. Frutos de sua imaginação aguçada, certamente.

Cuidaria de assuntos baseados na realidade.

Hoje à noite.

15

DE NOITE

Nylander inclinou-se sobre o pano verde e olhou para o taco de bilhar. Seu braço se ergueu em golpes curtos e experientes, uma, duas vezes antes de atingir a bola branca com força demais e fazer outra bola voar, o marfim manchado de vermelho ricocheteando em uma parede com painéis de madeira antes de afundar na densa lã persa.

Terceira vez naquela noite.

Desgostoso com a falta de concentração deixou o taco cair ruidosamente na mesa de bilhar e caminhou em direção ao alvo de dardos. Pegou um dardo, mirou e lançou. Repetiu a sequência três vezes, todos os dardos passando longe do alvo.

Ele nunca havia desenvolvido o dom para jogos de marinheiro de água doce. Passava, no mínimo, trezentos dias por ano na água. De que adiantava uma mesa de bilhar no balanço do mar aberto?

Ele rondava a extensão daquele cômodo, o refúgio dos cavalheiros da casa, de um lado para o outro, entediado, na esperança de encontrar algo interessante que tivesse perdido nas últimas noites. Ele até tentara convencer o criado, Ollie, a se juntar a ele para uma partida de bilhar. O homem recusara, alegando obrigações de trabalho, mas Nylander entendia a verdade. O homem temia que Sua Alteza o demitisse.

Todos os seus criados a ignoravam. Quando olhavam para ela viam uma mulher estranha, uma Wyld Hare, alguém que não conseguiam entender nem prever. Afinal, ela usava calças masculinas. Eles não conseguiam ver através daquele exterior a mulher que estava por baixo. Mas ele *a* havia vislumbrado.

E aquelas calças *masculinas*... Bem, ela estava certa. Eram calças femininas, nela. Desprovida de vaidade, ela as via como nada mais do que uma peça de roupa funcional, necessária às exigências do seu trabalho. Ela não tinha a menor ideia de como aquelas calças destacavam seu corpo, especificamente as curvas femininas de sua bunda, em plena e amorosa glória.

Se não tomasse cuidado ele teria uma ereção. Uma ereção e ninguém com quem compartilhar.

As costas da mão dele ainda formigavam com a consciência do toque dela mais cedo. O calor pulsante da pele dela, a umidade dela. Toda a essência do seu ser concentrada no lugar onde a pele dela tocara a dele. Ele nunca se sentira tão animal, tão *másculo* e tão fora de si, como se tivesse transcendido sua fisicalidade e se afundado mais profundamente nela ao mesmo tempo. Era como se um feitiço tivesse sido lançado sobre ele. Por ela.

Só que ele sabia que o feitiço que ela criou não era intencional, muito pelo contrário. Ele nunca havia se deparado com uma mulher tão relutante em assumir seu desejo, tão em desacordo com ele, a luta evidente em seu movimento para frente, seu recuo, a repetição do ciclo.

Isso o intrigava. *Ela* o intrigava, essa mulher que o via como nada mais do que a sujeira sob suas botas. Os resquícios da raiva que surgiram na baia das vacas voltaram à vida. Como ele queria arrancar uma confissão dela. Ele ainda queria, para ser sincero.

Mas era um desejo imprudente, essa necessidade de ter um pecado reconhecido, e que não o levaria a lugar nenhum com aquela mulher confusa. E ela realmente era confusa. Ela era capaz e corajosa. Ela se importava profundamente com a terra e com todos que viviam dela. Considerações que o fizeram voltar à pergunta que o atormentava havia dias: por que ela fizera um acordo com Jack Le Grand?

Embora esses dias monitorando seus movimentos não tivessem revelado nenhuma resposta substancial, eles haviam produzido alguns fragmentos curiosos. As vacas no pomar, que certamente haviam sido soltas ali intencionalmente. A mina de prata, cujo depósito não estava totalmente esgotado. Sem dúvida, Jack estaria interessado naquele fragmento de informação. E o acidente com a roda de moinho hoje...

Não tinha sido um acidente. Uma densa concentração de pequenos buracos havia sido meticulosamente perfurada na tábua de madeira que conectava a roda de pedra ao pivô central, comprometendo sua integridade, de modo que a combinação do peso da pedra e da força de tração do cavalo a quebraria completamente quando colocada em funcionamento. Aqueles buracos eram perfeitos e simétricos demais para terem sido causados por insetos ou apodrecimento. Eles foram criados pelo homem.

Sua Alteza tinha um problema. Embora a natureza específica do problema não tivesse se tornado claro, ele o compreendia de forma geral.

Jack Le Grand.

Nylander apostaria toda a sua fortuna arduamente conquistada nisso.

Ele se viu no fundo da sala, com um par de poltronas de couro bege e duas estantes de livros ladeando a lareira. Ele examinou uma fileira de livros aleatoriamente e parou em um título. *As Obras Completas de William Shakespeare*. Pegou o livro e folheou suas milhares de páginas, examinando peças e listas de personagens até encontrar o que procurava.

Do Jeito Que Você Gosta (As You Like It). Aquele com a heroína que usava calças. Talvez Shakespeare pudesse lhe dar instruções sobre como lidar com uma mulher assim.

Ele afundou no couro acolchoado e mergulhou na peça. A Viscondessa Viúva St. Alban era semelhante à sua contraparte Shakespeariana em mais de um aspecto. Além da propensão para calças ambas eram nobres, teimosas e inteligentes.

Uma garganta pigarreou atrás dele. O sorriso que havia se formado em seus lábios desapareceu. Ele olhou por cima do ombro e viu Ollie retornando. "Mudou de ideia?" ele perguntou, irritado por ter sido obrigado a parar de ler a peça. Fechou o livro com um estalo.

"Sua Senhoria solicita sua presença em seu escritório."

A sobrancelha de Nylander se ergueu em surpresa. "Ela solicita, não é?"

"Se você puder me seguir."

Em poucos minutos, eles chegaram à porta do escritório, um feixe de luz dourada percorrendo sua fresta entreaberta. Nylander parou Ollie no momento em que a mão do criado alcançou a maçaneta.

"Não há necessidade de anúncios." Nylander imaginou observar Sua Alteza dentro de seu santuário, sem ser observada.

"Mas, Sua Senhoria—"

UM OLHAR furioso silenciou o jovem e o fez sair apressadamente. Às vezes, o tamanho enorme de Nylander tinha suas vantagens. Ele empurrou a porta com dobradiças silenciosas e entrou no cômodo.

Estendia-se à sua frente uma sala comprida e cavernosa, iluminada na extremidade oposta. Aromas de couro e madeira, até mesmo um toque de charuto, pairavam no ar, vindos dos homens que outrora a habitaram. Mas não mais. Agora, esta sala tinha uma dona. Uma que não se dera ao trabalho de fazer uma única mudança feminina.

Lá estava *ela*, com mechas de fogo ondulando em seu rosto, a camisa bem fechada em seu pescoço, brilhantemente iluminada como se fosse uma artista de palco, curvada sobre uma grande mesa de carvalho com, pelo menos, seis livros abertos, os dedos se movendo de um livro para o outro, seu olhar se deslocando em um ritmo medido como se ela estivesse lendo todos os seis ao mesmo tempo. Ela realmente não era uma dama comum.

Muito pelo contrário, na verdade.

O tipo que fazia acordos com piratas, na verdade.

Ele limpou a garganta. Sua cabeça se assustou e ela ofegou. O reconhecimento, profundo e elementar, o invadiu, e a luxúria de antes voltou à vida.

"Quem está aí?", ela perguntou, olhando para as sombras, dedos nervosos prendendo aqueles fios soltos atrás das orelhas. Ele desejou que ela não fizesse isso.

Ele entrou na luz e deixou o pensamento para trás. Era com Sua Alteza que ele estava lidando, uma mulher determinada a manter a vergonha dele como seu segredo sujo. A horrível ponta de irritação que antes pairava sobre a raiva se retesou, lembrando-o de sua presença. Ele podia ignorá-la. Tinha anos de experiência. "É o homem que você convocou."

Seu corpo visivelmente relaxou de alívio. "Você certamente tem um jeito especial de entrar em um ambiente. Você precisa fazer um favor ao mundo e considerar amarrar sinos nos tornozelos."

Ele se aproximou da escrivaninha e apoiou o quadril na beirada. Ela recuou, assustada com a audácia dele. Ótimo. Ela precisava de alguém para surpreendê-la de vez em quando.

"Como está o ombro do Jess?" ela perguntou.

"Bom." Ele a pouparia dos detalhes repugnantes. Folheou distraidamente as páginas do livro mais próximo. "Vejo que está acomodada para passar a noite com uma leitura leve."

Ela estendeu a mão e pegou o livro. "Agradeço-lhe por não me perturbar, senhor."

Ele apontou para um desenho no centro da escrivaninha. Apontou para a planta. "O que é isto?"

"É um levantamento topográfico da propriedade. Encomendei na primavera passada."

Ele se inclinou, apoiando seu peso mais firmemente na escrivaninha, e examinou mais de perto os livros ao redor do levantamento. Cada um era uma ilustração de vários tipos de padrões geométricos interligados. "O que são esses?"

"Desenhos de pasto." Ela falou hesitante, como se as palavras estivessem sendo arrancadas dela. "Algumas são inglesas, outras americanas. Eu esperava encontrar diferenças que fossem úteis, mas a maioria é igual."

"Permite-me?"

Ela o encarou longamente antes de ceder e deslizando dois textos em sua direção. "Retângulos, portões e coisas do tipo. Alguns novos tipos de portões com aparência útil que eu gostaria de programar, mas não muito em termos de novos designs. Preciso de mais controle sobre minhas ovelhas e gado."

Ela se referia às vacas no pomar. Em silêncio, ele estudou os textos, enquanto o olhar dela o fitava intensamente. Ele apontou para a planta. "Posso?"

Ela deslizou o papel grande e fino sobre o carvalho polido. "Claro."

"E aqueles, por favor?" Ele indicou o lápis e o papel ao lado do cotovelo dela.

Sua testa se franziu em questionamento, com vincos paralelos entre as sobrancelhas. Mesmo assim, ela concordou.

Com o olhar fixo na pesquisa, seu lápis começou a rabiscar o papel em branco, uma ideia se concretizando tão rápido quanto se formava em sua mente. Ela acompanhou cada movimento e marca. Minutos se passaram e a ideia tomou forma sólida. Por fim, ele recuou e pousou o lápis. "Que tal isso?"

Ela contornou a mesa para ver melhor. Seu aroma cítrico e de ar fresco encontrou seu nariz, e ele inalou. Não conseguiu se conter.

"O que exatamente estou vendo? É uma flor?"

Ele balançou a cabeça. "E se você se livrasse de todos os retângulos e, em vez disso, organizasse todos os pastos como pétalas, em torno disso?" Ele pressionou o dedo indicador bem no centro. "Um pátio de contenção central. Todos os pastos individuais levariam até aqui. É claro que os animais precisarão ir ao celeiro periodicamente ou se deslocar para outras áreas, o que exigiria um corredor que vai do pátio de espera até o exterior. Por exemplo, se as vacas leiteiras passassem pelo portão do pasto individual e conseguissem passar pelo portão do pátio de contenção também, a pior coisa que poderia acontecer é que elas passariam pelo corredor e entrariam em um celeiro. Você poderia programar versões disso em toda a propriedade. Na verdade" — ele passou a ponta do dedo pelo mapa topográfico — "esse terreno com o grande celeiro seria uma área perfeita para experimentá-lo primeiro, pois tem os penhascos como um limite e o celeiro como outro."

"Não."

Sua testa franziu. *"Não?"*

"Isso não vai funcionar."

"Se você olhar aqui" — talvez ela não estivesse visualizando direito — "verá que é perfeito."

"Não é. Há problemas com aquele estábulo que não podem ser resolvidos."

Cabeça inclinada para o lado, completamente absorta, ela examinou o trabalho dele. O coração dele batia forte no peito, alimentado por uma dose considerável de aborrecimento. Algo mais também. Estaria ele desanimado? A boa opinião dela significava tanto para ele?

"Mas isso não quer dizer que" — seu indicador cravou-se no desenho dele — "que não seja brilhante."

Os elogios dela se espalharam por ele com a rapidez de um arpejo de Mozart. A sensação de baixa intensidade que experimentara segundos antes foi instantaneamente substituída por uma sensação de alta efervescência.

Ele poderia gostar demais. Ou nem tanto. Ele não podia ter certeza. De uma coisa, no entanto, ele tinha certeza absoluta: não podia confiar em um sentimento que soprava frio em um segundo e quente no outro. Era melhor esmagá-lo agora do que permitir que criasse raízes.

Para que não se esquecesse, aquela mulher não gostava nem o respeitava como igual.

Ele pigarreou. "Há, é claro, problemas potenciais com o meu desenho."

"Tais como?"

"Pode levar tempo, para não mencionar o custo, para implementar."

Com os olhos fixos no desenho dele, ela deu de ombros.

"Além disso" — por que ele estava semeando dúvidas no plano que acabara de propor? — "pode haver um problema com a água."

"Não é bem assim. Vê aqui?" Seu dedo percorreu o mapa. "Vários riachos cortam a propriedade. Água não é um problema." Uma careta se formou em sua boca. "Você não está acostumado a elogios, está?"

As palavras dela o pegaram de surpresa. Ele se afastou da mesa e firmou os pés, pronto para mergulhar no cerne da conversa. "Você não me chamou ao seu santuário para discutir configurações do pasto."

Sua cabeça se virou bruscamente e seu olhar encontrou o dele. Um instante depois, ela seguiu em frente. Com o corpo longo e ereto como uma vara, ela começou a fechar e empilhar seus livros de agricultura em uma pilha organizada, a abertura de momentos atrás desaparecendo rapidamente. Quando terminou de arrumar, sentou-se em sua cadeira de couro e o encarou com a altivez de uma aristocrata encarando seu súdito ignóbil.

"Tenho um assunto delicado para perguntar. Mas, antes de começar, peço que tudo o que discutirmos não saia dessas quatro paredes, pois não se tornará de conhecimento geral por algumas semanas ainda."

"E que assuntos delicados você e eu poderíamos ter para discutir um com o outro?"

O HOMEM ESTAVA BRINCANDO com ela?

Havia tantos *assuntos delicados* acumulados entre eles, e seu tom era tão sugestivo que era impossível dizer. Aleluia por ela e ele estarem separados por uma mesa de carvalho não menor e não menos densa do que a própria árvore deve ter sido em vida.

"Você entendeu errado. O assunto delicado não se refere a você e a mim, mas sim à venda da Grange."

Sua testa franziu. "Você está vendendo a Grange Wyldcombe?"

Surpresa, aliada a um alívio considerável, a invadiu.

Ele não sabia da intenção de St. Alban de vender a Grange, pois nem sabia que St. Alban tinha essa intenção.

Nylander não estava sabotando seus esforços.

"Receio que você entendeu errado", ela disse. "Wyldcombe Grange não é minha para vender. É de Lorde St. Alban."

"Ele é dono da Grange?"

Sua cabeça se inclinou para o lado. "Como você acha que veio parar aqui?"

"Achei que estava fazendo um favor à família dele."

"Lorde St. Alban e eu somos família apenas no nome."

Seus olhos se estreitaram, o choque diminuindo e a avaliação crescendo. "Também não são amigos?"

"Eu nunca tinha conhecido Lorde St. Alban até o dia em que você desmaiou no saguão dele. Então, não, também não somos amigos."

"E ele está vendendo a Grange", disse Nylander lentamente. "Então, presumo que vocês nunca serão amigos."

Callie apertou os lábios em uma linha firme para conter a amargura. De alguma forma, ela havia se aberto para aquele homem. Não era ele quem deveria estar se revelando?

Ela podia ser tola, era um fato.

"A Grange não está vinculada como parte do viscondado?" ele perguntou, uma pergunta inteligente e totalmente surpreendente.

Ela deu uma risada curta e sem humor. O inesperado sempre a afetava. "Você estuda primogenitura e leis de terras inglesas?"

Nylander mudou de posição e cruzou os braços sobre o peito. Ele podia ser muito intimidador. Se ela quisesse vê-lo dessa forma. Mas, na verdade, tudo o que ela via era o músculo flexionando e relaxando sob a camisa de linho simples, atraindo seu olhar para a largura vigorosa do peito dele. Ela se lembrava daquele peito muito bem, da sensação, do calor, do gosto.

Sua boca ficou seca.

"Adquiri um pouco de conhecimento aqui e ali ao longo dos anos", ele murmurou.

"Pensando em se estabelecer e criar raízes no interior da Inglaterra?" Oh, por que ela perguntaria uma coisa dessas?

"Sim."

Ela desejou que seu corpo ficasse muito, muito imóvel e não revelasse o menor sinal de consternação.

"Mas é quase impossível para alguém de fora da nobreza ou da pequena nobreza possuir uma propriedade como a Grange."

As palavras dele, o tom delas, castigavam-na com seu desejo puro. Era por isso que Lorde St. Alban queria vender a Grange para esse homem. Seu amigo a desejava e ansiava por ela.

Ela tinha que reagir. Esse homem era seu rival. Os desejos, vontades e anseios dele seriam mais válidos do que os dela? Mesmo que fossem os mesmos? E agora, pior de tudo, sua paranoia e insegurança a levaram a revelar a venda da Grange para ele. *Maldição.*

Bem, ela não levaria isso adiante. Ela não seria a única a informar ao Viking que St. Alban não só desejava vender a Grange, como também queria vendê-la a ele. St. Alban poderia muito bem lhe dizer pessoalmente.

Seus desejos, vontades e anseios não eram menos dignos do que os do homem à sua frente.

Isso é um jogo limpo e justo?

A vida não era justa. E o Viking sabia disso tão bem quanto ela. Ela não sentiria um pingo de culpa. Nada havia mudado.

Ela ainda era a melhor capitã para aquele navio.

As sobrancelhas dele se uniram. "Se a Grange não tem vínculo, então por que seu falecido marido não a deixou para você?"

Outra risada sem humor escapou dela. Era o tipo de risada como um fio de navalha afiado o suficiente para cortar uma pessoa ao sair. "Georgie acreditava que o cérebro feminino frágil era incapaz de liderar qualquer empreendimento, e nunca poderia administrar uma propriedade inteira. Ele não tinha imaginação nem mesmo para conceber tal conceito." Ela hesitou. "Respondendo à sua pergunta, o testamento de Georgie deixou a Grange para o herdeiro dele, que ele presumia ser seu filho."

"Mas, no fim das contas, o herdeiro dele era Lorde St. Alban."

Ela assentiu, cautelosa com a luz astuta que surgira nos olhos de Nylander. As peças do quebra-cabeça estavam começando a se encaixar para ele. Nada de bom poderia resultar disso.

"Você conhece algum comprador interessado?"

Ela o encarou, inabalável. "Eu conheço um."

A compreensão iluminou os olhos dele, imbuindo-os de uma luz prateada. "Você."

"A parte interessada, pelo menos."

"E nenhum outro concorrente?"

Ela deu de ombros, na esperança de demonstrar desinteresse, sabendo que havia falhado miseravelmente. "Pode haver. Não tenho certeza de quem St. Alban tem na disputa."

Era apenas uma mentira, o que teria que ser suficiente.

16

Uma história se escondia por trás da curva tensa da boca de Sua Alteza. Mas Nylander jamais saberia essa história se a pressionasse de frente. Havia uma maneira de enfrentar um vento contrário quando ele se interpunha entre um navio e seu destino. Era preciso inclinar as velas em um ângulo preciso e usar o vento a seu favor, em vez de lutar contra ele.

"Como você se tornou viscondessa?" ele perguntou. Se fosse possível ver cada músculo do corpo de outra pessoa tenso, ele estava vendo isso agora.

"Eu já lhe disse—"

"*Essa* viscondessa. A Viscondessa de St. Alban."

"Dívida." A palavra surgiu de forma simples, sucinta. "Georgie tinha uma montanha de dívidas com meu pai, que tinha o hábito de adquirir dívidas de lordes e proprietários de terras quando conseguia. Geralmente com um desconto dos antros de jogos, que ficavam felizes em recuperar até mesmo uma fração de suas perdas."

"Um homem ambicioso, seu pai." Nylander teve o cuidado de manter o tom neutro.

Ela riu sem alegria. Ele não gostou daquela risada. "Seria uma maneira de dizer. *Implacável* seria outra. Absolutamente nada se interpõe entre meu pai e seus objetivos."

"Não havia amor ou afinidade entre você e o falecido visconde?" perguntou Nylander, mesmo sabendo a resposta. Afinal, ela era virgem.

"Amor e afinidade não eram necessários para a aquisição de um título para minha família."

"Você está dizendo que seu pai..." Ele hesitou, desejando de repente poder voltar no tempo e recomeçar a conversa, convencê-la a prosseguir em uma direção diferente. Ele não queria mais descobrir a verdade sobre o assunto. Era uma verdade muito feia. No entanto, aquela palavra — aquisição — o incomodava. Referia-se a uma transação do tipo fiscal. Ele não podia deixar assim. "Seu pai a vendeu."

Ela pigarreou. "É um país livre. Eu fiz minhas escolhas."

Frias, distantes e duras foram suas palavras, como se elas, ou as motivações por trás delas, não a afetassem mais. Mas seus olhos cruéis e nervosos, desmentiam seu blefe.

"Vocês foram casados por três anos?"

Ela assentiu.

"Tempo suficiente para constituir família", ele afirmou pressionando-a novamente.

Filhos vêm do casamento. Essas foram suas palavras exatas enquanto estavam do lado de fora do pátio da escola, observando as crianças brincarem. Para ser franca, levava apenas dois minutos para conceber um filho, se esse fosse o objetivo principal.

E eles não conseguiram isso em três anos?

Não fazia sentido.

Seu olhar se desviou para ele e seu maxilar se apertou. Ele havia acertado o alvo. "Talvez", ela começou, "mas nenhum número de anos é tempo suficiente se —" Ela interrompeu o resto da frase.

Suas bochechas estavam coradas e a emoção se agitava por

trás de sua aparência dura. Nylander se inclinou para frente e colocou as palmas das mãos sobre a mesa. "Não é tempo suficiente se...?" ele a provocou. Ela terminaria a frase que começara.

Seu olhar se fixou em algum ponto indeterminado em seu colo. Ela revirou o lábio inferior entre os dentes antes de soltá-lo com um pigarro áspero. Ela tinha os hábitos mais impróprios para uma dama. Ele gostava deles. Eram honestos.

"Se ele não for capaz de se apresentar", ela afirmou sem o menor sinal de emoção.

Ele se inclinou para frente e inclinou o ouvido em sua direção, sem ter certeza de que a tinha ouvido corretamente. "Se ele não for capaz de—"

"Executar." Olhos negros como carvão, sombrios, o encararam.

"Exe —" Ele parou.

Oh.

Ela se levantou de um salto, pegou o mapa topográfico no centro da mesa e começou a enrolá-lo como se de repente estivesse com pressa. "Parece que foi inteiramente minha culpa", disse ela, sem cerimônia, indiferente.

"Não consigo imaginar que teria sido esse o caso", ele disse com um resmungo baixo. Menos de um metro de carvalho os separava, suas palavras não precisavam ir muito longe.

Os olhos dela se ergueram para encontrar os dele, ainda vulneráveis, ainda frios, mas ele viu algo novo em suas profundezas: fogo. "Não brinque comigo", ela disse entre dentes.

Ele não moveu um músculo e não recuou, como muitos devem fazer quando aquela mulher os encara daquele jeito. "Eu não sou do tipo que brinca."

O momento se prolongou, e o silêncio tomou conta da sala, o único movimento era o dos olhos dela buscando os dele, o ar pesado com o não dito... O impronunciável.

"Suponho que não." Ela empilhou os papéis em uma pilha organizada e deu uma *batidinha* na mesa. "Talvez", ela começou, "você queira levar seu desenho com você e torná-lo mais detalhado."

Ele conteve um gemido de frustração. Ela estava mudando de assunto. Não queria falar sobre seu casamento, como era seu direito. Ele aceitaria, como era a atitude de um cavalheiro. "Não sou especialista nesses assuntos."

"Bem, você tem um talento natural para isso", ela falou. "Claro, eu pagaria pelos seus serviços."

"Você me pagaria pelos meus serviços?"

Um grosso livro escorregou de seus dedos e caiu sobre a mesa com um baque. "Pelo seu *desenho.*"

Ela pegou sua pilha de livros e caminhou em direção à estante do outro lado da lareira, que devia ter sido alimentada recentemente, pois queimava forte e quente. A pilha, no entanto, era pesada demais para ela segurar e colocar na prateleira. Sem pensar, ele cruzou a distância e silenciosamente estendeu os braços. De perfil para ele, ela fechou os olhos e soltou um longo suspiro. Finalmente, ela se virou e o encarou. Por necessidade, eles teriam que se aproximar um pouco para transferir a carga.

Ela avançou lentamente, hesitante, cautelosa, lembrando-se do estranho *pas de deux* na baia das vacas. Foi o cheiro dela que o alcançou primeiro. Ar fresco e cítrico. Lembrava-o de laranja, limão e lima na brisa fresca da noite em um clima do sul. Isso o lembrou do lar que perdera durante seu quinto ano, seu primeiro lar, seu verdadeiro lar. Inesperado que aquela mulher aristocrática inglesa desconcertante o lembrasse daquele tempo e lugar.

Apenas a rápida inspiração e expiração de sua respiração soava na sala. Ele deslizou as mãos por baixo do livro inferior, passando pelo couro macio, ao longo do antebraço nu dela. Ela deu um pulo e prendeu a respiração. O reconhecimento o atingiu em cheio. Ele capturou o olhar dela pouco antes de ele se desviar.

Separada pela largura de um livro, seu olhar desviado, a luz percorrendo os pelos finos de seu maxilar, ela murmurou: "Você os tem?"

"Sim", ele resmungou.

Ela pegou o livro de cima, deslizou-o para o lugar e repetiu o ciclo, livro após livro, seu olhar evitando o dele como se sua vida dependesse disso.

Como era possível que ela tivesse sido esposa de um homem por três anos sem consumar o casamento?

Se ele não pode executar.

Ela era a mulher mais atraente que ele já conhecera. É claro que não era bonita no sentido convencional da palavra, mas convenção não tinha nada a ver com atração. E a mulher era extremamente atraente.

A determinação, firme e segura, surgiu, a determinação de arrancar a verdade dela não seria mais negada. Chegara a hora de expor tudo às claras. Ele não seria mais a vergonha particular de uma dama.

Ele seria reconhecido. Ela confessaria.

Ele estendeu o último livro e, no momento em que ela o estendeu, ele a segurou pelo pulso. Ela tentou puxar a mão de volta, sem sucesso. "O que diabos você quer dizer com isso? Por favor, solte-me, senhor."

Ele a segurou com firmeza. "Você."

"Eu?" ela perguntou seus olhos arregalados brilhando.

"Você."

"Você parece desequilibrado. Talvez sua febre tenha voltado. Vamos chamar o médico?"

Por mais impressionante que fosse sua demonstração de bravata, ela teria que se esforçar mais para obter sua liberdade. Teria que dizer a verdade. "Naquela noite na pousada", ele começou.

Com o rosto virado para o lado e a atitude altiva, ela perguntou: "Não resolvemos isso antes?"

"Tenha paciência comigo."

Ele virou o pulso dela, a luz quente e bruxuleante do fogo iluminando as veias azuis que serpenteavam em delicados filetes sob sua pele pálida, desaparecendo sob o punho firme-mente abotoado de sua manga. Ele abriu um botão, depois outro. Quando chegou ao terceiro e último botão, ela tentou se soltar.

"Voltando àquela noite" — o terceiro botão se soltou e a manga se abriu, revelando a pulsação forte e azulada de seu pulso — "No início, eu considerei a possibilidade de ter sido um sonho. Consegue imaginar por quê?"

"De jeito nenhum." A voz dela era composta de gelo sólido e calor trêmulo.

"Não?" Ele dobrou o tecido de linho da manga dela. "Algo aconteceu naquele quarto naquela noite, algo que pode ser consi-derado explícito demais para os ouvidos delicados de uma dama."

"Pode guardar o conteúdo dos seus sonhos para si mesmo. Não me importo em ouvir os delírios de uma mente febril."

Ela era boa. Mas não boa o suficiente.

Ele dobrou o linho branco mais uma vez, expondo a metade inferior do antebraço dela, que brilhava translúcida como o mais fino mármore branco. "Houve um detalhe dessa noite que me lembro com vívida certeza. A mulher —"

"Talvez você tenha confundido realidade com sonho", ela interrompeu, uma lutadora até o fim.

"A mulher real tinha uma marca no formato e na cor de um pequeno coração" — seus dedos subiram lentamente pelo braço dela, pele contra pele, empurrando o tecido até o cotovelo. Mais uma vez, ela tentou se soltar dele — "na parte interna do braço" — o tecido se tornava mais difícil de manusear à medida que subia, possivelmente devido à densidade do linho, provavelmente devido ao fino brilho de suor — "na pele macia" — um último empurrão de linho — "aqui".

Ambos os pares de olhos se voltaram para o único lugar de que ele poderia estar falando. Contra a pele pálida, de fato, jazia um pequeno coração, do tamanho de uma pinta, do vermelho de uma cereja madura.

Com um grande impulso, ela puxou o braço para trás e puxou a manga para baixo em movimentos bruscos. "Como você ousa?"

"Como *eu* ouso?" Que audácia. "Parece que você é a ousada."

Seu grito estrangulado soou em partes iguais de mortificação e angústia enquanto ecoava pela sala. Com a respiração seguinte, ela pareceu recuperar um pouco de si. "Não vou me explicar para você."

Suas palavras, seu comportamento altivo, o atingiram com a força de um vento norte no auge do inverno, lançando gelo em suas veias. "Certo", ele disse, duro, ácido. "Por que você se dignaria a se explicar para um marinheiro humilde como eu?"

Ela ficou imóvel como pedra, seus olhos arregalados buscando os dele.

"Eu conheço o seu tipo."

Sua sobrancelha se ergueu, curiosa, confusa. *"Meu tipo?"*

"Senhora da mansão à procura de um homem que possa *lhe atender* bem."

Ele soube o instante em que seu significado a atingiu, pois um rubor subiu pela elegante coluna de seu pescoço e formou duas manchas escarlates em suas bochechas. *"Me servir?"* ela perguntou em um sussurro hesitante, claramente chocada até o âmago com a franqueza dele. Ela revirou o lábio inferior entre os dentes e o soltou.

"*Naquela* noite", ela começou com um gemido e limpou a garganta com seu familiar e nada feminino pigarro. "Foi simplesmente uma noite entre um homem —" Ela parou. O embaraço tomou conta de seu rosto. "Preciso dizer algo sobre isso. Eu pensei, bem, eu pensei que você tivesse se recuperado."

"Da minha febre?"

Ela assentiu. "Eu não teria", começou e parou. "Não teria acontecido se eu soubesse que você não estava totalmente recuperado."

"Para não se aproveitar de mim?", ele perguntou incrédulo. Bem, essa era a primeira vez.

SOFIE DARLING

Mais uma vez, ela assentiu. "Porque nós dois sabemos que não representou nada."

"Nada?" Ele diria que foi um pouco mais do que nada. Se a memória não lhe falhava, tinha sido algo *impressionante.*

"Nada mais do que um, acontecimento entre um homem como você" — ela gesticulou para cima e para baixo em seu corpo. Ele se sentia como um pedaço de carne exposto no mercado — "e uma mulher feia demais para seduzir o próprio marido."

"Feia demais?"

Seus dedos começaram a arranhar o tecido de sua camisa. O movimento foi leve, mas ele percebeu. O que quer que ela estivesse prestes a dizer, nunca havia dito em voz alta para ninguém.

"Ficou perfeitamente claro para mim durante toda a minha vida que eu sou tudo demais." Ela ergueu a mão, os dedos marcando itens de uma lista. "Alta *demais*. Magra *demais*. Sardenta *demais*. Cabelo ruivo *demais*, crespo *demais*. Determinada *demais*." Ela cerrou os punhos. "Todos esses *"demais"* se juntam para formar o retrato de uma mulher pouco atraente."

"As pessoas te disseram isso a vida toda?"

"Algumas mais claramente do que outras, mas eu sempre entendi a verdade."

"A verdade?"

"Que elas estão certas."

O olhar dela encontrou o dele, desafiando-o a refutar suas palavras, e uma dor repentina surgiu dentro dele. Ele ansiava pela dor dela. Ansiava por sua bravata. Ansiava por tocá-la, por fazer toda a sua mágoa e falsa coragem desaparecerem.

Ela riu, o som oco e frio. "Afinal, você não se lembrava de mim até agora."

Um soco no estômago não poderia tê-lo derrubado com mais eficácia. "Eu sabia."

"Você..." Ela parou. "Você *sabia*? Esse tempo todo?"

"Sim." Não adiantava negar a verdade.

Ela fechou os olhos e respirou fundo, estremecendo e sacudindo. "Seu *bastardo*."

"Sim, eu sou", ele respondeu secamente. "Mas, Callie, aqui está o que eu não entendo."

"Eu não te dei permissão para me chamar de..."

"*Callie*? Acho que já passamos disso."

"O que é que você não entende?" ela perguntou num sussurro quase imperceptível.

"Como você acha que um homem poderia te esquecer?"

Sua boca se abriu e fechou.

"Foi mútuo", ele disse.

"O quê?" As palavras mal se propagavam pelo ar rarefeito entre eles.

"O desejo, a vontade."

Suas pupilas dilataram-se quase até as bordas externas das íris, seus lábios se entreabriram e um "Oh" ofegante escapou dela.

Finalmente, as palavras dele surtiram o efeito desejado.

17

Os joelhos de Callie ficaram bambos, e ela teve que se esforçar para não se apoiar na lareira.

"Mais", ele começou.

"Mais?" ela perguntou num suspiro ofegante. O que mais poderia haver?

"Eu poderia te contar."

Um instante se passou. "Me contar o quê?"

"O que mais eu me lembro daquela noite."

Ele se afastou de sua extremidade da lareira, e sua mão, maciça e forte, estendeu-se e acariciou a linha da mandíbula dela, uma carícia suave e calejada. Ela prendeu a respiração e seus olhos se fecharam. Era tudo o que ela podia fazer para não se deixar levar pelo toque dele, para senti-lo mais intensamente. Ele encontrou a parte de trás da cabeça dela e puxou os grampos do coque frouxo na base do pescoço. O cabelo dela caiu sobre os ombros e caiu em cascata até a parte inferior das costas. Os dedos dele se entrelaçaram, puxando os fios ruivos e sedosos para frente e permitindo que caíssem, fios individuais refletindo o dourado na luz bruxuleante.

"Isso, é uma cortina de seda vermelha." Suas palavras foram

um estrondo de veludo em seu peito. Seus dedos se apertaram sob o queixo dela. "Olhe para mim."

Seus olhos piscaram e encontraram o olhar sério dele fixo nela, as pupilas projetando as íris em um fino anel azul. Ela era novata naquilo, mas seria *desejo*? Seria possível que este homem a desejasse?

"E eu me lembro da linda curva que havia sob sua camisola."

"Eu não tenho curvas."

Um sorriso se formou em sua boca, e ele balançou a cabeça lentamente. "Quem disse isso não te conhece como eu te conheço."

"Oh."

Ela deveria correr, mas seus joelhos tremeram. Eles não a levariam para longe. O fato era este: ela estava presa.

Presa pela fisicalidade dele?

Não.

Por medo?

Nem de perto.

Ela ficou parada, congelada no lugar, presa pelo próprio desejo.

Graças à noite em que ele contava com mais precisão a cada tique-taque do relógio, ela entendeu aonde o desejo poderia levá-la com aquele homem, e era incapaz de resistir ao seu chamado sedutor.

O que ele estava oferecendo, ela desejava intensamente. Como desejava que ele a alcançasse novamente, sua altivez doendo para se desfazer em pedaços. O que era orgulho quando aquele homem glorioso chamava a curva de sua cintura de *adorável*?

"Eu me lembro de outra coisa também", ele disse no espaço entre eles.

Era uma distância tão curta, menos que o comprimento de um passo, perto o suficiente para ele estender a mão e tocá-la novamente. No entanto, ela não conseguia entender como transpor esses poucos metros. Ele poderia muito bem estar do outro lado do mundo.

"Você usava uma combinação." Ele apoiou o ombro no parede de pedra e a observou como se estivesse a uma grande distância.

O silêncio se estendeu entre eles, e de repente ela se deu conta. Esse homem enorme e lindo, que se recusava a soltar o olhar dela, estava esperando... Por ela. Naquela noite na pousada, quando ela se sentiu incerta, à beira da fuga, ele fez o mesmo e lhe deu a opção de ficar ou ir embora.

O que viesse a seguir seria iniciado por ela. Ela podia ir. Ou podia ficar. Mas se ficasse, não havia dúvida de onde isso a levaria.

Seus dedos encontraram a fivela da faixa em sua cintura e a puxou. Sua camisola se abriu, revelando a combinação por baixo. "*Essa* combinação?"

Seus olhos a percorreram, e ele assentiu uma vez, como se as palavras o tivessem abandonado. Ele mudou de postura, e ela olhou para baixo, a longa crista de seu pênis visível sob o pano superfino de sua calça. Seu olhar se elevou para encontrar um sorriso divertido puxando o canto da boca dele.

Esta noite, como na noite na pousada, o desejo era mútuo.

"Não tenho certeza se é o mesmo."

Ele a estava empurrando, essa situação, em direção ao seu limite. Onde esse limite estava localizado?

Ela encolheu um ombro, depois o outro, e sua camisa caiu no carpete, formando uma poça de linho. "Tem certeza agora?"

O sorriso dele sumiu, suas pupilas se dilataram. Ela interpretaria isso como um sim. Tudo o que vestia era a simples combinação de linho que terminava no meio das coxas. Um fogo crepitando entre eles, literal e figurativamente, enquanto se encaravam a curta distância. Como superar isso?

Talvez ela não devesse pensar muito nisso.

O instinto seria seu guia.

Fora de si mesma, a pessoa que ela sabia que era ela levantou a alça da combinação de um dos ombros e a deixou cair pelo braço. Repetiu o movimento do outro lado e cruzou os braços sobre o peito para evitar que a peça escorregasse para o chão.

Embora a pose dele contra a lareira sugerisse indolência, ela suspeitava que o oposto fosse verdade. A tensão se acumulava nas linhas do corpo magnífico dele, sugerindo um controle firme, uma prontidão para a ação instantânea. Tudo o que ela precisava fazer era dizer a palavra.

Ela soltou os braços e sua combinação caiu, juntando-se à camisa no tapete. Estava completamente nua. O poder feminino aflorando dentro dela, ela saiu da pilha de roupas, seus pés avançando lentamente. Separada dele por não mais de trinta centímetros, ela parou, calor e energia pulsando entre eles que não tinham nada a ver com o fogo crepitando ao lado deles. Ele não moveu um músculo, mesmo com seus olhos brilhando.

A mão dela, trêmula e segura, ergueu-se e abriu o primeiro botão da camisa dele, depois outro e mais outro, até que o tecido caiu até a cintura dele, a mecha dourada de pelos em seu peito se estreitando em uma fina trilha abaixo do umbigo. Ela tocou com as pontas dos dedos leves e descarados a tatuagem sobre o coração dele, aquela que ela sentia ser de alguma forma mais especial que as demais, com pelos finos fazendo cócegas na palma da mão.

"Eu me lembro disso." Ela passou a mão pelo peito dele até os músculos definidos do ombro direito, tirando a camisa para revelar outra tatuagem. "E esta."

"Você gosta delas?"

"Ah, sim", ela disse, com a voz sombria, rouca e completamente diferente de si mesma. "Eu gostaria de ver mais."

Ele tirou a peça de roupa e a jogou de lado. Ele estava diante dela, magnífico, o fogo entre eles ofuscado pela glória dele... Viking... Anjo guerreiro.

Seus dedos o sentiram novamente, atraídos como um ímã.

Dessa vez, eles desceram, passando pela barriga definida até chegarem ao cós da calça, com o comprimento rígido de sua masculinidade a poucos centímetros de distância.

Ela parou. Algo não parecia certo. Parecia delicioso e como tudo o que ela queria, mas não certo. As palavras dele voltaram à mente dela. *Senhora da mansão à procura de um homem que possa lhe atender bem.*

Era isso quem ela era? Instantaneamente, ela soube. Se cruzasse aquele centímetro complicado, ela seria. Se ela usasse qualquer influência estranha e inefável que tivesse sobre ele, dessa forma, nesse momento, como ela não seria?

Seu olhar encontrou o dele, e ela viu cautela. "Há algo errado?"

Ela se tornou tímida em relação a ele, do poder que detinha e do caminho que seguiria. Com sua decisão de não tocá-lo, o momento se tornara mais íntimo. "É que me lembrei de outra coisa de que gostei."

Ela se moveu para frente, seu peito separado do dele por uma fina molécula de ar. Com a antecipação vibrando em seu íntimo, ela estendeu a mão e segurou a parte de trás da cabeça dele, com o cabelo loiro e sedoso se entrelaçando em seus dedos, e se levantou até os dedos dos pés. Sua cabeça se inclinou para trás, e ela fechou os olhos, mesmo quando sua boca se aproximou da dele, a respiração dele sendo um sussurro suave em sua boca.

Mais uma pressão dos dedos dos pés contra a lã macia do tapete, um puxão da cabeça dele para baixo, e ela encostou os lábios nos dele. Foi um beijo, doce, carinhoso, sem exigências. Era o beijo de uma fantasia de menina. Em um gemido de barítono, ele avançou, inclinou-se sobre o espaço dela, e o beijo se transformou em algo mais profundo. A língua dele tocou os lábios dela, um leve e sedutor lampejo, uma sugestão dos prazeres que a aguardavam.

"*Callie*", ele murmurou contra sua boca.

Seu verdadeiro nome, pronunciado por este homem, roubou-lhe o fôlego. Uma pétala que protegia o botão fechado de seu núcleo se separou e se desprendeu.

Ele recuou um centímetro e os olhos do céu mais azul encontraram os dela. "Callie", ele repetiu, e outra pétala se afastou. "Eu preciso te tocar."

Arrepios percorreram sua pele. Que coisa para se dizer... Para *ela*.

Sua mão roçou em sua cintura, hesitante; elas tremiam Um tremor provocado... Por *ela*.

Uma mudança, sísmica e inefável, ocorreu dentro dela.

A cabeça dele se inclinou para a curva do pescoço dela. Uma respiração úmida percorreu sua clavícula. Pele quente tocou a pele quente. As mãos dela agarraram os ombros dele, suas pernas bambas sob ela. Os dedos dele apertaram sua cintura enquanto ele girava seus corpos como dançarinos até que as costas dela se pressionarem contra a parede ao lado da lareira, o calor dela em suas costas, o calor *dele* em sua frente.

"Eu me lembro de outra coisa que você gosta." A mão dele percorreu a curva do quadril dela, descendo pela coxa, e a expectativa aumentava a cada batida do coração dela.

Instintivamente, a perna dela se ergueu e envolveu os quadris dele, enquanto os dedos calejados e fortes a mantinham no lugar. Ela nunca havia sido tão aberta, tão vulnerável, e, oh, como ela estava sofrendo por isso.

Ela queria seu beijo doce e lento. Ela queria o desejo carnal ardente *dele*.

Ela não era a única que sofria. A dor dele permanecia ereta e pronta sob o tecido confinante da calça. Ela acariciou a extensão, e os olhos dele se fecharam de prazer. Encorajada, ela abriu a calça, rapidamente, um botão... Dois botões... Ela estava no terceiro botão quando os dedos dele se entrelaçaram aos dela, imobilizando-os.

"Não assim", ele rugiu fundo no peito.

Cada célula do corpo dela se revoltou em protesto. "Por que não?"

"Confie em mim."

Num movimento rápido e eficiente, ele a ergueu do chão e a puxou para seus braços. Quando chegaram ao centro do tapete persa, ele a abaixou e sentou-se sobre os calcanhares. Ela se apoiou nos cotovelos e observou o olhar dele percorrer todo o seu corpo. Brilhava apreciação, sim, mas algo mais, algo que convidava outra pétala a se soltar.

Luxúria.

Este homem, este glorioso anjo guerreiro Viking, este deus entre os homens, a *cobiçava.*

O olhar dele encontrou o dela ao longo de seu corpo. "Você é uma glória."

Ele estendeu a mão e abriu um joelho. O alarme a percorreu, e ela o fechou com força contra o outro joelho.

"Você confia em mim?"

A pergunta a atingiu: ela confiava. Com cada fibra do seu ser. Ela assentiu.

Um sorriso, cheio de conhecimento e promessa, surgiu em um canto da boca dele. Ele puxou um joelho, depois o outro, abrindo-o e se moveu para o espaço aberto até deitar-se de bruços entre as pernas dela. Ele abaixou a cabeça.

O que ele estava —

Oh.

A ponta dura e aveludada de sua língua percorreu-a —

Oh.

Uma sensação doce e dolorosa explodiu no ponto em que a língua dele a tocou. Incapaz de se sustentar, ela caiu de costas, seus joelhos agora se abriam ao máximo, enquanto o prazer a inundava a cada movimento, a cada carícia da língua macia e talentosa dele. A doçura e a dor começaram uma lenta espiral, uma interminável construção em direção a algo... *Algo...* Fora de alcance.

Fora de si de desejo, ela agarrou os cabelos dele com força e puxou, estimulando-o, seu corpo se contraindo ainda mais, todas as sensações se derramando em seu sexo, no lugar onde a língua dele a lambia, a lavava, a acariciava, enquanto ela se esforçava para chegar a um destino que seu corpo exigia que ela alcançasse, mas ela não tinha um mapa. Como, oh, *como* ela poderia chegar lá?

Os olhos dele encontraram os dela por todo o corpo e, frustrada, ela gritou. Ele havia parado.

"Você não precisa controlar isso." Um sorriso que poderia seduzir a delicadeza de uma freira se curvou em sua boca. "Deixe acontecer."

Músculo por músculo, ela relaxou de costas e se soltou. Ele inclinou a cabeça e a tocou com a língua num roçar suave e direto, e um arrepio a percorreu, depois outro roçar de sua língua, e outro arrepio, enquanto ela se deitava e não fazia nada além de *sentir*.

Mais uma vez, a sensação se acumulou profundamente em seu sexo, enrolando-se e expandindo-se ao mesmo tempo, até que, finalmente, irrompeu e a inundou. Ela gritou enquanto seu corpo estremecia em uma liberação requintada, o abandono a percorria e a carregava em sua maré imprudente enquanto a ponta dura da língua dele se suavizava em uma carícia.

Com um suspiro, ela caiu de volta a terra e seus olhos se abriram. Com os olhos fixos nela, ele se ergueu sobre os cotovelos, depois até as palmas das mãos e inclinou sua forma divina e maciça para frente. Posicionado acima dela, suas respirações se misturando, seus olhares fixos, ele posicionou seu pênis duro na fenda dela.

Oh, como ela ansiava por ele, como era difícil para ela não erguer os quadris e tomá-lo com voracidade. Os dedos dela se entrelaçaram nos cabelos dele, e com um golpe certeiro ele entrou nela, penetrando-a até o âmago. Ele enterrou o rosto em seu ombro, a pele lisa contra a dela.

"Callie", ele sussurrou em seu ouvido.

Ele era tão *grande*. Como era possível que ela conseguisse acomodar sua circunferência, muito menos apreciá-la. Mas, oh, como ela conseguia.

Ele a abraçou, com uma mão em suas costas e a outra em suas nádegas, inclinando seus quadris para que ela pudesse acomodar, oh, *mais* dele enquanto ele a penetrava, a princípio com delicadeza, com moderação, até que uma determinação, uma exigência, começou a crescer. Seu rosto se inclinou e seus lábios encontraram os dela, o gosto dele doce e masculino e o *dela* também.

Oh, pensamento perverso, e, oh, quanto mais perverso mais aumentava sua luxúria, seu prazer, dez vezes mais. A língua dela se entrelaçou com a dele, ele a penetrou, os quadris dela se encontraram com os dele em um abandono imprudente, irresponsável, carícia após carícia.

Ele gemeu em sua boca. "Oh, Callie, não poso me segurar por muito mais tempo."

A boca dela encontrou a orelha dele, lambendo-a, provocando outro gemido dos lábios firmes dele, um golpe mais violento de seu pênis duro.

"Então, não faça isso", ela sussurrou, deleitando-se com o abandono selvagem que dominava o homem glorioso acima dela.

As carícias dele se tornaram de alguma forma mais diretas, mais focadas, e ela sentiu aquilo, fosse lá o que fosse ganhar vida dentro dela novamente. Suas unhas cravaram-se nas costas dele, e suas pernas envolveram a cintura dele, com um pé preso no tornozelo do outro, apertando-o contra ela, insistindo que ela nunca o soltasse.

"Callie."

A mola se liberou dentro dela, e ela gritou de prazer para o teto acima, sua vulva se contraiu em um clímax repentino, o botão firme em seu núcleo desabrochando como uma flor, quente, selvagem, resplandecente. As exalações rítmicas do esforço soaram em seu ouvido enquanto ele a penetrava, sua masculinidade deslizando e avançando ritmicamente.

"Callie, eu preciso —"

Ele se arqueou para trás e se soltou das pernas dela, saindo dela, pegando sua masculinidade com a mão, o punho acariciando seu longo membro, os olhos percorrendo o corpo dela, os músculos do pescoço e dos ombros tensos. Seu clímax se abateu sobre ele e ele gemeu sua libertação em um estrondo baixo e selvagem.

Ele desabou sobre ela, e ela fechou os olhos. Por um breve instante, por toda a eternidade, foram apenas ele e ela suspensos além das leis universais que não se aplicavam mais a eles. Só eles conheciam aquele lugar.

A cadência de suas respirações, pesadas e úmidas, e o ritmo de seus corações, pressionados um contra o outro, unidos em um padrão que diminuía a cada batida, eram os únicos lembretes de que ainda existiam no plano físico, e não no astral.

Dos confins da sala, soou um único carrilhão do relógio de pêndulo, quebrando o momento, anunciando a realidade. Uma hora da manhã. Na calada da noite. Acontece que as leis do universo se aplicavam ali, escapar era impossível.

Coberta por sua solidez, seu calor, ela reuniu a pouca vontade de obedecer à realidade e se contorceu para sair de baixo dele. Ele rolou para o lado e se ergueu, cada movimento mais fácil de ser feito do que o anterior. Era como se o corpo dela não quisesse se separar do dele.

Bem, o corpo dela não sabia o que era bom para ele. *Ou será que sabia?*

"Isso não pode acontecer de novo", ela falou para a sala silenciosa, exceto pelo estranho estalo e crepitar da madeira queimando, agora quase reduzida a brasas de tão tarde quanto à noite. "Você é um marinheiro. Há uma prostituta em todos os porto, certo?"

Sua testa franziu. "Algo assim."

"Então você precisa encontrar uma moça diferente para este porto." Ela mal conseguia acreditar nas palavras que saíam de sua boca.

"Eu poderia, mas —" Ele hesitou.

"Mas?" Ela pronunciou a sílaba em uma inspiração ofegante, seu coração martelando em seu peito.

"E se a mulher que encontrei neste porto me servir muito bem?"

Sua respiração ficou presa em seus pulmões em um limbo estranho entre uma inspiração e uma expiração. Será que este homem, este glorioso deus guerreiro anjo Viking, tinha acabado de dizer aquelas palavras... Para *ela*? Ela engoliu em seco, numa tentativa inútil de umedecer a garganta seca. "Você não vê que você e eu não combinamos?"

A amargura substituiu a vulnerabilidade na contração de sua boca. Os olhos que a encaravam tornaram-se duros e incompreensíveis. "Claro, *minha senhora*. Tenho sua permissão para sair da sala?"

"Desde quando precisa da minha permissão para fazer alguma coisa?", ela perguntou, com o nó que se formara em sua garganta.

Diante do olhar fixo dela, ele vestiu as roupas com um puxão e saiu da sala sem dizer mais nada, sem sequer olhar para ela. Ela pegou sua camisa e a combinação e se levantou em passos lentos e automáticos. Uma estranha mistura de confusão, desespero e alívio a percorreu. O que acabara de acontecer realmente acontecera? A doce dor entre suas coxas não deixava dúvidas. E ela o deixaria ir?

Não adiantava pensar nisso. Ela não tinha escolha.

Era melhor se concentrar no alívio por tê-lo afastado. Ela tivera a oportunidade de lhe contar toda a verdade naquela noite, que Lorde St. Alban tinha um segundo comprador em mente, ele. E ela havia ocultado a informação.

Cada vez mais, ela recorria a meios dissimulados em sua tentativa de manter a Grange.

Cada vez menos, isso lhe caía bem.

Ela sempre conseguira o que queria com trabalho duro e honestidade. Mas ultimamente? Ela fizera um acordo com um pirata e agora omitira toda a verdade sobre a oferta de St. Alban a Nylander, o homem com quem fizera *aquilo... Duas vezes.*

Será que o fim justificaria esses meios? Será que ela realmente havia pensado no custo que isso representaria para ela?

Parecia que seu desejo desenvolvia uma vontade própria quando se tratava de Nylander, e não lhe permitia raciocinar sobre isso. Selvagem, incontrolável, voluntarioso, era o oposto da razão, seu inimigo. Ela precisava reprimi-lo, pois não poderia acontecer novamente. Ela havia se comprometido com um rumo e precisava mantê-lo. Mesmo que... Isso fosse difícil... Ela estava trapaceando para conseguir o que queria.

Ela nunca fora esse tipo de pessoa, levada ao ponto da crueldade, como... Oh, ainda mais difícil... Como seu pai.

Ela cerrou os olhos, como se pudesse ignorar a verdade tão facilmente quanto à sala ao seu redor. Mas poderia ser a verdade? Parecia que sim. O fim — a posse da Grange, a estabilidade e prosperidade futuras de seus inquilinos — justificaria os meios — sua decepção com um homem que, para começo de conversa, não tinha nada a ver com aquilo.

A determinação de seu pai sempre fora para si mesmo. Ele sempre negou isso, dizendo que estava conquistando seu pequeno canto do mundo pela família, por suas perspectivas futuras, quando, na verdade, era para sua própria vaidade.

Sua motivação era diferente. Era para o benefício dos outros, e ela não vacilaria nem os decepcionaria agora. Ela estava seguindo o caminho certo, mesmo que os meios fossem desonestos e errados. Algumas coisas eram certas e erradas ao mesmo tempo.

E se a mulher que encontrei neste porto me servir muito bem? Ela engoliu um soluço de dor. Não podia se permitir considerar aquelas palavras. Ou sua resposta a elas.

O que mais ela poderia ter dito? Era fato: eles não combinavam. Se tivesse a chance, ele roubaria dela a vida que ela construiu a partir de pouco mais do que nada, o que deveria ser a própria definição de que eles não combinavam.

Ela seria uma tola se lhe desse essa chance.

18

NO DIA SEGUINTE

S ob um céu iluminado pela lua, os remos cortavam a água tão parada quanto à noite ao redor, fazendo o pequeno bote deslizar ao longo da costa.

A umidade se acumulava na testa de Nylander e escorria por seu rosto. Se continuasse naquela direção, eventualmente, encontraria a enseada certa. Um ciclo de pensamentos, espontâneos e incessantes, circulava em sua mente com o ritmo das remadas.

Ele conseguira arrancar a confissão dela. Lady Calpurnia Radclyffe, a Viscondessa Viúva de St. Alban, não conseguia mais negar a vergonha dele ou da noite que passaram juntos. Só que, depois disso, a sensação de sucesso não foi muito grande, pois, na verdade, não mudou nada. Ela ainda era a senhora da mansão e ele ainda era a sujeira sob seus pés.

Naquele momento, porém, ele teve uma grande necessidade que insistia em fazê-la falar em voz alta que ela havia se dignado a se juntar a pessoas como ele. Então, eles fizeram *de novo*.

Uma persistente pontada de culpa o atormentava. Ele havia tirado a virgindade dela e depois a possuíra no escritório. Mas o desejo era mútuo, isso era certo, o que não fazia sentido. Ela não fazia sentido.

Os remos batiam na água com mais força do que o necessário, impulsionando o pequeno barco a saltar para frente na água, cambaleante.

Ele havia permitido que ela o evitasse hoje. Bem, isso não era exatamente verdade ou justo. Ele também a evitara. Precisava de espaço mental para pensar com clareza, e aquela maldita mulher confundia seus sentidos quando estava por perto.

Além disso, ele precisava de uma mente clara quando o jovem do *Free Reaver* retornasse. Ele tinha acabado de rastrear uma galinha desaparecida até um pasto distante quando o jovem apareceu ao seu lado, com a carta estendida. "Diga a ele que estarei lá à meia-noite", fora a instrução curta de Nylander. Ele não precisava abrir o lacre da carta para saber seu conteúdo.

O olhar do jovem se voltou para cima, e os olhos azuis, salpicados de cinza turvo, encontraram os dele. Nylander se reconheceu. Ele conhecia aqueles olhos. Na verdade, ele encontraria seu pai naquela noite.

O rapaz assentiu uma vez e saiu correndo.

Esta noite, ele iria direto à fonte para descobrir o que diabos estava acontecendo. Ignorar Jack e seguir Sua Alteza... *Callie*, não o levaria a lugar nenhum, não rápido o suficiente.

Os remos erraram a água e lançaram um arco de respingos do mar em seu rosto. Bem, seus negócios com Callie o haviam levado a algum lugar, mas nenhum lugar bom.

A verdade era que ele não podia mais evitar Jack. Ele fizera um bom trabalho por mais de duas décadas, mas parecia que sua sorte havia acabado. Ele simplesmente não conseguia deixar o assunto de lado.

Ele navegou com o bote na curva de mais uma enseada e perscrutou a distância iluminada pela lua. Nenhum sinal do *Free Reaver*.

Nada disso era da conta dele. Ele deveria virar o jogo e deixar que os assuntos que não tinham nada a ver com ele se resolvessem sozinhos.

Mas ele não conseguia. Nunca fora capaz de resistir a proteger uma mulher que precisava de proteção, mesmo quando era quase certo que isso o colocaria em apuros. E duas coisas eram certas: Callie estava em apuros, e ela era o próprio problema.

Na noite passada, ele tivera mais do que um vislumbre da vulnerabilidade que ela havia revelado aos poucos. Na noite passada, ele a viu como um retrato cru e sem retoques da vida cotidiana. Ela o deixara ver por trás da fachada que apresentava ao mundo, aquela que escondia a insegurança causada por anos de críticas ouvindo que ela não era suficiente.

Ele entendia algo sobre isso. Era a mesma voz que ouvia dentro de sua cabeça. Contra seu bom senso, que não tinha nada a ver com o assunto, ele sentia uma afinidade com a mulher que ia além do ato físico que haviam compartilhado.

"Você não vê que você e eu não combinamos?"

Suas palavras ainda doíam, mas a verdade era inegável. Ela só havia falado em voz alta à linha que os dividia. Ela era uma dama, e ele, a escória da terra. No entanto, aquela dama estava fora de si, e ele não podia ignorar o fato de que ela começava a se afogar. Ela simplesmente ainda não sabia.

O bote deslizou ao redor de mais uma saliência irregular ao longo da costa silenciosa e, finalmente, ele avistou o contorno do *Free Reaver* ao longe, ancorado e à espera, nem uma única luz visível na distância que se tornava cada vez mais nebulosa com a névoa que se aproximava.

Seu estômago se revirou em antecipação ao encontro. Não havia como evitar. A bordo desse navio, aguardava-se um acerto de contas de mais de um tipo.

A velocidade de suas remadas aumentou, e o barco acelerou sobre a água. O suor agora escorria em um riacho bem definido pela coluna, o coração batendo forte e rápido, e ele diminuiu as braçadas assim que seu bote entrou na sombra da barca. O bote ficou paralelo e se aproximou a estibordo do navio. Ele bateu os remos nas tábuas úmidas.

Na última batida, ele se deu conta do que havia feito e do que aquilo significava. Ele ainda conhecia o código do *Free Reaver* depois de todos esses anos.

Acima, uma escada de corda se desenrolou e pousou com um leve impacto contra o carvalho em seu caminho para encontrá-lo. Ele amarrou o barco e subiu rapidamente, pulando sobre a amurada e aterrissando no convés com um baque silencioso. Ele olhou para cima e viu uma dúzia de homens reunidos, tensos, esperando por ele. Aproximando-se do grupo, Nylander notou o mensageiro, com os olhos arregalados e atentos.

"Demorou bastante", soou uma voz familiar e temida, uma voz que ele não ouvia há vinte e cinco anos. "Você está atrasado."

Nylander encontrou o olhar que procurava. "E vejo que você ainda é o pirata mais pontual do mundo."

A cabeça de Jack se inclinou para o lado, à longa e fina cicatriz que ia da linha do cabelo ao maxilar brilhando prateada ao luar. "Sua voz é mais grave do que eu imaginava." Seus olhos percorreram Nylander, de cima a baixo, de um lado para o outro, como se estivesse fazendo um inventário. "Fala como um lorde."

As palavras provocaram uma inesperada explosão de raiva dentro de Nylander, que ele reprimiu imediatamente. Se desse oxigênio a elas, elas se transformariam em uma conflagração em grande escala, e ele não chegaria a lugar nenhum. "E, Jack, você está tão curtido e grisalho quanto eu imaginava."

Jack olhou de relance para seus compatriotas, que observavam o capitão com atenção, relutantes em se entregar a uma emoção até que ele lhes mostrasse como reagiria ao insulto. Ele soltou uma gargalhada repentina e alegre, e a tripulação seguiu seu exemplo meio segundo depois.

"Não há como negar a verdade. Os anos não foram gentis com o meu rosto, isso é certo", ele falou. "Dê uma boa olhada, meu rapaz, é o mesmo rosto que estará olhando para você no espelho em breve. Mas, você tem um pouco da sua mãe em você, então quem sabe, Johnny boy."

Nylander se encolheu ao ouvir seu apelido de infância. "Meu nome é Nylander."

"Esse não é o seu nome, e você sabe disso."

"Esse é o meu nome há mais de duas décadas, e você não vai me chamar de outro nome."

O humor desapareceu do rosto de Jack, que se endureceu em um instante. "Vamos levar nossa conferência para os meus aposentos?" ele perguntou com uma voz falsa de lorde. "*Capitão Nylander.*"

"Nylander serve."

Jack deu um longo suspiro — o homem sempre teve um talento para o dramático — e cedeu. "Nylander." Ele acenou com a cabeça uma vez na direção do rapaz e gesticulou para que Nylander o seguisse.

Quando Nylander subiu as escadas que levavam ao convés de popa, os aromas, sons e imagens de sua juventude o saudaram em uma onda de familiaridade perturbadora. Ele não havia se preparado para isso. Para a possibilidade de que pudesse ser exatamente o mesmo de quando o vira pela última vez, aos oito anos de idade. O mesmo comprimento de corda enrolado em um canto esquecido, certamente já apodrecido em pó e fibras. O mesmo cheiro de pólvora e trabalho, acre, pungente. Era um cheiro que ele quase conseguia saborear.

Após uma rápida série de corredores e escadas apertados, eles finalmente chegaram aos aposentos do capitão. Nylander entrou em um quarto que, como tudo a bordo do *Free Reaver*, permanecia inalterado pelo tempo. Seus olhos se voltaram para a esquerda, em direção a um canto distante, e localizaram a pequena cama, baixa, bem arrumada. Ela ainda estava lá. Sua antiga cama, o último lugar neste mundo onde ele se sentira completamente seguro e intocável. Bastou apenas um instante para que ele fosse completamente dissuadido dessa ideia.

O jovem atravessou o quarto e se acomodou nela, seu olhar direto encontrando o de Nylander sem um pingo de apreensão. O estômago de Nylander se revirou e o suor brotou em sua pele. O quarto parecia menor do que ele se lembrava.

Certo. Ele cerrou o maxilar. Hora de começar.

Jack se sentou em sua cadeira de brocado favorita, que havia sido construída e roubada de um rei, e cuja seda agora estava desbotada e desgastada.

"Os olhos do rapaz têm um tom particular de azul", afirmou Nylander. Por algum motivo, ele precisava testar falar algo com cautela.

"É", resmungou Jack. "Ele puxou do pai."

Nylander se esforçou para não reagir. No fundo, sabia que o garoto era filho de Jack.

"E isso não é tudo o que ele puxou do pai." O brilho de orgulho paterno era inconfundível. "Ele comandará o *Free Reaver* um dia. Os Sete Mares também, pode acreditar. O rapaz tem uma audácia como você nunca viu. Depois que ele tiver algumas lições, não haverá como detê-lo."

"Eu disse que não quero lições", gritou o rapaz da cama.

Jack acenou com o braço na direção de Nylander. "Agora, Lash, como você vai se tornar um homem entre os homens, como seu irmão aqui, se não aprender?"

A boca do rapaz se fechou em uma linha sombria.

"Lash?" Nylander perguntou incapaz de se conter. "Não era esse o nome do seu pai?"

"É, Louis era o nome do meu pai." Ele pegou uma garrafa e começou a despejar uísque em dois copos finos. "Mas todos o chamavam de Lash."

A amargura, crua e ácida, espalhou seus tentáculos em Nylander. Para sua própria proteção, ele precisava desviar a conversa desse assunto. "Eu não vim aqui para beber com você."

"Ninguém embarca em meu navio como um homem livre sem tomar um copo comigo."

Nylander se aproximou, pegou o copo oferecido e virou seu uísque. Ele não estava com humor para um brinde.

"Então vai ser assim?", perguntou Jack com uma risada sem humor. Ele afundou na cadeira, os cotovelos apoiados nos braços, os dedos entrelaçados à frente. Para todos os efeitos o homem parecia um rei. Tudo o que lhe faltava era um cetro. "Tudo bem, eu sei que você não aceitou meu convite para falar dos velhos tempos."

Nylander foi direto ao cerne da questão. "Qual é a sua jogada?"

Jack estalou o pulso como qualquer lorde elegante. "Apreciar as paisagens do mundo. Igual a qualquer homem livre com um barco e uma tripulação."

"Qual é o seu negócio *aqui*, na costa norte de Devon?"

"Cuidar das necessidades de armazenamento."

"Necessidades de armazenamento?" A incredulidade cresceu dentro de Nylander.

"Você sabe o quão pesado o *Free Reaver* fica sobrecarregado."

O homem podia ser cauteloso como um esquilo. "O que você tem a ver com Lady St. Alban?"

Os olhos de Jack brilharam com um brilho astuto. "Você está querendo saber sobre os negócios da moça? É isso mesmo?" Suas sobrancelhas se ergueram para o teto em uma insinuação indisfarçável.

Um calor instantâneo e inegável percorreu o corpo de Nylander. *É assim mesmo.* De repente, ele se sentiu mais baixo que as tábuas do assoalho sob seus pés. Era vulgar, errado e muito próximo da verdade. "A senhora não me conta sobre seus negócios."

"Bem, então acho que esse negócio ficará entre a moça e eu."

Nylander reprimiu a frustração que estava se transformando em raiva genuína. Raiva não lhe serviria de nada. Ele precisava tentar uma abordagem diferente. "Você está cuidando do seu *estoque nas cavernas* dos penhascos?"

"Pode ser."

"Você sabe que eles se conectam a mina de prata." Era uma declaração de verdade, e não uma pergunta. Não havia como Jack Le Grand não saber dessa informação.

"Sim."

"E você sabe que o veio não está esgotado." Outra declaração verdadeira.

Jack deu de ombros, indiferente. "Isso é de conhecimento geral."

Nylander apertou os lábios e esperou. Jack nunca havia encontrado um silêncio que pudesse resistir a preencher. A compreensão surgiu em seu rosto enrugado, e ele deu outra de suas grandes gargalhadas. "O quê? Acha que eu e minha tripulação estamos nos transformando em garimpeiros? Que nos submeteríamos a uma vida dentro de um túnel sob a terra quando há um céu azul acima e um mar aberto além? Por um pouco de prata?"

"Caso não tenha notado, seu auge da boa e velha pirataria já passou", disse Nylander com uma dose considerável de satisfação. "A cada dia que passa, seu modo de vida se torna uma lembrança. Sinceramente, não consigo entender como você conseguiu escapar de ser capturado por tanto tempo."

"Isso vai ficar entre eu e a Coroa, não é?" Ele soltou outra risada. "Mas deixa eu te dizer uma coisa, Johnny boy. Para um homem com um navio como o *Free Reaver* e a tripulação que tenho nele, há maneiras mais fáceis de conseguir prata do que cavar um túnel subterrâneo como um rato em um buraco."

Nylander ponderou as palavras do homem. Ele não estava errado. "O que você sabe sobre a operação de sidra da Grange?"

"Para que eu uso sidra? Você consegue essa gororoba em qualquer lugar."

Não era uma negação, que era quase uma confissão de Jack Le Grand. Algo ali valia a pena investigar. "E a operação de conhaque?"

"Agora, conhaque, isso é uma coisa completamente diferente. Há uma nuance em um bom conhaque de maçã. Wyldcombe Grange tem treze variedades diferentes de maçãs, sabia? Seja lá qual for o Lorde Fulano de Tal que plantou aquele pomar, sabia o que estava fazendo."

"Ouvi dizer."

"Um verdadeiro *conhecedor*" continuou Jack. "E, Sua Alteza, bem, ela tem a coragem de fazer algo com isso."

"É esse o seu negócio com Lady St. Alban? Conhaque?"

"Vou lhe dizer uma vez", começou Jack, a jovialidade substituída por uma ameaça inconfundível. Este era o Jack Le Grand que ele esperava ver esta noite. "Não se envolva no que há entre eu e a dama." Uma ameaça tácita subjacente às palavras. "De qualquer forma, você saberá em breve."

Arrepios percorreram a pele de Nylander, fazendo com que cada fio de cabelo se arrepiasse. Jack tinha um plano que ia além das *necessidades de armazenamento. Maldição.*

Mais uma vez, Nylander mudou de assunto. "O que você sabe sobre o acidente com o moinho de rodas?" Ele não se daria ao trabalho de perguntar sobre as vacas no pomar. Aquela era uma brincadeira trivial em comparação. "Um homem poderia ter morrido."

"Por que você estaria suspeitando de mim?"

"Você não está respondendo à pergunta."

"Madeira racha e quebra o tempo todo."

"Como você sabe a causa do *acidente*?"

"Como você disse, um homem quase morreu. Esse tipo de coisa costuma se espalhar. Mas se você quer mais detalhes, eu digo o seguinte. Um homem *quase* morreu." Ele se inclinou para frente na cadeira, com o olhar extremamente sério. "Se eu quisesse um homem morto, ele estaria se encontrando com o Criador em pouco tempo, sabia?"

Jack havia assumido o tom de voz mais baixo da classe baixa e, quando isso aconteceu, a conversa praticamente terminou. Era sua estratégia para lidar com os nobres, e geralmente funcionava, pois fazia com que eles o subestimassem.

E agora Jack estava falando com *ele* desse jeito.

Certo.

Jack apoiou os cotovelos nos joelhos, o olhar azul-acinzentado brilhante e penetrante. O homem estava prestes a declarar o que queria. "Sem chance de você se juntar a nós no *Free Reaver*?" A pergunta surgiu baixa e séria. Este era um Jack Le Grand raramente visto por outros.

Nylander não hesitou. "Sem chance."

O homem recostou-se em sua cadeira digna da realeza, tamborilando as pontas dos dedos nos braços da cadeira. "Você comanda o *Fortuyn* direitinho, isso é certo."

"Estou satisfeito com o trabalho", Nylander disparou.

Os olhos de Jack se estreitaram. "É você agora? Comandando o navio de outro homem? Arriscando o pescoço em mar aberto pelo pagamento de outro homem?"

"Sou bem recompensado."

Jack bufou. "Posso te dizer uma coisa com certeza, Johnny. Ninguém mede minha compensação a não ser eu mesmo."

Jack estava tentando manipular até a última das emoções de Nylander, mas ele não podia se deixar levar por isso. "Eu tenho planos."

A cabeça de Jack se inclinou para o lado e sua boca se curvou para cima, maliciosa. Nylander se arrependeu instantaneamente de suas palavras. Aquelas três palavras eram demais.

"Planos?", zombou o homem. "Falou como alguém que mordeu a isca, anzol, linha e chumbada. E que planos seriam esses, se não se importa que eu pergunte?" Seu sotaque ficava mais forte, mais vulgar, a cada palavra que dizia. "Será que você planeja comprar seu próprio navio?"

Os lábios de Nylander se apertaram em uma linha firme. Ele não falaria sobre seus desejos e vontades com aquele homem.

"Agora, por que você faria uma coisa dessas?"

Um frustrado "O quê?" saiu da boca de Nylander antes que ele pudesse se controlar. "Há um minuto, você estava me incentivando a ser eu mesmo."

"É", Jack admitiu a sílaba um resmungo paciente e grave em sua garganta. "Mas aqui está o que eu sei sobre você desde que você era um garotinho. No fundo, você é um marinheiro de água doce."

"Eu estive no mar a minha vida toda."

"Sim."

"Você não sabe nada do que se passa no meu coração."

"Mais do que você imagina, Johnny boy."

A respiração de Nylander congelou em seu peito. Uma lembrança repentina do garoto que ele fora passou diante dele. Este homem fora o centro do seu universo, seu ídolo, incapaz de cometer erros. Até o dia em que seu ídolo mostrou sua verdadeira face...

Uma raiva amarga varreu a lembrança para o lado. Uma lembrança que ele não se permitia revisitar a décadas. Uma lembrança que ele não revisitaria agora.

"Essa conversa acabou." Ele girou nos calcanhares e caminhou em direção à porta.

"Acabou antes mesmo de começar, eu acho", Jack gritou, com uma risada irritante logo após a declaração.

A mão de Nylander se fechou na maçaneta da porta.

"Acho que você se lembra de como chegar ao convés", ouviu atrás dele. "Mas vai me responder uma pergunta antes de ir."

Contra seu bom senso, Nylander esperou.

"Pretende comprá-la?"

A testa de Nylander se franziu em confusão. "O *Fortuyn*?" Ele não tinha acabado de dizer isso?

"Wyldcombe Grange."

Todos os músculos do corpo de Nylander se contraíram. Sem entender o significado das palavras de Jack, ele disse: "Lady St. Alban tem um acordo com —"

"Desde o início, St. Alban tinha a intenção de oferecer Wyldcombe Grange a você", interrompeu Jack. "Ele a venderá também, se Sua Senhoria não puder pagar."

Nylander respirou fundo e soltou um palavrão baixinho. Não conseguia mais ficar de costas para Jack. O homem acabara de declarar sua verdadeira intenção. Nylander se virou, sem outra opção a não ser se envolver. "Como sabe disso?"

"Eu faço valer o tempo de um criado para me contar as fofocas quando a ocasião é conveniente para mim."

Nylander sabia disso. "Por que está me contando isso?"

"Imaginei que Sua Alteza não contaria."

As palavras atingiram Nylander como um golpe de punho no meio de seu estômago. *Sua Alteza*. Ela sabia. Claro, ela sabia.

"Você fez um acordo com ela, apertou sua mão. Mesmo assim, está me dando essa informação. Ela devia ser mais cuidadosa com suas amizades."

"Sim." Mesmo com o aceno de cabeça concordando, os olhos de Jack tinham uma expressão de aço. "E também em quem ela torna seu inimigo."

Nylander girou e abriu a porta bruscamente. Ele passou pela abertura apertada e começou a navegar pelo labirinto de corredores estreitos e escadas curtas, chegando ao tombadilho sem uma única curva errada. Sem se importar com a vigilância silenciosa da tripulação, ele caminhou até a grade e jogou a escada de corda. Desceu a corda em questão de segundos e pulou no bote que o aguardava. Começou a remar, as remadas curtas e entrecortadas, assim como seus pensamentos.

Uma traição, quente e lívida, o invadiu.

Uma traição à qual ele não tinha direito.

"Não vê que você e eu não combinamos?"

Ele não era nada para Sua Alteza.

Bem, isso não era exatamente verdade. Ele era alguma coisa. Era uma fonte de prazer para ela.

O que, em sua experiência, era pior do que nada.

À medida que os minutos passavam, os músculos tensos começaram a se desfazer sob a intensidade do exercício. Suas remadas se alongaram e o bote assumiu um deslizar fácil sobre águas cristalinas cercadas por uma névoa que só se tornara mais densa com o anoitecer.

Junto com a raiva e a traição, veio uma amarga decepção. Estranhamente, ele se sentiu decepcionado por ela. Ele a considerava uma mulher honrada à sua maneira. Claro, ela fazia acordos com piratas, mas, nesse caso, ele a considerava alguém que lutava de forma justa.

Será que ele nunca aprenderia?

Ela queria a Grange. E escondeu a informação de que Jake queria vendê-la a ele. Foi por isso que Jake o convidou para jantar? Para lhe oferecer a oportunidade?

Uma nova emoção entrou na briga, algo perigosamente próximo da esperança. A Grange poderia ser... *Sua*.

Sua? Sua.

A Grange representava tudo o que ele sempre quis e tudo o que nunca teria. Mas agora... Agora poderia ser *sua*? Terra, um lugar para se estabelecer e criar raízes, não sujeito aos caprichos do mar inconstante. Um lugar para chamar de seu. Um lugar para criar uma família.

Ela recorreu a truques para esconder isso dele. Sobre todas as outras camadas que anos de traição haviam endurecido seu coração, formou-se mais uma. Essa parecia mais difícil do que todas as outras juntas.

Que Jack tivesse sido indireto e calculista era de se esperar. O homem brincava e destruía a vida dos outros para sobreviver. Nylander deveria saber que sairia com mais perguntas. As respostas estavam na Grange.

O que ele precisava era guardar para si toda a emoção que as revelações e meias-revelações daquela noite haviam despertado e tentar formular um plano concreto. Uma operação de conhaque estava acontecendo no celeiro do penhasco. Aquela verdade estivera diante de seus olhos o tempo todo. A conversa acalorada entre Callie, Will e Cam na encosta. Os moradores locais discutindo sobre isso na taverna do Devil's Books. A forma como Callie rejeitara de imediato sua sugestão de usar a área para pastagem.

Ela passara o dia todo lá. Ah, sim, era o ponto central da operação. Fora o tempo todo. Ele simplesmente não sabia o que estava vendo. E era a chave para o acordo dela com Jack. Mesmo assim, ele precisava dos detalhes.

Ele pensara em manter a situação em segredo até entender melhor sua extensão, mas agora via que chegara a hora entrar em contato com Jake. Para confirmar a venda da Grange. Para informá-lo de que Jack Le Grand estava farejando suas terras. O único detalhe que ele omitiria era o envolvimento de Callie. Ele não a exporia até saber o que ela estava tramando. Em vez disso, continuaria a se envolver nos negócios dela e a perturbá-la.

Havia apenas um problema em potencial com essa última parte: desejo.

Dela.

Dele.

Ele não tinha certeza de quem era o maior dos dois.

Ele bufou. Tinha um trabalho a fazer. *Essa* era sua função na Grange. Não ser o pedaço de carne de uma dama sem nenhuma função mais elevada do que proporcionar-lhe prazer. Ele precisava prosseguir.

"E de quem ela faz seu inimigo também."

O que Jack quis dizer? E o que Callie fez para tornar o homem seu inimigo?

Mais de um fator estava em jogo, e só Jack conhecia todos eles. Callie podia achar que não precisava de Nylander, o homem que não combinava com ela, mas precisava.

Ela precisava que ele a detivesse.

19

NO DIA SEGUINTE

As botas de Callie rangiam com seus passos rápidos ao longo do caminho da carroça, o céu recém-azulado havia afastado as nuvens cinzentas e a névoa que envolveram a propriedade nos últimos dois dias. A luz do outono, nítida e clara, a envolvia e lançava um brilho dourado sobre os verdes e marrons do campo enquanto o sol começava a se pôr no oeste.

Ela chegou ao topo de uma elevação. Lá, ao longe, ficava o celeiro no penhasco. Além da casa principal, era a maior estrutura da propriedade, seu novo telhado de palha brilhava com um âmbar intenso à luz que se esvaía. Visto dessa perspectiva, parecia ter um único nível térreo com um celeiro de feno. Na verdade, o celeiro tinha vários níveis, pois estava construído na encosta de uma colina, com a beira do penhasco a algumas centenas de metros de distância. Ninguém suspeitaria desses outros níveis se já não os conhecesse.

Mas era o nível intermediário que tornava esse celeiro mais útil. Pois ali abrigava o alambique de Charentais. Abaixo, havia outro nível, mais como uma adega escavada na pedra de Devon, escorada para o armazenamento de seus barris de conhaque, que se multiplicavam constantemente.

Tornando este celeiro ainda mais perfeito, sua localização e isolamento. Jack Le Grand e sua tripulação podiam acessar o conhaque pela área de escalada de cabras que se conectava a enseada abaixo. Eles mal se aventuravam nas terras da propriedade e nunca interagiriam com seus trabalhadores.

Entrada rápida, saída rápida e pronto, como se nunca tivessem estado ali. A propriedade seria dela, garantido.

Ela estava tão perto. Apenas dois dias até o Batismo do Duque de Muck. Então, no dia seguinte, ela teria o dinheiro para St. Alban.

Tão, tão perto. Tão perto que ela podia saborear a vitória. Ela estava quase conseguindo, salvar a Grange.

Salvar? De quem? A alternativa para ela — *ele* — era realmente tão ruim? *Ele* defenderia tudo o que ela havia comprometido? Sua palavra solene? Sua própria integridade?

Ele queria incorporar aquele celeiro à sua brilhante reconfiguração de pasto. Claro, ela teve que reprimir essa ideia.

Ele... Aqui? Isso não funcionaria. Mas como o homem poderia ser útil.

Útil... Uma lenta onda de calor desceu do topo das orelhas até a ponta dos pés. Quando invertida, a palavra soava... Suja. Ela experimentara precisamente o quão útil o homem poderia ser. *Duas vezes.*

Ela ficou ainda mais excitada. Desabotoou os punhos da blusa e arregaçou as mangas até os cotovelos. Uma rajada de ar marinho soprou sobre os antebraços nus e arrepiou os pelos finos com um alívio refrescante.

"Como você acha que um homem poderia te esquecer?"

A pergunta havia tirado todo o fôlego de seu corpo. E ainda tirava.

Ele *sabia* desde o início. Ela não sabia o que pensar sobre isso, então mergulhou no trabalho para não pensar em sua falta de vergonha. Mas isso persistia, perdurava e se expandia, ocupando a maior parte do espaço em seu cérebro.

Oh, como ela desejava poder desfazer aquelas duas noites.

Oh, como ela desejava poder tê-las novamente.

Outra onda de calor a atingiu. Ela desabotoou os dois botões mais altos, abaixo do queixo. Isso pouco fez para aliviar seu desconforto. Esse calor não era tão facilmente amenizado. Um mergulho no mar gelado prometia, mas provavelmente não. Era possível que ela passasse o resto da vida uma chama ambulante de vergonha.

Ainda assim, ele se envolvera tanto em sua vida nas últimas semanas que fora um choque que ele tivesse sumido ontem e hoje. Poderia haver uma série de razões para sua ausência. Sua febre poderia ter voltado. A cozinheira poderia tê-lo ocupado colhendo ovos, ordenhando vacas e assando pães, e, como Callie não havia pisado no curral, na leiteria ou nas cozinhas, ela simplesmente não o vira.

Mas outro motivo para a ausência dele a atormentava, um que ela suspeitava ser muito mais próximo da verdade: *duas vezes* já era o suficiente para ele se fartar dela.

Ele não a achava suficiente.

Assim como qualquer outro homem.

O caminho das carroças se abria para uma pequena área de carga e descarga, e ela passou por uma discreta porta lateral em questão de segundos. As largas portas duplas no fundo do corredor estavam fechadas, o interior do celeiro, um cinza de sombras. Não importava. Era só ela ali, e ela entendia bem a tarefa do dia. As barracas à esquerda do corredor central continham barris que sobraram do ano passado, e as da direita continham a sidra recém-engarrafada deste ano, que não seria consumida por algumas semanas.

Ela tirou um pedaço de carvão do bolso da calça e começou a trabalhar antes que a luz do dia acabasse. Com o Duque de Muck logo ali na esquina, ela estava ali para inspecionar e marcar os barris do ano anterior, garantindo que seriam carregados em carroças no dia seguinte e levados à cidade para o festival. A sidra não durava mais de um ano.

Enquanto caminhava pelo corredor central, barraca por barraca, seus ouvidos captaram o zumbido suave de vozes no andar de baixo. Nada de incomum nisso. O velho Pete havia recrutado Will e Cam para o serviço. O tempo era essencial durante os meses de outono. O inverno era para descansar.

Mas foi outra voz na mistura que provocou um leve tremor em Callie e fez os pelos finos de seus braços se arrepiarem até as pontas. Era estranha.

Na verdade, não era verdade. Era bastante familiar.

Será que era? Não podia. Mas... Será que era?

À frente, em um canto, havia um lance estreito de escadas que tinha mais a ver com uma escadinha do que com uma escadaria. Enquanto descia lentamente, degrau após degrau, o medo a invadiu. Ela interrompeu a descida no meio do caminho e abaixou a cabeça para avaliar, rezando para que os céus não a vissem.

As portas do celeiro na extremidade estavam abertas, largas o suficiente para permitir a entrada de uma carroça totalmente carregada, a beira do penhasco á distância e o horizonte além. Em contraste, o interior estava escuro, tornando impossível ver os ocupantes na extremidade oposta, além de suas silhuetas.

Ela se arrastou para baixo, seus olhos se ajustando aos poucos. Das 24 horas, aquela era a mais encantadora do dia. Seu pé tocou a terra firme, e ela se deleitou com a glória transitória de um sol poente, seu brilho cálido impregnando as fibras de lã de sua camisa e calças, a musselina de sua combinação, até penetrar em sua pele.

À frente, o Charentais ainda brilhava em cobre intenso, seus três enormes recipientes de pote, condensador e coletor alinhados em uma fileira organizada, conectados por tubos de cobre, captando os últimos raios do dia e lançando-os pela sala, partículas de poeira flutuando em seu fluxo. Recebeu o nome de sua região de invenção, o Charente, na França. Era uma coisa estranha e bela, além de sua função de processar a lavagem da sidra de líquido para vapor fino, e em seguida, resfriá-la em condensado que passava pela serpentina e pelo condensador até o coletor, criando o *brouillis*, um vinho de baixa qualidade. Esse destilado passava novamente pelo mesmo ciclo, criando assim um conhaque ainda mais fino, o *bonne chauffe*. Era esse conhaque que Jack Le Grand valorizava tanto.

Era esse conhaque que salvaria a Grange.

Seu olhar se moveu, atravessando a extensão de terra e palha do corredor central, eventualmente, ou melhor, inevitavelmente, parando em uma das figuras atarefadas, aquela que não era desconhecida. Ele, Will e Cam estavam descarregando barris de sidra de uma carroça estacionada e os rolando em direção ao alambique, onde o líquido constituiria o mosto [1] para uma primeira destilação.

O calor de mil sóis poentes percorreu Callie quando, finalmente, ela percebeu:

Nylander estava *aqui*, no celeiro do penhasco, confraternizando com seus homens e ajudando na produção de um conhaque do qual ele não deveria saber nada. O homem tinha o péssimo hábito de se fazer de *útil*.

Ela exalou um assobio áspero e nada feminino.

Ele endireitou seu corpo enorme, de costas para ela. Era um homem extremamente grande, sua largura e altura ofuscando a grande abertura das portas do celeiro. Os raios do sol poente brilhavam contra o linho branco de sua camisa, delineando sua forma por baixo.

Sua boca ficou seca. O suor escorria por sua pele das têmporas aos pés. Seus mamilos definitivamente se contraíram em botões duros como caroços de cereja, e seu corpo ficou leve e flutuante ao vê-lo banhado pelo sol. O homem era nada menos

---

1. Mosto é todo tipo de mistura açucarada destinada à fermentação alcoólica; sumo de uvas frescas que não tenham passado pelo processo de fermentação

que glorioso enquanto usava as costas da mão para enxugar o suor da testa. Com as pontas dos cabelos dourados roçando os ombros largos, ele colocou as mãos na cintura, como um deus Viking observando a terra à sua frente, terra que ele saquearia, pilharia e tomaria para si.

Mas só se ela desistisse.

Bem, ela não ia desistir. Ela estava tão, tão, tão perto. Só mais alguns dias.

Ah, por que o maldito homem simplesmente não deixava Devon e seguia com a vida dele? Mesmo quando sua mente formou o pensamento, outra parte dela reagiu com um puxão para longe dele. Essa parte, que ela se recusava a explorar, não queria que ele fosse embora.

Sua cabeça se inclinou sutilmente para a direita, como se alguém tivesse chamado seu nome e ele aguardasse a confirmação. O sol aproveitou a oportunidade para iluminar seu perfil, fornecendo uma silhueta com detalhes requintados: testa pensativa, olhos profundos, nariz reto, lábios firmes, mandíbula curvada e queixo com covinhas que ela se arrependeu de não ter passado a ponta da língua. Que perfil classicamente masculino a natureza havia criado para esse homem.

Antes que ela pudesse piscar, ele se virou um pouco e seus olhos encontraram os dela com precisão infalível. A respiração congelou em seu peito. Era como se... Oh, pensamento terrível... Como se ele soubesse o tempo todo que ela estava ali, lhe observando.

Ele *sabia* o tempo todo, de fato. Se ela pudesse, evaporaria em um milhão de partículas de poeira e flutuaria em um feixe de luz.

Oh, mortificação da alma.

Oh, que ela saísse purificada do outro lado.

Como mulher adulta e dona daquele celeiro, ela precisava dizer alguma coisa. No entanto, os segundos passavam, e quanto mais tempo ficava sem falar, mais sua língua se retorcia em um nó dentro da boca. A expressão dele era ao mesmo tempo avaliadora e contemplativa, e de alguma forma diminuiu a distância entre eles. Seu coração iria explodir a qualquer segundo.

Alguém devia tê-lo chamado — ela não conseguia ouvir por causa da distância — e ele rompeu o contato. Assim, o chão entre eles se expandiu para uma distância mais administrável, e ela ficou ali sozinha, exposta.

Como era fácil para ele se afastar dela, da mulher que não conseguia parar de se jogar em cima dele, que o olhava como se ele fosse um banquete de um homem só.

"*Bonsoir, madame*", gritou o Velho Pete, correndo para cumprimentá-la, parecendo mais saudável e vibrante do que ela imaginaria que seus noventa e poucos anos permitiam. O negócio de fabricação de conhaque parecia lhe fazer bem. "Preciso falar com a senhora, urgentemente."

Ela pigarreou. "Bem, aqui estou. O que é?"

"Precisamos interromper a produção de conhaque."

Todos os outros problemas de Callie desapareceram. "Parar a produção? Por quê?"

"A torneira do condensador para o coletor continua entupindo e precisa de uma limpeza adequada. Um alambique é forte, mas delicado, *non*? Ele precisa fluir e ser cuidado melhor do que eu tenho tempo para dar no nível de produção que você exige."

"Você não consegue?"

"O que eu sou? O escrivão? Na França, eu seria um mestre." Ele se endireitou com toda a dignidade que conseguiu reunir, o que era considerável e, oh, tão francês. "Aqui, se você me quiser, eu serei o mestre. O mestre limpa?"

"Hum", Callie mentiu, mais do que um pouco perplexa. "Não?" Na semana passada, ela havia limpado uma baia de cavalo.

Um movimento rápido captou a visão periférica dela pouco antes de uma voz se manifestar: "Eu faço isso." Kip parou diante deles, encantadoramente desafiador, se é que isso poderia existir.

Piratas... Vikings... Agora crianças estavam se envolvendo nesse negócio de fabricação de conhaque?

"Kip", ela começou com a voz mais matronal que conseguiu. "Como você encontrou este lugar?"

"Igual a todos os lugares." Ele enfiou os polegares na cintura da calça e se balançou sobre os calcanhares. "Com os meus dois pés."

"Não consigo imaginar que isso seja apropriado para um—"

"Vou te dizer uma coisa", ele interrompeu. "Deixe-me ajudar o Velho Pete, e eu vou para a escola dois dias por semana."

Uma risada perplexa escapou de sua garganta. Será que aquele canalha estava barganhando com ela para ainda poder trabalhar com seu conhaque ilegal? Além disso, ela deveria aceitar a proposta? Era mais uma lição de casa do que ele estava se submetendo agora.

"Quatro dias", ela respondeu.

"Três", ele retrucou.

Ela estendeu a mão e Kip a apertou, um acordo fechado.

Nylander entrou no pequeno círculo deles, com um brilho divertido nos olhos. Ela manteve o homem maldito à margem do seu campo de visão enquanto o Velho Pete, encorajado pela vitória, discursava longamente sobre os contratempos, os sucessos e as necessidades do alambique. O Viking era lindo demais para ser visto diretamente, de qualquer forma.

Como ela havia se envolvido tanto com um homem assim? Isso desafiava tudo o que seus vinte e cinco anos nesta terra lhe ensinaram sobre si mesma, os homens e a relação entre eles. Ela não era o tipo de mulher que interagia com esse tipo de homem. E, no entanto, eles... *Interagiram*... Duas vezes.

O Velho Pete levou Kip para explicar o funcionamento do alambique Charentais, deixando-a praticamente sozinha com Nylander. A consciência fez cócegas em sua pele.

"Que operação e tanto vocês estão fazendo aqui", ele observou.

Ela manteve o olhar fixo em Kip e no Velho Pete, que demonstrava o caminho que o vapor percorria através do pescoço de cisne do aparelho.

"Só uma coisinha que a propriedade está experimentando." Ela tentara de improviso e falhara, tinha certeza.

Ele assobiou entre dentes e fez um grande espetáculo olhando ao redor. Ela não teve escolha a não ser olhar em sua direção. Bem, essa era a sua intenção. Assim que seu olhar pousou nele, não teve escolha a não ser permanecer olhando para ele.

"Eu diria que é muito mais vasto do que um pequeno experimento."

Ela deu de ombros, na esperança de demonstrar indiferença, sabendo que era totalmente incapaz de tal coisa.

A cabeça dele se inclinou para encontrar o olhar dela. "Este pequeno *experimento* é legal?"

"Não exatamente." Seus penetrantes olhos azuis não lhe deixaram escolha a não ser admitir, pelo menos, parte da verdade. "Todos os pomares fazem isso."

Ou assim lhe disseram.

"Então St. Alban não sabe disso?"

Callie sabia que estava olhando para o homem como se ele tivesse enlouquecido. Mas, falando sério, que pergunta idiota. "Por que Lorde St. Alban saberia? Ele nunca demonstrou o menor interesse na Grange."

"Ele pode estar interessado em saber se alguma atividade ilegal está acontecendo em suas terras."

Ela sentiu um aperto no estômago e engoliu em seco, como uma pessoa culpada. Não conseguia evitar. E era.

"Além disso, acho que qualquer comprador em potencial gostaria de saber." Um instante se passou. "Se eu estivesse comprando a Grange, gostaria de saber."

Callie parecia não conseguir respirar o suficiente. O suor escorria pelas palmas das mãos e, novamente, ela engoliu em seco se sentindo culpada. Precisava responder a ele direta e autoritariamente. Nada menos do que a sobrevivência de seus esforços e sonhos dependia disso. Ela se endireitou em toda a sua altura, que, frustrantemente, não era mais alta que ele, por mais que ela se esforçasse para manter a coluna ereta. "*Eu* estou comprando a Grange. *Eu* sei disso. E *eu* estou perfeitamente receptiva a isso."

Dois tiques se passaram antes que o maldito homem respondesse com um aceno lento e cético. Um pequeno movimento que ela teria perdido se tivesse piscado. "A Grange parece ser bastante próspera, suponho que você tenha dinheiro para comprá-la."

Um presságio percorreu Callie, e ela fechou os olhos com força.

"Você tem um cisco no olho, minha senhora?"

Os olhos dela se abriram de repente. "Estou muito bem."

"É verdade", ele disse, seco e irônico. "Você já pensou em montar uma guarda 24 horas?"

"Acho que não é necessário. Estamos em Devonshire."

"Este celeiro fica perto dos penhascos que margeiam as terras da propriedade, e você não ouviu?" Ele fez uma pausa, o drama crescendo no momento. "Há piratas na área."

As mãos dela se fechavam e se abriam ao lado do corpo. "Não ligo para boatos infundados, com certeza. E, francamente, estou surpresa que um homem sensato como você se importe."

Ah, essa última parte foi ousada. Ela mal conseguia tolerar a ousadia que aquele homem despertava nela.

Ele lhe deu um sorriso irônico, e Callie sentiu como se tivesse se aproximado demais do sol.

Aquele sorriso mexeu com suas entranhas.

20

"Será que eu a ofendi, Lady St. Alban?" perguntou Nylander.

As sobrancelhas dela se juntaram e ela piscou uma vez. A mágoa brilhou em seus olhos, e ele sabia por quê. Era o uso do nome próprio dela, pronunciado como uma formalidade.

Maldição. Ele não suportava a ideia de magoar uma mulher. No passado, essa era uma consideração que poderia fazê-lo amolecer e seguir um caminho diferente, um caminho que afastasse a mágoa dela, mesmo que por alguns momentos de felicidade.

"Você não vê que você e eu não combinamos?"

Ela havia estabelecido as regras deste jogo, não ele. Ele permaneceria no caminho em que estava. Esta manhã, ele havia caminhado até a cidade e postado sua carta para Jake. Agora tudo o que lhe restava fazer era esperar e continuar investigando a verdade.

"Olá?" ouviu atrás dele.

Callie espiou por cima do ombro dele. "Sim, Pete?"

"Pierre" corrigiu o homem. "De agora em diante, serei conhecido pelo meu verdadeiro nome." Seu sotaque francês ficava mais forte a cada palavra que ele dizia. "Junto com este alambique, fui

233

trazido de Charente pelo Segundo Visconde de St. Alban para operá-lo, quando tinha quinze anos. Quando ele morreu e o alambique caiu em desuso, eu também. Mas agora ele e eu somos úteis novamente, e não vamos desperdiçar o momento. Agora" — ele juntou as mãos — "se você já parou de enrolar, deixe-nos trabalhar."

A boca de Callie se fechou. Nylander sabia que não devia se deixar levar pelo riso que crescia em seu peito. Provavelmente, ela nunca tinha sido tratada daquela maneira, mas Pierre era do tipo que conseguia se safar. Era difícil ficar muito chateado com um perfeccionista exigente com mais de noventa anos quando ele era tão apaixonado por seu ofício como esse homem claramente era.

Ela fez menção de contorná-lo, e Nylander se preparou para o roçar do ombro dela em seu braço. Mas ela conseguiu passar sem tocá-lo. A decepção o percorreu, mesmo enquanto a inalava. Lá estava. *Cítricos frescos... Flor de macieira... Ela.*

Ela parou na frente de Pierre e, em vez de repreendê-lo, disse: "Diga-me o que fazer."

"Os últimos cinco barris de sidra precisam ser retirados da carroça e colocados ao lado do pote para ficarem prontos para a destilação de amanhã. Você" — ele apontou um dedo para Kip — "venha comigo para aprender a limpar os barris e remover os bloqueios."

Kip saltou para frente com as pernas ágeis e elásticas da juventude, um contraste direto com o andar lento e deliberado de Pierre. Restaram apenas Nylander e Callie e o silêncio ensurdecedor entre eles.

"E então?" ela disse a primeira a quebrá-lo. "Você ouviu o homem. Hora de parar de enrolar."

O humor brilhou em seus olhos, e Nylander sentiu-se reagir a isso, apesar de tudo o que descobrira sobre suas mentiras e traições. Agora, eram só ele e ela, e os outros assuntos pareciam menos importantes.

Eles se dirigiram à carroça, com a rampa já instalada na parte de trás, e olharam para a pirâmide de barris de carvalho já tombados. "Vamos levá-los de cima para baixo", ele disse apontando para a pilha. "Os dois de cima precisarão ser empurrados para fora, colocados na carroceria, depois tombados de volta para os lados e rolados rampa abaixo. Eu me posiciono embaixo. Você guia de cima." Ele encontrou seu olhar assustado. "Entendeu?"

Ela assentiu e o seguiu rampa acima. Parecia satisfeita em deixá-lo assumir a liderança. Surpreendente. Mas será que estava mesmo? Ela era a mulher mais pragmática que ele já conhecera.

Ele se espremeu entre a parede da carroça e um dos barris, colocando os pés na parte superior do barril e as costas contra o carvalho resistente. "Grite quando eu tiver empurrado até a metade."

Após uma contagem silenciosa de *um—dois—três*, ele pressionou os pés contra o carvalho com toda a força, os músculos das coxas e das costas tensos, o barril teimoso se recusando a se mover.

"Pare! Eu vejo o problema", ela gritou ao redor do barril. "Há cunhas [1] entre os barris. Deixe-me só...", ela disse lentamente. "Eu as peguei. Agora tente."

Nylander se acomodou e preparou os músculos. Mais um rápido *um—dois—três*, e ele empurrou. Dessa vez, o barril avançou lentamente, até que, mais uma vez, ela gritou: "Pare!"

Com o coração batendo forte devido ao esforço, ele se imobilizou e deixou a respiração se recuperar. Colocou a cabeça ao lado do barril. "Está aí?"

Ela assentiu.

Ele foi se encontrar com ela ao pé do barril. "Agora, vamos

---

1. Cunha é uma ferramenta de metal ou madeira, em forma de prisma agudo em um dos lados, e que se insere no vértice de um corte para melhor fender algum material (como madeira ou pedras), bem como para calçar, nivelar, ajustar uma peça qualquer.

balançá-lo para frente, suavemente, e deixar a gravidade desliza-lo para baixo."

Ela recebeu as ordens dele em silêncio. Em uníssono, eles agarraram a base do barril e rapidamente desenvolveram um ritmo de balanço. A princípio, nada aconteceu, mas logo a sidra dentro do barril desenvolveu um movimento ondulatório próprio, criando um impulso que fez com que o barril deslizasse para o vagão em questão de minutos, e eles o guiaram até que ficasse plano.

Com as bochechas coradas e o brilho da realização nos olhos, ela soltou uma risada curta e ofegante. "Achei que estaríamos nos esbaldando em sidra e nos explicando para Pierre."

Nylander sorriu. Ele gostava da aparência dela naquele momento. "Pronta para virar de lado e rolar para baixo?"

Com um sorriso nos lábios, ela assentiu. Aquela mulher gostava de trabalho duro. Empregando o mesmo método de usar o impulso da sidra para movê-la, eles viraram o barril de lado e o rolaram rampa abaixo, ela guiando por cima, ele firmando por baixo, até o ponto exato designado por Pierre. Então, viraram-no na vertical e repetiram o processo com os quatro barris restantes em silêncio.

Palavras eram desnecessárias quando trabalhavam juntos. Eles simplesmente tinham um ritmo natural. Fora assim desde o início. A vaca engasgada no pomar. Até a ordenha no estábulo. Eles trabalhavam bem juntos. Era quando estavam no seu melhor.

Bem, isso não era exatamente verdade. Havia outra coisa em que eles eram ainda melhores juntos.

Maldição.

"Perdão?" ela interrompeu seus pensamentos, a confusão estampada em seu rosto.

Ele tinha xingado em voz alta? *Maldição.*

Ela gesticulou em direção a um barril. "Este é o último do lote."

"Sim", ele grunhiu ríspido.

Ela posicionou o corpo atrás dele. "Pronto?"

"Como sempre estarei", ele respondeu.

O barril rolou e completou sua jornada com seus companheiros. Eles o ergueram até a posição vertical, sua tarefa concluída. Do outro lado do barril, Callie tirou as luvas de couro e enxugou o suor da testa com as costas da mão nua. Mas ela havia perdido uma única gota: a que escorria pelo espaço entre seus doces seios. A consciência invadiu o momento, e ele ficou duro como pedra.

O conhecimento inundou o ar; o conhecimento de Adão e Eva.

Durante todo o tempo em que trabalharam juntos, eles não se tocaram. Ele se certificou disso, se precaveu contra isso, e tinha certeza de que ela também. Para evitar exatamente esse tipo de momento.

Mas, agora, não importava, pois o espectro de sua história sexual pairava sobre ele, o desconforto e o embaraço de seu breve relacionamento. Pois ali estava à diferença entre o agora e o pomar e o estábulo: agora eles compartilhavam abertamente o conhecimento do que era tocar um no outro. Nenhuma quantidade de abstenção mudaria isso. Na verdade, a abstenção apenas intensificava a sensação. Cada nervo, cada molécula, cada célula, sensibilizado para uma consciência mais elevada, preparado para um toque de pele com pele. Outra gota de suor escorreu pela coluna de marfim de seu pescoço e desapareceu no decote em V de sua blusa.

Como ele adoraria refrescá-la.

Como ele adoraria deixá-la mais excitada.

"Lady St. Alban!" gritou uma voz. Era uma voz de criança.

Suas sobrancelhas se uniram e ela contornou o barril. "Jim? Como você sabia que me encontraria aqui?"

Um menino de uns dez anos correu para se juntar a eles. "A Sra. Bailey me contou."

Era possível que as sobrancelhas de Callie formassem uma

ruga permanente acima do nariz. Ela realmente acreditava que sua operação de conhaque era um segredo. Para uma mulher tão sensata e astuta, ela podia ser incrivelmente ingênua. Uma onda de proteção o atingiu.

"A mãe disse que sua última prova é amanhã."

"Diga a ela" — Callie lançou um olhar rápido em sua direção — "que estarei lá no meu horário de sempre."

Assim, a franqueza de minutos atrás se fechou de forma definitiva. Ela não estava falando sobre o horário em voz alta porque não queria que ele a seguisse. *Certo.*

"Sim, milady." O rapaz girou nos calcanhares, os pés já levantando poeira.

"Passe em casa", ela o chamou, enquanto ele se afastava, "e leve um pouco do biscoito amanteigado fresco da Sra. Bailey para sua mãe."

Restaram apenas os dois novamente. Nylander não pôde deixar de perguntar: "Última prova? Não achei que você se preocupasse com moda."

"Esta prova não tem nada a ver com moda."

Ele ergueu uma sobrancelha inquisitiva e esperou.

"O senhor, ou neste caso, a senhora de Wyldcombe Grange, tem certos deveres para o festival de sidra e deve usar uma fantasia."

"Qual?"

"Acho que você verá. Isto é" — seus olhos encontraram os dele — "se você ainda estiver aqui."

A pergunta que ela deixara sem fazer soou alta e clara. Como resposta, ele deu de ombros com indiferença, sabendo muito bem que isso a irritaria.

"Me ocorre", ela começou, com um tom de voz alto e irritado evidente em cada sílaba arrogante, "que você está completamente recuperado e tem uma vida que talvez queira retomar."

Sua cabeça inclinou-se para o lado. "Você está me pedindo para ir embora?"

"Eu nem sonharia em pedir uma coisa dessas ao amigo mais antigo e querido do visconde." Seu tom sugeria o oposto. "Mas você é o capitão de um grande navio e talvez queira retornar às suas funções."

Ele deu de ombros. "Tenho considerado mudar de profissão."

Ela ergueu a sobrancelha. "Ah, é?"

"Devon teve um grande efeito. Me fez reconsiderar a trajetória da minha vida."

"É mesmo?" ela falou.

"Sinto uma afinidade distinta pela terra ultimamente. Com a sua graciosa permissão, gostaria de ficar durante o festival e talvez me inspirar para investir na minha própria propriedade."

Se uma pessoa podia parecer que tinha acabado de engolir um peixe — com escamas, barbatanas e tudo — essa era Callie.

"É por isso que eu simplesmente não consigo entender", continuou ele.

"Entender o quê?"

"Por que St. Alban venderia esta propriedade? Se a Grange fosse minha, eu a seguraria com as duas mãos e nunca a soltaria."

"O Visconde St. Alban possui várias propriedades." A acidez em suas palavras era capaz de corroer o aço. "Ele não sentirá falta dessa."

Nylander absorveu as palavras dela. Havia algo que ele queria saber. Algo que ela provavelmente não queria considerar, mas que ele precisava perguntar. "Se você não conseguir superar o lance do seu rival pela Grange —"

"Não conheço nenhum rival."

"O que você fará?"

"Suponho que eu faria o que qualquer mulher na minha posição faria."

"O quê?" Não era simplesmente que ele quisesse saber. Ele precisava saber o que aconteceria com ela.

"*Voltaria* para a casa do meu pai." Seus punhos se fecharam e se abriram ao lado do corpo. "Eu, hum", ela começou a se mexer e parou. "Eu, hum", novamente ela começou e parou. Ela começou a se mover em direção à porta do celeiro. "Tenho negócios a tratar. Se você me der licença."

Ela caminhou, ou melhor, correu, pela porta aberta sem nem olhar para trás. Ele a seguiu a uma distância discreta. Mulher desconcertante.

Havia duas Callies e, cada vez mais, ele tinha dificuldade em reconciliá-las. Uma fazia acordos com piratas notórios e mentia para conseguir o que queria. A outra, ele acabara de vislumbrar. Aquela que se submetia ao trabalho braçal duro com entusiasmo, até mesmo com alegria. Sua paixão pelo que passara os últimos anos conquistando era evidente e mais atraente do que ele jamais poderia imaginar.

Era esta Callie que ele suspeitava ser a verdadeira Callie. Não deveria importar, mas importava.

Voltaria para a casa do meu pai.

A declaração, a amargura dela, penetrou em sua pele. Voltar para a casa do pai dela derrotaria Callie completamente, e ele não queria *derrotá-la*. Ele a respeitava demais.

A constatação o atingiu como um tiro de mosquete.

Aqui estava o ponto crucial: ela não podia continuar do jeito que estava. Ele precisava manter o rumo. Não era apenas o futuro da Grange que dependia disso, mas o de Callie também, mesmo que ela não soubesse.

E, mais tarde, quando essa confusão fosse resolvida, bem, então eles veriam qual era a posição deles.

21

NO DIA SEGUINTE

Impaciente para partir, Callie montou em Arrow e o girou para encarar Will, já sentado em sua montaria. A geada estalava o ar no período antes do amanhecer, revigorante e cortante. As noites claras eram as mais frias. Ela apertou o cachecol de lã com mais força em volta do pescoço e não pensou mais no inverno que se aproximava. Tinha preocupações maiores.

"Há quantos dias alguém não vê o Tom?" ela perguntou.

Will semicerrou os olhos para o céu azul-escuro que clareava. "Eu diria cinco, mas só faz dois desde que ele deveria ter voltado."

"E por que não fui alertada antes?"

Will deu de ombros. "Esta não é a primeira vez que Tom se atrasa para voltar com o rebanho."

Arrow empinou-se inquieto, refletindo exatamente o seu estado de espírito. Ela alisou a crina dele com a mão firme e olhou ao redor do pátio. "Por que o Cam está demorando tanto?"

Assim que as palavras saíram de sua boca, o homem entrou no pátio do estábulo em sua montaria, um cavalo sobressalente amarrado frouxamente à sela.

Ele acenou com a cabeça, respeitoso e distante, tratando-a exatamente como todos os homens que trabalhavam em sua propriedade a tratavam. "Milady", ele começou e parou, claramente desconfortável.

Ela respirou fundo, exasperada, como se quisesse se soltar. "Sim? Fale livremente."

Cam lançou um olhar rápido para Will, que assentiu uma vez, antes de prosseguir. "A natureza selvagem de Exmoor não é lugar para uma dama."

Callie se irritou, mas permaneceu em silêncio, pois podia ver que o homem ainda não havia se manifestado completamente. Isso não era novidade.

"Tom e aquelas ovelhas podem estar em qualquer lugar da charneca. É um lugar imenso, e você não é uma moça de Devonshire. Você não conhece."

"É um rebanho de ovelhas indisciplinadas e um pastor presumivelmente bêbado. Eles não devem ter ido muito longe."

Os homens se mexeram nas selas, em silêncio.

"Além disso, vocês dois conhecem a charneca como a palma das mãos." Ela assobiou para Chance, que saiu do estábulo aos pulos, com a língua de fora, pronto para o dia. "Vocês são os melhores homens para o trabalho."

As palavras poderiam ter soado como elogios, mas vindas de sua boca, não soavam. Ela simplesmente não tinha jeito para esse tipo de coisa.

Ela estava prestes a incitar Arrow quando percebeu um movimento além do arco de luz bruxuleante da lanterna. Uma forma corpulenta emergiu da noite, os raios do sol nascente refletindo vislumbres de cabelos dourados.

Claro. *Nylander.* O homem tinha faro para encrenca.

Will gritou: "Ei! Quem está aí?" mas então abriu um sorriso ao reconhecer o homem que estivera trabalhando lado a lado com ele nos últimos dias. Nylander acenou rapidamente para o homem, mas seu olhar, questionador e duro, fixou-se em Callie. Ela não se contorceria sob ele.

"O que é isso?" ele perguntou, como se tivesse direito a uma resposta.

Ela considerou virar Arrow e galopar para longe, deixando a pergunta para trás. Mas a opção lhe foi roubada quando Cam se ofereceu: "Tom está perdido no pântano, provavelmente bêbado, mas vamos encontrá-lo."

Nylander não hesitou. "Kip", ele chamou o garoto que nunca estava muito longe, "sele Buttercup e seja rápido."

Menos de cinco minutos depois, Kip conduziu Buttercup surpreendentemente dócil para o pátio do estábulo, e Nylander montou o animal como se tivesse nascido para cavalgar. Será que o maldito homem estava praticando?

"Capitão Nylander, não há necessidade de se preocupar com isso. Will, Cam e eu somos perfeitamente capazes de lidar com —" ela começou ao mesmo tempo em que Will dizia: "Com certeza, podemos usar uma ajuda extra. Tom pode ser um sujeito durão quando está bêbado."

Para o descontentamento de Callie, era isso. Os homens haviam resolvido a questão entre si, e ela não discutir o assunto. Ela preferia tomar a dianteira a se envolver em discussões inúteis que só a deixariam sob uma luz negativa. Ela era uma mulher, e as mulheres brigavam por trivialidades enquanto os homens reviravam os olhos para o céu. Bem, ela não faria isso.

Em vez disso, ela guiou Arrow, puxou o cachecol sobre o nariz para se proteger do vento cortante do norte e partiu a galope em direção ao amanhecer no leste.

Em silêncio, eles cavalgaram, ela na liderança, o azul profundo do céu noturno dando lugar a faixas de amarelo, laranja e vermelho que pareciam contentes em permanecer no horizonte até que o sol decidisse fazer sua aparição preguiçosa e inaugurar o novo dia. Só quando o dia amanheceu é que chegaram à orla das terras da Grange e ao início da selvagem e acidentada Exmoor.

Callie puxou as rédeas e Arrow diminuiu o passo para trote.

Seu olhar fixo na paisagem à frente, dourada pelo sol nascente. Por mais que quisesse deixar os homens para trás, não podia. Na verdade, precisava que Cam e Will assumissem a liderança.

Ela tinha acabado de abrir a boca para dar o comando quando percebeu a conversa que acontecia atrás dela. Sua boca se fechou de repente e seus ouvidos se aguçaram.

"É, os rumores são verdadeiros, com certeza", disse Cam. "Meu pai viu o *Free Reaver* na costa há menos de três dias."

"Agora, o que eu não consigo entender" — Will estava falando — "é o que um pirata notório como Jack Le Grand quer com nosso pequeno trecho de costa. Com certeza não é exótica e rica como algumas das terras que ele deve conhecer. Não faz muito sentido para mim."

Seguiu-se um silêncio contemplativo, e os únicos sons eram o *clomp-clomp* abafado de quatro pares de cascos contra a terra sólida, o tilintar ocasional de rédeas ou mochilas de provisões e a respiração instável de Callie, alta e irregular em seus ouvidos.

É claro que se saberia que Jack Le Grand estava à espreita na área. Uma vez avistada, tal informação não permaneceria em segredo pelo tempo que um incêndio florestal levava para se espalhar durante uma seca. Por mais que seu foco estivesse em Wyldcombe Grange e em questões relacionadas à terra, esta era uma área costeira, e muitos de seus habitantes ganhavam a vida com a generosidade do mar. Eles notariam e conversariam.

Havia algo mais também. A facilidade com que Will e Cam compartilhavam essa informação com Nylander, como se ele fosse um deles.

Uma pontada de inveja a percorreu. Ela fora dona de Wyldcombe Grange por cinco anos, e eles nunca a trataram da maneira como o tratavam. *Estranha*. Era assim que a viam. E, após a morte de Georgie e sua decisão de administrar a Grange sozinha, ela aceitou, mesmo que a parte mais profunda dela odiasse.

No entanto, ali estava Nylander, ouvindo, absorvendo, conversando, um talento natural. Um completo contraste com ela. Seu medo mais sombrio surgiu. Talvez... Talvez St. Alban estivesse certo o tempo todo. Talvez Wyldcombe Grange devesse pertencer a esse homem. Os homens o respeitavam.

Para ser justa, eles também a respeitavam. Ela fez por merecer. Mas, mais do que respeito, os homens *gostavam* dele.

Não... *Não*. Wyldcombe Grange era dela, ou melhor, seria. Nylander não a merecia. Ele não havia investido anos de trabalho, sangue e suor nessa terra. *Ela* sim.

Ela guiou Arrow para encarar os homens e fez o grupo parar. "Chegamos à beira do pântano." Dirigiu-se a Will e Cam. "Acredito que é aqui que vocês assumem a liderança."

Os homens assentiram e trotaram à frente em suas montarias, deixando-a sozinha para navegar pelo terreno acidentado ao lado de um Nylander tranquilo. Ela não conseguia chamar o silêncio entre eles de sociável. Era pedir demais, considerando a história deles. Sim, o silêncio era preferível a falar, porque, oh, quanta história se acumulara entre eles nessas poucas semanas.

Na periferia de sua visão, ele cavalgava como se tivesse nascido para isso. Homem insuportável. O corpo dele era enorme, mas ele sabia como usá-lo.

Ela exalou um suspiro áspero. Não seria bom pensar em todas as maneiras como aquele homem sabia usar o próprio corpo. Ainda assim, ele era mais do que um corpo forte, bonito e útil. Possuía um comando natural, maneiras tranquilas, um pragmatismo sóbrio e um intelecto aguçado. Era possível que ele fosse um homem perfeito.

O homem perfeito para virar a vida dela de cabeça para baixo.

Um som distante, curto e agudo, perfurou o ar fresco da manhã, quebrando o silêncio insuportável. Chance deitou-se de bruços, a cabeça abaixada, o corpo em uma linha reta e alerta. A cabeça de Callie se virou bruscamente e ela encontrou o olhar de Nylander. "Aquilo foi um balido de ovelha ou o grito de homem?"

"Parem", Nylander falou alto o suficiente para que todos ouvissem e obedecessem.

Os cavalos diminuíram o ritmo até parar, e eles escutaram, uma brisa soprando do mar, assobiando em seus ouvidos, todos os pares de olhos examinando vários pontos no horizonte. Outro grito soou à distância. Chance soltou um gemido suplicante, pronto para correr para o pântano ao ouvir a palavra dela.

"Ali!" Will apontou para um ponto a uns 400 metros de distância. "Estão vendo aquilo?"

Callie seguiu a direção e, finalmente, viu: um pedaço de pano cinza preso a um poste improvisado, balançando ao vento implacável do pântano no topo de um afloramento rochoso. O alívio a invadiu, pois, além da bandeira, também avistou tufos brancos. "As ovelhas", exclamou. "Chance, vá!"

Com a permissão finalmente concedida, o collie disparou como um raio enquanto eles incitavam os cavalos a se moverem. Quando chegaram ao outeiro rochoso, não viram nada de Tom, apenas as ovelhas e Chance, aguardando impacientemente sua próxima ordem. Arduamente, seus cavalos percorreram o terreno acidentado e pedregoso ao redor da pequena colina antes de chegarem à entrada do que parecia ser uma pequena caverna.

"Tom!" gritou Nylander. Will e Cam o seguiram e começaram a gritar também.

Callie desmontou e subiu a curta elevação rochosa até a entrada da caverna. Ela enfiou a cabeça para dentro e olhou para a escuridão.

"Por Deus, não precisam fazer tanta confusão", disse uma voz irritada.

"Tom?" perguntou Callie, chocada e ligeiramente perturbada pelo tom colérico do homem.

Ela cambaleou para trás e quase perdeu o equilíbrio quando, da boca escancarada da caverna, saiu mancando o irascível Tom, arrastando a perna direita atrás de si, com sangue seco manchando as calças de cima a baixo. "Não tem outro", resmungou ele. Ele caiu contra uma grande pedra e soltou um grunhido de dor.

"Ei, Tom", gritou Will, um sorriso aliviado percorrendo seu rosto até que seus olhos pousaram na coxa do homem mais velho. Seu sorriso desapareceu.

Cam se aproximou. "O que é isso?" perguntou, apontando. "Você foi atacado por um lobo?"

"Água", Tom pediu.

"Claro." Callie correu até Arrow e tirou um cantil de sua bolsa de provisões. Tom aceitou com um alívio sombrio, puxando a rolha e engolindo com uma rapidez que ela não imaginaria que ele fosse capaz, trinta segundos atrás.

Nylander subiu a pequena elevação para se juntar a eles. "Cuidado", ele disse com sua habitual autoridade. "Não beba muito de uma só vez, ou você vai vomitar."

Tom tomou mais alguns goles vorazes e passou a mão pelos lábios secos e rachados. "Não, não foi lobo nenhum. Não há um único lobo em Exmoor."

Com os olhos arregalados e incrédulos, Cam disse: "Um urso, então?"

Cam claramente persistia na crença, provavelmente adquirida na infância, de que a charneca estava repleta de predadores, esperando a oportunidade de dilacerar um homem, ou um garotinho, que ousasse vagar por suas terras selvagens e incivilizadas.

"Nem ursos. Se recomponha homem." Tom inalou com drama teatral. Apesar da dor, sede e fome, ele estava prolongando o momento, saboreando-o, tornando-o seu. Afinal, fora ele quem sofrera por isso. "Fui atacado por um bando de bandidos."

As palavras ficaram suspensas no momento silencioso que se seguiu, e o estômago de Callie se contraiu. *Não podia ser.*

Os olhos de Tom encontraram os dela e se fixaram. "Sim, poderia e foi, milady."

Ela piscou, sentindo quatro pares de olhos sobre ela, um em particular. Teria dito as palavras em voz alta?

"Que tipo de bandidos?" perguntou Cam, desviando a atenção dela. Deus o abençoe.

"Do tipo ladrão e bruto. Foi o que aconteceu." O sotaque de Tom ficou carregado e cortante. Callie tateou em busca de uma pedra às suas costas e se acomodou nela. "Há alguns dias, as ovelhas saíram do pasto norte, e eu só percebi na manhã seguinte. Como o portão não estava quebrado nem nada, como sempre acontece quando elas saem, imaginei que havia sido o vento que o abriu. Depois de um dia de cavalgada, finalmente encontrei os animais idiotas, mas eles não estavam sozinhos." Lentamente, um por um, ele encontrou o olhar de cada um, com o significado claro. "Aquele bando de bandidos me deu uma surra, tipo... olha só a minha perna... e levaram algumas ovelhas. Fiquei com medo, mas eles nunca mais voltaram."

"Seu cavalo chegou à Grange ontem à noite", disse Will. "Foi quando percebemos que algo estava errado."

"Acho que o maldito animal serviu para alguma coisa." Tom aceitou um pequeno pedaço de pão de Cam, agradecendo com um resmungo.

"Você deu uma boa olhada neles?" perguntou Nylander, com a voz suave e autoritária.

Callie ficou completamente imóvel.

"Não." Tom falou com o pão na boca. "Eles me pegaram por trás, os covardes." Seus olhos se estreitaram e ele parou de mastigar. "Mas vou dizer uma coisa. Eles tinham duas características marcantes que eu reconheceria em qualquer lugar com os olhos fechados." Ele ergueu o indicador. "Primeiramente, eles eram uns sacanas fedorentos. Quero dizer que eles cheiravam à merda mais podre que você já sentiu em um dia quente de verão, me desculpe, milady." Callie assentiu, desejando que o homem terminasse sua outra observação sobre os bandidos.

O dedo médio de Tom juntou-se ao indicador. "E, segundo, eles não falavam como se fossem daqui." Ele balançou a cabeça, perplexo. "Ou de qualquer outro lugar desse mundo de que eu já tenha ouvido falar."

Nylander assentiu, silencioso e frio, e a confirmação se

instalou no estômago de Callie. Tinham sido os piratas. Não poderia ser nenhum outro grupo.

Ela olhou de Tom para Cam e para Will e se lembrou de si mesma, de quem ela era para aqueles homens e do que esperavam dela. "É imperativo que levemos Tom de volta para a Grange o mais rápido possível e que um médico cuide do ferimento dele." Ela encontrou o olhar de Will. "Você pode guiá-lo no cavalo reserva?" Will assentiu, e seu olhar se voltou para Cam. "Você pode levar Chance e conduzir as ovelhas de volta para a Grange sozinho?"

"Claro, milady", ele respondeu, talvez soando um pouco insultado. "Não há homem por aqui que não saiba conduzir um rebanho de ovelhas para casa."

Os homens partiram para suas missões individuais. Cam correu alegremente pela charneca, e Nylander ajudou Will a se acomodar e prender Tom em sua montaria. Assim que terminaram, Nylander se esgueirou para o outro lado do morro, sumindo de vista.

De seu assento em cima do cavalo, Will perguntou: "Você não vem?"

"Eu acho" — ela olhou ao redor procurando por Nylander — "que vou ver se os bandidos deixaram algo que os identifique." Certamente era isso que Nylander estava fazendo naquele exato momento. E ela veria o que ele encontrou.

Will pôs seu cavalo em movimento, a corda que conectava sua montaria à de Tom esticando e encorajando o cavalo a segui-lo. Tom emitiu um gemido de dor, mas não disse mais nada enquanto seus vultos se distanciavam.

O que deixou Callie completamente sozinha no afloramento rochoso.

Sozinha com Nylander.

22

O estômago de Callie roncou.

O sol brilhava diretamente sobre sua cabeça, e Nylander ainda não havia retornado. Ela não podia esperar mais um minuto. Almoçaria sem ele.

O primeiro alforje que abriu continha aveia para Arrow. Depois de acomodá-lo com o saco de ração, encontrou o alforje que a Sra. Bailey havia embalado. De suas profundezas emergiu uma provisão quase infinita de doces, tortas, queijos, frutas e pães. Finalmente, chegou ao fundo. Lá, encontrou um cobertor de lã vermelha. A Sra. Bailey havia se superado naquele dia.

Callie abriu o cobertor, o tecido balançando ao vento persistente da charneca, e o colocou no chão escarpado. Não seria exatamente confortável, mas serviria. Depois que os vários itens de comida foram arrumados, ela se acomodou em cima do cobertor, apertando os joelhos contra o peito, com as mãos em volta das canelas.

O banquete à sua frente parecia delicioso e gostoso, mas ela estava com dificuldade para saboreá-lo. Seu estômago parecia embrulhado, mesmo com a fome.

Bandidos, que exalavam odores fétidos, falavam em línguas

estrangeiras, roubavam ovelhas e não tinham escrúpulos em ferir gravemente um homem local, tinham começado a se esconder na charneca. *Piratas.* Essa era a verdade. Ela sabia. Will e Cam sabiam. Toda a propriedade e a cidade saberiam em breve.

Nylander entrou em seu campo de visão. Ele também sabia. O homem não perdia nada. A tensão irradiava dele enquanto explorava a área, com os olhos examinando o chão.

Oh, a maneira como aquele homem se movimentava pelo terreno irregular, com os pés firmes e confiantes, a força constante dele aparente no controle supremo sobre si mesmo. Talvez fosse uma habilidade adquirida durante seus anos no mar. Talvez, mas ela sentia que era algo mais, um poder e uma elegância únicos. Ele era insuportavelmente belo e habilidoso.

Seus olhos se desviaram. Ela não podia mais sofrer a tortura de olhar para ele.

Quanto ao que ele buscava, ela não sentia necessidade de se juntar a ele. Não havia mistério em *quem* havia perpetrado aquele ato. O mistério residia no *por que.*

Ela passou os dedos pelos cabelos trançados e os soltou. Tinha a sensação de que isso evitaria a dor de cabeça que se aproximava. Talvez os piratas não soubessem de quem eram as terras, o pastor e as ovelhas que estavam roubando. *Talvez.* Só que ela não conseguia ver como tal detalhe passaria despercebido por Jack Le Grand.

Seu instinto lhe dizia que os piratas sabiam exatamente o que estavam fazendo e com quem. Qual seria o motivo deles?

Além disso, o que *ela* havia feito? Ela havia calculado mal e feito uma coisa muito, muito errada ao fazer um acordo com um demônio que não conhecia. Ela havia colocado pessoas em perigo, a própria propriedade e o próprio futuro que alegava buscar proteger.

"Se importa se eu me juntar a você em uma refeição *leve*?"

Ela ergueu a cabeça bruscamente. Nylander gesticulou em direção às várias iguarias espalhadas sobre o cobertor. Contra sua vontade, a ironia lhe arrancou um sorriso. Ela assentiu e se aproximou da borda do cobertor para permitir a entrada da massa volumosa dele. O calor dele a envolveu em um calor que não era desagradável naquele dia tempestuoso.

Ela apontou o queixo em direção a um objeto na mão dele. "O que é isso?"

Ele estendeu um pano áspero e gasto sobre o cobertor entre eles e o alisou. "Algo que eu encontrei."

Ela se inclinou para ver melhor. As cores estavam desbotadas e o padrão desbotado. "Certamente, todos os tipos de itens acabam sendo levados para o pântano por ventos tempestuosos."

"Sem dúvida, mas não isso." Ele bateu o indicador bem no centro do pano esfarrapado. "Isso pertencia a um pirata."

De repente, o corpo dela se contraiu em uma série de músculos tensos. "Como você pode saber disso?"

"Vermelho, amarelo, preto" — seu dedo traçou o tecido enquanto falava — "estas são as cores do *Free Reaver*. E, se você olhar de perto, consegue distinguir o contorno de uma caveira com ossos cruzados." Sua cabeça se inclinou para o lado, e seu penetrante olhar azul encontrou o dela. "Parece que os rumores sobre piratas são verdadeiros."

Callie ofegou. Ela não conseguiu se conter. Um pensamento grave e profundo se insinuou em sua mente, uma agudeza em seu olhar. Ela recuperou o bom senso o suficiente para dizer: "Não consigo imaginar o que piratas estariam fazendo no pântano."

"Você não consegue?"

Ela não respondeu. Em vez disso, continuou apressadamente. "Olhe ao seu redor. Este lugar é tão desolado e rústico. Não pode haver nenhum tesouro enterrado aqui."

"Não?" Seu olhar intenso e azul certamente a desnudou até a alma.

Ela engoliu em seco e balançou a cabeça.

"Bem, você descobrirá em breve, eu suspeito." Ele disse as palavras em um tom baixo e firme e se desviou do olhar dela.

A respiração que estivera congelada em seu peito também se liberou. Há quanto tempo ela a estava prendendo? Ela estava tonta. Mas então a simples presença daquele homem a fazia sentir tonturas com uma frequência alarmante.

Aparentemente satisfeito em deixar o assunto de lado, ele se esticou e pegou o alimento mais próximo, que por acaso era um pastel de carneiro. Ele o devorou com uma energia que teria deixado a Sra. Bailey orgulhosa. Ele era um homem grande. E claro tinha um apetite enorme.

Um rubor intenso a percorreu. Ela sabia exatamente o quão grande era o apetite dele. Outras partes dele também.

Ela precisava ocupar a mente com outros assuntos. Caso contrário, poderia explodir em chamas ali mesmo, na charneca. Ela olhou para a vasta natureza selvagem que se estendia à sua frente e pronunciou as primeiras palavras que lhe vieram à mente. "Não consigo imaginar como Tom se sentiu aqui todos esses dias, sozinho."

Nylander, com muito cuidado aos olhos de Callie, pousou o restante do seu pastel de carneiro, passou um guardanapo de linho pela boca e recostou-se nos cotovelos, uma pose tranquila para um olhar desatento. Mas o clima entre eles havia mudado.

Com a atenção fixa no pântano distante, ele disse: "Ele pensou que tinha sido abandonado por seu Deus e por seus semelhantes."

As palavras dele fizeram-na se sentir pior em relação à provação de Tom, pois ela não duvidava delas. Mas foi a maneira como Nylander falou, tão objetivo e direto, que a tocou profundamente. Revelou algo fundamental sobre ele. O que ele não estava dizendo?

Ela se apoiou nos cotovelos, imitando a pose dele enquanto olhavam paralelamente para a paisagem dramática da charneca. Ela nunca havia realmente pensado muito na charneca, concentrada como estava na administração diária da Grange. Mas ali estava diante dela, selvagem, livre e espetacularmente indomável. Ela gostaria de saber mais sobre o pântano.

Muito parecido com o homem ao seu lado.

"Você faz parecer que já passou por algo assim." Ela precisava testar essa ideia, fazê-lo se expressar.

"Isso eu já passei."

Três sílabas simples. *Isso... Eu... Passei.* O significado nelas, tudo menos simples.

Instintivamente, ela recuou diante da complexidade, da escuridão implícita. Este era Nylander, seu rival mais capaz. "Tenho certeza de que você se salvou."

Eram palavras horríveis, cruéis, insensíveis, mas necessárias. Separada dele por não mais de trinta centímetros, ela precisava alcançar outro tipo de distância. E o silêncio desconfortável que se estendia entre eles lhe dizia que ela estava alcançando seu objetivo.

Oh, vitória infeliz.

"Eu estava no meio do mar", ele disse distante, sua atenção fixada em um passado longínquo.

"Então, porque você não nadou até a praia", ela disse. Por que ela estava sendo tão horrível? *Distância.* Ela precisava mantê-la.

"Eu era um garoto de oito anos."

O choque a percorreu. Seria este um teste para descobrir como ela poderia ser horrível? Bem, ela não estava à altura. *"Oito?"*

Nylander assentiu, recusando-se a encará-la.

"Onde estava sua família? Eles não deviam estar muito longe."

Uma risada sombria e sem humor escapou dele. "Meu pai não estava muito longe, mas o navio que ele estava tentando capturar, sem sucesso, também não estava."

"Seu pai era um..."

Nylander assentiu. "Ele era."

Um pirata. Ela teria se considerado fora do alcance do choque, mas lá estava ele, em sua respiração ofegante. "Como você foi parar no mar?" ela encontrou coragem para perguntar. Ela precisava saber a história completa e não descansaria até tê-la. "Uma criança não teria sido mantida em algum lugar abaixo do convés?" Ela não sabia nada sobre navios, mas isso soou aproximadamente correto.

O vento soprava uma maçã sobre o cobertor, sua casca verde em um contraste brilhante enquanto rolava sobre a lã vermelha. Nylander a agarrou e começou a circulá-la distraidamente sob a palma da mão. "Não naquele dia. Meu pai queria que eu visse os negócios da família de perto."

Suas sobrancelhas se juntaram. "Sua mãe não teve nada a dizer sobre isso?"

"Minha mãe morreu de varíola por volta da época em que eu completei cinco anos."

Um nó de tristeza se formou no peito de Callie ao ouvir o sutil tom de amor em sua voz. Ela sabia o que significava perder uma mãe ainda criança. Nada no mundo poderia reconciliar alguém com a dor, mesmo que a mãe fosse uma prostituta, pois certamente essa era mais uma verdade que não havia sido dita entre as fendas das palavras de Nylander.

Seu pai fora um saqueador, sua mãe uma prostituta. Ambos o abandonaram, um por escolha própria, o outro não. Mas ele conhecera segurança e amor com sua mãe, independentemente de sua profissão. Então, tudo lhe fora tirado. Callie também conhecia esse sentimento.

"Uma passarela havia sido instalada entre os dois navios, e os homens do meu pai estavam se preparando para abordar e começar a luta pelo navio mercante. Eu estava completamente absorto na ação. É por isso que não previ."

"O quê?"

"O empurrão bem dado na base da minha coluna."

A mão de Callie voou para a boca.

"Fui para o mar e imediatamente mergulhei na água."

"Você sabia nadar?"

"Sim, meu pai se certificou disso."

"Mas como... por quê?" ela gaguejou incapaz de encontrar uma razão para as palavras que saíam da boca de Nylander.

"Avistei uma jangada a três metros de distância e nadei até ela", ele continuou. "Assim que me joguei nela, comecei a gritar. Ninguém prestou atenção. Então —" Ele parou. A amargura achatou seus lábios e se contorceu em sua boca. "Acima da minha cabeça, o passadiço foi puxado para trás e o barco começou a se afastar."

O medo à fez se contorcer. "*Para longe? Sem você?*"

"Gritei como uma alma penada até perder a voz." Os olhos de Nylander se fecharam por uma fração de segundo, mas tempo suficiente para ver o passado com clareza, ela suspeitou. "Finalmente, eu o encontrei."

O alívio a invadiu. "Seu salvador?"

"Meu pai parado no parapeito, me observando, ficando cada vez menor até finalmente desaparecer no horizonte."

Ela se sentia doente. "Como você sobreviveu?"

"Eu tinha acabado de desistir dessa possibilidade quando uma mão agarrou a gola da minha camisa por trás e me puxou para um bote."

"O navio mercante."

"Sim. Pertencia à poderosa família Van Rijn."

"Eles o acolheram."

"Como se fosse deles." Pela primeira vez desde que começara a história, sua cabeça se inclinou na direção dela e ele encontrou seu olhar. "Fui criado ao lado do homem que você conhece como Lorde St. Alban. Ele era alguns anos mais velho do que eu e o melhor em tudo o que fazia. Não tive escolha a não ser adorá-lo. Eu o conheço como Jake."

"*Jake?*" A boca de Callie se torceu em desgosto reflexivo. Seus sentimentos por *Jake* não poderiam ser mais opostos aos de Nylander. "Ele não parece um *Jake* para mim."

"Duvido que você realmente o conheça."

"Justo", ela admitiu, sentindo a proximidade entre eles

começar a evaporar sob a aversão que nutria pelo Honorável Visconde St. Alban, Jake. "Eu o encontrei apenas uma vez, e esse encontro não fez nada para me tornar mais querido por ele. Devo perguntar, no entanto, como você foi criado ao lado dele?"

"O tio dele, de família holandesa por parte de mãe, me acolheu. Criou-me como seu filho, e me ensinou sobre o valor da família."

"Que lindo", ela disse antes que pudesse pensar melhor. Não seria bom deixar a emoção tomar conta perto daquele homem. Mas... Era uma história adorável. A adoção de uma criança sem parentesco era um passo tão incomum. A maioria dos homens não consideraria. Veja Georgie, por exemplo.

A lembrança de uma noite surgiu profunda e há muito reprimida. Ela havia pedido, *implorado*, para que ele permitisse que ela acolhesse uma criança. Nem mesmo um menino, mas uma menina que não seria herdeira, cuja presença jamais o importunaria se não ele quisesse. Indignado, ele se recusou a considerar a possibilidade. Oh, como ela lamentara aquela garotinha, uma que nunca existira e nunca existiria.

"Jake e eu crescemos como irmãos", continuou Nylander.

Callie interrompeu a conversa. O tom dele havia se tornado mais duro, e de alguma forma mais centrado no presente.

"É por isso que não consigo compreender algo."

"O que?" ela perguntou cautelosa.

Nylander se inclinou para frente e abriu os braços como se convidasse todo o horizonte ocidental para o seu abraço. "Por que Jake libertaria esta terra selvagem e gloriosa de suas mãos?"

A consternação com a mudança repentina na conversa se esforçou para vir à tona na forma de uma careta. "Acredito que já falamos sobre isso. Lorde St. Alban" — ela não o chamaria de *Jake* tão cedo — "não se importa com a terra."

"Acho que não me expliquei claramente." Nylander inclinou o corpo em sua direção, invadindo sutilmente seu espaço. Seu coração batia forte. "Por que Jake permitiria que Wyldcombe Grange deixasse a família?"

Nylander não estava mais olhando para trás, para seu passado vulnerável, um passado ainda vivo e não resolvido. Ele havia retornado ao presente e estava fazendo uma pergunta muito direta, com um brilho duro nos olhos.

Ela deu de ombros com falsa indiferença e pegou um pãozinho doce que não tinha intenção de comer. Arrancou um pedacinho e o rolou entre o indicador e o polegar. "Não sei nada sobre a mente desse homem, com certeza."

"Mas veja bem, eu sei, e não consigo entender. Ele foi ensinado, assim como eu, que a terra é o que une uma família, lhe dá estabilidade."

"Você vai ter que perguntar a ele."

"Pretendo perguntar, na primeira oportunidade que tiver."

Callie arrancou outro pedaço de pãozinho e seu coração disparou no peito. Por mais que quisesse, não conseguia desviar o olhar de Nylander agora. A cabeça dele pendia ligeiramente para o lado, ele a observava atentamente. Não de uma forma íntima, não da forma como seu corpo ansiava, mas sim de longe. Ele a olhava como um Viking, e ela que se danasse se uma centelha de desejo não a percorresse.

Mas isso não tinha importância naquele momento.

Naquele momento, ela precisava seguir o rumo enervante daquela conversa e lhe fazer uma pergunta, uma cuja resposta ela certamente não gostaria. Tinha certeza disso. "Você está chateado porque St. Alban não lhe ofereceu a propriedade, já que você é" — ela engoliu em seco diante do olhar azul vibrante dele, os centímetros entre eles ao mesmo tempo uma grande distância e terrivelmente, terrivelmente perto — "você é da família?"

Ela teve que perguntar. Não podia continuar sem saber.

Nylander se inclinou, invadindo ainda mais o espaço dela, não mais do que alguns centímetros os separando agora, seus olhos azuis como buscadores da verdade. "E se eu dissesse sim?" A pergunta retumbou como veludo em seu peito. Poderia ter feito seu coração pular uma ou duas batidas.

"Eu...", ela começou cada sílaba era um ruído granular em sua garganta.

Embora sua mente soubesse que ele estava se referindo à sua pergunta, seu corpo possuía um tipo diferente de conhecimento e ouviu, ou ansiava por ouvir, um sim completamente diferente.

Se ao menos ele se aproximasse um pouco mais...

EM TERMOS DE BOXE, Nylander diria que tinha Callie "encurralada nas cordas". Ele poderia continuar a questioná-la, mas...

Sob a luz total de um sol amarelo, ele podia ver como o brilho da pupila dela empurrava sua íris, apenas alguns tons mais clara, para um anel fino e negro. Era o brilho do desejo, e varreu todo pensamento racional de sua mente, deixando apenas o desejo irracional em seu lugar.

Ele poderia seduzi-la, aqui e agora. Poderia ser algo frio e calculado. Só que a resposta de seu corpo a ela não era fria nem calculada. Desejava-a profundamente, com um desejo que ele nunca sentira por outra mulher.

Ela puxou a gola da blusa de gola alta, revelando uma mancha vermelha subindo pela coluna de marfim de sua garganta. Sua boca ficou seca. "Por que você se esconde tanto?"

"Como assim?"

Ele estendeu a mão e cobriu os dedos dela com os seus. O tremor a percorreu, e ela afastou a mão rapidamente, deixando apenas os dedos dele em seu pescoço, a batida de seu pulso vibrante sob as pontas dos dedos dele. Ele segurou um botão entre o indicador e o polegar. "Por que você escolhe blusas que abotoam até o queixo?"

Ela engoliu em seco, a ondulação sutil de sua garganta se

movendo contra as pontas dos dedos dele. "Não estou escondendo nada que alguém queira ver."

Que ele não visse a vulnerabilidade que havia em seus olhos. Que ele pudesse ignorar isso.

Com um rápido movimento dos dedos, ele deslizou o botão de sua argola. "Quem não gostaria de ver este lugar bem" — ele abriu o tecido — *"aqui".*

Antes que pudesse pensar melhor, ele se inclinou para frente, permitindo não apenas que a força da gravidade o carregasse, mas também o impulso do momento, e pressionou os lábios na base do pescoço dela. A pele dela, quente e cremosa, salpicada de rosa-avermelhada, movia-se sob a boca dele enquanto exalações superficiais sussurravam em seu ouvido. Arrepios percorriam a pele dele.

Ele se moveu para trás, nem cinco centímetros, inclinou o rosto para cima e observou à curva elegante do maxilar dela, seu queixo determinado, seus lábios entreabertos, a ponta arrebitada de seu nariz. O escarlate havia subido, tingindo suas bochechas com um rubor intenso, os olhos brilhantes como se estivessem com febre, assentindo em suas profundezas.

Ele liberou o próximo botão, e o seguinte, o único som em seu universo era a inspiração brusca dos pulmões dela.

"Ou este lugar?"

Os lábios dele tocaram o espaço entre os seios dela, suas curvas delicadas apenas visíveis.

Ele deveria parar ali mesmo.

Ela deveria pará-lo.

Mas ela não parou, então ele continuou.

Ele abriu outro botão e abriu o linho grosso da blusa dela, expondo uma combinação fina e seus seios pequenos e bem formados por baixo, com o rosa dos mamilos aparecendo para ele.

"Posso?"

Ela mordeu o lábio inferior carnudo e assentiu lentamente.

Através do linho fino, ele sugou um doce broto para dentro da boca, e ela ofegou. Ele o rolou delicadamente entre os dentes e passou a língua pela ponta dura, e ela gemeu, um som baixo e animalesco que atingiu diretamente seu pênis.

"Callie", ele falou contra seu seio pequeno e perfeito.

"Oh", ela ofegou, "diga meu nome de novo."

"Callie", ele murmurou e se moveu para colocar o outro seio na boca.

Os dedos dela se entrelaçaram nos cabelos dele, libertando-os da trança de couro, e os cerraram em punhos firmes, puxando-o para mais perto. Sua cabeça arqueou para trás em abandono quando a língua dele roçou o broto duro. Uma das mãos soltou o cabelo dele e se estendeu entre eles. Encontrou seu pênis inchado, um toque suave através do tecido.

Outro gemido animal soou, este dele. Então ela apertou.

"Callie", raspou o fundo da garganta dele.

Um sorriso, seguro, triunfante, surgiu no canto da boca dela. Em um instante, o alívio o atingiu. Ele pensou em deixá-la louca, mas foi ele quem oscilou no limite.

Ele a queria.

Ele *precisava* dela.

O que pulsava entre eles era baseado no desejo mútuo. E embora houvesse tanta coisa que parecia certa nisso, no fundo de sua alma, ele sabia que era errado, muito errado, total e completamente errado. Ele não seria capaz de se afastar facilmente daquela mulher se a tivesse novamente. E com base nas próprias palavras dela — *"Você não vê que você e eu não combinamos?"* — ele sabia que teria que fazê-lo.

Ela era uma dama. Ele era um nada. O passado lhe ensinara essa lição. Por que o futuro seria diferente?

Ele reuniu o que restava de força de vontade que possuía e se afastou.

"Por quê?" ela gritou, com as bochechas coradas, os olhos brilhando, o desejo frustrado irradiando dela em ondas.

Ele se reposicionou, sentando-se novamente paralelo a ela. Com o olhar fixo no horizonte, observou com o canto do olho enquanto as mãos trêmulas dela abotoavam a blusa e arrumavam o cabelo. Uma sensação de exposição permeava o ar. Exposição sexual — desejo, dor, vontade, necessidade, luxúria — mas mais: exposição emocional. O tipo de exposição que ele pensava em evitar. *Em que diabos* ele havia se metido?

"Sobre a Grange", ela começou, recuperando a compostura. O único resquício dos últimos cinco minutos era o vermelho desbotando para rosa em seu pescoço. O olhar dela, duro e implacável, encontrou o dele. "Você estava dizendo sim? Gostaria que Lorde St. Alban lhe oferecesse?"

"Sim."

Era apenas a verdade.

Sem dizer mais nada, ela se levantou e começou a recolher os restos do piquenique, empilhando pães, queijos e tortas desordenadamente nos braços e enfiando-os no alforje. Sem desviar o olhar dela, ele se levantou e dobrou o cobertor, mas não antes de pegar o pano do pirata e enfiá-lo no bolso.

Ela estava definitivamente chateada, possivelmente horrorizada consigo mesma, o que era em parte culpa dela e em parte dele.

Ela queria a Grange.

Ele queria a Grange.

Ela o queria.

Ele a queria.

De alguma forma, esses desejos se entrelaçavam e, para ele, tornavam-se cada vez mais indissolúveis. *Maldição.*

Sem olhar novamente, ela montou no cavalo e começou a caminhar cuidadosamente pela charneca. Alarmado, Nylander deu um assobio curto e agudo, o mesmo que ouvira Callie usar, e para sua completa surpresa, Buttercup apareceu lentamente. Incapaz de esperar que o cavalo indisciplinado chegasse até ele, correu e montou a fera em menos de cinco tentativas, o que lhe deu uma satisfação considerável. Ele incitou a fera a continuar e manteve Callie em sua mira durante toda a viagem de volta à Grange.

A situação havia se agravado, de todos os lados. Entre ele e ela, o que era óbvio, mas também com Jack Le Grand. O ataque a Tom não tinha sido realmente sobre roubo de ovelhas. Tinha sido uma mensagem. Para quem? E por quê?

Callie achava que tinha feito um acordo honesto com Jack Le Grand. Nylander não tinha essa ilusão. Não apenas por causa desses "acidentes" e ataques, mas com base nas próprias palavras do homem.

E também quem ela torna seu inimigo.

Jack podia ser um inimigo formidável quando se dedicava a isso, e Callie precisaria de um aliado muito em breve.

Ela permaneceria na mira dele até chegarem à Grange.

Até que ele entendesse o que havia entre ela e Jack.

Até que ela estivesse segura.

23

DE NOITE

C allie alisou a seda sobre as costelas e tentou não se contorcer. "Tem certeza sobre este traje, Jane?"

Jane tirou o alfinete da boca. "O caimento está desconfortável?"

"O caimento é impecável, e você sabe disso. Mas é tão", disse Callie, certa de que Jane entenderia exatamente o que ela não dissera.

Um sorriso que poderia ser chamado de travesso se curvou nos lábios de Jane e brilhou em seus olhos. "É mesmo, não é?"

"É uma ruptura completa com a tradição, e você sabe como as pessoas por aqui se sentem em relação a mudanças."

"Acho que eles vão se acostumar." Jane inclinou a cabeça para o lado. "Só preciso ajustar um pouco a bainha."

Callie ficou imóvel como um poste enquanto Jane tirava e recolocava os alfinetes no tecido. Uma vez terminado, ela soltou a peça e deu um passo para trás, seu olhar penetrante examinando a bainha em busca de algo errado. Por fim, ela grunhiu em aprovação e encontrou o olhar de Callie. "Vou mandar o Jim entregar isso logo de manhã."

Callie girou os ombros, deixou a peça deslizar para o chão e saiu da sua nuvem esvoaçante de seda. Ela a entregou a Jane. Sério, era bem diferente de qualquer traje que ela já tivesse visto para o Batismo do Duque de Muck. Mas ela confiava no julgamento de Jane.

Ela tinha acabado de arregaçar as calças e estava pegando a blusa quando Jane disse: "Tenho outra coisa para você experimentar."

"Ah, é?"

Jane ergueu um pedaço de tecido fino costurado em um estranho quebra-cabeça de pedaços de tecidos que se entrelaçavam, e se conectavam e se abotoavam de maneiras estranhas para formar uma peça totalmente diferente de qualquer outra que Callie já tivesse visto. "O que estou vendo?"

"Uma solução para o seu problema."

"Que problema é esse? Ultimamente, eles estavam se acumulado a uma velocidade alarmante." Mais do que Jane poderia imaginar, na verdade.

"O problema do seu, bem, do seu terno..." Jane gesticulou para a área geral de seu próprio busto bastante considerável. "Das assaduras que você tem sentido quando corre."

Callie aceitou a peça de roupa estranha e a segurou contra a luz fraca e bruxuleante de um abajur próximo. Seguindo o emaranhado de linhas, ela começou a decifrar o motivo da peça. Essas tiras de musselina envolveriam suas omoplatas, passando por baixo das axilas e sobre os ombros. Essas duas pequenas faixas de tecido formariam a frente onde seus seios caberiam. Esses três pequenos botões se fechariam no esterno e manteriam a peça unida e todos os seus pedaços, o pouco que havia, no lugar.

Callie não pôde deixar de se sentir admirada e um pouco impressionada. Essa talvez fosse a coisa mais gentil que alguém já tivesse feito por ela. Ela encontrou o olhar de Jane sobre a peça. "Você é um gênio."

Jane sorriu de prazer e orgulho. "Acho que isso resolverá o

problema da dor e da irritação nos seios que você sente nas corridas mais longas."

Callie evitou o olhar de Jane. "Isso deve resolver o problema perfeitamente."

Não seria bom ficar pensando no motivo pelo qual seus seios estavam doloridos esta noite, tão deliciosamente doloridos. Eles não a deixariam esquecer tão cedo aquela tarde e a boca talentosa de Nylander.

"Você vai correr quando sair daqui?" perguntou Jane.

Callie assentiu.

"Então por que não experimenta?"

"Certamente." Callie apresentou as costas para Jane e puxou a combinação até a cintura. Ela enfiou um braço, depois o outro, nas alças e começou a se ajustar à sensação incomum da peça. Desde que desistira de usar espartilho, nunca havia experimentado algo tão apertado em seu corpo.

Ela tinha acabado de segurar o primeiro botão entre o indicador e o polegar quando ouviu atrás de si: "Tem havido muitos rumores sobre a Grange ultimamente."

Os dedos de Callie congelaram. "Ah, é?"

"Dizem que o Charentais ainda está funcionando."

Callie forçou uma risada. "É bem sabido que o Velho Pete nunca parou de usá-lo."

"Velho Pete? Ouvi dizer que agora ele se chama Pierre."

Os dedos de Callie se descongelaram e começaram a abotoar com a velocidade da luz. Ela precisava sair dali. "É verdade."

"E a operação cresceu em escala."

"Bem, temos mais maçãs e sidra do que sabemos o que fazer com elas."

"Hmm." Jane não parecia nada convencida. "E outros rumores também estão circulando."

"Ah?" A vestimenta estava completamente fechada, mas Callie ainda não conseguia se virar.

"Sobre piratas sanguinários." Jane fez uma pausa. "Sobre o seu convidado Viking."

"As pessoas devem encontrar entretenimento em algum lugar."

"Que eles estão conectados."

Callie forçou o corpo a se virar. "Conectados? Isso é um absurdo."

"Eles chegaram mais ou menos na mesma época. Essa é a conexão que as pessoas criam em suas mentes. E admito que seja uma coincidência curiosa."

"O Capitão Nylander é amigo de Lorde St. Alban. Eles cresceram juntos. E, tirando isso, nunca conheci um homem mais honesto e honrado em minha vida. Eles não estão conectados. Eu apostaria meu último centavo nisso."

As sobrancelhas de Jane se ergueram em direção ao teto. "Seu último centavo? É mesmo?"

Callie sentiu um rubor se aproximando. Talvez ela tivesse sido um pouco veemente em sua defesa do Viking. Ela pegou a blusa e a abotoou até o queixo em três segundos. "Jane, preciso ir agora. Obrigada por essa peça maravilhosa."

"Você vai me contar como funciona no festival amanhã?"

"Claro", Callie gritou por cima do ombro, os pés já ansiosos para sair correndo pela porta e se livrar daquela conversa que tinha dado terrivelmente errado.

Sua corrida resolveria o problema.

Sempre lhe ajudava.

Respiração, regular e uniforme. Pés, firmes e seguros. Lua minguante, brilhante o suficiente para iluminar o caminho e o rio que corria ao lado dele. Preocupações, deixadas de lado e para trás.

Essa era a beleza da corrida. Era muito parecida com a destilação de um bom conhaque. Tinha cabeça, coração e cauda.

O *ponto principal* do processo do conhaque era o primeiro quarto da destilação. Esses galões eram azedos, até mesmo venenosos, mas necessários, e sempre deviam ser cortados e descartados. O mesmo acontecia em uma corrida. Os primeiros minutos da corrida podiam ser difíceis, seu corpo protestando que estava frio nos pulmões, o esforço nos pés, e o excesso de esforço da noite. Mas ela simplesmente precisava continuar, e deixar a corrida fluir através dela, um pé na frente do outro em uma repetição obstinada.

A umidade se dissiparia em sua testa. Um ritmo se desenvolveria. Seu corpo, finalmente, aceitaria seu destino, e suas preocupações desapareceriam. Ali, ela entrava o *coração* da corrida, seu espírito essencial, sua parte mais refinada e doce. Sua mente podia se abrir em um vazio, e ela podia encontrar a expansão e a liberdade para organizar seus pensamentos.

Essa noite, sua corrida era menos sobre a alegria do que sobre a necessidade total de se livrar, mente e corpo, de Nylander.

Ele queria Wyldcombe Grange. Ele queria uma família. Ele queria algo tão profundamente enraizado que nunca poderia ser arrancado dele. Era uma necessidade profunda na alma.

Era a mesma necessidade profunda dentro dela.

Além do físico, que era considerável, como ela se sentira conectada a ele naquele pântano desolado, apenas ele, ela e suas confissões. Sua mãe, a vida que ela levara implícita na causa de sua morte. O abandono por seu pai. Seu desejo pela terra, por um lar.

E, oh, como ela não queria sentir essa conexão com ele, pois ele queria a mesma vida que ela, um fato que ela não podia invejar. Mas ele só poderia conseguir isso à custa dela.

Para que ele tivesse a vida que queria, ela não podia ter a vida que queria.

Este era o problema entre eles em sua essência, implacável,

intransponível. Por mais forte que fosse a conexão que ela pudesse sentir com ele, ele ainda era seu rival. Na verdade, seu inimigo.

Atrás dela, soou o estalar de samambaias, e uma ponta de ansiedade a invadiu. Ela a ignorou. Ela havia escolhido correr ao longo do rio naquela noite por uma trilha conhecida apenas pelos moradores locais. Ela estava segura naquele caminho. Provavelmente, o som tinha sido apenas de uma cotovia ou um noitibó [1] correndo sob as folhas protetoras, e talvez atrasados para sua migração de inverno em direção ao norte da África.

Ela passou correndo pela ansiedade e a deixou para trás. Em noites como aquela, eram apenas ela, a trilha e a lua. Embora, naquela noite, a lua estivesse sendo obscurecida por um rolo de nuvens que se aproximava do oeste. Ela acelerou seu passo e pensou em voltar. Não tinha intenção de ser pega em uma tempestade à meia-noite.

Mais uma vez, seus ouvidos captaram o estalar de arbustos e samambaias, que não podia ser tão facilmente descartado. Estava mais perto. Mas não era isso que ameaçava transformar uma ponta de ansiedade em pânico total. O som era... *Rítmico.*

E estava se aproximando dela.

Ela aumentou o passo e resistiu à vontade de olhar para trás, os pés se movendo rapidamente em um ritmo acelerado, a respiração ofegante e curta. Até mesmo o olhar mais rápido por cima do ombro a atrasaria, e ela teria que tirar os olhos do chão. Com as nuvens cada vez mais espessas obscurecendo a lua, ela não podia correr o risco de olhar para cima e tropeçar em uma raiz.

O som, um rápido impacto em suas costas, se aproximava. A

---

1. Noitibó-da-europa ou noitibó-europeu é uma ave da família ligeiramente menor que o noitibó-de-nuca-vermelha, apresentando a plumagem mais acinzentada. É uma ave de hábitos noturnos e crepusculares, alimentando-se de insetos. O noitibó-da-europa constrói o seu ninho no chão. Passa o dia no solo ou num tronco de árvore, passando despercebido graças às cores crípticas da sua plumagem.

adrenalina corria por suas veias, e ela não podia mais negar: estava sendo perseguida, rastreada como um animal. E não por um animal, mas por um homem. Alguém estava vindo atrás dela.

E depois de hoje no pântano, ela tinha que aceitar a possibilidade de que pudesse ser um pirata.

Não podia mais evitá-lo. Ela precisava olhar para trás. Precisava saber o quão perto seu perseguidor estava, se havia mais de um, e, o mais importante, precisava bolar um plano para despistá-lo. Com os pés rápidos e seguros, ela se virou e avistou uma forma humana, sombreada e solitária, a menos de seis metros atrás dela. Ele era mais rápido do que ela, seus passos pesados e determinados ganhando terreno a cada passo, seus passos mais longos e rápidos.

À frente, sua salvação apareceu na forma de uma enorme rocha que marcava o Y onde esse rio convergia com outro, apropriadamente chamado de Riversmeet (Encontro do Rio). Do outro lado da rocha, havia um caminho estreito que descia em um declive íngreme antes de chegar ao rio abaixo. Se seu perseguidor não fosse da região, ele não saberia.

Seu ritmo aumentou para uma corrida a toda velocidade. Sua única chance era chegar à rocha bem antes do perseguidor. A respiração áspera entrava e saía dos seus ouvidos, soprando a cada expiração. Ela contornou a rocha e imediatamente se abaixou, o seu corpo ficou imóvel como a rocha que a abrigava, sua mão tapando a boca para abafar o rugido de sua respiração irregular, seus ouvidos atentos aos passos pesados de seu perseguidor. A menos de um metro de distância de sua cabeça, as botas dele passaram trovejando e seguiram a curva da trilha.

O alívio a percorreu, e sua respiração saiu dos pulmões em um alívio irregular. Enfraquecida pelo esforço e pelo medo, ela se deixou cair contra a rocha fria. Ela tinha conseguido.

Acima de sua cabeça, as nuvens se dissiparam e a terra sob seu traseiro instantaneamente se transformou em lama. *Maldição.*

Ela se agachou cautelosamente e ergueu a cabeça apenas o

suficiente para poder examinar o pântano. Através da chuva que ganhava força a cada gota, ela não viu nada nem ninguém. Outra onda de alívio a percorreu. Com uma das mãos apoiada na rocha e a outra envolvendo um arbusto esfarelado, ela se içou para frente e para cima, na tentativa de retomar o caminho e voltar para a Grange. Só que a lama escorregadia sob seus pés tinha uma ideia diferente de como ela deveria proceder.

Seu equilíbrio escorregou e seu quadril direito caiu com força, aterrissando no chão escorregadio com um respingo nauseante. Um alto "Oof!" escapou dela e, para piorar a situação, a gravidade começou a carregá-la, de costas e de cabeça para baixo, pelo caminho em direção ao rio que rugia lá embaixo. Suas mãos tentavam se agarrar em busca de apoio, mas não encontraram nada, seu corpo ganhava impulso a cada centímetro que descia.

No início do caminho, recuando rapidamente, uma figura surgiu de repente. Era seu perseguidor, e ela o conhecia. *Nylander.*

Ela não tinha certeza se deveria se sentir mais aliviada ou assustada.

Ambas pareciam respostas razoáveis.

24

N ylander piscou sem acreditar no que via.

Lá ia Callie, deslizando para baixo, para baixo, para baixo, pela trilha que ficava mais lamacenta a cada segundo. Instintivamente, ele avançou. Instantaneamente, ele também perdeu o equilíbrio na lama escorregadia, caindo de bunda no chão.

"Maldição!"

Enquanto isso, ela continuava descendo até o fundo daquela trilha e o que quer que esteja no final. Três, quatro, seis metros de distância, longe, longe. Ele precisava chegar até ela.

Ele apoiou a palma da mão no solo instável, filetes de chuva fresca fluindo ao redor de seu pulso, gotas do tamanho de maçãs o encharcando até o âmago. No mês seguinte, essas gotas seriam granizo e, no seguinte, neve. Por enquanto, era apenas água que teria sido refrescante depois da corrida e em circunstâncias diferentes.

Ele transferiu seu peso para a mão, e ela escorregou debaixo dele. De cara para o chão, ele se chocou com lama, samambaias e pedras. *"Maldito inferno!"* Ele gritou alto, para o caso de os deuses não o terem ouvido da primeira vez.

Mais uma vez, ele tentou. Uma mão, um joelho, um pé. Nada encontrou apoio. E ela se afastou ainda mais. Outra vez *"Maldição!"* escapou dele.

De novo, ele lutou para assumir o controle. Mais uma vez, ele não conseguiu.

Se ele pudesse apenas —

Ele parou de lutar.

Sério, havia um jeito de pegá-la.

Ele sucumbiu ao inevitável, às forças combinadas da lama escorregadia e da gravidade, e começou a deslizar com os pés primeiro. Com seu peso maior, ele já estava se aproximando dela e a alcançaria em questão de segundos.

Descendo a ladeira íngreme, ele tentou cravar os calcanhares na terra enlameada para desacelerar a descida. Sem sucesso. Ele continuou avançando e se aproximando dela. *"Callie!"*, ele gritou para avisá-la.

Através do vento e da chuva, agora caindo torrencialmente, os olhos dela encontraram os dele e se arregalaram. Como não conseguia parar, moveu os pés para o lado para evitar colidir com ela, o que só pareceu convidar a gravidade a acelerá-lo.

A próxima coisa que percebeu foi que estava quase em cima dela. Para não a atropelar, agarrou-a pela cintura com uma das mãos e tentou fincar a palma da mão na terra com a outra, numa tentativa inútil de desacelerá-los. Isso só piorou as coisas, pois o impulso e a gravidade empurraram todo o seu corpo sobre o dela.

"Que raios você está fazendo, Viking?" ela gritou em seu rosto, com os olhos incrédulos e ferozes.

Ele a envolveu com os braços e as pernas, apertou com força e se virou, de modo que foi ela quem agora se esticou por inteiro sobre ele.

"Você perdeu a razão?" ela gritou.

"Fique quieta, mulher" ele gritou de volta.

Ela ficou rígida, o corpo dela parecendo mais uma tábua de

madeira do que uma mulher. Por fim, chegaram ao fundo com um baque forte, e ele a abraçou com força enquanto rolavam, parando finalmente em um aterro rochoso em meio a um amontoado de xingamentos e membros emaranhados, ela esparramada sobre ele, seus peitos arfando em uníssono, o rio correndo ao lado deles a menos de um metro e meio de distância. Pelo som saudável das águas agitadas, eles pararam bem a tempo.

Ela apoiou as duas mãos em cada lado da cabeça dele e se levantou. A menos de vinte centímetros de distância, olhos negros como carvão, assassinos, o encaravam. O cabelo dela havia se desfeito da longa trança e esvoaçava sobre os rostos de ambos em mechas encharcadas.

"Que *maldição* foi isso, Viking?"

Nylander não tinha uma resposta pronta. Em vez de seguir Callie como uma sombra, como fizera tantas vezes, pensou em alcançá-la e fingir que tinha saído para um passeio ao luar, para que pudessem caminhar e conversar lado a lado. Algo havia mudado entre eles naquela tarde, e ele queria explorar. Então ela o avistou e começou a correr a sério, para longe dele, e tudo piorou, literalmente, a partir daí.

Agora seus olhares permaneciam fixos, e a consciência o invadiu. Essa consciência não tinha nada a ver com os elementos externos. Não com o fragmento pontudo de rocha em suas costas. Ou com a chuva fria batendo em seu rosto e o encharcando até a pele. Era ela, o jeito como estava pressionada contra ele. Seu peito se ergueu, seus quadris não tiveram escolha a não ser pressionar com mais força contra os dele.

O pênis dele percebeu. A próxima pergunta morreu em sua boca, e suas sobrancelhas se uniram. À luz do dia, ele teria detectado um rubor.

Ela sentiu isso, sua masculinidade, rígida e pronta.

Por um instante delicioso, pareceu que o momento poderia pender para qualquer direção. Então seus olhos se estreitaram, seus lábios se apertaram, e ela se afastou dele e se levantou de repente. "Oh!" ela gritou, pulando em um pé só.

Alarmado, Nylander se levantou de um salto, pronto. "O que foi?"

"Parece que durante nossa pequena conflagração lá na colina" — a Sra. Bailey não conseguia imaginar uma massa mais picante do que a boca de Callie — "eu consegui torcer meu tornozelo." Ela colocou o pé no chão e cuidadosamente testou seu peso sobre ele. Uma careta silenciosa cruzou suas feições. "O que você estava fazendo, perseguindo-me daquele jeito?"

Trovões ribombavam e relâmpagos riscavam o céu. O olho da tempestade estava sobre eles. "Precisamos de abrigo agora", ele gritou em meio à chuva que começava a cair como se guardasse rancor. "Você conhece algum lugar?"

Callie apontou para além do ombro dele. "Há uma caverna que os jovens locais apreciam. Mas..."

Nylander exalou com dificuldade. "O que é?"

"É uma subida e tanto. Com o meu tornozelo, o progresso pode ser lento."

"Oh, que diabo, mulher." Com a boca sombria, ele se aproximou e a tomou nos braços.

"O que você pensa que está fazendo? Eu consigo andar", ela protestou. Ainda assim, suas mãos agarraram o pescoço dele para firmar o corpo no lugar. Encharcada, a mulher não pesava nada.

"Diga-me para onde ir."

Rápidos e firmes, seus pés seguiram as instruções dela e os encontraram subindo a ladeira até a caverna em questão de segundos. Em sua boca escura e escancarada, ele perguntou: "Posso te colocar no chão?"

Ele sentiu o aceno dela contra seu pescoço e estremeceu, e não de frio ou umidade.

Encontrou um trecho plano de parede e a acomodou contra ela. "Você sabe se tem um lampião?"

"Com os jovens usando, deve ter."

Ele começou sua busca, tateando o caminho mais para dentro da caverna, passo a passo cauteloso, a escuridão o engolindo. Tateou ao longo da parede úmida de musgo, as pontas dos dedos percorrendo a base. Devia estar ali em algum lugar. Finalmente, seus dedos tocaram metal frio e vidro. "Encontrei a lampião."

"A pederneira e o ferrolho não devem estar longe."

Ele caiu de joelhos, para melhor tatear o chão... *Aqui.* "Encontrei."

Ele bateu a pederneira e o ferrolho juntos, e em questão de segundos a escuridão se transformou em luz alaranjada, sombras dançando no teto, nas paredes e no chão. Lá fora, a tempestade continuava.

"Chegue mais perto", ele ordenou como se estivesse falando com um de seus tripulantes. Ela estava do lado de fora do pequeno círculo de luz, e isso o incomodava.

"Por que você estava me seguindo?" emergiu suavemente da escuridão.

Nylander congelou em sua posição agachada. "Você sabe que há piratas por aí."

Não respondeu à pergunta dela, mas era uma declaração de verdade e o suficiente para calá-la.

Seus olhos percorreram o ambiente até encontrar: um cobertor. Na verdade, dois. Ele pegou um e o estendeu. "Pegue isso. Você deve estar congelando."

Qualquer coisa para levá-la para a luz e para mais perto. Ele não gostava dela parada ali como um gato molhado. Lá fora, a tempestade podia rugir, mas lá dentro, a quietude pulsante de tensão prevalecia. Por fim, ela mancou para a luz e se sentou em uma pedra plana em frente a ele, com uma careta. Ele jogou o cobertor para ela.

Ela o agarrou e o estendeu à sua frente. "Não vai adiantar nada, a menos que —" Ela interrompeu o resto da frase.

Ela não precisava terminar. Ele sabia como terminava. *A*

menos que tirássemos essas roupas molhadas. "Podemos ficar aqui a noite toda", ele disse.

Os olhos escuros dela, insondáveis como o mar em uma noite sem lua, apagariam a presença dele, se pudessem. Mas ele viu concordância ali. Ela acenou com a cabeça distraidamente. "Se não fizermos isso, podemos pegar uma febre."

"Vou virar as costas enquanto você" — ele não diria *tirar a roupa* — "se despe".

"Despir", uma palavra discreta e nada sensual. Uma palavra que ele nunca havia dito na vida.

"É só o seu tornozelo que está doendo?" ele perguntou para mudar de assunto.

Ela se mexeu. "Meu quadril direito está um pouco machucado."

Ele conteve o impulso de perguntar se ela precisava de ajuda enquanto se abaixava e desamarrava os cadarços das botas. Ela tirou a esquerda sem problema, mas no momento em que testou a bota direita, sua boca se apertou nos cantos.

"Você vai precisar tirar essa bota do pé."

"Ela pode ficar."

"Não conheço outra maneira de tirar as calças a não ser tirando a bota primeiro."

Sua boca se contorceu, amarga e teimosa.

"Ah, droga, mulher." Ele cruzou a distância entre eles e em questão de segundos segurou o pé dela, os dedos já desamarrando a bota. "Você precisa tirar essa bota."

Ela tentou soltar o pé e estremeceu novamente. "Vai ficar tudo bem amanhã."

Nylander apontou com um dedo para a boca da caverna, onde a chuva caía em torrentes. "Teremos sorte se *isso* diminuir esta *noite*."

A boca dela se fechou em uma linha de má vontade. Ele interpretaria isso como aceitação.

Uma mão fechou o salto da bota dela e a outra removeu os

cadarços completamente dos buracos. Assim, doeria menos. "Vou tirá-la quando contar até três. Pronta?"

Ela assentiu. Os nós dos dedos ficaram brancos enquanto suas mãos apertavam a pedra ao lado do corpo.

"Um... dois... três." Com a maior delicadeza possível, ele inclinou a bota e a forçou a sair do pé dela com um movimento tão lento e constante quanto possível, dada a aderência úmida da meia de lã ao couro. Tirando a bota finalmente, ela soltou a respiração que estivera prendendo com um grunhido de alívio.

"Precisa de uma—" ele parou. Não perguntaria se ela precisava de uma massagem. Em vez disso, voltou para o lado oposto da caverna. Era mais seguro ali. "Vou virar de costas enquanto você —" Ele hesitou. Nunca mais terminaria uma frase?

"Enquanto eu tiro s roupa?"

"Sim."

De volta a ela, ele avaliou sua pessoa. Botas, meias, camisa, calças, cuecas. Todas as peças tinham que ir embora. A cada peça de roupa que ele removia, ouvia um estalo correspondente de pano molhado bater contra a pedra do lado dela da caverna. Meia, *slap, slap,...* camisa, *slap, slap...* cuecas, *slap.*

Ele estava nu como Adão, e atrás dele, em segurança do lado dela da caverna, estava Eva. O pensamento o fez pegar o cobertor. Havia muito mais dele para cobrir agora do que antes que esse pensamento lhe ocorresse.

"Pode se virar agora."

Ele enrolou o cobertor em volta do pouco que cobria e a encarou com um ar de indiferença, como se não estivesse no momento reprimindo um enorme pênis. Ela estava sentada em cima da pedra, enrolada em si mesma sob seu cobertor, exceto pelo comprimento de uma perna esbelta e cremosa, revelada do joelho aos pés. Aquele pedaço convidativo de pele não estava ajudando no problema que ele estava enfrentando debaixo do cobertor.

"Podemos pelo menos ficar confortáveis."

"Hmm", ele resmungou. *Maldição*. Frustrado e mal-humorado, ele perguntou: "Por que você corre na calada da noite?"

Eles não estariam nessa situação atual se ela não o fizesse.

"Você anda ouvindo histórias sobre a Wild Hare, eu imagino."

Ele assentiu.

Ela deu de ombros. "Eu gosto."

"É uma atividade comum por aqui?"

"Nunca vi ninguém fazendo isso."

"Então por que *você* faz isso?" Ele sentia mais além das palavras que ela dizia. Palavras não ditas estavam fora de alcance.

"Minha mãe."

"Ela corria?"

Callie bufou. "Não consigo imaginar." Seus olhos brilharam de humor. "Ela teria gostado de você."

Nylander ergueu a sobrancelha em uma pergunta silenciosa.

"Você se parece muito com o Thor [1]." Seu humor desapareceu. Com os olhos fixos na chama bruxuleante do lampião, ela se encolheu ainda mais. "Quando eu tinha dez anos, minha mãe, saudável e robusta, começou a emagrecer. De altura semelhante à minha, ela era mais larga e carregava muito mais peso. Combinava com a natureza dela. *Uma barriga gostosa para uma risada gostosa*, ela sempre dizia. Aos onze anos, os quilos foram diminuindo gradativamente e sua energia se esvaiu. Embora eles não falassem na minha frente, comecei a escutar atrás das portas e descobri que havia uma deformidade, um caroço no peito dela, que era o problema." Ela engoliu em seco. "E não havia solução para isso."

Ele queria estender a mão para ela. Mas não o fez.

"Saí correndo de casa o mais rápido que minhas pernas permitiam, sem direção específica. Nossa propriedade era

---

1. Thor é um deus proeminente no paganismo germânico. Na mitologia nórdica, ele é um deus empunhando um martelo associado a relâmpago, trovão, tempestades, bosques e árvores sagradas, força, a proteção da humanidade e a fertilidade

enorme. Eu podia simplesmente correr e correr. Meus pulmões queimavam e doíam, mas corri por uma hora inteira naquele dia. Cheguei a casa com bolhas nos pés e completamente exausta. Exausta demais para pensar no que tinha ouvido. Depois que as bolhas sararam, corri de novo. Corri no dia em que ela morreu e novamente no dia do funeral dela. Nunca parei."

Sem que ela precisasse pronunciá-las, ele as ouvia agora, aquelas palavras não ditas. "É liberdade."

O olhar dela fixo no lampião a seus pés. "Eu consigo organizar meus pensamentos numa corrida."

Ele esperou que ela levantasse os olhos. "Do que você estava fugindo esta noite?"

"De você, claro."

Era literalmente verdade, mas havia mais do que *você*. Ele viu nos olhos dela. Ele não ousava mover um músculo.

"Há algo que preciso lhe contar. Algo que venho escondendo de você."

Finalmente, ela diria tudo e eles poderiam seguir em frente. *Eles?* Não havia *eles*.

Ainda não, pelo menos.

"É para você que St. Alban quer vender a Grange." A confissão surgiu em um fluxo trêmulo. "Eu sei disso desde Londres e deliberadamente escondi a informação de você."

Ele assentiu e conteve a língua.

"St. Alban me deu até o festival para garantir o dinheiro."

A surpresa o percorreu. "É amanhã. Você tem o dinheiro?"

Seus olhos negros como carvão se transformaram em diamantes frios e duros. Era a pergunta errada. "Isso é problema meu."

Pronto. Confirmação. Jack Le Grand forneceria os fundos. Ou, pelo menos, esse era o cerne de seu acordo com o pirata, exceto que não estava indo como planejado. "Acidentes" e agressões recentes não faziam sentido. Seu dinheiro estava longe de estar garantido, e ela sabia disso.

"Há mais alguma coisa que você gostaria de me dizer?"

Ela balançou a cabeça brevemente. "Não é nada que eu não consiga resolver sozinha."

Ela pensava em lidar com Jack sozinha? Ele não conseguia imaginar uma mulher mais irritante.

"Se eu não conseguir os fundos, você vai comprar a Grange?"

Ela tinha acabado de tornar seu medo mais profundo em algo tangível ao falar em voz alta, e ele não pôde deixar de admirá-la por isso. Ela era corajosa até a medula. A única maneira de ele honrar sua coragem era sendo honesto. "Sim."

Ela se encolheu, como se ele a tivesse golpeado.

"Seria algo tão terrível assim?"

Uma risadinha sem graça a assustou. "Se você tivesse me feito a mesma pergunta alguns dias atrás, eu teria dito que sim. Eu teria listado todas as maneiras pelas quais isso teria sido a pior catástrofe do mundo." Ela ergueu os dedos e começou a riscar itens de uma lista. "Para a Grange. Para seus inquilinos. Para Upper Wyldcombe Lacey." Ela hesitou. *"Para mim."*

"E agora?"

"Não tenho tanta certeza. Talvez eu tenha feito à escolha errada de ficar depois da morte de Georgie. Talvez isso tenha me impedido de ter a vida que eu realmente quero."

"E a Grange não é?"

Ela balançou a cabeça.

"O que você realmente quer?"

Ele esperou. Ela poderia não responder. Ela não lhe devia isso. Ele não tinha direito a seus desejos mais profundos, não aqueles que iam além da sua pele.

"Um filho." As palavras, duras e simples, ecoaram pela caverna. "Ninguém gostava de Georgie, nem mesmo meu pai. Mas isso pouco importava, porque todos conseguiriam o que queriam com o casamento." Novamente, ela ergueu os dedos para riscar itens de uma lista. "Papai receberia um título para a família. Georgie receberia uma infusão muito necessária de novos fundos em suas contas bancárias. E eu teria um filho." A amargura contorceu seu rosto, e ela riu brevemente. "O casamento aconteceu, mas o filho prometido não. E nada — nem fortuna, nem status, nem conexões — se desfez diante dessa miséria particular."

"Você poderia ter se casado novamente." Ele hesitou. "Você ainda pode. Você é uma jovem de grande habilidade e talento." *Qualquer homem teria sorte em tê-la*, palavras que ele não disse.

"A maioria dos homens não considera que uma mulher que anda por aí com calças masculinas e grita ordens o dia todo seja a esposa e mãe ideal."

"A maioria dos homens é tola." As palavras saíram de sua boca antes que ele tivesse a chance de impedi-las.

Eram palavras imprudentes e descuidadas.

Eram as palavras mais honestas que ele já havia dito.

25

O momento mudou em seu eixo.

Segredos podem abundar entre eles, aconchegados no fundo de cascas duras e retorcidas, mas enquanto se olhavam através de chamas bruxuleantes, uma verdade mais profunda se revelava. Em estado natural, vulnerável, a verdadeira Callie o encarava, e ele não pôde deixar de lhe dar o verdadeiro Nylander em troca.

Nesse dia, eles confiaram às partes mais vulneráveis de si mesmos à guarda um do outro. Somente esses "eus" povoavam essa caverna. Ele nunca havia vivenciado um dia, nem um único instante, como esse com outra pessoa, e suspeitava que ela também não.

De repente, eles mergulharam em um momento importante. Nada em sua vida jamais importara mais. Alimentava um lado dele que ele não sabia que existia.

E ele estava faminto por mais.

Por tudo.

Dela.

Ela se mexeu em seu assento de pedra. Novamente, aquela careta.

"É seu tornozelo?"

"Não é nada mesmo."

Pela segunda vez naquela noite, ele cruzou a caverna para o lado dela, mesmo sabendo muito bem que deveria ficar longe. Nada de bom poderia resultar disso. Ainda assim, ele não conseguia vê-la sofrendo e não fazer nada. O pé dela estava em sua mão antes que ele pudesse processar completamente que a estava tocando novamente. Parecia impossível não conseguir.

Abaixo, da posição de suplicante, ele a encontrou olhando para ele, não como uma deusa, mas, com os olhos semicerrados, pensativa, como uma mulher muito curiosa. "Por que você tem que ser tão, tão..." Ela procurava uma palavra. *"Tão gentil."*

Isso arrancou uma risada dele. "Muitos nomes foram lançados contra mim ao longo dos anos, mas nunca esse".

"Tenho a sensação de que é porque eles não vislumbraram o seu verdadeiro eu."

Ele se concentrou no pé dela e permitiu que suas palavras não o perturbassem. Não seria bom guardar aquelas palavras para si. Elas poderiam enchê-lo de uma alegria sem limites. "Como é a sensação quando eu pressiono aqui?"

"Tudo bem." Ela parecia irritada. Melhor.

"E aqui?"

Isso arrancou um grito dela. *"Não* é agradável."

Ele começou a esfregar a área e permaneceu em silêncio.

As sobrancelhas dela se franziram, como uma mulher da ciência estudando um espécime curioso. "Você não se parece em nada com um Viking."

Ele soltou o pé dela e sentou-se sobre os calcanhares. "Eu nunca afirmei ser."

Uma risada consciente soou dela. Sua mão emergiu do cobertor e se estendeu para tocar sua bochecha. Ele ficou muito, muito imóvel enquanto ela acariciava a linha de seu maxilar com a barba por fazer. "Neste mundo imperfeito, você é tão *perfeito*."

Uma amargura, incontrolável e familiar, revirou seu estômago. Sempre voltava a isso com a sua laia. "Já me disseram. Um espécime perfeito de homem. Uma *foda* perfeita", ele atirou para ela.

Ela piscou com a vulgaridade, mas não se afastou. Em vez disso, a compreensão surgiu em seus olhos. "Não posso negar, mas onde você é mais perfeito" — a mão dela deslizou por baixo do cobertor até o peito dele e parou bem acima do coração — "é aqui."

A resposta foi um baque forte, e a respiração dele congelou entre a inspiração e a expiração. O tempo parou.

"Ninguém nunca lhe disse?"

Ninguém havia contado. Bem, talvez a mãe dele, tantos anos e vidas atrás. Mas ele não conseguia pronunciar as palavras, não sob o feitiço que Callie estava tecendo ao redor dele. Ela empurrou o cobertor para o lado, revelando a tatuagem acima do coração dele. Dedos leves como plumas traçaram cada linha reta e curva da tinta preta. "E tem algo escrito?"

"Sim."

"O que diz?"

"É o significado do meu nome."

"Qual é?"

"Morador de novas terras." Seu sangue fervilhava quente e rápido em suas veias, como se ele tivesse exposto um nervo ao oxigênio. "É o destino de todos os marinheiros explorarem novas terras."

"E este é o nome que você se deu?"

"Sim."

"Mas não é *explorador* de novas terras. É *morador*."

Ela percebia a diferença.

"Escrito acima do seu coração. Não é simplesmente o significado do seu nome. É o desejo do seu coração."

Essa mulher... Ela o *conhecia*.

Ele havia experimentado uma boa variedade de intimidades com um bom número de mulheres, mas nunca uma intimidade como esta. Ela não se importava apenas com o que havia entre suas pernas, ela se importava com o que havia dentro de seu coração. Algo novo e maravilhoso estava acontecendo dentro daquela caverna.

"Você está tremendo."

Seria preocupação nos olhos dela?

"Não é nada", ele descartou.

Ele não estava tremendo de frio.

"Não é nada", ela insistiu. "Você também tem necessidades."

"Eu já senti mais frio."

Por que ele estava ignorando a preocupação dela?

"Isso não é relevante", ela falou com uma voz áspera. Quando foi que ele começou a gostar tanto disso? "Suas necessidades importam. Pegue meu cobertor." Ela se mexeu para tirá-lo.

Por mais que ele quisesse vê-la em sua glória plena e nua, não podia se rebaixar a esse nível. Era vulgar. "Não vou aceitar seu cobertor. Você precisa mais dele. Você é pequena."

Suas sobrancelhas se encontraram e se uniram antes que ela soltasse uma risada. Livre e desprevenida, era uma risada de total abandono, o som mais adorável que ele ouvira em toda a sua vida. "Você é o único homem no mundo que me vê como *pequena*."

Mais uma vez, aquela risada desinibida soou, e uma alegria irrestrita o invadiu.

"Você é um homem muito difícil de cuidar, sabia disso?"

"Já me disseram."

A solenidade substituiu a impulsividade em seus olhos. "Você não permite que ninguém cuide de você?"

A pergunta dela roubou a resposta da boca dele. Ela se inclinou para frente e estremeceu.

"Seu quadril."

"Não se preocupe com o meu quadril."

"Você é difícil de cuidar, sabia?"

"Não somos um belo par?"

"Não somos?"

Ela pressionou o corpo o suficiente para deslizar da pedra para o chão. Lá estava ela, sentada em frente a ele, pernas cruzadas. A sensação atemporal que havia entrado na caverna continuava a envolvê-los.

Ele estendeu a mão e colocou uma mecha úmida de cabelo ruivo-fogo atrás da orelha dela. "Eu amo a cor do seu cabelo."

As palavras — *aquela* palavra — saíram de sua boca antes que ele pudesse controlá-las. E, dentro daquela bolha protegida que os dois haviam criado, ele não queria isso.

"Você *ama* a cor?" ela sussurrou.

"Sim." Encorajado, ele continuou: "E eu adoro as sardas espalhadas pelo seu nariz."

"Você as *adora*?"

Ela parecia estar sem fôlego, e uma onda de alegria surgiu com o som de sua falta de ar.

"Sim."

"Seus olhos", ela começou, com um soluço em cada sílaba. "Há um céu azul eterno contido neles, mesmo no dia mais nublado. É o azul mais verdadeiro do mundo. Eu am—" Ela engoliu em seco. "Eu amo."

"Você *ama*?" Seu coração poderia parar. Alegria demais poderia ser letal?

Ela assentiu. "E eu amo —" Ela tropeçou naquela palavra novamente. Como ele, ela não tinha muita prática em pronunciá-la. "Eu amo a curva torta da sua boca quando você sorri, como agora."

O sorriso dele se torceu ainda mais. "Você *ama*?"

Solenidade e vulnerabilidade brilhavam em seus olhos enquanto ela assentia e inclinava o corpo para frente, sobre as pernas cruzadas, sobre as pernas cruzadas dele, até que seus lábios pararam a um fio de cabelo dos dele. "Certo", ela murmurou, a sua respiração sussurrando em sua boca, "aqui". Ela pressionou os lábios no canto curvado da boca dele em um beijo suave, puro, sagrado.

Ela se moveu para trás. Ele poderia uivar pela perda dela.

"E eu amo" — ele se inclinou para frente, ocupando o espaço dela — "este rubor" — ele inclinou o rosto na área nua da pele entre a ponta do cobertor e o queixo dela — "aqui".

Ele pressionou a boca no ponto de pulsação do pescoço dela, com os batimentos cardíacos dela pulsando sob seus lábios. Ela exalou um suspiro suave em seu ouvido, e sua masculinidade se agitou. A doce pureza da intimidade deles deslizou para o carnal.

Ela recuou, ainda que levemente, e olhos cúmplices encontraram os dele. Sua mão suavizou o cobertor o suficiente para que ele escorregasse de seus ombros, mal mantido na altura do peito, revelando a base de sua garganta, a curva cremosa de seus ombros à luz bruxuleante do lampião.

Ela soltou o cobertor completamente, e a lã áspera caiu em uma poça cinzenta em seus quadris. Lá estava ela, revelada de todas as maneiras que temia: vulnerável, exposta, nua, não apenas em carne e osso, mas em seus olhos escuros e solenes.

Para ele.

Esta mulher gloriosa estava desnudando todo o seu ser, para ele.

Ele permitiu que seu cobertor caísse. Ele não a deixaria sozinha em sua vulnerabilidade.

Ela veria a dele também.

Sua vulnerabilidade para ela.

Ela estendeu a mão e tocou o rosto dele. Ele estendeu a mão e tocou o dela.

Mais uma vez, ela se inclinou para frente. "Eu amo o tremor dos seus dedos quando você me toca", ela murmurou contra seus lábios.

Os relâmpagos que riscavam o céu lá fora não chegavam nem perto da intensidade da descarga elétrica que lhe era transmitida pela suave pressão dos lábios dela. Brilhavam em suas veias com luz e energia, desejo e alegria.

Os dedos dele se estenderam ao redor e se enredaram nos cabelos dela, puxando-a para frente, aprofundando o beijo. Ela se ajoelhou. Seu rosto se inclinou para baixo, e a cabeça dele se inclinou para trás, recusando-se a se separar dela enquanto ela montava em suas pernas. Os braços dele a envolveram e a puxaram para mais perto, de modo que seu peito se pressionasse contra o dele, e sua vagina lisa e macia contra seu pênis, rígido, pronto.

"*Callie*", ele gemeu. Talvez ele nunca a deixasse ir.

Ela deslizou beijos leves como plumas até chegar à sua orelha. "Eu quero você."

Ele se afastou e olhou nos olhos dela. Ele precisava ver se o que ele achava que tinha ouvido nas palavras dela estava realmente ali. E, com uma sensação de admiração, ele viu que estava.

O desejo não era meramente, ou puramente, físico. Havia uma possibilidade naquelas palavras, em seus olhos solenes, de que ela queria mais dele do que seu corpo e o prazer que ele poderia lhe proporcionar. Era possível que ela quisesse *ele... Tudo* dele. Como eles haviam chegado àquele lugar depois de semanas de um jogo de gato e rato, ele não tinha certeza, mas eles estavam aqui, *agora*. Era o que importava.

Isso era tudo o que importava.

Os lábios dela percorreram a curva do pescoço dele, e ele prendeu a respiração quando ela sugou a carne sensível para dentro da sua boca. Arrepios percorreram sua pele, e ele segurou seus quadris.

"Oh, sim", ela respirou contra seu pescoço, seu hálito doce preenchendo o espaço com um calor sensual. "*Eu preciso de você agora.*"

A partir daí, seu corpo sabia o que fazer.

Seu pênis se pressionou contra a doçura e maciez de sua vulva, e seu quadril deu uma leve rotação. Rolando para frente, ela o levou para dentro em uma penetração longa e lenta. Um gemido, profundo e animalesco, escapou de suas profundezas. Suas longas pernas envolveram as costas dele.

"Mais", ela gemeu.

Os dedos dele se fecharam com força nos quadris dela, firmando-a, enquanto ele a empalava em cada centímetro de seu grosso membro até estar completamente encaixado. A luxúria o lambia, ele se afastou e depois a penetrou, provocando aquele gemido animal dela que incitou nele uma fome que se tornava mais voraz a cada golpe.

Seus olhos se fecharam e sua boca se abriu, e respirações superficiais escaparam de seus pulmões a cada impulso, o abandono a dominando e... Levando-a para longe dele.

"Abra os olhos", ele exigiu.

Olhos vidrados de luxúria e desejo se abriram e encontraram os dele. Mas ele também viu algo mais, além do desejo louco: conexão... Intimidade profunda.

Esse sentimento não era só dele.

As mãos dela seguraram seu rosto e sua boca se fechou sobre a dele. A língua dela deslizou ao longo dos lábios dele, pressionou sua boca e se enroscou nele. As mãos dele envolveram sua doce bunda e apertaram, levando-a com mais força contra seu pênis. Sua boca se separou da dele e sua cabeça se inclinou para trás enquanto ela soltava o gemido mais longo e sensual que um par de lábios já havia produzido.

Ele lambeu a elegante extensão do pescoço dela, coberto de suor, e pressionou a boca contra sua orelha. "Você gosta com força?"

Ele empurrou, ela ofegou, e um sorriso malicioso curvou seus lábios. "Eu amo."

Seu coração batia forte dentro do peito, e ele a envolveu ainda mais em seu abraço. Ele a sentiria por inteiro de uma vez. Ele a tomaria para si, se pudesse. "Longe de mim negar a uma dama o que ela *ama*."

Em outra ocasião, com outra mulher, a declaração teria sido uma ironia misturada com amargura. Não naquela noite, não com *essa* mulher.

Ele tomou um botão duro como cereja à boca e chupou. Como uma flor de macieira, ela floresceu diante dele, seu doce aroma superficial mesclado com um aroma mais profundo, mais complexo, mais animalesco. Um aroma que estimulava o animal dentro dele.

Para dentro e para fora, ele a penetrava, um golpe implacável após o outro. Os dedos dela se entrelaçaram nos cabelos dele e formaram punhos cerrados, ameaçando arrancá-los pela raiz enquanto ela se firmava contra o prazer que começara a inundá-la em ondas que chegavam em séries cada vez mais intensas, gemidos profundos agora pontuados por suspiros agudos.

Ela estava perto.

Assim como ele.

"Você está aí", ele murmurou contra o seio dela.

Seus dedos encontraram o monte púbico dela, vermelho-dourado sob a luz bruxuleante. Se fosse possível, ele ficou mais duro ao pressionar os cachos macios e a doce fenda em direção ao clitóris dela, escorregadio e inchado de luxúria. Ele o esfregou entre o indicador e o polegar e apertou suavemente. Os quadris dela se moveram com força, e seu selvagem e irrestrito "Oh!" ecoou pela caverna.

Mais um impulso de seu pênis e ele a apertou novamente. *"Goze para mim, Callie."*

A respiração dela engatou no peito, as costas arquearam e, por um momento indomável, o tempo parou. Então ela se rompeu, sua vulva se contraindo e pulsando ao redor do pênis dele.

Com o rosto enterrado na cavidade do pescoço dela, ele a seguiu até a beira do orgasmo. As unhas dela cravaram-se em seus ombros, e a semente dele entrou dentro dela, transportando-o para um plano conhecido apenas por ele e ela.

Um suspiro leve sussurrou em seu ouvido, puxando-o de

volta à sua forma física, suas células ganhando vida em uma onda contínua, em sintonia com a pressão da pele quente e pegajosa dela contra a dele, seu peso delicioso afundado nele. Ele soprou um hálito refrescante ao longo do pescoço dela, da clavícula, entre as curvas delicadas dos seios até o umbigo, os mamilos endurecidos. Os olhos dela se fecharam, um sorriso saciado se formou em sua boca.

Este ato nunca lhe trouxera um pingo de satisfação ou realização além da liberação, dele e de sua parceira. Agora ele estava cheio até a borda, transbordando de saciedade. Com essa mulher, era um ato completamente diferente.

Seu polegar enganchou sob o queixo dela e levantou seu rosto. Olhos brilhando de admiração e incerteza encontraram os dele. Eles apenas refletiam as emoções que certamente irradiavam dos dele. Este dia e esta noite haviam movido a terra sob seus pés, e ele não tinha mais certeza de onde pisava. Mas foi nesse solo recém-solto que a esperança pôde brotar e crescer.

"Como está seu tornozelo?"

Ela deu de ombros.

"Seu quadril?"

"Nunca me senti melhor." Ela riu. "Na verdade, nenhuma parte de mim jamais se sentiu melhor em toda a minha vida."

A risada dela o contagiou, cintilando em suas veias, lançando luz das pontas de seus dedos, pelo seu corpo.

A cabeça dela se inclinou para o lado e seus olhos se estreitaram para o teto. "Consegue ouvir?"

"O que é isso?" Ele estava completamente distraído com a concha perfeita da orelha dela e começou a distribuir beijos ao longo de sua curva delicada.

"A tempestade. Ela acabou."

No meio do beijo, ele parou.

"Acho que é seguro ir embora."

Seguro?

Era seguro ali, seu corpo aconchegado ao dele, que se danasse o mundo exterior.

"Talvez devêssemos", ela disse lentamente.

Retornar à Grange não foi dito.

Seu retorno a terra, à realidade, foi rápido e firme. "É, talvez devêssemos."

Ele estendeu a mão para o cobertor dela e o colocou sobre os ombros dela. Ela segurou o queixo dele, fazendo-o encará-la. "Mas isso não significa que precisamos voltar para como éramos... *antes.*"

Ela pronunciou as palavras timidamente, como se as tivesse acabado de aprender e ainda não tivesse certeza do seu significado. Eram as palavras mais corajosas que ele já ouvira. Palavras que suas próprias inseguranças haviam mantido presas dentro de sua boca. Seu coração disparou.

Através daquele emaranhado de segredos e mentiras, surgiu essa única coisa verdadeira.

E depois que o emaranhado fosse desvendado e separado, ela permaneceria.

Ele se encarregaria disso.

CALLIE JAZIA QUIETA NA CAMA, em seu quarto escuro como breu, e ouvia os sons da noite além da janela. O dia logo raiaria.

Ela tocou os lábios com os dedos, no exato ponto onde ele a beijara uma última vez antes de se recolher aos seus aposentos, solitário, um cavalheiro.

Eles haviam escolhido o caminho de volta para casa por trilhas lamacentas, atravessando charnecas úmidas, seu progresso retardado pelo tornozelo rígido dela. Quando chegaram a casa, ela já havia se recuperado de qualquer pequeno ferimento sofrido antes. Estaria pronta para o dia seguinte.

Havia algo sobre o qual ela não tinha tanta certeza, no

entanto. Ao retornarem, caminharam lado a lado, mas sem se tocar. Por um instante terrível, a incerteza a abalou. *E se...?* Então a mão dele encontrou a dela no escuro. Confiança em seu calor.

Era perfeito. Ele era perfeito. Como era possível que um homem tão perfeito quisesse segurar sua mão fria e úmida? Não parecia possível. Mas a prova estava ali, em seu toque firme e reconfortante.

E agora ela jazia sozinha, uma dor deliciosa pulsando por ela. Algo havia acontecido entre eles naquele dia, no pântano, na caverna, além do físico. Era maravilhoso e novo, um sentimento que ela nunca experimentara em seus vinte e cinco anos.

Eles se esquivaram de falar isso em voz alta, de dar forma sólida a isso. Era novo demais. Algo que se evaporaria no nada se não fosse devidamente cuidado. Se cuidado, talvez pudesse se transformar em algo tangível, sólido. Em algo que ela pudesse agarrar com as duas mãos e nunca soltar.

Talvez... Mas como?

De um fato ela tinha certeza: não tinha a menor chance de se transformar em algo que ela pudesse segurar na mão, no coração, se não mudasse de rumo.

Embora tivesse revelado a Nylander que ele era o comprador preferencial de St. Alban para a Grange, ela não havia lhe contado sobre seu acordo com Jack Le Grand.

Seu motivo era óbvio: vergonha, feia e horrível até o âmago. A maneira como ela havia feito para garantir seu dinheiro, o próprio acordo, foi dissimulado e errado. A pessoa que havia fechado aquele acordo com um pirata implacável, que estava colocando a Grange e seus ocupantes em perigo, não era a pessoa que ela pensava ser. Mas era a pessoa em que ela, de alguma forma, havia se tornado.

Pois aqui estava a questão: o acordo havia sido para seu próprio benefício. Para seu orgulho e não para o bem da Grange. Era o tipo de acordo que seu pai faria. Fora um ato egoísta, que precisava ser corrigido.

Do lado de fora de sua janela, o primeiro raio da aurora surgiu, assim como uma solução para seu problema. Amanhã — *hoje* — seria o Duque de Muck. Ela romperia o acordo logo depois.

Essa noite.

As dores gêmeas de perda e alívio a percorriam. Ela perderia a Grange, mas se livraria de Jack Le Grand. Só então, ela começaria a recuperar sua integridade.

A Grange estaria em boas mãos com Nylander. Ela sabia disso até as entranhas. Era estranho pensar, mas ele também se esforçara a vida toda para conquistá-la, não de forma dissimulada, não como ela, mas nobremente. Ele era tudo o que um homem deveria ser e merecia a Grange. Ele a administraria com integridade, e ela continuaria a prosperar sob sua mão firme.

Ela tocou com as pontas dos dedos, admirada, a trança de cabelo que repousava sobre seu ombro. Ele, aquele homem admirável, nobre e deslumbrante, amava a cor do seu cabelo. As pontas dos dedos se aproximavam da ponta do nariz dela. Ele amava suas sardas. O jeito como seus olhos fixaram os dela... Era possível que ele amasse...

O pensamento se afastou. Ela não conseguiu encontrar coragem de segurá-la no lugar e examiná-la. Mas até mesmo uma migalha desse pensamento foi suficiente para fazer com que aquela deliciosa dor a percorresse enquanto o sol nascente iluminava o quarto com sua luz dourada.

Ela não conseguiria dormir esta noite. Como o sono poderia competir com essa sensação gloriosa que corria por suas veias?

26

DE DIA

G uirlandas de papel crepom cruzavam a High Street a partir dos telhados dos prédios, esvoaçando acima da cabeça de Nylander, com um branco intenso contra o céu azul e plácido que não indicava nenhuma lembrança da tempestade que assolara a noite anterior. Acordes espontâneos de violino animado e aromas conflitantes de guloseimas recém-assadas o cercavam, enquanto crianças corriam e se entrelaçavam com os adultos, cujos passos eram apenas um pouco mais comedidos.

Era dia de festival, e ninguém conseguia permanecer impassível por muito tempo diante da alegria descontraída e tranquila. Upper Wyldcombe Lacey era uma cidade transformada.

Mais uma vez, Nylander examinou o mar de cabeças que se estendia por toda a rua, procurando por *ela*.

Ele não falava com ela desde a noite anterior, desde que voltaram juntos para a Grange e ele a deixara sozinha em seu quarto. A coisa mais difícil que ele já fizera em seus trinta e três anos. Ele não queria nada mais do que deitar-se com ela, acordar ao seu lado.

Naquela manhã, ela estava completamente absorta nos preparativos para o festival, e ele a deixara sozinha enquanto se fazia útil entregando a sidra nos bares e barracas que margeavam a High Street. Naquele dia, haveria sidra grátis para todos, cortesia da Wyldcombe Grange.

Isso não queria dizer que ele não a tivesse visto algumas vezes. Ele a vira. E uma vez até viu que ela o observava, em silêncio, timidamente. Uma mulher, uma dama, nunca o olhara como ela. Aquilo aquecera através da pele, até a medula dos ossos.

Hoje era o festival de outono.

Amanhã, possivelmente um futuro.

Ele enfiou as mãos nos bolsos e sentiu a fina carta. Seu otimismo vacilou. Ela chegara por um mensageiro especial de Londres ao amanhecer. Nela, Jake confirmava a venda da Grange. Em seguida, ele disse que havia tomado medidas para resolver o "outro assunto". Os fiscais não estavam muito atrás da carta; a lei estava chegando.

Maldição. Ele deveria ter pensado melhor antes de mencionar o nome de Jack Le Grand. Pelo menos, ele manteve Callie fora disso. Ela tinha se afastado demais da água rasa. Agora uma correnteza estava se aproximando. Ele não deixaria que a água a arrastasse para o fundo.

Jack Le Grand, por outro lado, merecia tudo o que lhe era devido.

"Ora, se não é o senhor Viking do mar que veio para pilhar e saquear", resmungou uma voz familiar atrás dele.

Ele se virou e confirmou que era Liza Bickle, irradiando malícia. "Sra. Bickle", ele disse com uma indiferença impossível de disfarçar, "presumo que esteja gostando das festividades."

Ela lançou um olhar malévolo ao redor e deu de ombros. "Nunca gostei de maçãs." Ela entrelaçou o braço no dele e se aconchegou ao seu lado, o cheiro forte o suficiente para descascar a tinta da proa de um navio. Ela se esticou para falar diretamente em seu ouvido, seu hálito de alguma forma pior do que o odor do seu corpo, como se um pequeno roedor tivesse morrido em sua boca. "Se você vier comigo, eu lhe mostrarei com o que eu me importo. Envolve um pouco de pilhagem e muito saque. Acho que você vai gostar." Ela piscou. "Ou seu dinheiro de volta."

Nylander abriu a boca para expressar seu profundo pesar por não poder aceitar a oferta quando a Sra. Jane Smith apareceu, uma nuvem de tempestade no rosto. "Aí está você, Capitão Nylander. Eu estive procurando por você por toda a rua." Ela agarrou o outro braço dele e o puxou na direção oposta.

Liza Bickle não estava disposta a ceder o terreno que havia conquistado. "Ei! Você não pode entrar aqui como a Rainha de Sabá e reivindicar o homem de outra mulher."

A sobrancelha de Nylander se ergueu, mas novamente a Sra. Smith o poupou de falar. "Liza Bickle, ouvi falar de você." Com o ar de um general em marcha, ela estufou o peito considerável. "Este homem está comprometido."

"Por Deus?" Liza Bickle gaguejou. "*Você?* Você é uma mulher casada."

"*Quem* não é da sua conta."

"Falando em pilhagem e saque", Liza Bickle continuou. Sua cabeça pendeu para o lado, e a especulação surgiu em seus olhos. "Você tem se recuperado na Grange. Imagino que tenha havido um pouco de saque acontecendo com frequência."

A Sra. Smith ofegou e mandou a outra mulher embora. "De volta a Londres, Liza Bickle. Você já ultrapassou o tempo de sua estadia em Devonshire."

Liza Bickle lançou um último sorriso malicioso por cima do ombro e se esgueirou para a multidão, com passos lentos, deixando para trás uma Sra. Smith escandalizada e um Nylander perplexo. Não seria bom admitir para a íntegra Sra. Smith que Liza Bickle não estava totalmente, ou mesmo em grande parte, errada.

"Minha salvadora." Ele fez uma leve reverência. "Vou esta em eterna dívida com você."

"É claro", disse a Sra. Smith, muito feliz por tê-lo ajudado.

Ele olhou para baixo e viu suas bochechas avermelhadas de tanto rubor. Pigarreou educadamente. "Um belo dia para um festival."

O tempo era o caminho mais seguro para uma conversa com uma mulher corada.

"Oh", exclamou a Sra. Smith, "você tem ideia que horas são?"

Ele esticou o pescoço para dar uma boa olhada na posição do sol no céu. "Eu diria que estamos nos aproximando do meio-dia."

O rubor deu lugar a um tom totalmente profissional. "Precisamos nos apressar!" Os pés dela já estavam se movimentando rapidamente, puxando-o morro acima. Só então ele percebeu que toda a cidade estava seguindo naquela direção, e eles estavam simplesmente entrando na correnteza. "Quero ver como fica a fantasia da Calpúrnia em pleno sol."

"Ah." Ele tinha dificuldade em imaginar Callie usando algo tão frívolo quanto uma fantasia. Ele gostava bastante disso nela. Sua total falta de frivolidade.

"Ah, sim", continuou a Sra. Smith, "como chefe de Wyldcombe Grange, é Lady St. Alban quem é a *Mestre de Cerimônias*." Ela balançou a cabeça levemente. "*Mestre* de Cerimônias. Este é o primeiro ano dela no cargo, desde que nos últimos anos ela permitiu que o prefeito o ocupasse. Ainda não consigo acreditar que ela mesma está fazendo isso este ano. Você tem que admirar a mulher por isso."

"Por que exatamente?" Que conversa era aquela sobre *figurinos e papéis*?

As sobrancelhas da Sra. Smith se ergueram. "Isso mesmo. Você nunca presenciou o Batismo do Duque de Muck. Bem, não importa, você verá mais tarde. Você vai se divertir." Um sorriso perplexo fez uma covinha aparecer no centro de uma bochecha redonda. "Sua Senhoria não consegue deixar de sempre desafiar a tradição, todo momento. Esse é o destino de uma mulher que quer ter voz ativa sobre a condução de sua vida."

"Tive a impressão de que as terras selvagens de Devon deviam gerar um novo tipo de mulher."

Seu comentário provocou uma risada. "Capitão Nylander, você está brincando. Se os boatos forem confiáveis, você é um homem viajado. Existe alguma sociedade no mundo que permita que uma mulher tenha voz ativa em sua vida?"

"Bem, havia as Amazonas da Grécia."

"Uma sociedade antiga que não existe mais, devo lembrá-lo", ela apontou, satisfeita por ter provado seu ponto.

"Capitão John Nylander?" ele ouviu atrás de si.

Antes de encarar o homem, ou melhor, os homens, Nylander examinou o que já sabia. Sotaque londrino. Um pouco de educação. Afiado. Combativo.

Homens da receita federal.

A Sra. Smith já havia se virado e exalado um suave "Oh".

Quando ele se virou e se aproximou dos homens, suas suspeitas foram confirmadas. Bandidos oficiais de terno. Homens do imposto de renda.

"Sim", ele confirmou igualmente firme.

Outro suave "Oh", escapou da Sra. Smith, cujos olhos se arregalaram.

"Um assunto chegou ao nosso conhecimento", um deles falou. "Sobre Jack Le Grand", concluiu o outro.

Maldição. "Vocês não vão ter muito progresso hoje." Nylander indicou a maré de corpos se acotovelando ao redor deles com um gesto de queixo. "É dia de festival."

Os fiscais olharam ao redor, como se tivessem acabado de perceber que estavam no meio de um jubileu.

"Sugiro", continuou Nylander, "que peguem um copo de sidra e uma torta de maçã. Isso pode esperar até amanhã."

Os homens se entreolharam e depois voltaram a olhar para Nylander. "Tudo bem", disse um. "Amanhã", disse o outro.

Quando suas costas desapareceram na multidão, Nylander soltou um suspiro que era em parte alívio e em parte pressentimento. Aqueles homens tinham um trabalho a fazer e não iriam embora até cumpri-lo. *Amanhã.*

"Mas que diabos?", perguntou a Sra. Smith, com uma pergunta retórica.

Se ela soubesse. *Amanhã.*

"Agora, precisamos nos apressar." Determinada, ela o puxou para frente e para cima.

Eles reentraram no fluxo da multidão cada vez mais densa e chegaram ao topo da colina, onde pararam bem no centro da massa humana se contorcendo, um estrado elevado a menos de cinquenta metros adiante. Figuras distantes se movimentavam de um lado para o outro sobre as tábuas ocas, claramente se preparando para um discurso.

"O traje da Calpúrnia foge um pouco da tradição, mas eu não consegui me conter", disse a Sra. Smith, transbordando de alegria, com as mãos entrelaçadas à frente do corpo.

Nylander semicerrou os olhos ao longe. Onde estava Callie, afinal? As únicas pessoas que ele conseguia distinguir no palco eram três homens bastante idosos e uma mulher com um vestido verde-esmeralda.

"Não se conteve?" ele só pensou em perguntar.

Um sorriso malicioso se formou nos lábios da Sra. Smith. Ela acenou com a cabeça em direção à figura vestida com a roupa esmeralda, que agora subia ao pódio e pigarreava para se dirigir à multidão.

Sua boca ficou seca. Callie. Mas o fato de ser ela não foi o que assustou uma fina camada de suor em sua coluna ou o fez tropeçar em uma raiz exposta.

Ela estava diante de toda a cidade vestida com seu traje. Feito inteiramente de seda esmeralda, o vestido se franzia em todos os lugares certos para acentuar o comprimento elegante de seus braços e pernas, a curva ondulada de sua cintura, o arredondamento suave de seus seios acima do decote profundo e quadrado. Cabelos presos em uma trança frouxa sobre o ombro, mechas ruivas esvoaçando na brisa leve, completavam essa visão perfeita de feminilidade equilibrada.

Escultural, impressionante, ela era uma rainha.

Exceto pelo fato de que ela era um mulherão.

E ela era *dele*. Ou não era? Como isso poderia ser verdade?

Talvez ele tivesse interpretado a noite passada de forma completamente errada. Pois como era possível que a dama em pé acima dele, prestes a se dirigir à multidão como a rainha que era, o tivesse olhado do jeito que ele pensava que ela o fizera naquela manhã?

Não podia ser.

Ela abriu a boca para se dirigir à multidão reunida. Então seu olhar se fixou no dele e ela ficou muda. Mesmo quando a multidão ficou agitada, Nylander se recusou a se entregar ao seu olhar e o que encontrou ali. Seria possível?

Não podia ser.

Um sorriso tímido se curvou em seus lábios e um belo rubor lhe tingiu as bochechas. A escuridão deu lugar à luz.

Poderia ser.

Um senhor idoso e autoritário aproximou-se arrastando os pés e disse uma palavra discreta no ouvido de Callie. Mesmo assim, seus olhos permaneceram fixos nos dele. Sussurros abafados começaram a circular pela multidão enquanto as pessoas notavam o destinatário de seu olhar. Uma cotovelada jocosa lhe atingiu levemente as costelas. O rubor dela se intensificou, transformando-se em um escarlate envergonhado, e seu olhar desviou-se rapidamente. Era como se o sol de verão tivesse se escondido atrás de uma nuvem negra.

Ela pigarreou. "Justos caçadores do Duque de Muck", gritou, arrancando algumas risadas irônicas da multidão. "Hoje celebramos não apenas a abundância da colheita excepcional deste ano, mas todo o trabalho que a tornou possível. Da colheita das maçãs à batedura da manteiga e ao enfardamento do feno. Cada pessoa reunida aqui torna o dia de hoje possível, ano após ano."

Ela abriu bem os braços. "Este é o seu festival. Este é o seu dia. Alegrem-se e comemorem, é bem merecido. Que as festividades comecem, e que o pé mais veloz vença o dia!"

"Isso é um desafio, milady?" gritou um homem, a pergunta em tom brincalhão.

Um sorriso enigmático surgiu nos lábios de Callie. A multidão ficou em silêncio absoluto. "Sim", ela disse, "é isso mesmo."

A multidão reunida explodiu em gargalhadas. O oficial que havia sussurrado no ouvido de Callie correu para o pódio o mais rápido que suas pernas idosas permitiram. "Cuidado, acalmem-se!" gritou para a multidão que já se dispersava. "Isso mesmo, estou olhando para você, Harry Broadbent!"

Suas palavras de advertência caíram em ouvidos moucos enquanto os habitantes da cidade se dispersavam e partiam para o desfile infantil já em marcha, com os tamborileiros à frente, seguidos por meninas usando vestidos de linho branco, girando em piruetas e voltas, jogando folhas de outono laranja, amarelo e vermelho no ar, rodopiando sobre suas cabeças em mechas esvoaçantes.

"Acredito que você saiba como proceder a partir daqui", disse a Sra. Smith enigmaticamente por cima do ombro. Ela se afastou no ritmo do desfile.

Sozinho, Nylander traçou sua trajetória em direção ao palco e à mulher que ainda estava nele, de costas para ele, enquanto falava com os homens que permaneceram. "Um belo dia para um festival", ele a chamou.

Sua cabeça se virou assustada, revelando seu perfil forte, e seu corpo a seguiu. Com os olhos brilhantes e brilhantes, ela sorriu para ele. "Um dia perfeito." Uma pausa. "Eu *adorei*."

Assim, a noite passada ficou entre eles. As confissões. A conexão. E foi bom. Mais do que bom. "Você *adora* o clima?"

Ela abriu um largo sorriso, e o coração dele se alegrou. "Mm-hmm."

Ele estendeu a mão. "Já terminou aí?"

Ela colocou uma mão na dele — um raio poderia tê-lo atravessado — e prendeu as saias com a outra antes de saltar do palco num pulo curto. Ela fez uma pequena careta no patamar.

"É o seu tornozelo?", perguntou ele.

Ela assentiu. "Um pouco duro, só isso. Nada que um pequeno movimento não resolva. Vai estar perfeito ao anoitecer."

"Você vai caminhar comigo?"

"Tenho um tempinho para um passeio."

"Você tem outro compromisso urgente?"

"Pode-se dizer que sim." O sorriso dela se tornou enigmático.

Havia algo naquele festival que todos, menos ele, entendiam. Ele estendeu o braço para ela. "Vou aproveitar o tempo que você me der."

Uma timidez repentina e encantadora a invadiu enquanto entrelaçava a mão no braço dele. Mais uma vez, a noite passada pairava entre eles, o ar vibrando com a lembrança de seus corpos. A respiração presa em seus pulmões, à sensação de ter muito e não o suficiente ao mesmo tempo. A sensação da juventude perdida, recuperada. Otimismo para o dia, para o futuro, fluía por ele em uma onda feliz. Humilde, orgulhoso, era assim que ele se sentia por ter aquela mulher em seu braço.

Sem dizer uma palavra, eles entraram no fluxo da multidão, os olhares fixos em sua cena de folia alegre e barulhenta. "Seu vestido", ele começou, "é muito bonito."

Bonito?

"Obrigada", foi sua resposta recatada.

"Por que você não usa vestidos com mais frequência?"

"Eles são altamente impraticáveis para o meu trabalho. Além disso..." Ela hesitou.

"*Além disso?*" ele a cutucou.

"Não conheço nenhum homem que gostaria de me ver vestida assim."

"Eu consigo pensar em um."

27

Uma onda de calor inundou Callie, e o rubor contido que ela vinha sentindo desde o momento em que fixou os olhos em Nylander do outro lado da multidão se descontrolou, percorrendo seu decote, subindo pelo pescoço e chegando às pontas das orelhas.

De todas as reações que ele poderia ter ao rubor dela, ele riu baixinho. "Com todas essas camisas de gola alta que você usa, nunca tive o privilégio de testemunhar a plena glória do rubor de Callie à luz do dia."

O rubor aumentou ainda mais. Ele gostava das manchas vermelhas dela? Ela talvez adorasse isso nele. Uma mudança de assunto era necessária. "Vamos acompanhar o desfile das crianças até Stickling's Green [1] para os jogos?"

"Os jogos?"

"Você nunca presenciou um festival em um vilarejo inglês?"

"Nunca."

---

1. Stickling Green é uma pequena vila localizada no condado de Essex e uma das principais atrações é sua bela paisagem rural. Stickling Green abriga diversos edifícios e pontos turísticos históricos. A vila tem uma rica história que remonta ao período medieval, e muitos dos seus edifícios refletem isso.

"Bem, você vai se divertir."

E era ela quem ia proporcionar isso para ele. Ela também adorou isso.

Eles continuaram caminhando em um silêncio que não era tenso, mas também não isento de um tipo específico de tensão. Uma sensação de ser mais forte. Uma carga, flutuante, elétrica, vibrante. Passaram por barracas que vendiam bolos de coco, pão de gengibre e chá com creme. Sidra grátis para todos em todas as barracas. Seu nariz sentiu o aroma de canela e maçã. Seduzida, ela o puxou em sua direção.

"Mmm, tortas de maçã." Seu estômago roncou.

Nylander tirou uma moeda e, antes que pudesse piscar, tinha um dos doces quentes e crocantes em mãos. Só depois de consumir o doce inteiro em quatro mordidas é que lhe ocorreu que tinha sido rude. Envergonhada, ela olhou para cima. "Eu não te ofereci um pedaço."

O sorriso torto dele apareceu. "Eu amei que você não o tenha feito."

Seu coração disparava dentro do peito cada vez que ele usava aquela palavra, amor, em relação a ela. Ela adorava.

Ela ergueu as mãos. "E agora meus dedos estão todos pegajosos."

O sorriso dele sumiu. Ele pegou a mão dela e a ergueu, virando-a, o açúcar caramelizado brilhando a luz do sol. Seus olhos se estreitaram e ele a levou ao rosto, aos lábios... *Será que ele estava prestes a —?*

Ela enfiou o dedo médio na boca dele.

Ele chupou. Ela ofegou.

A língua dele circulou uma, duas vezes. Os joelhos dela ameaçaram ceder.

"A cidade", ela sussurrou. "Todos vão —"

"Saber?" ele completou por ela.

Ela assentiu, e o sorriso dele se tornou diabólico. Atentamente, ele passou de um dedo para o outro, e ela ficou ali, permitindo. Uma mulher que passasse por ali poderia ter emitido um "Oh, meu Deus", ofegante, mas Callie não tinha certeza porque seus ouvidos não conseguiam ouvir nada além das palavras dele.

Oh, a sensação da língua dele em sua pele. Pura decadência no meio da cidade. Ela era impotente contra sua atração. Ele deu uma última lambida em seu mindinho, e ela pensou que poderia se desfazer em uma poça de geleia.

"Acho que isso resolve o seu probleminha."

Sua boca se abriu e fechou instantaneamente. *Pequeno problema?* Não havia nada de *pequeno* no problema que aquele homem despertava dentro dela.

"Vamos prosseguir?"

Ela engoliu em seco e esfregou os dedos. Eles formigavam e as terminações nervosas se agitaram ao longo de sua pele, mas não restou nenhum resquício pegajoso. "Hum, sim." *Eloquente.*

Ele estendeu o braço em um convite formal, e ela deslizou a mão completamente limpa por ele. Parecendo que estavam flutuando em uma nuvem, eles seguiram para Stickling's Green, seu ar de excitação e festividade contagiante enquanto os prédios da cidade ficavam para trás e o campo se abria diante deles.

"Viu alguma coisa que você gostaria de tentar?" Ela gesticulou para a esquerda deles. "Talvez o concurso de sorrisos?"

Dois homens estavam sentados em bancos opostos, a menos de meio metro de distância um do outro, cada um fazendo uma careta mais grotesca que a anterior, tentando fazer seu oponente parar e sorrir.

"É um assunto muito sério, como você pode ver."

Nylander balançou a cabeça. "Sem chance."

Callie gesticulou para a direita. "Ou que tal a disputa de apitos?"

"Vou me contentar em assistir."

Mais de uma dúzia de competidores estavam reunidos em um grande círculo, lábios silenciosos franzidos em antecipação, um juiz no centro. Seu braço erguido acima da cabeça, e as bocas dos participantes se apertaram ainda mais, prontos. O braço do árbitro desceu, e o assobio começou.

Nylander sorriu. "'Marinheiro Bêbado'. Mais nunca assobiei tão devagar, no entanto."

"Presumo que você nunca tenha visto uma disputa de apitos?"

"Não."

"Bem, a música começa lenta. Depois, o ritmo aumenta a cada novo verso."

"Isso não parece muito difícil."

"Outra camada de dificuldade é adicionada quando Merry Andrew entra na briga."

"Merry Andrew?"

"Ele é o..." Ela parou e bateu palmas quando uma figura brilhante apareceu dançando. "Lá está ele!"

Um bobo da corte mascarado, vestido de rosa, amarelo e verde, esgueirou-se, passos exagerados, para o centro do círculo, com os braços estendidos, e começou a girar como um dervixe [2]. Callie conhecia aquele bobo da corte. Ele era —

"Kip", Nylander concluiu seu pensamento em voz alta.

Ela não conseguiu conter um grito de alegria. Nunca havia gritado de alegria na vida. Ela também adorava. "Parece que o garoto encontrou o seu lugar."

"E o que, por favor, é isso?"

"Chefe encrenqueiro, é claro. Ele é o nosso deus nórdico, o nosso Loki [3]."

---

2. Um dervixe é um praticante do islamismo sufista, que segue o caminho ascético da "Tariqah", conhecidos pela sua extrema pobreza e austeridade. Os dervixes mais conhecidos no mundo são os da ordem Mevlevi, célebres pela cerimônia de adoração em que rodopiam num ato devocional denominado "dhikr".

3. Loki é um deus da mitologia nórdica, um deus da trapaça, da travessura e do fogo, também está ligado à magia e pode assumir a forma que quiser. É frequentemente considerado símbolo da maldade, traiçoeiro, de pouca confiança; e, embora suas artimanhas causem problemas em curto prazo aos deuses, estes frequentemente se beneficiam, no fim, das travessuras de Loki.

"Não consigo pensar em um rapaz mais adequado para o papel."

Kip parou e tirou a máscara, a capa balançando dramaticamente ao redor. Ele cheirou o ar e abaixou a cabeça, destacando um assobiador muito atento.

As mãos de Callie se entrelaçaram diante dela. "A verdadeira diversão está prestes a começar."

Kip correu para frente e começou a fazer caretas para o assobiador, que, por sua vez, corajosamente manteve o curso e continuou cantando.

"É o trabalho de o Merry Andrew fazer os assobiadores pararem e rirem. O último assobiador a assobiar será coroado o vencedor da competição."

Descontente com sua incapacidade de "dobrar" o assobiador, Kip seguiu em frente e começou a entrar e sair do círculo, cutucando uma costela aqui e ali, soprando ar nos ouvidos dos assobiadores e fazendo papel de bobo. À medida que o ritmo da música acelerava Kip também, suas palhaçadas atingindo um tom mais frenético e febril, sua imprevisibilidade aumentando a cada nota, suas caras e cócegas fazendo seu trabalho e eliminando os competidores até que restaram apenas dois ambos concentrados e aparentemente imunes às travessuras de Kip.

Ele parou de repente e soltou um suspiro enorme e teatral enquanto olhava de um competidor para o outro, finalmente levantando as duas mãos no ar e deixando-as cair em uma derrota exagerada. No momento seguinte, seu rosto se iluminou dramaticamente e ele apontou um dedo para o céu. De repente, ele se curvou e levantou as vestes sobre as costas, com as nádegas brancas brilhando intensamente como a lua em uma noite clara.

O silêncio chocante se transformou em gargalhadas e gritos, enquanto um, e depois o outro, assobiador perdia a compostura. Assim, um vencedor era coroado. Kip envolveu sua capa em torno de seu corpo e saiu correndo.

"Ele é um garoto de muitos talentos." As palavras de Nylander mostravam sua falta de entusiasmo no concurso. "Esse rapaz precisa de alguém para ficar de olho nele."

"De fato." Callie não conseguiu conter o riso.

"Vamos ver que outras frivolidades nos aguardam?"

Callie deu uma risada — *soluçou!* — e assentiu. Ela não tinha certeza do que havia acontecido com seu eu habitual hoje, mas Callie não estava em lugar nenhum. Em seu lugar estava uma mulher que se sentia livre e leve como o ar que respirava. *O homem ao seu lado poderia ter algo a ver com isso.* Não, não apenas algo.

Tudo.

Eles se aproximaram de uma poça de lama bastante desagradável, e Nylander habilmente a conduziu para o lado, mas não antes que uma gosma fina se prendesse e se agarrasse à bainha de suas saias, infiltrando na seda esmeralda, formando um anel marrom ao redor da circunferência. "Seu vestido", ele começou, com preocupação no tom. "Está arruinado."

Callie fez um gesto de desdém com o pulso. "Não é o pior tratamento que este vestido receberá hoje."

Suas sobrancelhas se franziram. "Por que todo mundo continua falando desse jeito?"

"De que jeito?"

"Como se um evento possivelmente catastrófico fosse acontecer mais tarde."

Ela lhe deu um sorriso atrevido. "Você verá." Seria possível que ela estivesse *flertando*? Ela abriu um braço. "Agora que você viu as ofertas do nosso humilde festival, em que competição você vai entrar, meu capitão?"

O braço dele apertou reagindo, e um arrepio de excitação a percorreu. Ela não pretendia dizer aquilo, mas ele ouvira. *Meu* capitão. E ela não ia voltar atrás. Imprudente, mas não conseguia se conter.

Imprudente se sentia segura com ele.

Ela gesticulou para a esquerda. "Um jogo de argolas?" Sua mão se moveu para a direita. "Ou que tal boliche?"

Seu olhar se fixou em um jogo mais distante, e ele apontou para o poste de nove metros de altura no centro do gramado. "O que é *isso*?"

"Está vendo o grande volume no topo do poste?"

Ele semicerrou os olhos. "Estou."

"É um pedaço de carneiro. O primeiro homem a escalar o poste e pegar a carne, fica com ela."

"Só isso?" ele zombou. "Já subi em mastros mais altos que esse."

"Só tem um pequeno obstáculo." Ela não conseguiu conter o sorriso que se formava. Sorrisos tendiam a se acumular em alta velocidade perto daquele homem. "O poste está engordurado."

Como se para ilustrar a dificuldade de arrancar com sucesso um pedaço de carneiro do topo de um poste engordurado, um homem tirou a camisa, estalou os nós dos dedos e atacou o poste, subindo com as garras, mal conseguindo alcançar dois metros antes de escorregar e aterrissar em seu generoso traseiro com um baque sólido. Risadas curtas e zombarias diretas ecoaram pela multidão.

Nylander tirou o sobretudo e o entregou a Callie. "É esse mesmo para mim."

Ela aceitou a peça e a dobrou sobre o antebraço. "Você deve gostar de um desafio."

Seu olhar, penetrante e sério, encontrou o dela. "Nunca consegui resistir a um."

Suas palavras roubaram todo o fôlego de seu corpo. Tudo o que ela podia fazer era ficar ali, segurar o casaco dele e observá-lo caminhar com determinação em direção a um poste engordurado e a um troféu de carneiro com seu nome certamente escrito nele. Ele entrou na briga e puxou uma conversa rápida com o homem que parecia estar no comando. Antes que ela pudesse piscar, Nylander puxou a camisa sobre a cabeça.

Foi como se um raio tivesse atingido a terra. A multidão ficou eletrizada ao vê-lo, os músculos definidos dos braços, peito e costas ondulando sob a carne exposta. Mas não foi só isso que deixou a cidade sem palavras. Foram suas tatuagens, espalhadas por sua pele, remetendo a lugares desconhecidos, a uma vida vivida além dos limites da costa norte de Devon.

Lentamente, Callie se aproximou, sem desviar o olhar dele. Sob o sol forte do meio-dia, o homem era nada menos que magnífico. Essa era a verdade, e todos entendiam.

Ele examinou o poste e passou o dedo por toda a sua extensão.

"Banha de porco", disse um homem, "caso você esteja se perguntando."

"Isso explica o cheiro", respondeu Nylander, provocando algumas risadas.

Ele estendeu a mão ao redor do poste, abraçando o pinheiro branco com força contra o peito, a banha de porco fazendo um som de esmagamento que provocou alguns gemidos enjoados. Então, fez o mesmo com as pernas. Instantaneamente, deslizou para o chão, aterrissando de bunda com um baque sólido. Enquanto a multidão gargalhava — talvez impulsionada pelo alívio por ele não ser exatamente o deus que aparentava —, ele se levantou e se limpou. Com um sorriso irônico, pegou sua camisa descartada do chão.

"O quê?" gritou uma voz masculina áspera. "Já está desistindo?"

Mais uma vez, a multidão gritou. Mesmo assim, Nylander começou a reavaliar o poste, e o silêncio se instalou. Ele abriu a camisa e começou a esfregá-la para cima e para baixo no poste o mais alto que conseguia alcançar, removendo camadas de banha de porco a cada passada.

Sem querer, ele também oferecia uma bela vista do próprio tronco. O jogo de músculos sob a pele bronzeada era muito apreciado pelo contingente feminino da plateia, a julgar pela respiração suspensa coletiva.

Segurando a camisa com uma das mãos, ele envolveu os braços e as pernas ao redor do poste, prendendo um pé ao redor do tornozelo da outra perna. Dessa vez, ele encontrou apoio e não escorregou. Ele começou a subir, aos poucos, limpando o poste ao longo do caminho. Cada poucos metros, ele perdia um pouco de terreno e deslizava alguns centímetros. Então, suas coxas poderosas se apertaram e impediram qualquer impulso que quisesse derrubá-lo no chão novamente.

Com as mãos cerradas em punhos ao lado do corpo, Callie o impulsionou para cima naquele poste com cada célula do seu corpo. Estimulado pela crescente boa vontade da multidão e por sua própria determinação, não havia como aquele pedaço de carneiro não ser dele. Seria estranho que ela pudesse invejar um pedaço de carne?

Quanto mais alto ele subia, mais agitada a multidão ficava, até que, finalmente, ele chegou ao topo e agarrou o pedaço de carneiro. Triunfante, ele o acenou sobre a cabeça, incitando a multidão ao frenesi. Com a carne firme na mão, ele soltou as coxas e começou a deslizar. Seus pés tocaram o chão com um baque pesado, seguido de uma salva de calorosas felicitações e tapinhas nas costas.

Ele colocou a carne no chão por tempo suficiente para sacudir a banha de porco da camisa e colocá-la sobre a cabeça. Seu olhar percorreu os arredores até encontrá-la. Ele avançou, e o coração dela deu um pequeno pulo. O campeão do festival de outono se aproximava *dela*.

A multidão intuiu sua intenção quando se separaram, abrindo caminho. Um rubor intenso percorreu sua pele, mas ela não se importou. Como poderia? Não quando o glorioso Capitão John Nylander a mantinha em seu campo de visão com aquele brilho ardente nos olhos.

Ele se aproximou dela a poucos metros e parou. Silenciosamente, estendeu seu troféu. "Para você, minha senhora."

Ele poderia estar segurando uma braçada de diamantes, e seu presente não poderia significar mais para ela.

Significava tudo.

28

U m silêncio paralisante os envolveu, mas Nylander não se importou, não enquanto os olhos arregalados e sérios de Callie ficassem fixos nos dele.

Um lado de sua boca, depois o outro, se curvou, e lá estava: o sorriso dela. Ela levou a mão aos lábios para cobri-lo. Ele desejou que ela não o fizesse. Gostava dela assim.

Alguém se aproximou hesitante, e pigarreou. O sorriso dela desapareceu. "Sim, Will?"

"Vou levar o carneiro."

"O forno está pronto?"

"Sim."

O homem estendeu a mão para o pedaço de carne. Nylander franziu a testa, mas desistiu. Will carregou o carneiro, formando-se uma multidão atrás do homem. "Era para você." Ele não conseguia esconder um tom de petulância na voz.

O sorriso de Callie retornou. "Vou comer um pouco depois de assado. Mas é mais simbólico do que qualquer coisa. A cidade terá carne hoje, cortesia sua."

Nylander deixou que seu descontentamento desaparecesse.

Callie cheirou o ar. "Você cheira como um fazendeiro."

"Banha de porco."

Ele pensou que ela torceria o nariz e se distanciaria dele. Em vez disso, ela disse: "Eu não me importo", e entrelaçou o braço no dele. A mulher realmente era diferente de qualquer outra.

A brisa trazia os aromas harmoniosos de assados e sidra de maçã e os espalhava pelo ar. Crianças, sem nenhuma ligação com o mundo adulto, passavam por eles, concentradas em sua brincadeira de pega-pega e em diversão sem supervisão. Nylander nunca havia vivenciado um dia tão alegre, nem tido a oportunidade de permitir que tal alegria fluísse por ele.

Callie também sentia isso. Estava na maneira como ela cumprimentava os moradores da cidade, com um sorriso sincero nos lábios e nos olhos. Eles nunca a tinham visto assim, o que era evidente em suas reações a ela. Perplexidade. Confusão. Então, um por um, decidiram que gostavam daquela versão de Lady St. Alban e retribuíam o sorriso.

Era como se ele e ela se combinassem por meio de uma alquimia misteriosa para realçar as melhores qualidades um do outro.

Um par de formas familiares surgiu na periferia de sua visão. Homens da Receita Federal. O pressentimento cortou sua alegria como um tônico da realidade.

Amanhã.

Hoje, ele tinha aquela mulher e aquela alegria correndo em suas veias. Não deixaria que o amanhã, e o que quer que ele trouxesse, a diluísse.

"Oh", exclamou Callie, apertando seu antebraço enquanto o puxava por uma multidão dispersa de curiosos, "a competição de pesca de maçãs!"

Diante deles, havia um círculo de meninas e jovens mulheres reunidas em torno de um grande tanque d'água com maçãs flutuando em sua superfície.

"Eu nunca me abaixei para pegar maçãs."

Ele ouviu algo em sua voz. Algo na noite passada e neste dia perfeito lhe deu permissão para prosseguir. "Por que não?"

Callie ergueu uma única sobrancelha, imperiosa. "Sob nenhuma circunstância uma Calpúrnia se abaixa para comer maçãs."

"E quanto a uma *Callie?*"

Um sorriso conspiratório se formou em sua boca. Parecia um presente, o melhor que ele já recebera. "Suspeito que sim. Mas—"

O sorriso sumiu, e um nó de ansiedade se formou em seu estômago. *"Mas?"*

"Só mulheres jovens e solteiras jogam."

"E você não é jovem e solteira?"

Seu sorriso voltou ao lugar, e tudo pareceu bem no mundo novamente. Ela soltou o braço do dele e se aproximou do tanque, diante das sobrancelhas erguidas de seus futuros concorrentes. Arregaçou as mangas acima dos cotovelos e envolveu a borda de metal com os dedos, o corpo firme e tenso, a determinação clara em seus olhos. Sua Callie era competitiva.

Sua Callie.

Sim, ela era.

O mestre de cerimônias falou. "As moças já estão todas em seus lugares?"

Acenos ansiosos de concordância e alguns "sim" espalhados pelo tanque.

"Um... dois... três... para as maçãs!"

Ninguém precisou ser avisada duas vezes, uma dúzia de cabeças mergulhou na água, de cara, bocas abertas, dentes determinados a serem os primeiros a triturar a carne doce e crocante e sair vitoriosa. Fora de sincronia, cabeças apareciam esporadicamente, cabeças encharcadas, olhos semicerrados, bocas ofegantes, e então voltava ao tanque. Não havia espaço para vaidade em uma competição de pesca de maçãs.

Algumas participantes recuaram em desistência, enquanto outras continuaram a todo vapor. Callie se enquadrava na última categoria. Ela surgiu piscando e cuspindo mais vezes do que ele conseguia contar, mas em nenhum momento sua concentração vacilou. Uma maçã flutuou ao seu alcance em uma onda agitada, e com os dentes à mostra, determinação no olhar, ela foi buscá-la, o rosto enterrado na água. De repente, ela se levantou de um salto, a maçã, brilhante e vermelha, entre os dentes.

"Temos uma vencedora!" gritou o mestre de cerimônias.

Os ombros das outras participantes caíram em derrota, suas mãos batendo palmas em aplausos sem entusiasmo.

"A próxima a se casar será a nossa própria Lady St. Alban", continuou o homem.

Os aplausos diminuíram, pontuados por alguns murmúrios irritados. Callie olhou ao redor da reunião timidamente, e um leve rubor se transformou em um rubor intenso. E com certeza, as palavras do homem concordavam com o modo de pensar de Nylander. Mas essa verdade poderia esperar até mais tarde. Até depois de amanhã.

O mestre de cerimônias piscou. "E não se esqueça de colocá-la debaixo do travesseiro esta noite, milady."

Com a maçã na mão, Callie voltou para Nylander. Com fios de cabelo molhados grudados às bochechas, ela parou a menos de meio metro dele. A mulher provavelmente estava encharcada até os ossos. Ela era a coisa mais adorável que ele já vira.

Adorável? Uma palavra que ele nunca usara, ou sequer pensara, em toda a vida. Ele fora reduzido a um homem que pensava em palavras como adorável, e não se importava nem um pouco. "Seu vestido está definitivamente arruinado agora."

Ela deu de ombros. A mão que segurava a maçã se ergueu e se segurou, e ele se deu conta: ela a estava oferecendo.

Parecia bíblico. Ela era Eva, e ele, Adão. O destino não lhe ofereceu escolha a não ser aceitá-la. Sem tirar o olhar dela, ele levou a fruta à boca. Deu uma mordida, e a boca dela formou um "O" de surpresa.

Ele deu um passo à frente, e abaixou o rosto, incapaz de

resistir à sua boca proibida e doce como maçã por mais um momento. A cabeça dela se inclinou para trás e um suspiro condescendente escapou de seus lábios entreabertos enquanto seus cílios se fechavam. Uma expectativa deliciosa brilhava em suas veias. Este beijo seria o início de algo novo e maravilhoso. Selaria o começo.

Uma trombeta soou, estridente e metálica, e um grito ecoou ao longe.

Os olhos de Callie se abriram, arregalados e frenéticos. Com a boca a um centímetro da dele, o hálito doce e açucarado sussurrando em seus lábios, ela disse: "Está na hora."

"Está na hora?"

Com os olhos se lançando de um lado para o outro, ela se afastou dele, e ele sentiu sua ausência como uma dor no corpo. Mas não havia tempo para tanta pieguice. A mulher estava prestes a fugir, como uma criminosa.

Ou uma presa.

Ela levantou a saia até os joelhos e encontrou o olhar dele por tempo suficiente para dizer: "Deseje-me sorte?"

O alarme percorreu Nylander e acelerou seu pulso. Ela podia estar prestes a fugir, mas ele sentiu a luta se intensificando dentro dele. *"Sorte?* Para quê?" As perguntas a atingiram enquanto ela corria, seus pés mais ágeis que os de um cervo.

"Lá está ela!" gritou um grupo de rapazes com não mais de trinta anos de diferença entre os três. "Peguem ela!"

Os pelos da nuca de Nylander se arrepiaram. Ele seguiu a perseguição, outros se juntando à briga a poucos passos. Na periferia da multidão, ele avistou o velho da taverna Devil's Books. Com seu rosto curtido pelo tempo e andar despreocupado, este homem certamente sabia o que estava acontecendo.

Quando Nylander perguntou exatamente isso, o velho soltou uma risada chorosa. "O Batismo do Duque de Muck." Outra risada soou, desta vez produtiva. "Bem, *duquesa* neste caso."

Eles estavam de volta a High Street, e Nylander viu um

323

vislumbre de um fio de seda verde passando pela abertura entre dois prédios, a multidão cada vez maior a menos de três segundos atrás. Eles estavam se aproximando dela, provavelmente porque seu tornozelo rígido a estava atrasando.

"Sim", continuou o velho, "ela os liderará em uma alegre perseguição, a Wyld Hare."

"Alguém poderia, por favor, dizer claramente o que diabos está acontecendo?" Nylander não estava muito interessado em lutar com a cidade inteira por ela, mas se precisasse, bem, ele o faria.

"Esfrie o sangue, meu rapaz", disse o velho, desdenhoso. "O Duque de Muck apareceu nestas praias há quase duzentos anos. Naufragou numa noite tempestuosa. Não demorou muito para que começasse a infectar a cidade com sua bebida, prostituição e licenciosidade generalizada. Um pecador orgulhoso era o Duque de Muck, e rapidamente esgotou suas boas-vindas com seus costumes miseráveis e imorais." Ele ergueu um dedo enquanto vomitava um monte de catarro e cuspia no chão. "Então, uma noite, a cidade o arrancou da cama de seu tio favorito e o perseguiu nu até o mar. Quando o encontraram lá, agiram como bons cristãos e o batizaram."

Nylander mal ouviu o final da história, pois havia se fixado em uma única palavra. Nu. Suas mãos se fecharam em punhos firmes. "Eles não acham que vão *despir* Call— Sua Senhoria, acham?"

Sobre seu cadáver sem vida.

"Você é um rapaz atrevido, não é?" Um olho azul inquisitivo o espreitava por baixo da pálpebra enrugada. "Nenhum dos lordes e escudeiros que foram donos de Wyldcombe Grange ao longo dos anos teria concordado com isso, se fosse esse o caso." A malícia brilhou em Nylander. "Não com seus corpos macios e amanteigados como creme de leite."

Outro lampejo verde cruzou a visão de Nylander. Callie estava, de fato, liderando uma alegre perseguição. À medida que se aproximava da praia onde a High Street terminava no mar, a densidade da multidão se intensificava e ele se separou do velho. Continuou abrindo caminho, observando as expressões nos rostos de todos. Sorrisos calorosos, agradáveis ao sol e à sidra, abundavam. Não se tratava de uma multidão enfurecida.

Callie não estava em perigo. Ele relaxou um pouco. Um homem que ele nunca vira na vida enfiou um copo de sidra em sua mão. "Bom trabalho com a vara. Nunca consegui lidar com ela sozinho."

Outro homem lhe deu um tapinha nas costas. Ele já estivera no mar com marinheiros, vivenciara sua camaradagem rude, mas era uma comunidade de areias movediças. Não sólida como a terra. Não como este lugar. Esses tapinhas jocosos nas costas e as sidras oferecidas lhe diziam que ele havia sido aceito. Esta poderia ser a sua comunidade. Não apenas a *dele*, mas a *deles*, a dele e de Callie.

A comunidade deles.

O futuro deles.

Um tilintar alto e rítmico de címbalos ecoou pelo ar, aproximando-se, incendiando a multidão, que se abriu para dar lugar a um grupo de três: dois homens e sua prisioneira, a Duquesa de Muck.

Callie. Imunda e desgrenhada, ela desempenhou seu papel sem restrições, lançando olhares maliciosos e rosnando para os moradores da cidade enquanto eles começavam a entoar: "Arrependa-se! Arrependa-se!"

Chegaram ao fim da estrada, à beira da praia, e pararam, com uma multidão se formando atrás deles. A multidão se aquietou antes de mergulhar em um silêncio irritado.

"Duquesa da Lama", gritou um dos carcereiros de Callie para que todos ouvissem, "você se arrepende de seus pecados?"

Um alfinete poderia ter caído com um estrondo alto, tão silenciosa estava a multidão.

Callie caiu de joelhos e ergueu as mãos para o céu. "Eu me arrependo!"

Seu outro carcereiro colocou uma grande quantidade de água em um balde grande e, antes que Nylander pudesse entender a intenção do homem, despejou todo o conteúdo do balde no rosto de Callie, certamente encharcando-a até a pele.

Encharcada e cuspindo, ela estendeu a mão às cegas. Uma caneca de sidra foi enfiada em sua mão. Ela a levou à boca e começou a beber o conteúdo, gole após gole. Fios de cabelo molhados e ruivos grudavam em seu rosto, seus olhos piscaram e ela virou o copo de cabeça para baixo, provando que o havia esvaziado até a última gota de uma só vez.

"A Duquesa de Muck se arrependeu, e a colheita é boa!" gritou o mestre de cerimônias, e a multidão rugiu a maior aclamação do dia.

"Não sabia que ela era assim", disse uma voz masculina em algum lugar atrás dele.

"Mamãe", sussurrou uma garota, admirada, "a duquesa é tão *corajosa*."

Um orgulho enorme cresceu dentro de Nylander. Ele abriu caminho através da horda agitada até que, finalmente, a alcançou. Parou um pouco diante dela, querendo acolhê-la. Ela irradiava uma alegria como ele nunca tinha visto.

Ela havia sido aceita. Como ele, ela fazia parte daquela comunidade. Eles construiriam uma vida juntos ali. A certeza fincou raízes profundas em seu coração, em sua alma.

Como um só, eles deram um passo à frente, com as pontas enrugadas dos seios dela a um fio de cabelo de distância do peito dele. Eram apenas ele e ela naquele espaço.

Era tudo o que importava.

Era tudo o que importaria.

O rosto dela se ergueu, e o dele se inclinou para baixo. "Sabe o que eu mais amo?"

"O quê?"

"Não um *o quê*, mas um *quem*."

"Ah", ela suspirou.

O sol se pôs no horizonte, a noite escura perseguindo o dia na escuridão. Os lábios dele tocaram os dela, e os braços dela se enrolaram em seu pescoço, seu corpo esguio se esticando ao longo do dele. A ponta da língua dela deslizou pelo lábio inferior dele, e as mãos dele encontraram a cintura dela, mantendo-a firme, puxando-a para si.

A língua dele se encontrou com a dela em um emaranhado, e através do casulo que os envolvia, flutuavam estalos escandalizados, uivos barulhentos e um definitivo: "*Finalmente*".

Então, rasgou outro som: um grande e explosivo: *barrroooom!*

Os olhos de Callie se abriram e encontraram os dele. Este não era um *barrroooom!* poético e metafórico, nascido do desejo florescente deles. Em vez disso, foi uma explosão vinda do mundo físico que sacudiu a terra sob seus pés e riscou o céu acima de uma colina não muito distante. Por três segundos, um silêncio chocante desceu sobre a cidade enquanto o cheiro acre de fumaça era levado pelo vento.

"Isso veio das terras da Grange", sussurrou Callie, com os olhos arregalados, frenéticos.

Um medo profundo percorreu Nylander. "Quem estava guardando o celeiro no penhasco?"

"Ninguém, exceto..." Ela balançou a cabeça, com angústia nos olhos.

"Exceto?" ele perguntou.

"Pierre."

Outra explosão soou, esta maior que a anterior, e a cidade se desfez em um rugido e explodiu em histeria.

Antes que Callie pudesse se desvencilhar, Nylander apertou seu braço, protegendo-a. Ele procurou seus olhos. Ele não se importou muito com o que encontrava ali.

Medo... Pânico. Essas eram as emoções esperadas. Ele viu outras também. *Conhecimento. Remorso.*

Callie se desvencilhou dos braços dele e correu em direção à luz alaranjada que riscava o céu distante. Seus pés se apressaram para alcançá-la, ou pelo menos acompanhá-la, mas a incerteza cravou longas garras nele. Teria ele a perdido antes mesmo de ter a chance de realmente tê-la?

O amanhã chegara um dia antes.

29

Com a respiração frenética, soprando branco no ar fresco da noite de outono, Callie correu. Mais rápido do que jamais tinha corrido em seus vinte e cinco anos, seus pés percorriam a distância entre ela e o horizonte manchado de laranja, nublado por tufos de densa fumaça cinza.

Não era a casa principal. O fogo estava muito perto da água. Era o celeiro no penhasco.

O conhaque... Certamente estava adicionando lenha à fogueira. Aqueles eram os últimos dois anos de sua vida consumidos pelas chamas. E ela sabia, no fundo, que tivera uma participação em sua destruição.

Esse dia perfeito tinha sido uma miragem... Um exercício de auto ilusão. Diante dela estava à realidade, seus sonhos se incinerando em lembranças. Mesmo ouvindo os passos pesados de Nylander bem atrás dela, ele também estava atrás dela. Em mais de um sentido.

Ela enxugou a umidade em suas bochechas e passou por cima do pensamento. Ela não podia deixar seu coração sofrer agora. Haveria muito tempo para isso mais tarde... O resto de sua vida.

Ela correu por entre tojos [1] úmidos e urzes [2] ásperas, com o vestido agarrado às coxas, os pulmões ardendo com o esforço e a fumaça do celeiro. O calor se intensificava quanto mais ela se aproximava.

Ainda assim, uma ponta de esperança se acumulou em seu peito. Embora tenha havido duas explosões, o fogo ainda não havia se alastrado. *Ainda não.*

Mas o celeiro não era sua primeira preocupação.

"Pierre!" ela gritou na escuridão, à voz um raspar rouco na garganta. *"Pierre!"*

Uma figura saiu cambaleando de um amontoado de arbustos. "Fale baixo, o Criador ainda não está pronto para mim." Lá estava Pierre, tão lacônico e francês quanto ela jamais o vira. Ela podia abraçar o homem. "Ainda bem que eu saí para mijar."

Nylander correu, respirando alto e com dificuldade. "Onde fica o poço?"

Antes que Callie pudesse orientá-lo, Will e Cam se juntaram ao grupo. "Will, você e Cam, peguem a bomba de Newsham", ela ordenou. Para os que estavam chegando, ela gritou: "Peguem todos os baldes, copos, qualquer coisa que possamos colocar água e encham a bomba!"

"Uma bomba de Newsham?" perguntou Nylander, voltando-se para ela, que já estava a caminho para ajudar Will e Cam a instalar o dispositivo.

"Para apagar incêndios", ela gritou por cima do ombro. "Comprei uma ano passado, quando aumentamos nossa produção."

---

1. Tojo é o nome comum das plantas pertencentes ao género botânico *Ulex*, e também algumas dos géneros *Genista* e *Stauracanthus*. São plantas típicas da flora atlântica da Península Ibérica e de toda Europa temperada.

2. Urze é o nome comum de diversas plantas da família Ericaceae. São espontâneas em terrenos pobres em calcário, e têm flores de cores diversas. Recentemente, descobriu-se que o néctar das flores de urze contém um composto químico, o caluneno, que bloqueia a evolução do parasita Crithidia bombi, comum em abelhões silvestres, defendendo-os dessa praga mortal.

Eles encontraram Will e Cam puxando e empurrando a máquina pesada e desajeitada para fora de um galpão de armazenamento. Não estavam indo muito longe, muito devagar.

"Aqui", gritou Nylander, passando por Callie, "eu fico atrás, cada um de vocês fica de um lado."

Enquanto avançavam lentamente por um caminho gramado, Callie agarrou o acessório da mangueira e foi verificar o progresso da brigada de baldes que serpenteava em uma linha ondulada do poço ao celeiro. "Pierre! Kip!" ela chamou.

Kip apareceu de repente, com os olhos brilhando de alarme e excitação, e Pierre gritou: "O que foi agora?"

"Kip, corra até a Grange e pegue todos os baldes que encontrar." O garoto assentiu e saiu correndo. Ela se virou para Pierre. "Certifique-se de que esta linha se estenda até a bomba de Newsham." Ela apontou para o local onde os homens haviam empurrado a máquina. "Se o fogo atingir as vigas, o que resta do alambique não poderá ser recuperado."

"Você está insinuando que o alambique é a causa desta conflagração? Que ele explodiu?"

"Pierre, não temos tempo para isso agora", ela gritou.

Mas, claro, tinha sido o alambique. O que mais poderia causar tal explosão?

No entanto, seu instinto lhe dizia que não fora negligência da parte de Pierre que a havia iniciado. Mas sim, outra pessoa. *Jack Le Grand.* Explosões não aconteciam aleatoriamente quando um pirata se esgueirava pelas redondezas.

Pierre se recuperou e começou a trabalhar, gritando ordens para quem quisesse ouvir. Callie correu de volta para Will, Cam e Nylander, que tinham acabado de colocar a bomba no lugar. Com as mãos trêmulas e em pânico, ela conectou a mangueira enquanto baldes começavam a despejar água no tanque de chumbo da bomba. Era cedo demais para ter esperanças, mas havia uma chance de que pudessem salvar algo daquele desastre.

Nylander apareceu ao seu lado, o rosto negro como uma

nuvem de tempestade. Uma dor latejava em suas entranhas pelo homem que fora dela na noite anterior e hoje, um Nylander que ela nunca mais teria. Não depois que ele soubesse como aquele desastre havia começado.

E o papel dela nisso.

"Você sabe quem fez isso?"

Ela assentiu. Nada de útil resultaria de negar o fato. "Você sabe?"

"Sim."

Ele *sabia*. Uma faca se contorceu em suas entranhas. Ele nunca seria dela, não se *ele soubesse*. Ela inalou o soluço que ansiava por libertação.

"A explosão veio debaixo do alambique", ele continuou.

Confusão, somada ao alarme a percorreu. "Não foi do alambique?"

Ele balançou a cabeça e apontou. "Viu aquilo?"

Ela via agora. Entre o celeiro e a beira do penhasco, o chão estava cheio de crateras.

"A explosão se originou lá embaixo."

"O conhaque", ela sussurrou.

"Certamente explodiu em pedacinhos e adicionou combustível ao fogo."

A respiração saiu de seu corpo em um grande sopro, e ela envolveu os braços em volta do estômago por causa da dor. Ouvir aquilo dito em voz alta — a destruição total e completa de suas esperanças e sonhos — era demais.

"Há outra entrada para aquele porão?" ele perguntou.

Callie se recuperou. "O antigo poço da mina." Ela começou a correr. "Por aqui."

Com os pulmões cheios de fumaça, ela encontrou o caminho familiar das ovelhas que contornava o celeiro e descia o penhasco, com os pés percorrendo pedras e tufos de grama com a perícia adquirida da experiência. Nylander estava logo atrás dela, com os pés dele marcando cada passo seu. Depois de um desvio e depois de outro, ela diminuiu a velocidade, com a mão apalpando a parede do penhasco em busca da abertura da caverna enquanto saíam da parte definida da trilha e entravam na trilha das cabras, com pedaços de pedra se desmoronando sob seus pés enquanto se arrastavam pela face do penhasco.

"Isso é seguro?" perguntou a voz dele atrás dela.

"Seguro o suficiente para cabras selvagens."

"Reconfortante."

Seu humor seco a aqueceu, mesmo que a fizesse desejar uivar de desespero. Com as palmas das mãos raspando e sangrando, ela finalmente encontrou a abertura. "Chegamos", sussurrou. "Mais três passos para você."

Callie entrou correndo na caverna mais negra que a noite e com cheiro de pólvora. Nylander entrou atrás dela. Eles estavam sempre se encontrando em cavernas profundas e escuras.

"Já era hora", soou uma voz cheia de uísque.

Flint arranhou o atacante e a caverna brilhou em luz. Os olhos de Callie se ajustaram à claridade e viram Jack Le Grand parado ao lado de um rapaz magro com a pele da cor de chá cremoso.

"Demorou bastante para chegar aqui, Johnny boy."

"Johnny boy?" perguntou Callie. "Quem é —"

A pergunta morreu em sua boca.

Jack Le Grand era um homem de constituição forte. Mas também uma sombra do homem que devia ter sido trinta anos atrás.

Aquele homem estava ao lado dela.

A verdade se encaixou. Estivera lá o tempo todo, na constituição física, no cabelo, nos olhos, na estrutura óssea. No mesmo sorriso torto.

Mas a semelhança era só isso. Por mais que Nylander fosse a cara de Le Grand, ele não se parecia em nada com ele.

"Esse homem" — ela apontou para o pirata — "é seu pai?"

"Uma versão vagamente definida de um, sim."

Esquecida de seu lugar e das circunstâncias daquele encontro, o desprezo e a raiva borbulharam e todas as outras preocupações desapareceram. Este era *o pai* de Nylander. O homem que...

"Você", ela rosnou.

"Sou eu, Jack Le Grand." Ele tirou o chapéu, e seu brinco de argola de ouro refletiu o brilho da luz do lampião. "O primeiro e único."

Ela deu um passo à frente. "Você... seu *monstro.*"

Uma risada abafada soou do pirata. "Você não é a primeira a me chamar assim. E também não será a última."

"Você jogou seu filho no mar. Você o deixou se afogar e ser devorado por tubarões. Que tipo de homem abandona o filho assim?"

"Abandonei?" A perplexidade franziu a testa envelhecida do pirata. "Eu dei a ele a melhor vida que um pai poderia dar."

Nylander zombou ao lado dela, mas sua atenção permaneceu fixa em Jack Le Grand. "Será que você realmente acredita em suas palavras?" ela perguntou.

"Por que eu não acreditaria?" Seu olhar se voltou para Nylander. "O *Free Reaver* não era um bom lugar para você naquela época."

Nylander apontou para o rapaz, cujo olhar castanho-claro observava os acontecimentos em silêncio. Aqueles olhos inteligentes não deixavam passar nada, Callie tinha certeza. "Qual é a diferença para ele?"

"Você não ouviu?" perguntou Jack Le Grand. "O *Free Reaver* tem suas cartas de corso, compradas e pagas e assinadas pelo próprio Rei George." Ele fez uma reverência formal. "Ele se tornou respeitável. Embora eu deva dizer, viver sempre do lado certo está se mostrando muito mais perigoso do que ser o próprio perigo. Piratas são uns bandos bem desagradáveis."

"Como isso justifica você deixar seu filho para morrer?", perguntou Callie.

"É aí que você se engana, querida." Jack Le Grand apoiou o quadril em uma pedra e mordeu a boca. "Durante anos, andei em círculos com os Van Rijns. Apesar de todas as nossas brigas, eu os conhecia de verdade, gente cristã. Eles estiveram do lado certo mais vezes do que você, com certeza. Eu sabia que eles pegariam o Johnny boy. Apostei minha vida nisso."

"Só que você não apostou a sua vida", interrompeu Callie. "Você apostou a dele."

Um olhar envergonhado cruzou o rosto do pirata. "Eu admito isso. Foi uma aposta." Seu olhar não se desviou de Nylander. "Mas veja como valeu a pena para você."

Os olhos de Nylander se estreitaram. "O passado já passou. Por que você explodiu o celeiro?"

"Você realmente não sabe por quê."

A compreensão atingiu Callie um instante depois, e seu estômago afundou na pedra sob seus pés. "Você fez isso pelo seu filho", ela sussurrou, o chiado e a verdade de suas palavras ecoando pelas paredes da caverna. Fora a verdade desde o início. E ela achava que estava no controle? Ela não passara de um peão em um jogo que não percebera que estava jogando.

"Foi por isso que você concordou com as vinte mil libras adiantadas. Você nunca teve a intenção de pagar."

O pirata bufou. "Descobriu isso sozinha, não é?"

Seu olhar encontrou o de Nylander, apavorada com o que encontraria lá e com a resposta para a pergunta que precisava fazer.

"Você esteve em acordo com ele esse tempo todo?"

30

O mundo de Nylander se inverteu e virou de cabeça para baixo. "Em acordo?"

"Claro", disse Callie, uma casca endurecendo sobre a mágoa em seus olhos. "Faz todo o sentido. Você sabia esse tempo todo."

"Sabia o quê?" ele perguntou, lentamente, para ganhar tempo. A insinuação dela era clara.

"Que Lorde St. Alban queria vender a Grange para você", ela respondeu, com o tom também ficando mais duro. "E você colaborou com isso" — ela apontou um dedo acusador para Jack — "com seu *pai* para sabotar minhas chances de comprar a Grange."

Nylander sentiu um aperto no estômago. "Você entendeu tudo errado."

"Isso explica tudo", continuou Callie, distraída, e começou a listar os itens em seus dedos. "As vacas no pomar. O dano ao moinho de rodas. O rebanho de ovelhas perdido. Você teve acesso a tudo."

"Não."

"A *sedução*."

Jack deu um assobio excitado.

"Era tudo parte do seu plano", continuou Callie. "E hoje? Eu pensei que fosse real." Sua voz falhou na última palavra. *Real.*

"Foi absolutamente real. Cada momento."

Como tudo tinha dado tão errado, tão rápido? Não parecia possível.

"Que um homem como *você* pudesse encontrar uma mulher como *eu*—" Ela parou. *Atraente. Desejável.* Essas foram as palavras que ficaram sem serem ditas. "Agora, tudo o que você sempre quis é seu." Ela ergueu as mãos vazias e as deixou cair ao lado do corpo. "Você venceu. Eu diria que foi justo e honesto, mas essa luta nunca foi justa."

Ela se virou para fugir, mas Nylander a segurou pelo braço quando ela passou por ele. Ela cheirava a terra, grama, maresia e sidra de maçã doce. Ela cheirava a tudo o que ele amava nesse mundo, incluindo ela mesma.

"Callie", ela disse, baixinho, apenas para os ouvidos dela.

Os olhos dela se ergueram assustados para encontrar os dele. Por um instante, confusão e indecisão brilharam sobre ele, o suficiente para lhe dar um vislumbre de esperança. No instante seguinte, ficaram inexpressivos e ilegíveis.

O som de passos pesados entrando apressadamente na caverna soou atrás de Nylander, e ele teve tempo suficiente para registrar a expressão aflita no rosto de Jack antes que um grito soasse. "Parem em nome da justiça do Rei!"

Callie ofegou, e Nylander se virou para encontrar os fiscais, rostos como granito, punhos sérios cerrados e prontos para uma luta, se fosse o caso.

Nylander não hesitou. "Aí está o homem que você procura." Seu dedo apontou diretamente para Jack.

A incredulidade se espalhou por seu rosto. "Denunciado pelo meu próprio sangue?"

Nylander não teve tempo para os sentimentos feridos de Jack, já que os olhares dos fiscais se desviaram.

"E ela é?"

Ele se colocou na frente de Callie, bloqueando a visão deles. "A Viscondessa Viúva St. Alban", ele declarou, imbuindo o título com toda a sua conotação aristocrática para deslumbrar e distrair. O estratagema pareceu funcionar enquanto eles se moviam na presença de seus homens. "Jack Le Grand é o homem que você procura."

Os fiscais assentiram e deram um passo à frente. Nylander olhou para Callie e apontou o queixo em direção à entrada da caverna. Aquilo poderia ficar feio, e ele a queria fora dali.

Com protesto nos olhos, sua boca começou a formar as palavras que certamente viriam a seguir. Ele balançou a cabeça e murmurou: "Agora".

Ainda assim, ela permaneceu imóvel no lugar, como se quisesse lhe dizer algo. Ele precisava convencê-la a ir embora naquele instante. *"O fogo"*, ele sussurrou.

Em um instante, o pânico substituiu a teimosia, e seus pés começaram a se mover. Na entrada da caverna, pouco antes de desaparecer na escuridão, ela lhe lançou um último olhar. Ele não conseguiu decifrar aquele olhar. Então ela se foi.

Um vazio, negro e pesado, abriu-se dentro dele. Ela imaginou que ele havia feito um acordo com Jack para roubar a Grange dela. Ele cerrou os punhos e voltou a atenção para o grupo. Os fiscais encurralaram Jack, aproximando-se a passos curtos.

"Agora, você pode manter seu rosto bonito intacto", começou um dos fiscais. "Se você vier conosco, dócil como um cordeiro", concluiu o outro.

Jack soltou uma gargalhada. "Meu rosto não é bonito a mais anos do que você já esteve nesta Terra. Então, se você está mentindo sobre isso, eu me pergunto sobre o que mais você está mentindo?"

Os punhos de Nylander se cerraram com mais força, e ele deu um passo à frente. "Você se importaria se eu conversasse com meu querido pai?"

Ao mesmo tempo, os fiscais assentiram e recuaram.

Nylander avançou. A perda de Callie se aprofundava em sua alma a cada passo, a cada batida de seu coração. Ele a havia perdido. Por causa do homem à sua frente, que via o mundo como uma grande piada. "Você é como gangrena", ele rosnou. "Tudo o que você toca apodrece."

Jack inclinou a cabeça. "É sobre Sua Alteza?" Ele chupou os dentes. "Deixa-a ir, Johnny boy. Não vale a pena qualquer mulher que queira se meter com gente como eu, isso eu posso lhe dizer de graça."

O mundo de Nylander ficou opaco, plano e sem sentido. A escuridão que ele vinha controlando ganhou rédea solta, e ele se virou e acertou um forte gancho de direita no queixo de Jack. O pirata cambaleou para trás e se segurou em uma pedra antes de atingir o chão. Tomado por uma fúria cega, Nylander avançou. Agarrou o homem pela gola e o ergueu com um puxão, posicionando-o para outro golpe. Ele ergueu o braço e hesitou. Se Jack atacasse novamente, não conseguiria parar até que o homem não passasse de uma massa pastosa de ossos e pele.

Ele ainda não havia abaixado o punho quando uma mão forte e trêmula envolveu seu braço. Seu olhar se voltou para encontrar o olhar de Lash, firme e fixo nele. Sempre silencioso e observador, o rapaz podia ser fácil de esquecer. O que seria um erro, Nylander sabia até a medula. Só um tolo subestimaria o rapaz e o homem que ele estava destinado a se tornar.

Nylander também sabia de outra coisa: teria que se esforçar para passar por Lash se quisesse continuar perseguindo Jack. A luta o esvaiu. Não trocaria golpes com aquele rapaz, seu meio-irmão, nem em uma eternidade de vidas.

À frente, Jack fez um grande show, mexendo o maxilar e limpando um fio de sangue do canto da boca com as costas da mão. "Viram o que eu quero dizer?" Ele olhou para os fiscais. "Eu sabia que meu rostinho bonito não sairia sem alguns hematomas."

Eles deram de ombros e se acomodaram contra a parede da

caverna, aparentemente contentes em deixar aquele drama familiar se desenrolar sem interferência.

Que dia maldito. O efeito entorpecente da adrenalina passando rapidamente, Nylander estremeceu e estendeu a mão. Ele provavelmente quebrou alguns nós dos dedos na cara daquele desgraçado.

"A julgar pelo seu gancho de direita, a vida de marinheiro tem te tratado bem." Jack se curvou para frente e apoiou os cotovelos nos joelhos. "Preciso do meu amado garoto no *Free Reaver*. A vida honesta em alto mar é muito mais perigosa do que a de um pirata descarado."

Uma amargura ácida e metálica atingiu Nylander. "Você tem seu amado garoto navegando com você."

A cabeça de Jack se inclinou para o lado. "E você acha que não é meu amado garoto? Acha que eu realmente te entreguei?"

"Não tenho motivos para acreditar no contrário."

O peito de Jack se encheu de indignação. "Sob as cores de quem você acha que tem navegado todos esses anos?"

Nylander conteve a língua. Essa conversa não valia a pena.

Jack cutucou o peito com o polegar. "Minhas, é de quem."

"Você está ficando mole da cabeça", zombou Nylander.

"O quê? Nunca foi atacado. Acha que é o marinheiro mais sortudo que já navegou em alto mar?" Jack se ajeitou para apoiar os cotovelos na pedra às suas costas. "Ninguém tem tanta sorte."

O medo percorreu Nylander.

"Você navegou sob minha proteção, Johnny boy. Acha que alguém ousaria tocar em você, o filho de Jack Le Grand? Eu mantive um olho em você, me propus a saber tudo o que o afetava. E quem precisava saber, sabia."

"Eu sei me virar sozinho."

"Claro que sim. Como aquele" — ele acenou com a cabeça em direção a Lash — "você é meu *amado* garoto."

"Mete isso na cabeça, Jack. Eu sou seu *nada*. Depois daquele

SOFIE DARLING

dia, nunca mais poderemos ser nada um para o outro. E não depois do que você fez à Callie."

Jack arqueou uma sobrancelha com um olhar malicioso. *"Callie?"*

Nylander cerrou os dentes e manteve a boca fechada.

"Por que você não consegue ver?" perguntou Jack. Era uma ponta de mágoa que permeava a pergunta?

"Ver o quê?"

"Eu te dei tudo o que você sempre quis."

As palavras atingiram Nylander com a força de um golpe. Jack acreditava nelas de verdade.

Jack levantou um dedo. "Uma família como os Van Rijns." Outro dedo juntou-se ao primeiro. "Terras como Wyldcombe Grange. Por que você não consegue ver?"

Nylander via. Na versão distorcida de Jack, ele agira por amor paternal. "Você não me deu tudo o que eu queria. Só a empurrou para fora do meu alcance."

Jack dispensou as palavras com um gesto. "Mulheres vêm e vão, Johnny boy. Você já teve uma, já teve todas."

"Eu sei tudo sobre a sua visão das mulheres."

"Bem, sua mãe tinha seus encantos, isso é certo. E a mãe do Lash, ela é especial."

"Terminou o papo em família?" perguntou um dos fiscais enquanto se afastava da parede. O outro tirou um par de algemas do seu sobretudo volumoso. "Você vai se entregar facilmente?"

"Sim", concordou Jack.

Uma arma foi engatilhada e, em um instante, a caverna entrou em alerta. Quatro pares de olhos se voltaram para a fonte. Lá estava Lash, com os olhos arregalados, as mãos trêmulas, a arma apontada para o peito de um dos fiscais. "Você não vai encostar um dedo no meu pai."

Nylander deu um passo à frente, mas Jack o encarou e balançou a cabeça levemente. Nylander congelou. A situação estava saindo do controle, como costumava acontecer com Jack.

No entanto, ele era o único homem naquela caverna, naquele momento, que poderia deter o desastre.

Jack ergueu sua mão. "Não, filho, não posso deixar você arruinar sua vida por causa de alguém como eu. Vou com esses homens. A justiça do Rei precisa ser feita e tudo mais."

"Mas, pa —"

Jack balançou a cabeça. "Fique com seu irmão e aprenda com ele." Seu olhar astuto se voltou para Nylander. "E veja só, o rapaz tem uma boa educação."

Lash abaixou a arma e Nylander a arrancou das mãos frouxas do rapaz. Os fiscais agarraram Jack.

"Não precisa dessas algemas, rapazes. Se eu quisesse escapar, vocês não poderiam me segurar."

Seus captores poderiam ter revirado os olhos para o céu, mas não fizeram mais nenhum movimento para amarrar Jack. Enquanto eles passavam, Jack se virou para os filhos uma última vez. "Essa não é a última vez que vocês me veem, meus rapazes."

O trio desapareceu na noite, deixando Nylander sozinho com Lash, um rapaz que ele mal conhecia, um rapaz cujo bem-estar agora era sua responsabilidade. Um rapaz cujos olhos refletiam a dor que lhe fora infligida vinte e cinco anos antes. Pois ele também um dia amara Jack profundamente.

"Ele não vale a pena", disse Nylander, sabendo muito bem que o rapaz não estava pronto para ouvir aquelas palavras. "Ele só vai partir seu coração."

Lash enxugou os olhos com as costas da mão. "O que você sabe?"

De corações partidos? Bastante. "Siga-me", foi tudo o que ele disse.

Ele saiu da caverna, os passos suaves do rapaz em suas costas, e entrou na noite. Por necessidade, diminuíram o passo ao chegarem à rampa de cabras com centímetros de largura e à beira do penhasco, com o progresso lento e árduo nessa viagem de volta sem Callie como guia.

Finalmente, chegaram ao topo, e o fogo apareceu ao longe, seu laranja intenso alguns tons mais fraco do que meia hora antes. O fogo estava sendo controlado.

Fora da faixa de luz, figuras recortadas por diferentes tons de escuridão e luz correram para atender às ordens da mulher no comando. *Callie.* A cidade se apressou para cumprir suas ordens, cada uma delas, confiante de que sua duquesa sabia o que estava fazendo.

"Venha", Nylander falou para o rapaz ao seu lado, já em movimento. "Precisamos levar isso até o fim."

Com o cuidado de manter distância de Callie, Nylander e Lash encontraram uma seção de palha na parte de trás do telhado do celeiro que precisava de mais água. Durante todo o tempo, ele manteve-se atento a ela. Se ela acreditasse no que pensava dele, não ia querer ele aqui.

A sensação de tédio e insipidez que tornava o mundo vazio e sem sentido novamente o esvaziava por dentro. Ela acreditava que ele estava em acordo com Jack Le Grand. Por que não acreditaria? Se ele tivesse contado a ela logo no começo o que sabia, talvez houvesse uma chance para eles.

Provavelmente não.

A sorte dele não funcionava assim.

As últimas vinte e quatro horas não tinham sido nada mais do que um exercício de ilusão de proporções gigantescas. Será que ele realmente achava que teria a sorte de passar o resto da vida com ela?

Ele era a escória sob os pés dela.

Com o ar saturado de brasa e palha fumegantes, Lash encontrou seu olhar. "Para onde vamos agora?"

"O fogo está sob controle." Ele parecia tão apático e inexpressivo quanto sua alma se sentia. "É hora de partir, agora."

"Para onde vamos então?"

"Para Londres."

Os pés de Nylander se moveram rapidamente, para longe do

celeiro no penhasco, para longe dela, a determinação ganhando força a cada passo. Ele tinha alguns assuntos para resolver em Londres.

Jake não gostaria da maneira como ele desejava resolver a questão de Wyldcombe Grange, mas faria o que Nylander pedisse.

Então, sua vida continuaria.

Sem ela.

TERRA E CASCALHO rangiam sob os pés velozes de Callie, o único som na noite interminável, enquanto ela avançava rapidamente em direção à casa principal. Apenas o ritmo de seu coração acelerava.

Onde ele estava?

Ele havia retornado para ajudar com o fogo ao lado do filho de Jack Le Grand, mas, no meio do caos, ela os perdera de vista. Assim que o fogo se tornou apenas cinzas úmidas e fumegantes, ela descobriu que eles haviam desaparecido.

Seus pés, cheios de bolhas e doloridos, aceleraram o passo. Havia algo que ela precisava lhe dizer.

Não, não *dizer*.

Perguntar.

Ela cairia de joelhos e pediria, não, imploraria por seu perdão por pensar, mesmo que por um momento, que ele estivera em acordo com um vilão como Jack Le Grand. Vergonhosas, impensáveis, completa e repugnantemente erradas, foram as palavras que ela lhe dissera.

Naquele momento, ela deixou que cada palavra ruim que lhe fora dita na cara e pelas costas — *estranha, masculina* — sussurrasse em seu ouvido. Como um anjo guerreiro Viking como o Capitão John Nylander poderia sentir o que ela queria que ele sentisse? Devia haver trapaça envolvida, diziam os sussurros maliciosos. Eles haviam anulado não apenas seu bom senso, mas, mais importante, o que ela sabia sobre ele em seu coração.

E quando os fiscais invadiram e ele a protegeu, a consciência de quão profundamente ela o havia prejudicado cravou garras afiadas nela enquanto ela se apressava para cumprir seu dever como senhora temporária de Wyldcombe Grange.

O telhado havia sido salvo. O Charentais ainda era recuperável. Ele sobreviveria para destilar conhaque de maçã outro dia.

O conhaque, até o último barril, foi perdido na explosão. Ela não compraria a Grange. Essa também estava perdida para ela. Na verdade, nunca esteve realmente ao seu alcance.

Mas não era isso que ela precisava dizer a ele. Nem de perto.

A casa se aproximava e, logo à frente, no pátio do estábulo, um movimento chamou sua atenção. Ela diminuiu o passo até parar quando dois cavaleiros, o filho de Jack Le Grand e ele, montaram em seus cavalos à distância. Ela recuou da trilha e desapareceu nos arbustos cinzentos na noite sombria.

Ele estava indo embora. Agora... Um vazio profundo, tão profundo e infinito quanto o universo que se estendia acima de sua cabeça, se abriu dentro dela... Antes que ela pudesse pedir, implorar, por seu perdão.

Não haveria absolvição para seus pecados. Era exatamente o que ela merecia.

Um rápido giro nas rédeas e um suave estalar da língua, e os cavalos dispararam pela trilha. Os cavaleiros passaram correndo por ela sem a menor noção de sua presença. Ela saiu de trás do arbusto protetor, com os olhos semicerrados ao longe, determinada a segui-lo até que a noite o engolisse por inteiro.

Como se seu coração estivesse adiando o inevitável, agora se despedia para se partir completamente em dois, depois em quatro, e assim por diante, até que seus pedaços não passassem de pó pulverizado. Wyldcombe Grange... Nylander... Estavam perdidos para ela, irrevogavelmente.

E agora, oh, ironia das ironias, aqueles que estavam perdidos pertenceriam uns aos outros. A Grange seria de Nylander. Ele a havia conquistado.

Ele seria um ótimo proprietário rural. Ele tinha o respeito e a admiração dos inquilinos e da cidade, algo que ela nunca conseguira alcançar em seus anos ali. Esse resultado estava destinado desde o início.

Exceto, não houve um momento naquela noite? Na praia, em meio a risos e folia, quando ela virou o copo de sidra e os moradores da cidade rugiram em aprovação, ela não se sentira como um deles naquele momento?

Ela deu um passo à frente, depois outro, afastando-se das lembranças que a levariam à loucura se ela as deixasse dominar. Pelas cozinhas, subindo a grande escadaria, ela continuou até encontrar sua cama, onde deitou seu corpo exausto, ainda usando o vestido de seda esmeralda, agora esfarrapado e encharcado. Sua cabeça salpicada de fuligem encontrou o travesseiro branco imaculado, um travesseiro que não era mais dela.

Pertenceria ao homem que ela havia perdido.

31

VÉSPERA DE NATAL

"Que tal isso?" Jane enfiou o gancho de arame e se afastou, inclinando a cabeça em avaliação.

Callie girou os ombros, testando o tecido que envolvia seu peito, e soltou um suspiro de alívio. "Muito melhor."

"E o cós da calça?"

Callie abotoou-a com facilidade.

"Não está mais tão justa?"

"Está perfeita."

O olhar de Jane pousou na barriga de Callie. Ela resistiu à vontade de se contorcer.

"Que curioso que seu corpo tenha decidido ganhar peso nos seios e na cintura. Não posso dizer que já vi um caso parecido. Isso geralmente acontece com uma menina de doze anos, não com uma mulher de vinte e cinco."

"Talvez eu seja como uma flor que desabrocha tarde." Callie engoliu em seco, a mentira presa na garganta.

Jane bateu o indicador pensativamente nos lábios. "A menos, é claro..."

Uma pequena faísca surgiu no ar. Era óbvio o que não fora

dito, e Callie se contentou em deixar por isso mesmo. Não estava pronta para dizer em voz alta. Acabara de admitir para si mesma.

"Suspeito", ela começou a falar com um tom falsamente animado, "que a comida de Natal da Sra. Bailey seja a culpada. Talvez a comida dela tenha me afetado depois de todos esses anos." Para acrescentar uma mentira a mentira, ela soltou uma risada vazia. "Vou dizer a ela para começar a diminuir a manteiga."

A expressão de Jane tornou-se cética. "São muitos, *talvez*." Com a boca firme, ela começou a espetar alfinetes na almofada, enrolando novamente o fio que sobrou dos ajustes do dia e recolocando cuidadosamente as ferramentas de seu ofício em seus devidos lugares. Callie observava, cautelosa. Jane não tinha terminado, ela podia sentir.

Por fim, Jane se endireitou, atravessou a sala e segurou as mãos de Callie. "Imagino que esteja ocupada com assuntos na Grange. Mas, Calpúrnia, querida, quando estiver pronta para falar de outros assuntos, quaisquer assuntos, sabe onde me encontrar."

Uma emoção inesperada a atingiu, e Callie assentiu. Ela pegou suas calças alteradas e soltou as mãos de Jane. "Preciso ir agora."

Em um instante, ela se viu na porta de Jane, enxugando uma lágrima perdida. Ela estava uma bagunça completa ultimamente.

Ela levantou a gola para se proteger da brisa cortante do norte e entrou na High Street. Multidões de aldeões fluíam em direção à baía, na direção oposta de onde ela estava indo. "Qual é o problema?" ela perguntou esperando que alguém quisesse responder.

"O navio acabou de chegar", foi uma resposta apressada.

Callie cravou os calcanhares no calçamento de pedra e se impediu de seguir o ritmo da multidão. Nada de novo na cidade, empolgada com um navio recém-chegado, trazendo todo tipo de mercadorias, algumas esperadas e comuns, outras exóticas e únicas.

Ela não tinha intenção de se juntar à disputa. Na verdade, já havia tirado tempo demais de sua agenda para ver Jane hoje. Mas não havia como evitar. Ela não conseguira abotoar as calças.

E era óbvio como o dia que Jane suspeitava do por que. Não, não suspeitava, sabia. A comida amanteigada de Natal da Sra. Bailey não tinha nada a ver com a cintura crescente ou os seios grandes de Callie. Qual, realmente, fora o sentido de esconder a verdade? Em breve, ela partiria da Grange, e ninguém saberia.

Nylander retornaria, com a escritura em mãos, para reivindicar seu lugar de direito e expulsá-la do local.

Daqui a quanto tempo? Era apenas uma questão de tempo.

Com toda a honestidade, seria um grande alívio. Ela não teria mais aquele machado pendurado sobre sua cabeça. Nos últimos meses, ela estivera mais ocupada do que nunca. Ao acordar após a noite do incêndio, levantou a cabeça do travesseiro manchado de fuligem e lágrimas e decidiu consertar a Grange antes que Nylander voltasse para reivindicá-la.

Sua vida nunca mais seria completa. Mas a Grange poderia e seria.

Ela começou confessando aos seus homens e se oferecendo para se entregar à lei. Eles ouviram sua confissão e rejeitaram sua oferta.

"Se me permite dizer, milady", disse Will, "achamos que algo assim estava acontecendo. Você poderia melhorar suas habilidades de mentir. Além disso, você tem consertado tudo."

"Não houve nenhum dano real", descartou Jess, massageando o ombro para demonstrar sua integridade. "Se eles quisessem me matar, já teriam feito isso."

"Não precisamos da lei de Londres respirando em nossos pescoços", disse Tom e cuspiu.

"Mas eu—" Callie começou a protestar.

"Fará isso de novo?"

"Nunca."

"Então deixe para lá. Nós cuidamos dos nossos no oeste."

Ela teve que conter as lágrimas — quando não estava lutando contra as lágrimas? — diante da graça que lhe foi concedida.

Por fim, ela falou com Pierre. O homem ainda era singularmente apegado aos Charentais. Felizmente, ele tinha Kip, que estava mais do que feliz em ser seu braço e pernas nos reparos. O garoto estava prosperando. O fato de ela não estar ali para ver o tipo de homem em que ele se tornaria a fez chorar ainda mais.

"Eu só queria que você tivesse me dito que estava em apuros", opinou Pierre. "Eu poderia ter apresentado você a uns piratas bem mais honestos do que aquele velhote, Jack Le Grand."

Ainda a chocava o fato de os homens terem sido tão otimistas com relação à sua barganha vergonhosa, a maneira como a ignoraram. Justo quando ela teria que ir embora, eles a aceitaram como um deles. Novamente, as lágrimas brotaram, e dessa vez transbordaram.

Agora, tudo o que ela podia fazer era esperar o machado cair, o que deveria acontecer a qualquer momento. Ela havia carregado do sótão o grande baú de viagem que havia trazido cinco anos antes. Em seu quarto, ele esperava que ela jogasse os poucos pertences que possuía. Ela partiria em menos de uma hora após a chegada do novo senhor.

Ela percebeu que sua mão havia pousado em sua barriga, suavemente arredondada e notada apenas por ela. Até então. Quando retornasse à casa de seu pai, pois essa era uma conclusão inevitável, teria que confessar tudo.

Bem, talvez não tudo, mas o suficiente para explicar aquela barriga arredondada.

Seu pai possuía uma propriedade remota em Yorkshire, da qual se tornara proprietário ao comprar as dívidas de um pequeno lorde. Apesar de todos os seus defeitos, ele a deixaria morar lá devido a uma combinação de afeição paterna e à necessidade de se distanciar de sua vergonha.

Talvez, ela pensou com o olhar sonhador no horizonte montanhoso, as cores esmaecidas pela geada profunda do inverno, a propriedade precisasse de melhorias. Ela poderia recomeçar. Ninguém em Yorkshire precisava saber que sua viuvez havia começado há mais de dois anos, bem antes de qualquer criança poder ser concebida.

Havia apenas um problema com esse devaneio: seu coração estava ali.

Ela se aproximou do topo de uma colina, e a Grange surgiu à vista, com um rolo de nuvens cinzentas e fofas atrás. Havia neve nessas nuvens. Eles acordariam para um mundo transformado no dia seguinte.

Um trabalhador da propriedade — Billy, se ela se lembrava dele corretamente — chegou ao topo do seu lado da colina no mesmo momento em que ela chegou ao dela. Ele se afastou para deixá-la passar. "A senhora está indo na direção errada", ele disse. "O navio mercante é para o outro lado."

Este jovem sempre fora cauteloso perto dela antes do festival. Mas ali estava ele falando com ela como uma de suas amigas, com uma provocação em suas palavras.

"Bem, Billy", ela começou, "você vai ter que escolher algo bonito para sua namorada."

"Eu vou." Ele enfiou os polegares na cintura da calça. "Ela está querendo um pente de marfim da China, como aquele que a irmã dela trouxe de um navio no ano passado."

"Que sorte que chegou à véspera do Natal. É melhor você se apressar para conseguir o melhor."

Ele assentiu seriamente para Callie e desceu a colina correndo como um raio.

Quando ela se aproximou da Grange, uma visão dele substituiu a visão. De trabalhar lado a lado com ele. De ser abraçada em seus braços e se sentir preciosa, como a única mulher no mundo.

Ela sentia falta dele, como amante, como companheiro. Um homem que sempre sabia o caminho certo e o seguia. Ela sentia falta do cheiro familiar dele, que vinha do vento. Ele cheirava a oceano depois de uma tempestade revigorante.

Ela se aproximou da Grange pela lateral, em vez de pela entrada frontal da estrada principal, cujo objetivo era dar aos visitantes a oportunidade de apreciá-la em toda a sua grandiosidade. Uma estrada longa e sinuosa com árvores de cada lado. Colinas verdejantes e ondulantes pontilhadas por ovelhas brancas. A casa em si, palladiana [1], imponente, com suas pedras douradas, trazidas de Cotswolds, brilhando suavemente ao sol. Ela preferia os fundos. Ali, por trás da fachada imponente, pulsava seu coração vivo, firme e verdadeiro.

Uma rajada de vento norte soprou vinda do mar, e ela enfiou o queixo na gola levantada. Mas não antes de sentir aromas conflitantes de ganso de Natal e biscoitos amanteigados com um toque de laranja vindos da cozinha da Sra. Bailey. Ela não tinha certeza de qual preferia, o salgado ou o doce. Seu estômago roncava, como um lobo.

Ela havia contado uma mentira descarada para Jane quando disse que pediria a Sra. Bailey para diminuir a manteiga. Seu passo acelerou na expectativa do deleite culinário.

"Vossa Senhoria", veio o som do criado atrás dela, interrompendo seu passo assim que seus pés alcançaram a soleira da cozinha.

Ela colou uma expressão neutra no rosto e endireitou os ombros, quando tudo o que realmente queria era se jogar no chão como uma criança em meio a uma birra de verdade. *Biscoitos amanteigados*, ela queria chorar. Mas ela era uma dama, portanto, precisava agir como uma mulher adulta, digna do respeito que lhe era concedido.

"O que foi, Ollie?"

Ele estendeu um pacote embrulhado em papel pardo e preso com barbante. "Isto chegou para você."

---

1. O palladianismo ou arquitetura palladiana é um estilo arquitetônico derivado da obra prática e teórica do arquiteto italiano Andrea Palladio, um dos mais influentes personagens de toda a história da arquitetura do Ocidente.

Seu estômago se contraiu enquanto ela pegava o pacote entre os dedos que começavam a tremer. Nem grosso nem fino, continha o peso da importância. O machado que pairara sobre sua cabeça nos últimos meses? Acabara de cair.

Na véspera de Natal.

Com o pacote apertado contra o peito, ela dispensou Ollie e correu pela cozinha, ignorando o cheiro de biscoito amanteigado que tanto a atormentara momentos antes. Com pés alados percorrendo o labirinto de corredores, ela chegou ao escritório em questão de segundos. Chutou a porta atrás de si e se jogou contra a mesa de carvalho maciço, a respiração rápida e ofegante.

Ela virou o pacote e encontrou *Callie* rabiscada do lado de fora em uma caligrafia desconhecida. Apenas Nylander a chamava por esse nome. A ponta do dedo dela traçou seu nome, certamente escrito pela mão dele. Ela o levou ao rosto, pressionando-o contra o nariz, e inalou. O cheiro era levemente marinho, *dele*.

Ela atravessou a sala e sentou-se atrás de sua grande escrivaninha, na esperança de que seu peso robusto a animasse para o que precisava fazer. Pois estava claro que ela precisava ler o conteúdo daquele pacote. Pegou um canivete e cortou o barbante com a mesma determinação implacável que se usa ao retirar um curativo de um ferimento ainda não cicatrizado. Ela desdobrou o papel pardo até que o conteúdo branco do pacote a encarasse. Respirou fundo e se concentrou na letra preta e fina.

A primeira página era a nota fiscal da propriedade não vinculada, Wyldcombe Grange, e seus seis mil acres, do Muito Honorável Jakob Radclyffe, Quinto Visconde de St. Alban, para certo Sr. John Nylander, pela quantia de £ 100.000. Pago integralmente.

Sua respiração ficou ofegante e ela se recostou na cadeira, com os olhos cerrados.

Pago integralmente.

Seus olhos se abriram de repente e ela inclinou o rosto para perto do documento para confirmar a quantia. Aquele "*Pago inte-gralmente*" prendeu-lhe a atenção. Nylander tinha fundos disponí-veis para pagar tal preço *integralmente*? Era incompreensível. Ela estava preparada para abordar Lorde St. Alban com um plano de pagamento anual, mas esse valor...

Ela virou para a página seguinte. Ali estava a escritura. A propriedade da Grange foi transferida do Muito Honorável Jakob Radclyffe, Quinto Visconde de St. Alban, para o Sr. John Nylan-der. Mesmo sabendo que este documento era inevitável, a umidade turvou sua visão.

Era oficial em preto e branco. Ela havia perdido a Grange.

Ela virou a página e deu uma rápida olhada. Seu coração congelou no peito. Tentou ler novamente, desta vez lentamente, mas as palavras se recusavam a fazer sentido. Sua boca ficou seca. Ela pressionou o dedo indicador contra o papel e leu tão lenta-mente quanto ele se movia, desejando compreender palavras como transferência e propriedade e para *Lady Calpurnia Radclyffe, Viscondessa Viúva de St. Alban.*

O tempo passou mais devagar até o relógio parar de funci-onar completamente.

Ela leu e releu, cada vez mais devagar, palavras divididas em sílabas, sílabas em letras individuais e depois transformadas em palavras, que permaneceram imutáveis. O Sr. John Nylander havia transferido a propriedade de Wyldcombe Grange e suas terras adjacentes para Lady Calpurnia Radclyffe, Viscondessa Viúva de St. Alban, pela quantia de —

Ela levantou a escritura para confirmar que não havia mais documentos abaixo.

—£0.

Uma longa linha em branco onde sua assinatura era neces-sária a encarava. Se ela rabiscasse seu nome nela, seria a dona de Wyldcombe Grange.

Tudo o que ela sempre quis estava em suas mãos.

Ela piscou, e o tempo retomou seu tique-taque constante.

Nem tudo.

Ela acariciou a barriga e olhou ao redor. Muito do que ela havia passado sua vida adulta desejando poderia ser dela. Tudo o que precisava fazer era assinar.

E não tinha substância alguma sem ele, o homem que sacrificava tudo o que sempre quis para lhe dar o que seu coração desejava. O que significaria a posse da Grange sem ele?

Ela levou os papéis ao nariz novamente, sentindo o cheiro dele se esvaindo. Um pensamento a atingiu com a força de uma estrela em chamas. Ela se levantou de um salto e juntou os papéis em uma massa desgrenhada antes de correr pelo escritório. Escancarou a porta. "Ollie! Ollie!"

O criado apareceu no final do corredor e se aproximou dela com seu andar digno de sempre. Ela bateu o pé impacientemente. Por que o homem não se apressa? Será que ele não via que ela tinha um assunto de extrema importância?

Por fim, ele parou diante dela, com toda a paciência digna. "Como posso ajudá-la, minha senhora?"

Ela ergueu a massa de papéis. "Quando esses papéis chegaram?"

Os olhos de Ollie se estreitaram para o teto. "Eu diria que faz uma hora."

"E como chegaram? Pelo correio?"

"O correio só chega daqui a duas horas."

"Então quem os entregou para você?"

"O moço do estábulo trouxe para a Sra. Bailey, que me entregou. Isso me leva a outro assunto importante. Aquele rapaz precisa de uma mão mais firme para guiá-lo se quiser—"

"Kip?" interrompeu Callie.

Ollie se endireitou. "Sim, minha senhora."

"Obrigada, Ollie", gritou Callie por cima do ombro, já em disparada. No instante em que seus pés tocaram o pátio do estábulo, ela começou a gritar: "Kip! Kip!"

No que pareceu uma eternidade de segundos, mas não

poderia ter sido mais de trinta, Kip saiu do estábulo com um pedaço de palha entre os dentes. "Qual é o problema, milady?"

O rapaz era realmente um patife atrevido. Mas isso não vinha ao caso naquele momento. "Quem lhe deu o pacote de papéis para entregar?"

Kip deu de ombros. "Um velho marinheiro."

As sobrancelhas de Callie se encontraram. "Um velho marinheiro?"

"Um marinheiro."

Um velho marinheiro... Um marinheiro... O navio no porto... Nylander estava... Aqui.

Ela quase abraçou Kip em gratidão, mas resistiu. O rapaz provavelmente não gostaria. Em vez disso, contentou-se com um rápido, "Obrigada", antes de sair correndo.

Pode não ser tarde demais. Mas...

E se ele estivesse apenas entregando o pacote antes de partir? Se a maré estivesse baixando, ele já poderia estar levantando âncora.

Ela nunca mais o veria novamente. Ela nunca mais teria a chance de consertar as coisas. Para *corrigi-las*.

E ela precisava.

Ela disparou em direção ao caminho mais rápido para a vila e parou. Olhou para si mesma, vestida com calças e camisa abotoadas até o pescoço. Primeiro, ela trocaria de roupa, e sabia exatamente o que vestir, mesmo que as manchas nunca tivessem saído de fato, a bainha estivesse em pedaços e alguns botões certamente resistiriam a serem fechados.

Ele lhe dera tudo, e ela faria o mesmo por ele. Ela lhe ofereceria tudo o que a noite e o dia mágicos que compartilharam haviam prometido, e muito mais.

Se ele a aceitasse.

32

Nylander abriu bem os pés para se proteger do sutil balanço do mar, braços na cintura, sua postura habitual em seu lugar habitual no tombadilho, na base do mastro principal.

Era familiar. Era seu lar. Depois de passar todos os seus dias atendendo aos caprichos do mar e sonhando com outros, ele finalmente se conformou com seu destino.

"Então é este o lugar, hein?" perguntou o imediato.

"Que lugar é esse, Sr. Smythe?"

"Onde o senhor se recuperou da febre."

"Sim", resmungou Nylander, com o olhar fixo na atividade fervilhante a bordo do *Fortuyn*, e definitivamente não na costa distante.

"Achamos que tínhamos perdido você para a terra." O Sr. Smythe deu uma risadinha. "Alguns dos homens apostaram nisso."

"Sem chance." A resposta foi curta e seca, encerrando a conversa com eficiência. O Sr. Smythe se afastou discretamente para cumprir seus deveres.

Não era simplesmente que Nylander gastara toda a sua fortuna no espaço de uma tarde dentro de um escritório de advocacia londrino abafado e não tinha escolha a não ser continuar capitaneando o *Fortuyn*. No mar, uma fortuna podia ser feita, perdida e refeita em poucos anos.

Não, não era o fato de estar começando do zero que o mantinha preso ao mar. Ele havia se esquecido do lugar que a vida havia lhe dado e foi longe demais, alto demais. E sua queda de volta a terra, à realidade, fora chocante e extremamente dolorosa. Ele não se esqueceria de seu lugar novamente.

Que era ali, o capitão de um navio abastecido para outra viagem ao Mediterrâneo. Aparentemente, o sultão otomano estava tão encantado com seu par de Thoroughbreds [1] que queria retribuir presenteando o lorde que os havia fornecido com um par de garanhões árabes. Para a viagem de ida, o *Fortuyn* estava equipado com utensílios de ferro, lã, linho e tecidos.

Ele não pensaria na outra vida — aquela na praia, que seu olhar sempre evitava — que quase tivera. Tão próxima que o gosto dela ainda lhe fazia cócegas na língua nas primeiras horas da noite. Tinha gosto de maçã, terra e o sal do trabalho honesto e suado.

Zumbindo ao seu redor, arrastando cordas e lonas, assobiando uma ou outra canção marítima, prendendo a carga, estava sua verdadeira vida enquanto se preparavam para zarpar. Não tocariam em terra firme até Gibraltar.

Ele permitiu que a sensação de satisfação o dominasse quando o navio operasse como uma máquina bem-executada. Não precisava gritar ordens para aqueles homens: eles sabiam o que estavam fazendo. Mesmo que não fosse exatamente uma alegria — todos os vestígios dessa emoção haviam sido arrancados dele dois meses antes —, ele se sentia menos entorpecido por aquele

---

1. O Thoroughbred é uma raça de cavalo desenvolvida para corridas. Embora a palavra *thoroughbred* seja às vezes usada para se referir a qualquer raça de cavalo puro-sangue, tecnicamente ela se refere apenas à raça Thoroughbred; eles são considerados cavalos de "sangue quente", conhecidos por sua agilidade, velocidade e garra.

momento. Isso não reparou o vazio negro que se abria em sua alma, mas lhe proporcionou um momento de alívio.

"Um barco se aproxima", gritou o timoneiro em sua direção, com a luneta pressionada contra o olho.

"Deve ser Gibbons e seus homens voltando." Nylander não se deu ao trabalho de olhar. Junto com uma pequena entrega para a Grange, ele instruiu os homens a conseguirem alguns barris de sidra da Grange na taverna Devil's Books. O preço deles era exorbitante, mas pouco importava. Era algo do seu tempo ali para levar consigo. Ele sempre tivera dificuldade em libertar sonhos perdidos ao vento.

"Não", continuou o timoneiro depois de um tempo. "Esta embarcação é bem menor do que o barco que Gibbons levou. Esse é um bote." Ele girou a luneta para focalizá-la. "Além de tudo isso, não poderia ser Gibbons, a menos que seu cabelo tenha pegado fogo enquanto ele estava em terra. E ele cresceu quinze centímetros, ainda por cima. *E* " — ele fez uma pausa longa o suficiente para criar um pouco de drama em torno de suas próximas palavras — "ele começou a usar vestidos de seda femininos por baixo dos sobretudos."

Nylander sentiu um frio na barriga. Talvez não fosse ela. "O vestido é verde?"

"Sim, é."

Era *ela*. Sua mão disparou, arrancou a luneta do timoneiro e encostou o óculo de bronze contra o olho.

Era definitivamente ela, o vestido de seda verde cintilante sob um sobretudo de inverno surrado, bufando, ofegando e tendo uma tremenda dificuldade para manobrar aquele bote pelas ondas agitadas por uma brisa recém-chegada. Uma brisa que era o sinal do *Fortuyn* para levantar âncora e zarpar antes que a neve começasse a cair.

Ele não desviaria o olhar. Enquanto mantivesse o olhar nela, ela não poderia desaparecer. Era evidente que ela não tinha muita experiência com a mecânica do remo. Seus remos batiam na água sem sincronia entre si e em ângulos ineficazes, espirrando espuma do mar em seu colo e dobrando o trabalho que ela havia planejado. Para aumentar o fardo, ela parecia não entender como usar as pernas no esforço, e seus braços estavam tão pesados que pareciam prestes a cair.

Essa luta de uma dama nobre lutando contra o mar em seu vestido de seda poderia ter sido cômica se não parecesse tão mortalmente séria. Como se sua vida dependesse do resultado.

"Abaixem o bote", ele gritou para qualquer um que se apressasse e acatasse a ordem.

Uma vez pronto, não perdeu tempo em embarcar e remá-la sobre as ondas que se tornavam mais agitadas com a brisa que se transformava em vento. Um ritmo rápido e experiente se desenvolveu entre braços e pernas, e ele estava cobrindo a distância com uma remada que Callie levou dez.

Ele olhou para cima e viu que ela havia parado completamente, seus olhos semicerrados através da distância que os separava. A cada remada, ele se aproximava, e a pergunta que deveria ter se feito no momento em que a viu pela luneta o atingiu: Por que ela estava aqui?

Quando seu barco bateu no dela, ele não perguntou com tanta delicadeza. "Que diabos você está tentando fazer? Morrer?"

Sua boca se abriu. "Eu..." Sua boca se fechou de repente, e ela o encarou. Suas bochechas estavam manchadas de escarlate e seus olhos brilhavam de esforço. O suor manchava a seda verde de seu corpete, e os cabelos ruivos como fogo grudavam em suas bochechas em mechas úmidas. Se a rajada de vento que passou por ele estivesse dizendo a verdade, ela cheirava mal.

Uma grande onda rolou sob o barco dele, depois o dela, balançando-os violentamente de um lado para o outro. Ele estendeu a mão para pegar um pedaço de corda e se esforçou para amarrar o bote dela ao dele. "Precisamos chegar à costa."

Com os olhos arregalados, os braços apoiados em ambos os lados da embarcação estreita, ela assentiu. Ele pôs os remos em movimento e rumou para a enseada mais próxima, a algumas centenas de metros de distância. Sua carga dobrou, o progresso foi mais lento, mas logo o fundo do barco estava raspando na areia e nas rochas. Ele pulou, agarrou a corda que ligava seu barco ao dela e a puxou para dentro até que ela também estivesse encalhada.

Ele estendeu a mão. Ela a segurou, e seu pulso disparou em suas veias. Com aquele simples toque, ele se sentiu mais vivo do que se sentira em meses.

"Eu poderia te carregar até a praia." Seu instinto foi tomá-la nos braços e protegê-la do tempo prestes a cair sobre suas cabeças. Ele resistiu à vontade e acrescentou: "Para salvar seu vestido." Essa última parte emergiu com o constrangimento de um jovem inexperiente que se viu sozinho com o sexo oposto pela primeira vez.

Um sorrisinho surgiu no canto da boca dela. "Não há como salvar esse vestido, infelizmente." Seu sorriso sumiu. "Acho que é melhor eu ir por conta própria."

"Certo", ele disse. *Claro* que não disse.

Ele a ajudou a descer e se afastou, gesticulando para que ela liderasse o caminho. Enquanto caminhava até a margem pela água gelada, com água até os tornozelos, a pergunta lhe veio à mente novamente: Por que ela estava ali?

Ela parou na beira da água e o encarou, esperando que ele se juntasse a ela, ondas agitadas patinando na areia marrom até não serem mais do que pequenas lambidas em suas botas. Ela parecia uma bagunça completa e desgrenhada. Um sobretudo marrom pesado sobre o vestido de seda que caía em uma massa encharcada por baixo, cabelos úmidos caindo sobre o rosto e os ombros.

Mas havia algo mais em sua aparência. Uma energia nervosa vibrava ao seu redor. Com os olhos normalmente brilhantes, as mãos se abriam e fechavam ansiosamente ao lado do corpo. Ela tinha algo a dizer.

Para ele.

Ele se recusou a dar aquele último suspiro de ar para respirar. Isso poderia alimentar a esperança.

Ele parou na beira da água. Não seria bom chegar muito perto.

"Por que demorou tanto?" ela disparou.

A pergunta o pegou de surpresa. "Para fazer o quê?"

"Para voltar."

"Eu não sabia que eu era..." Ele parou. *Bem-vindo*, ele não disse. Muita complicação residia naquele final. Ele manteve a simplicidade. "Havia assuntos que precisavam ser resolvidos em Londres. Assuntos de família principalmente", acrescentou e se arrependeu instantaneamente. Ela não queria os detalhes de sua família destruída.

Ela assentiu, pensativa. "O rapaz que estava com Jack Le Grand na caverna, ele é seu—"

"Irmão? Sim. Tinha que vê-lo acomodado e na escola. Sou o tutor dele agora, o que é um processo legal completamente trabalhoso." Por que ele estava explicando tudo isso a ela? Melhor chegar ao que ela realmente queria fazer ali. "Você recebeu a escritura?"

"Eu recebi."

"Você assinou?"

"Não assinei."

Sua testa franziu. "Você tem alguma pergunta sobre isso?"

"Uma."

Ela mordeu o lábio inferior. Ele tentou não olhar, mas não conseguiu.

"Por quê?"

"Eu não entendo nada de administrar um terreno de um metro e meio quadrado, muito menos uma propriedade como a Grange." Ele tentou acreditar nas próximas palavras que saíram de sua boca. "Eu teria jogado tudo no lixo."

"Você teria sido a melhor coisa que já aconteceu para a Grange."

Nylander se mexeu e tentou deixar que as palavras dela o atingissem sem absorvê-las. Sem deixar que a crença nelas se instalasse.

Fogo estalou em seus olhos. "Pare com isso."

"Parar o quê?"

"Evitar elogios."

Um silêncio tenso se estendeu entre eles. Ela aguardava a resposta dele. Bem, ela esperaria por um bom tempo. Ele levou a conversa para outro rumo. "Por baixo do seu casaco."

"Sim?"

"Seu vestido."

"O que tem ele?"

"Parece extremamente impraticável."

"Você gostou, então eu usei. Achei que poderia..." Ela ergueu as mãos, frustrada. "Eu não esperava a maresia, as ondas agitadas, o vento e" — ela soltou um suspiro de derrota — "*o suor*".

"Parece que está caindo de você."

O constrangimento apagou o fogo em seus olhos. Ela se contorceu dentro da seda úmida e puxou vários lugares para acomodar melhor a peça no corpo. Nada adiantou. Na verdade, ela poderia ter piorado a situação. Uma sombra rosada, que poderia ou não ser um mamilo, aparecia acima do decote. Nylander usou toda a sua força de vontade para manter o olhar fixo no dela e não explorar mais a possibilidade.

"Eu não consegui abotoar."

Ele deu um passo à frente sem pensar. "Deixe-me ajudá-la."

Callie deu um passo apressado para trás. "Vamos falar do vestido mais tarde. Você já fez o suficiente até aqui."

O que diabos a mulher estava dizendo?

Com um movimento decisivo da mão, ela limpou o rosto dos fios ruivos e crespos que grudavam nele com a água do mar e, sim, suor. De alguma forma, ela conseguiu manter uma postura majestosa. "Eu lhe devo um pedido de desculpas."

"Você não me deve nada."

"Eu estava completa e vergonhosamente errada em acreditar, por um instante sequer, que você estava conspirando com Jack Le Grand."

Ele ignorou o pedido de desculpas dela. Precisava. "Você não estava errada em acreditar. Eu teria."

As sobrancelhas dela se juntaram. "Por quê?"

Uma risada curta escapou dele, sua amargura deixando um gosto metálico em sua boca. "O filho de uma união profana de um pirata infame e uma prostituta do cais? Não seria natural acreditar no contrário."

Seu rosto ficou tão sombrio quanto às nuvens acima. "Eu não me importo nem um pouco com sua ascendência."

"Você se importa, você só não percebe", ele começou incapaz de conter as verdades que precisavam ser liberadas, que o atormentaram por toda a vida. "Quando você sabe algo assim sobre uma pessoa, não tem como ignorar. É um conhecimento que libera um veneno que infecta e mata todo o relacionamento. Não é a primeira vez que isso acontece e não será a última."

Será a última, Callie ansiava por gritar para o homem maldito e rabugento. Só que ele não acreditaria nela.

"Mas..." Ela lutava para encontrar as palavras certas. As que aliviariam a dor dele. "Você é *você*. É tudo o que importa para mim. É tudo o que sempre importará."

Ele cruzou os braços sobre o peito, um olhar cético, silencioso. Ela tinha muito trabalho pela frente e não sairia dali até que o fizesse. "Sou filha de uma união *respeitável* e veja o que eu fiz. Fechei um acordo com um pirata notório."

Seus ombros largos se encolheram, lacônicos. "Você foi pressionada a isso."

"Não dê desculpas por mim."

"Você foi empurrada contra a parede."

"Pare com isso", ela exigiu. "Eu preciso saber. Você pode me perdoar?"

"Não há nada a perdoar. Novamente, quem não teria feito o mesmo?"

"Você."

Seus lábios se apertaram, e os músculos de sua mandíbula se moveram como se ele estivesse rangendo os dentes.

"*Você* teria encontrado uma maneira honrosa de atingir seu objetivo, porque é isso que *você*, filho de um pirata e uma prostituta. *Você* é honrado." Quando ele abriu a boca para protestar, ela levantou a mão. "Por que você me entregou a Grange? Você colocou o desejo do seu coração em minhas mãos."

"Você queria."

"Mas você também queria. Na verdade, é tudo o que você sempre quis."

"Nem tudo. Nem mesmo o principal."

As palavras a abandonaram.

"Eu amo isso em você", ele disse.

"O quê?"

"O jeito como você morde o lábio inferior quando está pensando."

Ela soltou o lábio. O joguinho deles havia retornado. Ali, finalmente, estava sua oportunidade, e ela precisava agarrá-la com as duas mãos. Ela não podia perdê-lo. Não de novo. "Seu cabelo. Eu..." Ela hesitou, ainda desacostumada a dizer a próxima palavra. "Eu amo. O jeito como ele balança na brisa como cevada de verão."

Sua sobrancelha se ergueu.

"Eu amo seus antebraços quando você ordenha uma vaca. A maneira como seus músculos se movem sob sua pele como se você fosse o homem mais vivo do mundo."

O início de um sorriso se enrugou nos cantos dos olhos dele. Como ela desejava que ele fizesse.

"Mas acima de tudo, eu amo" — ela engoliu em seco, sentindo um nó na garganta. Suspeitava que fosse seu coração — "*você*".

O sorriso que havia começado desapareceu. "Isso não pode funcionar."

"Por quê?" ela gritou.

"Veja de onde eu venho. De onde você vem. Aonde eu pertenço e aonde você pertence. A distância entre nós é muito grande."

"Aonde *eu* pertenço? Aonde *você* pertence? Não vê? Pertencemos um ao outro. Nada mais importa."

"Essas diferenças são tudo o que importa neste mundo."

"Então vamos explodir o mundo."

"Callie —"

"Tudo o que importa é *você... eu... aqui... agora*."

"Você nunca viveu no mundo."

Algo em sua resistência preocupava Callie. Era como se ele... *Ah.* A frustração com o maldito homem deu lugar à compreensão. "Você não sabe, não é?"

Seus olhos se estreitaram. "O que?"

"Que você pode ser amado." Ela deixou passar um instante. "Que você é digno de amor."

Ele se encolheu.

"O amor só te machucou. Ele falhou com você. Mas" — ela enfiou a mão dentro do corpete e tirou papéis quase secos — "você e eu podemos construir um novo mundo. Um mundo melhor."

"Callie —"

Ela balançou a escritura para ele. "Bem aqui, temos tudo o que precisamos para tornar o nosso mundo o que queremos que seja. Você é digno de ser amado. E não consigo pensar em um amor mais digno do que o seu. Ser amada por um homem como você... ser amada por você... não há nada no mundo que eu deseje mais."

"Nem mesmo o documento que você segura?"

"Não é nada sem você."

O equilíbrio do futuro dela dependia daquelas palavras, imutáveis, verdadeiras.

Ele avançou, com as botas espirrando suavemente na água, diminuindo pela metade a distância entre eles antes que ela pudesse piscar, com o olhar dele prendendo o dela em seu domínio azul.

Por fim, ela piscou e saiu do transe. "Espere."

Ele parou e franziu a testa em confusão.

"Eu, hum", ela gaguejou. "Não consigo pensar quando você está perto."

"Talvez não precisemos pensar agora."

Mais uma vez, ele reduziu a distância entre eles pela metade, e a reduziu novamente. Estava tão perto que seu calor a alcançou e a convidou a se aconchegar. Ele colocou o cabelo dela atrás de uma orelha, depois da outra, e ela não queria nada mais do que virar o rosto e se derreter em sua mão forte e calejada. Em vez disso, colocou a mão menor em seu peito, na tatuagem acima do coração.

Morador de uma nova terra", ela proferiu. "Venha, more *aqui*, comigo, nessa terra. Será nossa nova terra, juntos."

Uma emoção desconhecida nublou o azul de seus olhos. Ele a segurou pela cintura e a puxou para perto. Sua boca encontrou seu ouvido. "Eu te amei desde o momento em que seus olhos me lançaram punhais assassinos do outro lado do escritório de Jake e todos os outros momentos desde então, mesmo quando você estava me deixando louco." O tom aveludado da voz dele ameaçava transformar os joelhos dela em gelatina. "Talvez especialmente quando você estava me deixando louco. Eu amo você, Callie, e vou protegê-la até o fim."

Tantas emoções surgiram que ela não conseguia diferenciar uma da outra. Elas simplesmente se misturaram e a fizeram se sentir completa, amada e totalmente feroz. "E eu te amarei até o meu último suspiro."

Ele se virou para encará-la. "Construiremos nosso mundo a dois, só você e eu."

"Só você e eu", ela repetiu. "Ah." Ela se separou do abraço dele e deu um passo para trás. Seu coração batia forte no peito. Agora era a hora. "Há algo que preciso te contar."

Sua testa se franziu em perplexidade.

"Sobre o meu vestido."

"Há algo que você precisa me contar sobre o seu vestido?"

"Ele não abotoa mais."

"Aqui" — ele estendeu a mão para ela — "deixe-me ver o que posso fazer."

Ela o evitou. "Você não pode fazer nada." Ela balançou a cabeça. "Bem, isso não é exatamente verdade. Você já fez bastante coisa."

"Você não está fazendo nenhum —" Ele parou de repente. Mais tarde, a testa dele liberou uma batida forte do coração de Callie, e seu olhar pousou em seu estômago. "Você está dizendo —"

"Sim. É um mundo a três que estamos construindo."

O rosto dele se suavizou e a aqueceu até os ossos. "Posso?"

As palavras ficaram engasgadas em sua garganta, e ela assentiu. Dedos trêmulos percorreram sua barriga, de quadril a quadril.

"Você está disposta a dar meu nome a essa pequena?"

"Não consigo pensar em um mais nobre."

Ele ficou solene e sério. "Você é minha para sempre."

Como se a Natureza fosse enfatizar seu ponto, o céu soltou um único floco de neve brilhante que pousou na ponta do seu nariz e derreteu instantaneamente. Depois, outro se prendeu em seus cabelos e outro em seus cílios. Ele piscou, e Callie riu. Ao redor deles, o mundo se transformava em um paraíso, mágico e perfeito.

Ela se aconchegou totalmente em seu abraço e ergueu os

calcanhares até chegar à ponta dos pés. A boca dela encontrou a orelha dele. "Apenas tente fugir."

O rosto dele se inclinou e sua boca encontrou a dela em um rosnado baixo. Ela se balançou contra ele, o corpo todo pressionado contra o dele.

Ele se separou com um gemido. "A tripulação."

"A tripulação?" ela perguntou entre respirações curtas.

"Pode apostar que estamos dando uma belo espetáculo para eles."

Ela supôs que ele estava certo, mesmo que cada fibra do seu ser protestasse o contrário. "Vamos para casa, Capitão Nylander?"

"John."

"John", ela repetiu suavemente. Direto e forte, o nome dele lhe caía bem.

No mundo que eles mesmos criaram, eles sempre seriam o direto e franco John e a doce e impulsiva Callie.

Era o único mundo que importaria.

EPÍLOGO

VERÃO

"Você tem certeza?"

Incapaz de tirar os olhos do bebê mamando em seu peito, Callie disse um simples e seguro "Sim".

"Não se sinta obrigada a usá-lo."

John parecia inseguro, até nervoso, e completamente diferente do marido que ela conhecera nos últimos seis meses. Por fim, ela desviou os olhos do bebê — na verdade, ela era a garota mais linda do mundo com seu cabelo loiro-avermelhado, os olhos azuis do pai e as bochechas, ah, aquelas bochechas roliças como maçãs — e virou a cabeça para lhe dar toda a atenção. Bem, *quase*. O bebê não saiu do canto do olho.

"Você *quer* usá-lo?"

"Só pensei que você pudesse reconsiderar quando chegasse a hora."

"É um nome lindo."

"Mas era —"

"Da sua mãe", ela completou quando ele hesitou.

"Eu entenderia se você não quisesse sobrecarregá-la com o nome de uma —"

"Mulher que você amava muito", ela completou novamente.

373

Ele sorriu, constrangido. "Ela sempre disse que Rose era um nome muito formal para alguém como ela. Ela era Rosie."

O olhar apaixonado de Callie voltou-se para o bebê que se contorcia em seus braços. Sério, como ele poderia esperar prender sua atenção por tanto tempo? "Eu sei alguma coisa sobre nomes formais. Não existe nada mais formal do que Calpúrnia."

"E como Rose será o segundo nome dela, podemos chamá-la pelo primeiro nome, Lenora."

"Embora eu tenha certeza de que minha mãe gostaria disso, acho que ela daria uma olhada nessa garota e concordaria comigo."

"Sobre?"

"Ela é uma Rose, por completo."

Ele as puxou mais para perto de seu abraço. "Lenora Rose Nylander", murmurou, como se estivesse testando o peso daquilo em sua boca. "Uma Lenora Rose que sabe o que está acontecendo nesse mundo."

"Ela saberá." Callie sorriu. "Seu tio honorário, Kip, cuidará disso."

Isso arrancou uma risada do marido.

"Onde está o rapaz, afinal?"

"Mostrando a casa de sidra para o Lash."

A carruagem de Lash chegara à noite anterior, quando Callie se encontrava em meio a um trabalho de parto cuja ferocidade já se esvaía de sua memória. Se alguém lhe tivesse perguntado então se algum dia ela repetiria a tortura do parto, ela teria amaldiçoado essa pessoa. Mas agora, enquanto contemplava aquele embrulho de doçura, a intensidade daqueles sentimentos se esvaiu. O que era um pouco — ou muita — de dor quando *esse* era o resultado?

"Como Lash está se adaptando à vida no campo?"

"Acho que ele está pronto para o fim das férias escolares para poder voltar para Londres e Westminster. O rapaz está acostumado a um ritmo de vida mais acelerado do que o encontrado aqui. Parece que ele e o sobrinho de Jake se tornaram amigos rapidamente."

"E Jack?" perguntou Callie, tentando ser indiferente, mas sem sucesso. "Alguma notícia dele?"

"Ele pagou a indenização, então é questão de cumprir a pena de alguns anos."

"Então ele estará navegando pelos Sete Mares com suas cartas de corso, sem dúvida." A amargura se misturou ao doce momento. Ela jamais perdoaria o homem por seus inúmeros pecados. *Nunca.*

"Sim."

"Você terá que ficar de olho em Lash." Ela gostava do rapaz sério e quieto. Ele era parecido com o irmão. Leal como o irmão também. Problemas futuros poderiam estar nessa lealdade.

John assentiu. "A família com quem Jake se casou tem conexões com o governo. O rapaz será protegido."

Callie deixou o assunto de lado. Ela encostou o nariz no topo da cabeça de Rose e inalou. Ah, não havia nada que ela não amasse na garota. "John?"

"Sim?"

"Acho que meu coração vai explodir de felicidade."

Ele a apertou, junto com Rose, contra seu peito largo, com os braços fortes, firmes e seguros. "Sim."

Ele era um homem de poucas palavras, o seu John.

Mas dentro daquele único *"Sim"* existia o mundo.

Um mundo que combinava com Callie em todos os sentidos.

Fim

SOBRE A AUTORA

A paixão da premiada autora de best-sellers Sofie Darling por romance histórico começou no ensino médio, no momento em que ela abriu *O Morro Dos Ventos Uivantes* (Wuthering Heights) de Emily Bronte. Um caso de amor instantâneo e duradouro nasceu.

Sofie passou grande parte dos seus vinte anos criando dois meninos e lendo todos os romances que conseguia colocar as mãos. Quando percebeu que simplesmente precisava escrever os livros que amava, terminou seu curso de inglês e começou a escrever. (Ticonderoga #2 é seu lápis preferido).

Quando não está escrevendo heróis que a fazem desmaiar, Sofie gosta de fazer uma boa caminhada no fim de semana, visitar um castelo medieval em ruínas sempre que tem oportunidade e ter um relacionamento ligeiramente codependente com seu beagle, Bosco. Visite seu site